中国学术档案大系

主编　陈文新

龙学档案

李建中　主编

WUHAN UNIVERSITY PRESS
武汉大学出版社

图书在版编目(CIP)数据

龙学档案/李建中主编. —武汉：武汉大学出版社,2012.3
中国学术档案大系/陈文新主编
 ISBN 978-7-307-09056-9

Ⅰ.龙…　Ⅱ.李…　Ⅲ.文心雕龙—文学研究　Ⅳ.I206.2

中国版本图书馆 CIP 数据核字(2011)第 160872 号

责任编辑:李　琼　　责任校对:刘　欣　　版式设计:马　佳

出版发行:**武汉大学出版社**　（430072　武昌　珞珈山）
　　　　　（电子邮件：cbs22@whu.edu.cn　网址：www.wdp.com.cn）
印刷:武汉中远印务有限公司
开本:720×1000　1/16　印张:21.75　字数:321 千字　插页:2
版次:2012 年 3 月第 1 版　　2012 年 3 月第 1 次印刷
ISBN 978-7-307-09056-9/I·441　　定价:48.00 元

目　　录

・ 1 ・

百年龙学：时序与通变（代序）

李建中

我常常惊叹刘勰话语的时空超越性：一千五百多年了，《文心雕龙》中的诸多术语、范畴或命题，我们今天使用起来依然是那么方便，那么恰当，那么传神，那么别有韵味，借用一首台湾歌曲的词儿："从来都不需要想起，永远都不会忘记。"

比如此时，我要为《龙学档案》写一篇序，用什么作标题呢？我"不需要想起"地想起《文心雕龙》的两个篇名："时序"与"通变"。这本四十多万字的《龙学档案》，无非是对百年龙学之兴废崇替和会通适变的真实纪录，用"时序"和"通变"来概括岂不是恰到好处？这所谓的"恰到好处"不止于符其"名"，更在于切其"实"：龙学的百年嬗变，无论是"枢中"还是"环流"，也无论是"有常"还是"无方"，其规律性的东西已经先在地被刘勰给揭示出来了——这一点实在是让你没脾气。

《时序》篇讲"歌谣文理，与世推移"，而百年龙学的"文理"又何尝不是"与世推移"？本书《百年龙学大事纪要》，将 1914 年 9 月黄侃在北京大学讲授《文心雕龙》称为"百年龙学的第一件大事"。这是因为：第一，黄侃先生开创了"在大学讲坛上讲授《文心雕龙》"这一现代方式，或者说是现代意义上的龙学传播与接受的方式；第二，黄侃先生以古文字学家的身份讲授《文心雕龙》，却有着现代意义上的理论家胸襟、眼光、思路和方法。而这两条的背后都有着"世"的因素，或者说都是"与世推移"的结果。20 世纪初，现代大学制度的建立、西方文化及文论思想的进入以及中西文化及文论的剧烈交绥，均构成黄侃龙学革新的"世"的前提或背景。这就好比王国维的《红楼梦评论》，若无融通中西的"人生及美术之概观"，如何能揭示出"《红楼梦》之美学上之精神"？所以王氏之新红学，与黄氏之新龙学，都是那个西学东渐之"世"的学术之果。"枢中所动，环流无倦"，"古今情理，如可言乎"！

刘勰将他之前的全部文学史表述为"蔚映十代，辞采九变"；而我们的百年龙学，虽然"世"仅一"纪"，却也辉煌数度，其中可载入史册的不下三次：20世纪二三十年代的"黄札范注"；四五十年代的"东刘西杨"；80年代的"并驱文路"。黄侃在北京大学的龙学讲授上承章太炎而下启范文澜。如果说，黄侃《文心雕龙札记》（黄札）是新龙学的开山之作；那么，黄侃弟子范文澜的《文心雕龙注》（范注）则是新龙学的镇山之宝。黄札既"依傍旧文"又"献可替否"，范注则"以注为论"地集前人评注校勘之大成：师徒二人共同完成了龙学的现代转型。1948年问世的刘永济《文心雕龙校释》和1958年问世的杨明照《文心雕龙校注》，分别代表了四五十年代的龙学在理论诠释与字词校注两大领域的最高成就：刘永济先生在东湖珞珈，杨明照先生在西蜀蓉城，故有"东刘西杨"之称。

百年龙学，虽无"板荡之怒"却有"'文革'之难"，虽无"黍离之哀"却有"荒芜之灾"，"龙学"遭遇"文革"，其荒芜期长达二十余载！就中国大陆地区的《文心雕龙》研究而言，自1958年杨明照先生出版《文心雕龙校注》，到1979年王元化先生出版《文心雕龙创作论》，龙坛廿年，大体上是沉寂和荒芜的。幸有"文革"未能波及的香港和台湾地区，其六七十年代的龙学研究仍能正常开展。在香港，在饶宗颐先生指导下，香港大学中文学会1962年出版《文心雕龙研究专号》；在台湾，在经历了王更生先生所说的50年代"初期开拓的艰辛阶段"之后，迎来了龙学研究的繁荣：潘重规《唐写文心雕龙残本合校》、王更生《文心雕龙研究》、李景荣《文心雕龙新解》、沈谦《文心雕龙批评论发微》、张立斋《文心雕龙注订》、黄锦鋐主编《文心雕龙研究论文集》等，都是六七十年代问世的。

而在中国大陆，则要等到80年代才有龙学的复兴，才有龙学界的"体貌英逸"、"俊才云蒸"：对于龙学家个人来说是"厚积薄发"，对于龙学界则是"并驱文路"。70年代中期"文革"结束，80年代"龙学"复兴。据不完全统计，本时期出版的"龙学"专著近七十种，"龙学"论文则有一千多篇，远远超过前二三十年（即60年代、70年代和80年代）的总和。专著大致可以分为校注译释、理论研究、工具书和论文集四大类。校、注、译、释四大方面均取得重大成果。这一时期中国大陆有影响的龙学代表作，依问世之时序有：王元化《文心雕龙创作论》（1979）、王利器《文心雕龙校证》（1980）、陆侃如及牟世金《文心雕龙译注》（1981）、杨明照《文心雕龙校注拾遗》（1982）、周振甫《文心雕龙今译》（1986）、张少康《文心雕龙新探》（1987）、詹锳《文心雕龙义证》（1989）等。80年代的龙学复兴，使得被"世"所中断的龙脉重新得以贯通：重续"东刘西杨"的厚重，重写"黄札范注"的辉煌。

"时运交移，质文代变。"对于百年龙学而言，"交移"的是"时运"，而"代变"的不仅仅是"质文"。龙学的百年通变，有两点颇值得注意：一是龙学在大学讲堂上的传播，二是龙学与社会乃至大众的关联。百年龙学的传播与接受，可见一个非常有意味的现象：堪称龙学大师的学者皆在大学讲堂上讲授过《文心雕龙》，而他们的讲义后来皆成为龙学领域的世纪经典。20世纪10年代黄侃在北京大学讲授《文心雕龙》，20世纪20年代范文澜在天津南开大学讲授《文心雕龙》，20世纪40年代刘永济在国立武汉大学讲授《文心雕龙》，均成为龙学传播史上重要的学术事件。在某种意义上可以说，20世纪龙学由古典向现代的转换是在大学讲堂上完成的，现代意义上的龙学研究是在大学讲堂上奠基的，从20世纪初开始，大学讲堂作为龙学传播的重要场所和渠道，引导着龙学研究的转型和发展。从历时性层面考察，大学讲堂上的龙学传播有三个特点：一是由传统的文本讲疏到现代语境下的义理阐释，二是由"以中释中"到"以西释中"，三是由只重"说什么"到兼重"怎么说"。回望现代龙学在大学讲坛的传播历史并总结其规律，对于21世纪龙学的拓展与深入有着重要的启迪价值。

学术乃天下公器，它既属于大学讲坛和教授学子，亦属于整个社会，属于广大的读者。就笔者的经历而言，国内的龙学研究一直与社会和大众保持着密切的联系。笔者先后参加的1996年山东日照（莒县）年会、2007年江苏南京（钟山陵）年会，就是由当地政府主办的。国内最大的《文心雕龙》资料中心也是由镇江市人民政府出资建造并负责其日常工作。镇江市还建造了《文心雕龙》主题公园，成为远近驰名的文化圣地。用骈文写成的《文心雕龙》，本来就是中国文化巨苑中的奇葩，使其参与当代文化建设并成为当代国人的精神营养，岂非得其所哉？笔者在武汉大学，除了给本专业的学生（从本科生到硕士生、博士生）讲授《文心雕龙》之外，还坚持每学期以"通识课"的方式给理工农医的学生导读《文心雕龙》。笔者最近应友人之邀参编《大学语文》，便不失时机地将《文心雕龙》之《物色》与《知音》选为"精读"课文……做这一切，无非是想为龙学之普及，为《文心雕龙》之深入人心而尽绵薄之力。

这本《龙学档案》分三大板块纪录百年龙学的时序与通变："经典举要"、"论著提要"和"大事纪要"。"经典举要"部分选录20世纪15位著名龙学家的龙学代表作，并作简要之评介。这15位龙学家，除了前面提到二三十年代的"黄札范注"和四五十年代的"东刘西杨"，还有80年代龙学复兴时代的代表人物周振甫、王利器、詹锳、王元化、牟世金和蔡锺翔，另外还有珞珈龙坛的刘绶松和吴林伯；而台湾龙学界我们选了三位：徐复观、潘重规和王更生。这15位龙学家均已仙逝，而他们的龙学经典及龙学思想永存！

龙学百年，诞生了大量的学术专著，其中有对《文心雕龙》的校勘、补正、注释、翻译，有从不同角度用不同方法对《文心雕龙》之文化及文学思想、创作及批评理论、文艺学及文章学内涵的深入探讨；就书写方式而言，有体大思精的专书，有博雅圆通的散论，还有荟萃百家的论文集、引人入胜的谈艺录和妙语连珠的讲演录……本书"论著提要"部分，收集百年间的龙学论著（截至2009年12月31日）共有247种。

百年龙学的历史，既有筚路蓝缕、以启山林之艰辛，亦有洒笔酣歌、和墨谈笑之欣乐；既有运涉季世、人未尽才之困厄，更有慷慨任气、磊落使才之豪雄。本书"大事纪要"部分，以时间先后为序纪录百年龙学大事，力求真实与简洁。前面谈到20世纪80年代大陆龙学的复兴，而这与一件"大事"相关：中国《文心雕龙》学会的创立。1982年10月，全国首届龙学会在山东济南举行；翌年，中国

《文心雕龙》学会在山东青岛正式成立，学会会刊《文心雕龙学刊》同时创刊发行。此后，龙学中人有了自己的组织，有了学术研讨的平台。每两年即有一次年会、一次国际学术研讨会，海峡两岸的龙伯龙叔、龙子龙孙、龙兄龙弟、龙姐龙妹，每年都有机会促膝说彦和，把酒话《文心》。近三十年的历史已经证明，学会的创立及日常工作，对于联络海峡两岸学人，对于推动全球龙学发展，的确是功不可没的。

《通变》篇的"赞曰"讲"文律运周，日新其业。变则其久，通则不乏"。当我们回首龙学的百年历程时，一个较为突出的感觉是："通"多而"变"少。我在检索百年龙学著述时，发现21世纪新近问世的一些龙学论文，其选题、方法、思路和结论，和10年前、30年前、50年前，甚至百年前的文章相比，并没有贡献出什么新的东西，"诸如此类，莫不相循"。刘勰认为，即使是描写诸如"日出东沼，月生西陂"这样的小景色，也不能"循环相因"，也要讲究"通变之数"，更何况我们写的是"龙学"这部大书！如何在中西文论对话的语境中重新发掘《文心雕龙》的理论价值？如何在传统与现代的交汇或断裂处重新演绎刘勰文论的时代新意？如何在龙学研究中"望今制奇，参古定法"？如何使得我们的龙学"万里逸步"而非"庭间回骤"？这些，都是需要21世纪的龙学中人认真思考并认真回答的。

庚寅年酷暑
于武昌东湖名居心远斋

百年龙学经典举要

文心雕龙札记

黄 侃

题辞及略例

  论文之书，鲜有专籍。自桓谭《新论》、王充《论衡》，杂论篇章。继此以降，作者间出，然文或湮阙，有如《流别》、《翰林》之类；语或简括，有如《典论》、《文赋》之俦。其敷陈详覈，征证丰多，枝叶扶疏，原流粲然者，惟刘氏《文心》一书耳。虽所引之文，今或亡佚，而三隅之反，政在达材。自唐而下，文人踵多，论文者至有标榘门法，自成部区，然纠察其善言，无不本之故记。文气、文格、文德诸端，盖皆老生之常谈，而非一家之眇论。若其悟解殊术，持测异方，虽百喙争鸣，而要归无二。世人忽远而崇近，遗实而取名，则夫阳刚阴柔之说，起承转合之谈，吾俦所以为难循，而或者方矜为胜义。夫饮食之道，求其可口，是故咸酸大苦，味异而皆容于舌函；文章之嗜好，亦类是矣，何必尽同？今为讲说计，自宜依用刘氏成书，加之诠释；引申触类，既任学者之自为，曲畅旁推，亦缘版业而散见。如谓刘氏去今已远，不足诵说，则如刘子玄《史通》以后，亦罕嗣音，论史法者，未闻庋阁其作；故知滞于迹者，无向而不滞，通于理者，靡适而不通。自愧迂谨，不敢肆为论文之言，用是依傍旧文，聊资启发，虽无卓尔之美，庶几以弗畔为贤。如其弭违纠缪，以俟雅德君子。

  《文心》旧有黄注，其书大抵成于宾客之手，故纰缪弘多，所引书往往为今世所无，展转取载而不著其出处，此是大病。今于黄注遗脱处偶加补苴，亦不能一一征举也。

瑞安孙君《札迻》有校《文心》之语，并皆精美，兹悉取以入录。

今人李详审言，有《黄注补正》，时有善言，间或疏漏，兹亦采取而别白之。

《序志》篇云：选文以定篇。然则诸篇所举旧文，悉是彦和所取以为程式者，惜多有残佚，今凡可见者，并皆缮录，以备稽考。唯除《楚辞》、《文选》、《史记》、《汉书》所载，其未举篇名，但举人名者，亦择其佳篇，随宜迻写。若有彦和所不载，而私意以为可作楷橥者，偶为抄撮，以便讲说，非敢谓愚所去取尽当也。

原 道 第 一

原道 《序志》篇云："《文心》之作也，本乎道。"案彦和之意，以为文章本由自然生，故篇中数言自然，一则曰："心生而言立，言立而文明，自然之道也。"再则曰："夫岂外饰，盖自然耳。"三则曰："谁其尸之，亦神理而已。寻绎其旨，甚为平易。盖人有思心，即有言语，既有言语，即有文章，言语以表思心，文章以代言语，惟圣人为能尽文之妙，所谓道者，如此而已。此与后世言"文以载道"者截然不同。详淮南王有《原道》篇，高诱注曰："原，本也。本道根真，包裹天地，以历万物，故曰原道，用以题篇。"此则道者，犹佛说之"如"，其运无乎不在，万物之情，人伦之传，孰非道之所寄乎？《韩非子·解老》篇曰："道者，万物之所然也，万理之所稽也。理者，成物之文也；道者，万物之所以成也。道，公相。理，私相。故曰：道，理之者也。物有理，不可以相薄。物有理不可以相薄，故理之为物之制。万物各异理，而道尽稽万物之理，故不得不化。不得不化，故无常操。无常操，是以死生气禀焉，万智斟酌焉，万事废兴焉。"《庄子·天下》篇曰："古之所谓道术者果恶乎在？曰：无乎不在。"案庄、韩之言道，犹言万物之所由然。文章之成，亦由自然，故韩子又言圣人得之以成文章。韩子之言，正彦和所祖也。道者，玄名也，非著名也，玄名故通于万理。而庄子且言"道在矢溺"。今曰"文以载道"，则未知所载者即此万物之所由然乎？

抑别有所谓一家之道乎？如前之说，本文章之公理，无庸标榜以自殊于人；如后之说，则亦道其所道而已，文章之事，不如此狭隘也。夫堪舆之内，号物之数曰万，其条理纷纭，人鬓蚕丝，犹将不足仿佛，今置一理以为道，而曰文非此不可作，非独昧于语言之本，其亦胶滞而罕通矣。察其表则为谰言，察其里初无胜义，使文章之事，愈瘠愈削，寝成为一种枯槁之形，而世之为文者，亦不复撢究学术，研寻真知，而惟此豪言之尚，然则阶之厉者，非文以载道之说而又谁乎？通儒顾宁人生平笃信"文以载道"之言，至不肯为李二曲之母作志，斯则矫枉之过，而非通方之谈，后来君子，庶无蹟焉。

俯察含章 《易·上经·坤六三爻辞》："含章可贞。"王弼说为"含美而可正"，是以美释章。

草木贲华 《易·释文》引傅氏云："贲，古斑字，文章貌。"王肃符文反。此类隔切，音如虎贲之贲。云："有文饰黄白貌。"

和若球锽 《书·皋陶谟》曰："戛击鸣球。"球，玉磬也。锽，《说文》曰："钟声。"《广韵》作鐄，云大钟，户盲切。

形立则章成矣，声发则文生矣 故知文章之事，以声采为本。彦和之意，盖谓声采由自然生，其雕琢过甚者，则寝失其本，故宜绝之，非有专隆朴质之语。

肇自太极 《易·系辞上》韩注曰："太极者，无称之称，不可得而名，取有之所极况之太极者也。"据韩义，则所谓形气未分以前为太极，而众理之归，言思俱断，亦曰太极，非陈抟半明半昧之《太极图》。

乾坤两位，独制文言，言之文也，天地之心哉 《周易音义》曰："文言，文饰卦下之言也。"《正义》引庄氏曰："文谓文饰，以乾坤德大，故皆文饰以为文言。"案此二说与彦和意正同。仪征阮君因以推衍为《文言说》，而本师章氏非之。今并陈二说于后，决之以己意。

文言说（《揅经室三集》二）

古人无笔砚纸墨之便，往往铸金刻石，始传久远；其著之简策者，亦有漆书刀削之劳，非如今人下笔千言，言事甚易也。许氏

《说文》"直言曰言，论难曰语"；《左传》曰"言之无文，行之不远"；此何也？古人以简策传事者少，以口舌传事者多，以目治事者少，以口耳治事者多。故同为一言，转相告语，必有愆误，原注：《说文》：言从口从辛。辛，愆也。是必寡其词，协其音，以文其言，使人易于记诵，无能增改；且无方言俗语杂于其间，案此语误。始能达意，始能行远。此孔子于《易》所以著《文言》之篇也。古人歌诗箴铭谚语，凡有韵之文，皆此道也。谨案：音韵与言语并兴，而文字尚在其后。《尔雅释训》主于训蒙，子子孙孙以下，用韵者三十二条，亦此道也。案陈伯弢先生谓："训即大司乐以乐语教国子之道讽诵言语之道。"又即道盛德至善之道，此义真精确无伦。孔子于乾坤之言，自名曰文，此千古文章之祖也。为文章者，不务协音以成韵，修词以达远，使人易诵易记，而惟以单行之语，纵横恣肆，动辄千言万字，不知此乃古人所谓直言之言，论难之语，非言之有文者也，案此数言可证阮君此文实具救弊之苦心，惟古人言语亦有音节，亦须润色修饰，故大司乐称以乐语教言语，而仲尼亦曰："言之无文，行而不远也。非孔子之所谓文也。《文言》数百字，几于句句用韵。孔子于此，发明乾坤之蕴，诠释四德之名，几费修辞之意，冀达意外之言。原注：《说文》曰："词，意内言外也。"盖词亦言也，非文也。修辞立其诚。《说文》曰："修，饰也。"词之饰者，乃得为文，不得以词即文也。案此语亦稍误。言语有修饰，文章亦有修饰，而皆称之文。言曰文，其修饰者，虽言亦文；其不修饰者，虽名曰文，而实非文也。要使远近易诵，古今易传，公卿大夫皆能记诵。以通天地万物，以警国家身心。不但多用韵，抑且多用偶。案此数言诚为精谛。即如乐行、忧违，偶也。长人、合礼，偶也。和义、干事，偶也。庸言、庸行，偶也。闲邪、善世，偶也。进德、修业，偶也。知至、知终，偶也。上位、下位，偶也。同声、同气，偶也。水湿、火燥，偶也。云龙、风虎，偶也。本天、本地，偶也。无位、无民，俩也。勿用、在田，偶也。潜藏、文明，偶也。道革、位德，偶也。偕极、天则，偶也。隐见、行成，偶也。学聚、问辨，偶也。宽居、仁行，偶也。合德、合明、合序、合吉凶，偶也。先天、后天，偶也。存亡、得丧，偶也。馀庆、馀殃，偶也。直内、方外，偶也。通理、居体，偶也。凡偶皆文也。于物两色相偶而交错之，乃得名曰文，文即象其形也。原注：《考工记》曰:"青与白谓之文,赤与黑谓之章。"《说文》曰:文,"错画也,象交文。"然则千古之文,莫大于孔子之言《易》。案此论又信矣。孔子以用韵比偶之法,错综其言,而自名之曰文,何后人必欲反孔子之道,而自命曰文,且尊之曰古也!

案阮君尚有《书梁昭明太子文选序后》,及《与友人论古文书》,皆推阐其说。又其子福有《文笔对》。《文笔对》太长,兹节录二文于左:并见《揅经室三集》二。

书梁昭明太子文选序后

昭明所选,名之曰文,盖必文而后选也,非文则不选也。经也,史也,子也,皆不可专名之为文也。案此言亦微误,经、史、子亦有文有质,其文者安得不谓之文哉?故昭明《文选序》后三段,特明其不选之故,必沈思翰藻,始名之为文,始以入选也。或曰:昭明必以沈思翰藻为文,于古有征乎?曰:事当求其始,凡以言语著之简策,不必以文为本者,皆经也,史也,子也。案此语亦未谛。韵语不必著简策,又经史皆有文,《尚书·尧典》偶语甚多,《诗》三百篇全为文事,《老子》亦用韵用偶。言必有文,专名之曰文者,自孔子《易·文言》始。案不如用庄陆之说为正,取于文饰以为文言,非文言以前竟无文饰。《传》曰:"言之无文,行之不远。"故古人言贵有文。孔子《文言》,实为万世文章之祖,此语又不误。此篇奇偶相生,音韵相和,如青白之成文,如咸韶之合节,非清言质说者比也,非振笔纵书者比也,非诘屈涩语者比也。是故昭明以为经也,史也,子也,非可专名之为文也;专名为文,必沈思翰藻而后可也。自齐梁以后,溺于声律,案此语最为分明,骈体之革为古文,以此致之。彦和《雕龙》,渐开四六之体,至唐而四六更卑,然文体不可谓之不卑,而文统不得谓之不正。自唐宋韩苏诸大家以奇偶相生之文为八代之衰而矫之,于是昭明所不选者,反皆为诸家所取,故其所著者,非经即子,非子即史,案以此评八家,攻之反以誉之矣。求其合于昭明所谓文者鲜矣。案以下有数语略之。如必以比偶非文之古者而卑之,则孔子自名其言曰文者,一篇之中,偶句凡四十有八,韵语凡三十有五,岂可以为非文之正体而卑之乎?案已下有数行删去。

与友人论古文书

夫势穷者必变，案此上有数行删去。情弊者务新，文家矫厉，每求相胜，其间转变，实在昌黎。昌黎之文，矫《文选》之流弊而已。案此语亦有疵，"文起八代之衰"，乃后人以誉昌黎者，昌黎未尝以此自任也。天监以还，文渐浮诡，昌黎所革，只此而已。阮云矫《文选》之流弊：与文起八代之衰，皆非知言。

案以下尚有数行略去。

案阮氏之言，诚有见于文章之始，而不足以尽文辞之封域。本师章氏驳之，见《国故论衡·文学总略》篇。以为《文选》乃裒次总集，体例适然，非不易之定论；又谓文笔文辞之分，皆足自陷，诚中其失矣。窃谓文辞封略，本可弛张，推而广之，则凡书以文字，著之竹帛者，皆谓之文，非独不论有文饰与无文饰，抑且不论有句读与无句读，此至大之范围也。故《文心·书记》篇，杂文多品，悉可人录。再缩小之，则凡有句读者皆为文，而不论其文饰与否，纯任文饰，固谓之文矣，即朴质简拙，亦不得不谓之文。此类所包，稍小于前，而经传诸子，皆在其笼罩。若夫文章之初，实先韵语；传久行远，实贵偶词；修饰润色，实为文事；敷文摘采，实异质言；则阮氏之言，良有不可废者。即彦和泛论文章，而《神思》篇已下之文，乃专有所属，非泛为著之竹帛者而言，亦不能遍通于经传诸子。然则拓其疆宇，则文无所不包，揆其本原，则文实有专美。特雕饰逾甚，则质日以漓，浅露是祟，则文失其本。又况文辞之事，章采为要，尽去既不可法，太过亦足召讥，必也酌文质之宜而不偏，尽奇偶之变而不滞，复古以定则，裕学以立言，文章之宗，其在此乎？

河图孕乎八卦，洛书韫乎九畴　《汉书·五行志》曰："刘歆以为伏羲氏继天而王，受《河图》，则而画之，八卦是也。禹治洪水，赐《洛书》，法而陈之，《洪范》是也。"又曰："初一曰五行以下，凡此六十五字，皆《洛书》本文。彦和云：《洛书》韫乎九畴。"正同此说。纪氏谓彦和用《洛书》配九宫，说同于卢辩，是又不详考之言。

唐虞文章 案彦和以"元首载歌""益稷陈谟"属之文章，则文章不用礼文之广谊。

业峻鸿绩 案业绩同训功，峻鸿皆训大，此句位字，殊违常轨。

剬诗缉颂 李详云："案张守节《史记正义·论字例》云：'制字作剬。缘古字少，通共用之。《史》、《汉》本有此古字者，乃为好本。'据此则剬即制字，既不可依《说文》训剬为齐，亦不必辨制剬相似之讹。"谨按：李说是也。

观天文以极变 《易贲》象传曰："观乎天文，以察时变；观乎人文，以化成天下。"

发辉事业 《周易乾音义》曰："发挥，音辉，本亦作辉，义取光辉也。"

道沿圣以垂文，圣因文而明道 物理无穷，非言不显，文不传，故所传之道，即万物之情，人伦之传，无小无大，靡不并包。纪氏又傅会载道之言，殊为未谛。

道心惟微 此荀子引道经之言，而梅赜伪古文采以人《大禹谟》，其辩详见太原阎君《尚书古文疏证》。

征 圣 第 二

征圣 此篇所谓宗师仲尼以重其言。纪氏谓为装点门面，不悟宜尼赞《易》、序《诗》、制作《春秋》，所以继往开来，唯文是赖。后之人将欲隆文术于既颓，简群言而取正，微孔子复安归乎？且诸夏文辞之古，莫古于《帝典》，文辞之美，莫美于《易传》。一则经宣尼之刊著，一则为宣尼所自修。研论名理，则眇万物而为言；董正史文，则先百王以垂范，此乃九流之宗极，诸史之高曾，求之简编，明证如此。至于微言所寄，及门所传，贵文之辞，尤难悉数。详自古文章之名，所包至广，或以言治化，或以称政典，或以目学艺，或以表辞言，必若局促篇章，乃名文事，则圣言于此为隘，文术有所未宏。"周监二代，郁郁乎文"，此以文言治化也。文王既没，文不在兹，此以文称政典也。"余力学文"，此以文目学艺也。"文以足言"，此

>>> 龙学档案 <<<

以文表辞言也。论其经略，宏大如此，所以牢笼传记，亭毒百家，譬之溟渤之宽，众流所赴，玑衡之运，七政攸齐，征圣立言，固文章之上业也。近代唯阮君伯元知尊奉文言，以为万世文章之祖，犹不悟经史子集一概皆名为文，无一不本于圣，徒欲援引孔父，以自宠光，求为隆高，先自减削，此固千虑之一失。然持校空言理气，屼论典礼，以为明道，实殊圣心者，贯三光而洞九泉，曾何足以语其高下也！

辞欲巧 郑曰：“巧，谓顺而说也。”孔疏言辞欲得和顺美巧，不违逆于理，与巧言令色之巧异。案此诗所谓“有伦有脊”者也。《毛传》：“伦，道也。脊，理也。”

或简言以达旨 四句 文术虽多，要不过繁简隐显而已，故彦和征举圣文，立四者以示例。

丧服举轻以包重 黄注：所谓缌不祭，《曾子问》篇文。小功不税，《檀弓》篇文。郑注曰：“日月已过，乃闻丧而服曰税，大功以上然，小功轻不服。”《丧服小记注》：“税者，丧与服不相当之言。”

邠诗联章以积句 《七月》一篇八章，章十一句，此风诗之最长者。

儒行缛说以繁辞 据郑注，则《儒行》所举十有五儒，加以圣人之儒，为十六儒也。

昭晰 孙君云。“元本晰作晳，晳为晰之借，晰乃晰之讹。”《说文》日部：“昭晢，明也。”《易》曰：“明辩晢也。”《释文》云：“晢又作晣。”后《正纬》、《明诗》、《总术》篇“昭晰”字，元本皆作“晢”。按彦和用经字多异于今本，如“发挥”作“发辉”是也。

四象 彦和之意，盖与庄氏同，故曰“四象精义以曲隐”。《正义》引庄氏曰：“四象，谓六十四卦之中有实象、有假象、有义象、有用象。”

辞尚体要，弗惟好异 伪古文《尚书·毕命》篇：“政贵有恒，辞尚体要，不惟好异。”梅氏《传》：“辞以体实为要，故贵尚之，若异于先王，君子所不尚。”

虽精义曲隐 案自《易》称辨物正言”，至“正言共精义并用”，乃承“四象”二语，以辨隐显之宜，恐人疑圣文明著，无宜有隐晦之言，故申辨之。盖正言者，求辨之正，而渊深之理，适使辨理坚强。体要者，制辞之成，而婉妙之文，益使辞致娇美。非独隐显不相妨碍，惟其能隐，所以为显也。然文章之事，固有宜隐而不宜显者，《易》理邃微，自不能如《诗》、《书》之明莉，《春秋》简约，自不能如传记之周详，必令繁辞称说，乃与体制相乖。圣人为文，亦因其体而异。《易》非典要，故多陈几深之言，史本策书，故简立褒贬立法，必通此意，而后可与谈经；不然，视《易》为卜筮之廞辞，谓《春秋》为断烂之朝报，惑经疑孔之弊，滋多于是矣。

衔华佩实 此彦和《征圣》篇之本意。文章本之圣哲，而后世专尚华辞，则离本浸远，故彦和必以华实兼言。孔子曰："质胜文则野，文胜质则史，文质彬彬，然后君子。"包咸注曰："野如野人，言鄙略也。史者，文多而质少；彬彬者，文质相半之貌。"审是，则文多者固孔子所讥。鄙略更非圣人所许，奈之何后人欲去华辞而专崇朴陋哉？如舍人者，可谓得尚于中行者矣。

辨 骚 第 五

班固曰："赋者，古诗之流也。"自变风终陈夏，而六诗不见采于国史。然歌咏胸怀，本于民性，声诗之作，未遽废颓。寻检左氏内外传文，所载当世讴谣，不一而足：若南蒯之歌，昭公十二年。莱人之歌，哀公五年。齐人之歌，哀公二十一年。申叔仪之歌，哀公十三年。以及鲁人之讥臧孙、郑人之诵子产，其结言位句，与三百篇固已小殊，而大体无别。是知诗句有时而变通，诗体相承而无革。降及战代，楚国多材，屈子诞生于旧郢，孙卿退老于兰陵，《史记正义》：兰陵县属东海郡。案今山东兖州府峄县东五十里。并为辞人之宗，开赋体之首。观孙卿所作赋及佹诗，是四言为多，而《成相》之辞，则句度长短傥互。屈子《天问》、《大招》及《九章》诸乱辞，亦尽四言，惟《离骚》、《远游》之类，织以长句，而间以语词，后世遂以此体为《楚辞》所独具。检《国语》载晋惠公改葬共世子，臭达于外，国人诵之曰："贞之无报也，孰是人斯而有是臭也！贞为不听，信为不诚，国斯无刑，偷居幸生。不更厥贞，大命其倾！威兮怀兮，各聚尔有，以待所归兮。猗兮违兮，心之哀兮！岁之二七，其靡有征兮。若狄公子，吾是之依兮。镇抚国家，为王妃兮。"此先于屈子二百余年，而其句度已长于旧式。《史记》载优孟歌孙叔敖事，亦先于屈子，又南土之旧音也。然则屈子之作，其意等于《风》、《雅》，《史记》："《国风》好色而不淫，《小雅》怨诽而不乱，若《离骚》者可谓兼之。"而其体沿自讴谣。自承宣尼删订之绪余，而下作宋、贾、马、扬之矩镬。论其大名，则并之于诗，察其分流，则别称为赋。班固之论，可谓深察名号，推见原流者已。自彦和论文，别骚于斌，盖欲以尊屈子，使《离骚》上继《诗经》，非谓骚赋有二。观《诠斌》篇云："灵均唱骚，始广声貌。"是仍以《离骚》为赋矣。《隋书·经籍志》别《楚辞》于总集，意盖亦同舍人。观其序辞云"王逸集屈原以下迄刘向"云云，是仍以《楚辞》为总集矣。惟昭明选文，以《楚辞》所录为骚，斯为大失，后之览者，宜悉其违戾焉。《楚辞》是赋，不可别名为骚。《离骚》二字，亦不可截去一字。纪评至谛。

淮南作传 案"《国风》好色而不淫"已下至"与日月争光可也"数语，今见《史记·屈原传》。知史公作传，即取《离骚传序》之文。

羿浇二姚，与左氏不合 案班孟坚《序》讥淮南王安作《传》，说羿、浇、少康、二姚、有娀、佚女，皆各以所识，有所增损，非讥屈子用事与左氏不合。彦和此语盖有误。

汉宜嗟叹 见《汉书·王褒传》。

孟坚谓不合传 误如前举。

虽取镕经意，亦自铸伟辞 二语最谛。异于经典者，固由自铸其词；同于《风》《雅》者，亦再经镕湅，非徒貌取而已。

招魂招隐 《招隐》宜从《楚辞补注》本作《大招》。

卜居标放言之致 李云："陈星南云：《论语·微子》篇，'隐居放言'。《集解》引包曰：放，置也，不复言世务。案《卜居》有云：'吁磋默默，谁知吾之廉贞？'故彦和以放言美之。"侃案：《卜居》命龟之辞，繁多不絾，故曰放言。放言犹云纵言。陈解未谛。

中巧者猎其艳辞 中巧犹言心巧。

酌奇而不失其真，玩华而不坠其实 彦和论文，必以存真实为主，亦鉴于楚艳汉侈之流弊而立言。其实屈宋之辞，辞华者其表仪，真实者其骨干，学之者遗神取貌，所以有伪体之讥。试取贾生《惜誓》、枚乘《七发》、相如《大人》、扬雄《河东》诸篇细玩之，可以悟摹拟屈宋之法。盖此诸篇，莫不工于变化，非夫沿袭声调，剽剥采藻所敢印跂也。

彦和以前，论《楚辞》之文，有淮南王《离骚传序》、太史公《屈原传》、《汉书·艺文志·诗赋略序》、班孟坚《离骚序》、《离骚赞序》、王逸《楚辞章句序》及诸篇小序、《楚辞章句》十六卷。自屈原赋二十五篇为七卷，其余为《九辩》、《招魂》、《大招》、《惜誓》、《招隐士》、《七谏》、《哀时命》、《九怀》、《九叹》；附以王逸自作《九思》，为十七卷。宋洪兴祖《补注》最善。朱熹《集注》改易旧章，不为典要。清世惠定宇、戴东原二君并有《屈原赋注》。戴注曾见之，惠注未见。言《楚辞》音者，《隋志》录五家。又云："隋时有释道骞善读之，能为楚声，音韵清切，至今传《楚辞》者，皆祖骞公之音。"寻《汉书》言九江被公能为《楚辞》，召见诵读。尔则《楚辞》之重楚音，其来旧矣。五家之音虽佚，然劳商遗响，激楚余声，千载下于方语中得之。

明 诗 第 六

古昔篇章，大别之为有韵无韵二类，其有韵者，皆诗之属也。其后因事立名，支庶繁滋，而本宗日以痟削，诗之题号，由此隘矣。彦和析论文体，首以《明诗》，可谓得其统序。然篇中所论，亦但局于雅俗所称为诗者，则时序所拘，虽欲复古而不可得也。品物词人，尽于刘宋之季，自尔迄今，更姓十数，诗体屡变，好尚亦随世而殊，谈诗之书，充盈篇幅，溯观舍人之论，殆无不以为已陈之刍狗者。傍有记室《诗品》，班弟《诗才》，只限梁武之世，所举诸人，今日或不存只字，此与彦和之诗，皆运而往矣。自我观之，诗体有时而变迁，诗道无时而可易，欲求上继风雅，下异讴謡，革下里之庸音，绍词人之正辙，则固有共循之术焉。曰：本之情性，协之声音，振之以文采，齐之以法度而已矣。历观古今诗人成名者，罔不如此。夫然，故彦和、仲伟之论，虽去今辽邈，而经纬本末，自有其期，年耆者又乌得而废之者哉？诗体众多，源流清浊，诚不可以短言尽。往为《诗品讲疏》，亦未卒业，兹但顺释舍人之文云尔。

诗者，持也 《古微书》引《诗》纬《含神雾》文。

黄帝云门，理不空弦 理不空弦者，以其既得乐名，必有乐词也。

至尧有大唐之歌 唐一作章。《尚书大传》云："报事还归，二年谍然，乃作《大唐之歌》。"郑注曰："《大唐之歌》，美尧之禅也。"据此文，是《大唐》乃舜作以美尧，则作大章者为是。《乐记》曰："大章，章之也。"郑注曰："尧乐名。"

九序惟歌 伪《大禹谟》文。

五子咸怨 伪《五子之歌》文。

顺美匡恶 《诗谱序》："论功颂德，所以将顺其美；刺过讥失，所以匡救其恶。"

秦皇灭典，亦造仙诗 《史记·秦始皇本纪》："三十六年，使博士为《仙真人》诗，及行所游天下，传令乐人歌弦之。"案上文三十五年卢生说始皇曰："真人者，入水不濡，入火不爇，凌云气，与天地久长。于是始皇曰：吾慕真人。自谓真人，不称朕。"

辞人遗翰至五言之冠冕也 往作《诗品讲疏》，于此辨之甚析，兹录如下：

《文心雕龙·明诗》篇曰。"又《古诗》佳丽，或称枚叔。徐陵《玉台新咏》有枚乘诗八首，谓青青河畔草一、西北有高楼二、涉江采芙蓉三、庭中有奇树四、迢迢牵牛星五、东城高且长六、明月何皎皎七、行行重行行八，此皆在《十九首》中。《玉台》又有兰若生春阳一首，亦云枚乘作。其《孤竹》一篇，则傅毅之辞，《后汉书》：傅毅字武仲，当明章时。《孤竹》，谓十一首中之冉冉孤生竹一篇也。比采而推，两汉之作乎。"《文选》李善《注》云："古诗，盖不知作者，或云枚乘，疑不能明也。诗云：'驱车上东门。'《阮嗣宗咏怀诗注》引《何南郡图经》曰：'东有三门，最北头曰上东门。'案：此东都城门名也，故疑为东汉人之辞。又云'游戏宛与洛'，《古诗注》曰：《汉书》南阳郡有宛县。洛，东都也。案张平子《南都赋》注引挚虞曰：南阳邵治宛，在京之南，故曰南都。《南都赋》曰：夫南阳者，真所谓汉之旧都者也。诗以宛洛并言，明在东汉之世。此则兼辞东都，非尽是乘明矣。"寻李《注》所言，是古有以《十九首》皆枚乘所作者，故云非尽是乘。孝穆撰诗，但以《十九首》之九首为乘所作，亦因其余句多与时序不合尔。案"明月皎夜光"一诗，其称节序，皆是太初未改历以前之言，诗云"玉衡指孟冬"，而上云"促织鸣东壁"，下云"秋蝉鸣树间，玄鸟逝安适"，是此孟冬正夏正之孟秋，若在改历以还，称节序者不应如此，然则此诗乃汉初之作矣。又"凛凛岁云暮"一诗，言凉风率已厉，凉风之至，候在孟秋，《月令》：孟秋之月，凉风至。而此云岁暮，是亦太初以前之词也。推而论之，五言之作，在西汉则歌谣乐府为多，而辞人文士犹未肯相率模效，李都尉从戎之士，班婕妤宫女之流，当其感物兴歌，初不殊于谣谚，然风人之旨，感慨之言，竟能擅美当时，垂范来世，推其原始，故亦闾里之声也。按《汉书·艺文志》云："自孝武立乐府而采歌谣，于是有代赵之讴，秦楚之风，皆感于哀乐，缘情而发，亦可以观风俗，知厚薄云。"歌诗二十八家中，除诸不系于地者，有吴楚、汝南歌诗，燕代讴，雁门、云中、陇西歌诗，邯郸、河间歌诗，齐郑歌诗，淮南歌诗，左冯翊、秦歌诗，京兆尹、秦歌诗，河东、蒲阪歌诗，洛阳歌诗，河南、周歌诗，河南周歌声曲折。周谣歌诗，周谣欲诗声曲折。周歌诗，南郡歌诗，都凡十余家，此与陈诗观风初无二致。然则汉世歌谣之有十余家，无殊于《诗》三百篇之有十五《国风》也。挚仲治《文章流别论》曰：古诗有三言四言五言六言七言九言，大率以四言为体，而时有一句二句杂在四言之间，后世演之，遂以为篇。古诗之三言者，"振振鹭、鹭于飞"之属是也，汉郊庙歌多用之。唐山夫人《安世房中歌》：《安其所》、《丰草葽》、《雷震震》诸篇，皆三言。《郊祀歌》：《练时日》、《太乙况》、《天马徕》诸篇皆三言。五言者，"谁谓雀无角、何以穿我屋"之属是也，案当举《郊特牲》伊耆氏《蜡辞》，"草木归其泽"一句，为诗中五言之始见者。于俳谐倡乐多用之。凡非大礼所用者，皆俳谐倡乐，此中兼有乐府所载歌谣。六言者，"我姑酌彼金罍"之属是也，乐府亦用之。如《悲歌》："悲歌可以当泣、远望可以当归"二句。《猛虎行》："饥不从猛虎食，暮不从野雀栖"二句。又《上留田行》前四句，皆以六言成句者也。七言者，"交交黄鸟止于桑"之属是也，案从鸟字断句亦可，宜举"昔也日蹙国百里"二句。于俳谐倡乐亦用之。乐府中多以七字为句，如

《鼓吹铙歌》中，"千秋万岁乐无极、江有香草目以兰"，此外不能悉举。古诗之九言者，洞酌彼行潦挹彼注兹之属是也，案此仍从潦字断句，《诗》三百篇实无九言，当举《卜居》之"与波上下偷以全吾躯"（句末乎字为助声），《九辩》之"吾固知其龌龊而难入"。不入歌谣之章。按《鸟生》篇"嗜我秦氏家有游荡子"及"白鹿乃在上林西苑中"，皆九言。所谓不入歌谣之章者，盖因其希见尔。以挚氏之言推之，则五言固俳谐倡乐所多有，《艺文志》所列诸方歌谣，皆在俳谐倡乐之内。而《文心雕龙·明诗》篇云："成帝品录，三百余篇，朝章国采，亦云周备，而辞人遗翰，莫见五言。"此以当世文士不为五言，并疑乐府歌诗亦无五言也。今考西汉之世为五言有主名者，李都尉班婕好而外，有虞美人《答项王歌》见《楚汉春秋》、卓文君《白头吟》、李延年歌前四语、苏武诗四首。其无主名者，乐府有《上陵》前数语、《有所思》篇中多五言、《鸡鸣》、《陌上桑》、《长歌行》、《豫章行》、《相逢行》、《长安有狭邪行》、《陇西行》、《步出夏门行》、《艳歌何尝行》、《艳歌行》、《怨歌行》、《上留田》"里中有啼儿"一首、《古八变歌》、《艳歌》、《古咄惜歌》。此中容有东汉所造，然武帝乐府所录，宜多存者。歌谣有《紫宫谚》、长安为尹赏作歌、无名人诗八首、上山采蘼芜一、四坐且莫喧二、悲与亲友别三、穆穆清风至四、橘柚垂华实五、十五从军征六、新树兰蕙葩七、步出城东门八。以上诸篇，或见《乐府诗集》，或见《诗纪》。古诗八首，五言四句，如"采葵莫伤根"之类。大抵淳厚清婉，其辞近于《国风》，不杂以赋颂，此乃五言之正轨矣。自建安以来，文人竞作五言，篇章日富，然间里歌谣，则犹远同汉风，试观所载清商曲辞，五言居其什九，托意造句，皆与汉世乐府共其波澜，以此知五言之体肇于歌谣也。彦和云"不见五言"，此乃千虑之一失。唯仲伟断为炎汉之制，其鉴审矣。

清典可味 典一作曲。纪云："曲字是，字作婉字解。"李详云：梅庆生凌云本并作"清曲"。《御览》八百九十三引张衡怨诗曰："秋兰，嘉美人也，嘉而不获，故作是诗。"此是诗序，诗与黄引同。

仙诗缓歌 黄引《同声歌》当之，纪氏讥之，是也。

暨建安之初至此其所同也 此节转录《诗品讲疏》释之如下：

详建安五言，毗于乐府。魏武诸作，慷慨苍凉，所以收束汉音，振发魏响。文帝弟兄所撰乐府最多，虽体有所因，而词贵独创，声不变古。而采自已舒，其余杂诗，皆崇藻丽，故沈休文曰："至于建安，曹氏基命，三祖陈王，咸蓄盛藻，甫乃以情纬文，以文被质。"言自此以上质胜于文也。若其述欢宴，愍乱离，敦友朋，笃匹偶，虽篇题杂沓，而同以苏李古诗为原，文采缤纷，而不能离闾里歌谣之质，故其称景物则不尚雕镂，叙胸情则唯求诚恳，而又缘以雅词，振其英响，斯所以兼笼前美，作范后来者也。自魏文已往，罕以五言见诸品藻，至文帝《与吴质书》，始称"公干五言诗之善者妙绝时人"。盖五言始兴，惟乐歌为众，辞人竞效，其风隆自建安，既作者滋多，故工拙之数可得而论矣。

何晏之徒，率多浮浅　晏诗《诗纪》载拟古失题二首。

江左篇制至挺拔而为俊矣　此节转录《诗品讲疏》释之如下：

《谢灵运传论》曰："在晋中兴，玄风独扇，为学穷于柱下，博物止乎七篇，驰骋文辞，义殚乎此。自建武暨于义熙，安帝年号历载将百，虽比响联辞，波属云委，莫不寄言上德，托意玄珠，遒丽之辞，无闻焉尔。"《续晋阳秋》宋永嘉太守檀道鸾撰，书已佚，此见《困学纪闻》及《文选注》引。曰："自司马相如、王褒、扬雄诸贤，世尚赋颂，皆体则诗骚，傍综百家之言。及至建安，而诗章大盛。逮乎西朝之末，潘陆之徒，虽时有质文，而宗归不异也。正始中，王弼、何晏好庄、老玄胜之谈。而俗遂贵焉。至过江，佛理尤盛，故郭璞五言，始会合道家之言而韵之。许询及太原孙绰，转相祖尚，又加以三世之辞，而风骚之体尽矣。询、绰并为一时文宗，自此学者悉体之。"据檀道鸾之说。是东晋玄言之诗，景纯实为之前导，特其才气奇肆，遭逢险艰，故能假玄言以写中情，非夫钞录文句者所可拟况。若孙、许之诗，但陈要妙，情既离乎比兴，体有近于伽陀，徒以风会所趋，仿效日众，览《兰亭集》诗，诸篇共旨，所谓琴瑟专一，谁能听之？达志抒情，将复焉赖？谓之风骚道尽，诚不诬也。《文心雕龙·时序》篇曰："自中朝贵玄，江左弥盛，因谈馀气，流成文体，是以世极迍邅，而辞意夷泰，诗必柱下之旨归，赋乃漆园之义疏，故知文变染乎世情，兴废系乎时序，原始以要终，虽百世可知也。"此乃推明崇尚玄虚之习，成于世道之艰危。盖恬惔之言，谬悠之理，所以排除忧患，消遣年涯，智士以之娱生，文人于焉托好，虽曰无用之用，亦时运为之矣。

又案：袁孙诸诗，传者甚罕，《文选》载有江文通《拟孙廷尉》诗，可以知其大概。

宋初文咏至此近世之所竞也　此节转录《诗品讲疏》释之如下：

《宋书·谢灵运传》曰："灵运博览群书，文章之美，江左莫逮。"论曰："爰逮宋氏，颜谢腾声，灵运之兴会标举，延年之体裁明密，并方轨前秀，垂范后昆。"《文心雕龙·明诗》篇曰："宋初文咏，体有因革，庄老告退，而山水方滋，俪采百字之偶，争价一句之奇，情必极貌以写物，辞必穷力而追新，此近世之所竞也。"案孙、许玄言，其势易尽，故殷谢振以景物，渊明杂以风华，浸欲复规洛京，上继邺下。康乐以奇才博学，大变诗体，一篇既出，都邑竞传，所以弁冕当时，扢扬雅道。于时俊彦，尚有颜鲍二谢之伦，谢瞻、谢惠连。要皆取法中朝，力辞轻浅，虽偶伤刻饰，亦矫枉之理也。夫极貌写物，有赖于深思，穷力追新，亦资于博学，将欲排除肤语，洗荡庸音，于此假涂，庶无迷路。世人好称汉魏，而以颜谢为繁巧，不悟规摹古调，必须振以新词，若虚响盈篇，徒生厌倦，其为蔽害，与剿绝玄语者政复不殊。以此知颜谢之术，乃五言之正轨矣。

四言正体　五言流调　挚虞《文章流别论》曰："雅音之韵，四言为正，其余虽备曲折之体，而非音之正也。"

诗有恒裁八句　此数语见似肤廓，实则为诗之道已具于此，"随性适分"四字，已将古今家数派别不同之故包举无遗矣。

离合之发　兹录孔融《离合诗》一首以备考：

离合作郡姓名字诗

渔父屈节，水潜匿方；离鱼字。与时进止，出行施张。离日字。二字合成鲁。吕公矶钓，阖口渭旁；离口字。九域有圣，无土不王。离或字。二字合成国。好是正直，女回于匡；离子字。海外有截，隼逝鹰扬。离乙字。二字合成孔。六翮将奋，羽仪未彰；离禺字。蛇龙之蛰，俾也可忘。离虫字。二字合成融。玫璇隐耀，美玉韬光。去玉成文，不须合。无名无誉，放言深藏；离与字。按辔安行，谁谓路长。离手字。二字合成举。

回文所兴二句 李详云:"《困学纪闻》十八评诗云:《诗苑类格》谓回文出于窦滔妻所作。《文心雕龙》云:又傅咸有回文反复诗,温峤有回文诗,皆在窦妻前。翁元圻注引《四库全书总目》宋桑世昌《回文类聚》四卷,《艺文类聚》载曹植《镜铭》,回环诵之,无不成文,实在苏惠以前。详案梅庆生音注本云:宋贺道庆作四言回文诗一首,计十一句,四十八言,从尾至首读亦成韵,而道原无可考,恐原为庆字之误。"侃案:道庆之前,回文作者已众,不得定原字为庆字之误。

评 介

黄侃(1886—1935),字季刚,湖北蕲春青石镇大樟树人。原名乔馨,字梅君,后改名侃,又字季子,号量守居士。我国近代著名的文字学家、训诂学家和音韵学家,与章太炎先生并称"国学大师"、"传统语言文字学的承前启后人"。1900年中秀才,1903年考入武昌文华普通中学堂。1906—1907年,黄侃先后在《民报》上发表《哀贫民》、《哀太平天国》等一系列文章,鼓吹革命。1914年,黄侃应聘为北京大学教授;1919年后,相继执教于武昌高等师范学校、武昌中华大学、北京大学、东北大学、南京中央大学等校,讲授辞章、训诂及经史之学。黄侃治学勤奋,以愚自处,主张"为学务精"、"宏通严谨"。所治文字、声韵、训诂之学,远绍汉唐,近承乾嘉,多有创见,自成一家。在音韵学方面对古音作出了切合当时言语实际的分类。晚年主要从事训诂学之研究。黄侃著作甚丰,其重要著述有《音述》、《说文略说》、《尔雅略说》、《集韵声类表》、《文心雕龙札记》、《日知录校记》等。

黄侃的《文心雕龙札记》(以下简称《札记》)是现代龙学的奠基作,在《文心雕龙》研究史上具有里程碑意义。该书原本是黄侃自1914年至1919年在北京大学任教时的授课讲义,如今通行的《札记》从最初的大学授课讲义到二十篇的小书,以至现在的三十一篇全本,前后相续,后出转精,且后出版本序跋附录,多有增益。该书对《文心雕龙》这部文学理论专著作了细致入微的剖析。它自面世以来，在学术界赢得了广泛的赞誉。在黄侃之前，对《文心雕龙》的研究仅在品评、考订方面，且多是只言片语，如杨慎、纪昀、章学诚、阮元诸家，或流于空泛，或失之偏颇。黄侃《札记》开始对《文心雕龙》的创作理论进行较为全面而系统的研究。不仅如此，《札记》在理论上还有所发展，其文学观自成体系，又能针对晚清文坛实际畅论文心。下面分三个方面讨论《札记》的学术价值。

首先，关于"文学"观念。黄侃在学术渊源上一方面继承了章太炎无所不包的泛文学观念，另一方面又吸收了阮元《文言说》的合理因素，对章氏的观念予以修正补充并运用于《文心雕龙》研究。因此，他在《札记·原道》篇注释"乾坤两位，独制文言，言之文也，天地之心哉"四句时，就一并引录了章太炎和阮元的观点，且"决之以己意"，由此导致了黄侃文学观念的三重性。自其大者而言之，"则凡书以文字，著之竹帛者，皆谓之文，非独不论有文饰与无文饰，抑且不论有句读与无句读，至此大之范围也，故《文心·书记》篇，杂文多品，悉可入录"；自其小者而言之，"则凡有句读者皆为文，而不论其文饰与否，纯任文饰，固谓之文矣，即质朴简拙，亦不得不谓之文。此类所包，稍小于前，而经传诸子，皆在其笼罩"。

在对文的"大""小"范围加以区分之后，黄侃又提出了最为根本的第三种文学观："若夫文章之初，实先韵语；传久行远，实贵偶词；修饰润色，实为文事；敷文摘采，实异质言；则阮氏之言，良有不可废者。"这就从较为纯粹的审美形式的角度触及了文学的部分根本特征，进而对《文心雕龙》创作论的理论价值作出了较为客观正确的评价："彦和泛论文章，而《神思》篇已下之文，乃专有所属，非泛为著之竹帛者而言，亦不能遍通于经传诸子。然则拓其疆宇，则文无所不包，揆其本原，则文实有专美。"经过层层剥离，最后指出《文心雕龙·神思》篇以下"乃专有所属"，这正是《札记》的卓识之体现，也是黄侃能够开创龙学新局面的重要原因之一。

其次，关于《文心雕龙》的现实价值。据《文心雕龙·序志》篇，刘勰"搦笔和墨，乃始论文"的写作动机，首先是有感于宋齐以还文坛"言贵浮诡"、"离本弥甚"的创作弊端，其次是因为"近代之论文者多矣"，但"并未能振叶以寻根，观澜而索源"。这种明确的文论研究的现实针对性，在黄侃《札记》中也有体现，《札记·题辞及略例》即谓：

> 自唐而下，文人踵多，论文者至有标榘门法，自成部区，然纠察其善言，无不本之故记。文气、文格、文德诸端，盖皆老生之常谈，而非一家之眇论。……世人忽远而崇近，遗实而取名，则夫阳刚阴柔之说，起承转合之谈，吾侪所以为难循，而或者方矜为胜义。

黄侃在这篇作为全书前言的文字中，对那些琐碎陈腐且毫无新创之见的说法痛下针砭，开宗明义地表明了他对桐城派及其末流的鲜明的批判态度，具有时代性和针对性。黄侃能摆脱唐宋以后已成传统的古文家的观念窠臼，给《文心雕龙》注入新的见解，使刘勰许多隐而未明的文论思想得以充分阐发，并在新的历史条件下显示出独特的理论意义。

再次，关于《文心雕龙》的方法论。史、评、论三者结合，是《文心雕龙》研究方法的一大特点。对于《文心雕龙》研究者来说，在探讨刘勰文学理论的内涵时，就不能抛弃沿波讨源的手段，而应当充分注意和考察理论的提出与文学史发展、具体作家作品的内在关系。黄侃《札记》的重要特色之一，就在于运用了循实反本、征诸文学史实的理论研究方法。黄侃既反对"研弄声调，涂饰华辞"的过分，也反对"专隆朴质"、佶屈塞吃的过分。《札记·情采篇》指出，"侈艳诚不可宗，而文采则不宜去；清真固可为范，而朴陋则不足多"。黄侃不仅一般地反对两种弊端，而且针对时俗偏见提出着重反对所谓朴陋即不重文采的弊端。《札记》的《原道》、《明诗》、《诠赋》各篇分别强调了文采的必要："文辞之事，章采为要。""振之以文采。""俪词雅义，符采相胜。"《札记·情采》篇说刘勰"其重视文采如此，曷尝有偏畸之论乎"？《札记·序志》篇称文章"以声采为本"，"本贵修饰"。所谓"反本"，所谓"令循其本"，就是要重视自然的文采，讲究作品的文学特征、艺术技巧，追求文章本应具有的自然美。"循实"与"反本"结合，就是既要重质，又要重文，"文质相剂"，情韵相兼，使文章"风归丽则，辞翦美稗"（《札记·诠赋》篇），也就是"酌中"，既不过质，也不过文，"去甚去泰"，不偏不畸。以中和或酌中的观点来看清代的骈散之争，黄侃的见解较为客观公允。

黄侃的《札记》作为近现代龙学史上的经典，受到学术界的一致认可。黄侃的学生、台湾学者李曰刚在《文心雕龙斠诠》中说："民国鼎革以前，清代学士大夫多以读经之法读《文心》，大则不外校勘、评解二途，于彦和之文论思想甚少阐发。黄氏《札记》适完稿于人文荟萃之北大，复于中西文化剧烈交绥之时，因此《札记》初出，从而令学术思想界对《文心雕龙》之实用价值、研究角度，均作革命性之调整，故季刚不仅是彦和之功臣，尤为我国近代文学批评之前驱。"周勋初说："《文心雕龙札记》一书乃是清末民初三大文学流派纷争中涌现出来的一部名著。"张少康在《文心雕龙研究史》中称《札记》是"现代科学的《文心雕龙》研究的奠基之作"。《札记》前承章太炎、后启范文澜，尤其是对范文澜《文心雕龙注》这一被誉为"《文心雕龙》注释史上划时期的作品"产生了直接影响，是后者创作的重要基础。

黄侃龙学著述目录：

《文心雕龙札记》，文化书社 1927 年印行，中华书局 1962 年出版。

（蔡青）

文心雕龙注（存目）

范文澜

评　　介

　　范文澜（1893—1969），字芸台，后改字仲澐，浙江绍兴人，著名历史学家和龙学家。1893 年 11 月 15 日出生于一个世代书香门第，5 岁入私塾并受教于父。1914 年考入北京大学，受业于著名学者黄侃、陈汉章和刘师培。1917 年毕业后曾短期赴日本留学，1918 年回国后在沈阳高等师范学堂任教。1922 年应聘为南开中学教员，旋兼南开大学教授，讲授中国文学史、文论名著及国学要略等课程。1926 年起先后在北京大学、北京师范大学、中国大学、朝阳大学、中法大学、辅仁大学等校任教，先后出版《群经概论》、《诸子略义》、《水经注写景文钞》、《文心雕龙注》、《正史考略》等多部著作，在文学、经学、史学等领域都取得了突出的成绩。抗战期间转至河南大学、延安马列学院、中央研究院等校任教，其间完成《中国通史简编》、《太平天国革命运动》等历史著作。抗战胜利后任晋冀鲁豫北方大学校长兼北方大学历史研究室主任，主持修订《中国通史简编》和《中国近代史》。1949 年后任中国科学院社会科学部常务委员、中国近代史研究所所长、中国史学会副会长、政协文史资料研究委员会主任等职。

　　范文澜毕生的学术成就主要是史学，在龙学领域亦有极高的造诣。早年从黄侃习《文心雕龙》，1925 年出版《文心雕龙讲疏》，由天津新懋印书馆印行，梁启超为之作序，给予很高的评价，称其书"征证详核，考据精审，于训诂义理，皆多所发明"。此后多次修订，

1929 年改名《文心雕龙注》，由北平文化学社印行，分上、中、下三册。1936 年改由上海开明书店刊行线装七册本，1958 年人民文学出版社又出版重新校订整理的排印本，删去旧注约一百二十处，改正旧注约三百处，增入约一百六十处，乙正约二十处，较之旧印本有了很大的提高。此后多次重印，成为《文心雕龙》最具影响力的注本，是继黄侃《文心雕龙札记》之后的又一部"龙学"经典，在 20 世纪"龙学"史上占有重要地位。

作为百年龙学的重要经典，范文澜《文心雕龙注》（以下简称《范注》）在校勘、释意、材料征引及编排等方面均在前人基础上有很大的发展和突破。

首先，《范注》资料丰富，校勘翔实，可谓集前人校勘评注之大成。范文澜以史学家缜密严谨之治学风格，广泛搜集前人尤其是近代学者的校勘成果。他在黄叔琳辑注本的基础上又吸收了晚清以来李详补注、黄侃《文心雕龙札记》、孙诒让手录顾千里黄荛圃合校本、日人铃木虎雄《黄叔琳本〈文心雕龙〉校勘记》，以及黄丕烈、谭献、赵万里、孙蜀丞等人的校勘成果，同时又有所驳正。他用古代研究经史的办法研究《文心雕龙》，凡征引他人之说，于每篇之末必详记著书人姓氏及书名卷数，大凡能搜集到的前人考订成果，都吸收进来，依据多个版本进行考据，校正了许多之前各类注本的勘误之处。如《诸子》篇注云："子自肇始。""子自"当作"子目"，"是以世疾诸"之"诸"下脱一"子"字；"殷汤如兹"之"汤"疑作"易"等；又如《声律》篇诸本皆作："是以声画妍蚩，寄在吟咏；吟咏滋味，流于字句。气力穷于和韵。"《范注》指出：《文镜秘府论》一《四声论》引此作'滋味流于下句，风力穷于和韵'无下'吟咏'二字。"显然，这才是《声律》篇的本来面目。再如《颂赞》篇："读者，明也，助也。"《范注》引谭献校云："案《御览》有'助也'二字，黄本从之，似不必有。"范文澜案："谭说非。唐写本亦有'助也'二字。下文'并言以明事，嗟叹以助辞'即承此言为说。正当补'助也'二字。"范注还善于从语源及后人对《文心雕龙》的文字沿用的角度勘正文本，如《议对》篇："周书曰，议事以制，政乃弗迷。"《范注》指出：《尚书·周官》："议事以制，政乃不迷。"

弗，应据《周官》作"不"。《杂文》篇："扬雄覃思文阁，业深综述。"范注："文阁，当作文阁。"《汉书·扬雄传赞》："雄校书天禄阁。"范注很重视释义研究，对书中的一些重要名词概念和理论术语作了较为清晰的阐释，是龙学中最为翔实的注本。正是《范注》在校勘考订上体现的严谨风格和深厚独到之治学功力，使其自出版问世，即赢得了学界的广泛赞誉，早在1936年开明版范注本其后所附的《校记》一文中，章锡琛就评价说其"取材之富，考订之精，前无古人"，可以说是极尽推崇。

其次，《范注》在对文本的释义上也有许多深刻独到之见。他指出："《文心》为论文之书，更贵探求作意，究极微旨。古来贤哲，至多善言，随宜录入，可资发明。其驾空腾说，无当雅义者，概不敢取。"（《文心雕龙·例言》），《范注》在"探求作意，究极微旨"上有不少中肯且独到的见解。如《原道》篇注云："彦和于篇中屡言'心生而言立，言立而文明，自然之道也'；'夫岂外饰，盖自然耳'；'故知道沿圣以垂文，圣因文而明道'。综此以观，所谓道者，即自然之道，亦即《宗经》篇所谓恒久之至道。"指出《原道》之"道"兼有"自然之道"和"圣贤大道"两个方面的内涵是颇有价值的，对后来的研究者有很大的启发。学界早已指出，《范注》"以注为论"是其书的一大特征。这种"以注为论"还体现在对前人评论的驳正上，如《指瑕》篇中"若夫注解为书，所以明正事理，然谬于研求，或率意而断"诸语，《范注》云："纪评曰：'此条无与文章，殊为汗漫。'案《论说篇》云：'若夫注释为词，解散论体，离文虽异，总会是同。'据此，注解为文，所以明正事理，尤不可疏忽从事，贻误后学。何晏《老子注》，乃以所注作《道德二论》，郭象注《庄子》，亦即以意阐发，无异单篇之论，注与论本可通也。彦和本篇特为指说，殊存微意，纪氏讥之，未见其可。"总的来说，范文澜对前人的评论多予肯定，但对于一些评论，他也通过自己的考证及理解给予有理有据的驳正。即使是对他的老师黄侃的《文心雕龙札记》，他也偶作修正。如《通变》篇："是以规略文统，宜宏大体：先博览以精阅，总纲纪而摄契，然后拓衢路，置关键，长辔远驭，后容按节，凭情以会通，负气以适变，彩如宛虹之奋鬐，光若长离之振翼，乃颖脱之文矣。"《范注》云:"《札记》曰:'博精二字最要。'窃案:'凭情以会通,负气以适变'二语,尤为通变之要本。盖必情真气盛,骨力峻茂,言人不厌其方,然后故实新声,皆为我用;若情赏气失,效今固不可,拟古亦取憎也。"按照他的理解,"会通"与"适变"各有侧重,前者以通古为主,后者却以酌取新声为主。这一说法相对完备一些,较为符合《通变》篇的旨意。《范注》"以注为论"的特色,在其他各篇的注释中也多有体现。

再次,《范注》在征引材料、体例方式上也在继承前人的基础上有所突破和发展。范文澜广泛收集前人资料及评论,在如何编排使用这些材料上,他也有独到之处。《范注》开列征引资料目录共计356种,对《文心雕龙》中刘勰所论及的作品"逐条列举",今存作品则"悉为抄入",这不仅有利于对原文的理解,而且便于读者翻检。他在《例言》中说"刘氏之书,体大思精,取材浩博",故就"有关正文者,逐条列举,庶备参阅",又说《文心雕龙》所引篇章,"若其文见存,无论习见罕遇,悉为抄入,便省览也",而对于京都大赋那些"卷帙累积"、"冗繁已甚"的大篇就只记出处,这是范注与前人注释的显著区别和可贵之处。正如牟世金指出:"《范注》重在提供有关史料以助理解文义,词语出典仍是本此精神,而又只注一般读者所不知的。"书中附有《梁书·刘勰传》、《黄校本原序》、《元校姓氏》、《虎木铃雄黄叔琳本文心雕龙校勘记》等前人校勘成果,这为人们了解《文心雕龙》的讨论对象和考察其理论的实践基础提供了有益的思路,大大方便了后来学者的学习与研究。

《范注》校勘严谨,引证翔实,释意中肯,自问世后,赢得了中外学界的高度评价。日本学者户田浩晓称范注是"《文心雕龙》注释史上划时期的作品"(《文心雕龙小史》);牟世金对户田浩晓此评深表赞同,说"自《范注》问世以来,无论中日学者,都以之为《文心雕龙》的基础"(《文心雕龙的范注补正》);王更生《文心雕龙范注驳正·序》指出:在"黄注"、"纪评"、"李补"、"黄札"之后出现的这部巨著,"真如石破天惊,给我国学术界带来相当的震撼。……所以一经出版,立即被国内各大学中(国)文系采为选读之教本。而国外的日本、韩国,西方的美国、法兰西,凡欲问津中国古典文论者，几乎都拿它做为投石问路的凭借"。总之，范注继承黄侃的文字校勘、资料笺证和理论阐述三结合的研究方法，在资料收集整理及校勘评注方面网罗古今，择善而从，上补清人黄叔琳、李详的疏漏，下启杨明照、王利器的精审，具有承前启后、继往开来的重要意义，是此前所有旧注的集大成者，又是新时代龙学研究的开启者。

范文澜龙学著述目录：

《文心雕龙讲疏》，天津新懋印书馆 1925 年印行。

《文心雕龙注》，北平文化学社 1929 年印行，上海开明书店 1936 年刊行线装本（共七册），人民文学出版社 1958 年出版排印本（共两册）。

（王远东）

文心雕龙校释

刘永济

神思第二十六

【校字】

是以意授于思，言授于意。

各本皆如此。按两"授"字疑当作"受"，此言文意受之文思，文辞又受之文意。盖有文意始有文辞，而其本皆在文思也。

据案。

顾广圻校作"鞍"，是。

未费。

按"费"疑当作"贵"。

【释义】

此篇分四段。初段总论神思之要。次段明言不尽意，故贵修养心神，使其虚静。中分四节：首详神思与外物交融通塞之理；次明修养心神之术，在乎虚静；次言为文必资修养心神之故，终论心神得修养心神之效。三段论思有迟速，心神得修，则均无害。中分三节：初举思有迟速之证；次言皆资博学练才；终明博练之效，可免二患：博练，即前段积学四句，而归本于虚静二字。末段补论为文有待修改之功，及文事之妙，有非可言说者二意：首言修改而后工者，属之人力；次言文心得其修养者，其文超妙，有非言语文字所能尽者。论文思至此，可谓无余蕴矣。

此篇最要者二义：一论内心与外境交融而后文生之理，次论修养心神乃为文要术之故。总此二义，而后知舍人论文之精微。兹先释第一义。试摄要图之于下：

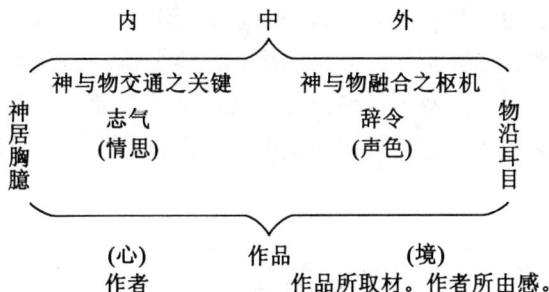

```
            内      中      外
        ┌─────────────┬─────────────┐
     神  │神与物交通之关键│神与物融合之枢机│ 物
     居  │    志气     │    辞令     │ 沿
     胸  │   (情思)    │   (声色)    │ 耳
     臆  │             │             │ 目
        └─────────────┴─────────────┘
        (心)      作品      (境)
        作者          作品所取材。作者所由感。
```

上图所表，即作者内心与外境交融而后文生之理。盖"神居胸臆"，与物接而生感应；志气者，感应之符也。故曰"统其关键"、"物沿耳目"，与神会而后成兴象；辞令者，兴象之符也，故曰"管其枢机"。然则辞令之工拙，兴象之明晦系焉；志气之清浊，感应之利钝存焉。易词言之，即内心外境之表见，其隐显深浅，咸视志气、辞令为权衡：志气清明，则感应灵速；辞令巧妙，则兴象昭晰。二者之于文事，若两轮之于车焉。千古才士，未有舍是而能成佳文者。然而能言其理者，独于此篇见之。此舍人之所以卓绝也。以上释第一义竟。

其论修养心神乃为文之首术者。舍人论文，辄先论心。故《序志》篇曰："夫文心者，言文之用心也。"盖文以心为主，无文心即无文学。善感善觉者，此心也；模物写象者，亦此心也；继往哲之遗绪者，此心也；开未来之先路者，亦此心也。然而心忌在俗，惟俗难医。俗者，留情于庸鄙，摄志于物欲，灵机窒而不通，天君昏而无见，以此为文，安徒窥天巧而尽物情哉？故必资修养。舍人"虚、静"二义，盖取老聃"守静致虚"之语。惟虚则能纳，惟静则能照。能纳之喻，如太空之涵万象；能照之喻，如明镜之显众形。一尘不染者，致虚之极境也；玄鉴孔明者，守静之笃功也。养心若此，湛然空灵。及其为文也，行乎其所当行，止乎其所当止，不待规矩绳墨，而有妙造自然之乐，尚何难达之辞，不尽之意哉？故曰"驭文之首术，谋篇之大端"也。以上释第二义竟。

修改之功，为文家所不免，亦文家之所难。舍人拙辞二语，陈义至确。盖孕巧义于拙辞者，辞修而后巧义始出；萌新意于庸事者，察精而后新意始明。作者临文，每遇此境，徒以惮于反复，疏于斟酌，遂令一字之媸，伤其全句，一句之病，害其全篇，亦缀文之通病，运思之微瑕也。故舍人特于篇终出此一义。至"挈鼎"、"扁斤"之喻，则以譬文思之超妙，有非言语所能形容，而天机骏利者，自然动合矩度也。

情采第三十一

【校字】

艳采辩说。

范文澜注"采疑乎误"，引《韩非子·外储说左上》："范且虞庆之言，皆文辩辞胜而反事之情。"又曰："夫不谋治强之功，而艳乎辩说文丽之声，是却有术之士，而任坏屋折弓也。"按此文乃舍人引韩非之语，"采"字当是"乎"字，因篇中多"采"字而误也。

李老。

纪评曰："李当作孝。"孙诒让据冯本改作"孝"。按天启本、嘉靖本皆作"孝"，当从。

理定而后情畅。

按上文曰："故情者文之经，辞者理之纬，经正而后纬成，理定而后辞畅。"是以经配纬，则"理定"句应以情配辞，作"情定而后辞畅"，方合文次。

【释义】

此篇分三段。首段明文固不厌采，而采必称其情之理。中分二节：初证文质相待，次论文由情发。次段举证以明文家敷采贵乎称情。末段比较情采之孰为本末。中分三节：初言采本乎情；次斥采胜之弊，又分两层：一虚伪之弊，二晦昧之弊；末正揭文家驭采之术。

文家用采，虽以状物写象为职，而采之为物，实以明情表思为用。盖情物交会而后文生，《神思》一篇所论详矣。然其交会成文之际，亦自有别。或物来动情，或情往感物，情物之间，交互相加。及其至也，即物即情，融合无间，然后敷采设藻以出之。故采之本在情，而其用亦在述情。昔人称杜诗无一字无来历，即安一字、设一句，必准于情之当然，非徒征引故实以炫博，雕琢字句以竞奇也。至于情与物之关系，尤为密切。物来动情而情应之，此物已非实际之物，而为作者"情域所包矣"。情往感物而物迎之，此物亦非实际之物，而为作者情识所变矣。此即情即物融合无间之诠释也。盖实际之物当其入于吾心，必带有吾之情感而为吾心之所有。然则敷采设藻者，但写吾情域所包之物，状吾情实所变之物，而已不胜其巧妙矣。吾情域所包，情实所变者，或朴或华，或奇或正，而吾之采亦从之而异，斯乃真文正采，而浮伪晦昧之弊自无从生矣。故采之为物，虽以状物写象为职，而其用乃在明情表思。且其至者，虽似纯状物象，亦即表达情思。舍人此篇所论，端在明其本末，非黜采不用也。

复次，文之有采，亦非故为雕琢也。盖人情物象，往往深赜幽杳，必非常言能尽其妙，故赖有敷设之功，亦如治玉者必资琢磨之益，绘画者端在渲染之能，径情直言，未可谓文也，雕文伤质，亦未可谓文也，必也，参酌文质之间，辨别真伪之际，权衡深浅之限，商量浓淡之分，以求其适当而不易，而后始为尽职。故文艺之事，自古有难言之妙，论文之理，从来鲜圆到之言。舍人但讥浮伪晦昧之失，未呵浅露朴陋之过者，固为当时立言，所重在乎救弊，而学者要能举一反三。黄氏札记指为矫枉过直，岂知言哉？

因情敷采之例，举诗为证则易明。今取《卫风·硕人》篇与《秦风·小戎》篇论之：《硕人》篇写庄姜之华贵，则曰："硕人其颀，衣锦褧衣。齐侯之子，卫侯之妻。东宫之妹，邢侯之姨，谭公维私。"写其美丽，则曰："手如柔荑，肤如凝脂，领如蝤蛴，齿如瓠犀，螓首蛾眉，巧笑倩兮，美目盼兮。"可谓尽态极妍矣。而不得目之为浮艳者，作者之意极力形容庄姜之华贵美丽，即以讥庄公惑于嬖姜，不答庄姜之非也。不如此，则讥意不显矣。《小戎》篇写秦国车甲之盛，其第一章曰"小戎俴收"（俴，浅也。收，轸也）、"五楘梁辀"（楘，束革文也。梁，辕衡也。辀，辕也）、"游环胁驱"（以环贯靷，游在背上，故曰"游环"，以止骖马外出也）、"阴靷鋈续"（阴，阴板也。鋈，沃以白金。续，续靷端也）、"文茵畅毂"（文茵，虎皮襡也。畅,长也)、"驾我骐昂"(骐,马之黑色者。昂,马左足白者)、"言念君子,温其如玉。在其板屋,乱我心曲。"其二章曰:"四牡孔阜"(阜,肥大也)、"六辔在手,骐骝是中"(骝,马之赤身黑鬣者)、"骐骝是骖"(骐骝,马之黄身黑喙者)、"龙盾之合"(画龙之盾,合而载之以蔽车者)、"鋈以觼軜"(以黄金饰皮为觼,以纳物也)、"言念君子,温其在邑。方何为期,胡然我念之?"其三章曰:"俴驷孔群"(俴金之甲,以被四马)、"厹矛鋈镦"(厹矛,三隅矛。鋈镦,以白金鋈矛之下端)、"蒙伐有苑"(画杂羽饰伐,有文苑然)、"虎韔镂膺"(弓以虎皮为韬曰"虎韔",马有金镂之膺曰"镂膺")、"交韔二弓"(韔,弓室也)、"竹闭绲縢"(竹闭,𥴧也,即弓檠。绲縢,绳约之也。此言未用之时,二弓交置之事,以竹为闭,以绳约之也)、"言念君子,载寝载兴。厌厌良人,秩秩德音。"其赋物处,可谓极琐细矣,而不得目之为繁缛者,作者之意极力形容车甲戎马器杖之鲜明盛丽,正以美襄公用兵西戎,国人不特不厌苦,且矜夸也。不如此,则美意不明矣。由上二例观之,采固足以称情敷设为贵,情亦因敷采得当而显。不足,固情不能达;太过,亦情为之掩。不足达情者,自古传诵之文绝少见,而情因采掩者,则虽名家亦所不免。宋玉之高唐、神女,相如之大人、上林,皆以敷采之功过于述情,遂致本讽而反劝。齐梁以下,纯以采藻相尚者,更无论矣。

物色第四十六

　　按此篇宜在《炼字》篇后,皆论修辞事也。今本乃浅人改编,盖误认《时序》篇为时令,故以《物色》相次。

【释义】

　　此篇分三段。首段泛论外境与内心关系之密切。中分二节:初四时动物,次节序感人。次段引证明文家体物之流变。中分四节:初引诗为证,中包二层:一诠理,二引证。次引楚骚,次引汉赋。由诗至赋,已有由简趋繁之势。终论体物所忌,实为繁芜,文意已逗下段近世文人之失矣。三段因近世文人风尚,次明体物之理,中包三层:一贵能推陈出新,二贵能体会真切,三贵得江山之助。

本篇申论《神思》篇第二段心境交融之理。《神思》举其大纲，本篇乃其条目。盖神物交融，亦有分别，有物来动情者焉，有情往感物者焉：物来动情者，情随物迁，彼物象之惨舒，即吾心之忧虞也，故曰"随物宛转"；情往感物者，物因情变，以内心之悲乐，为外境之惧戚也，故曰"与心徘徊"。前者文家谓之无我之境，或曰"写境"；后者文家谓之有我之境，或曰"造境"。前者我为被动，后者我为主动。被动者，一心澄然，因物而动，故但写物之妙境，而吾心闲静之趣，亦在其中，虽曰无我，实亦有我。主动者，万物自如，缘情而异，故虽抒人之幽情，而外物声采之美，亦由以见，虽曰造境，实同写境。是以纯境故不足以为文，纯情亦不足以称美，善为文者，必在情境交融，物我双会之际矣。虽然，行文之时，变亦至夥，或触境以生情，或缘情而布境，或写物即以言情，或物我分写而彼此辉映，初无定法，要在研讽之时，体会出之耳。

复次，本篇与《情采》篇虽同而实异。同者，二篇所论，皆内心与外境之关系也；异者，情采论敷采必准的于情，所重仍在养情，本篇论体物必妙得其要，所重乃在摛藻。其曰"以少总多，情貌无遗"、曰"丽则而约言"、曰"《诗》、《骚》所标，并据要害"、曰"善于适要，则虽旧弥新"、曰"析辞尚简"，皆其义也。其曰"丽淫而繁句"、曰"青黄屡出，则繁而不珍"、曰"不加雕削，而曲写毫芥"，则皆摛藻之繁芜也。

舍人论文家体物之理，皆至精粹，而"入兴贵闲，析辞尚简"二语尤要。闲者，《神思》篇所谓虚静也，虚静之极，自生明妙。故能撮物象之精微，窥造化之灵祕，及其出诸心而行于文也，亦自然要约而不繁，尚何如印印泥之不加抉择乎？

知音第四十八

【校字】

众不知余之异采，见异唯知音耳。

按两"异"字应作"奥"，后人据误本《楚辞》改此文耳。观下文"深识鉴奥"可知。详见《序志》篇。

其事浮浅。

按"其"疑"匪"误，此言雄（扬雄）好深奥之文，匪从事于浮浅可知，故下文曰"深识鉴奥，欢然内怿"也。

【释义】

此篇分三段。首段明知音之难遇。中分三节：初总揭大旨，次引证，中包四层：一时同则不贵，二崇己则轻人，三学浅则妄论，末总断上举三证。次段难知之故。中分三节：初文非形器，无识者不能知，其故一也；次识鲜圆该，偏好者有所囿，其故二也；三学贵博观，习浅者难为功，其故三也。末段论音本易知之理，而寄慨于深识难逢。中分三节：初举六观为法，次论苟能深入，则虽幽必显，终言苟能孰玩，则虽奥易明。

文学之事，作者之外，有读者焉。假使作者之性情学术，才能识略，高矣美矣，其辞令华采，已尽工矣，而读者识鉴之精粗，赏会之深浅，其间差异，有同天壤。此舍人所以"惆怅于知音"也。盖作者往矣，其所述造，犹能绵绵不绝者，实赖精识之士，能默契于寸心，神遇于千古也。作者虽无求名身后之心，而其学术性情，才能识略，胥托其文以见。易词言之，一民族、一国家已往文化所托命，未来文化所孳育，端赖文学。然则识鉴之精粗，赏会之深浅，所关于作者一身者少，而系于民族国家者多矣。论文者又乌可忽哉？本篇于此义虽未显言，然观《序志》篇称文章为"经典之枝条"，经典乃礼典君国之本源；《原道》篇论文章与圣道相因，为区宇彝宪所资托；《程器》篇谓："摛文必在纬军国，负重必在任栋梁，穷则独善以垂文，达则奉时以骋绩。"其涵孕之深。关系之大如此。则浅识妄解者之贼事害理，不言可知矣。因为阐发之于此。

往尝撰《文鉴》篇，论知音难遇之故有三，而不学无识者不与焉。一曰，人之性分学力各异，即舍人"知多偏好，人莫圆该"之义也。二曰，习俗移人，贤者不免，此义为舍人所未论及，略举其说，如渊明之文，不称重于晋宋，四声之论，不见许于钟陆，即其明证。三曰，知识诠别，与性灵领受殊科，此义最要，亦舍人所未言，然观篇末所举二义（即深入与熟玩）则性灵领受之诠释也，所谓"入情见心，欢然内怿"者，苟非以我心魂，接彼精魂者，何能臻此？盖性灵领受者，必在天君澄澈，世虑尽消之时，其事与"陶钧文思，贵在虚静"，功用正等也。至知识诠别之事，约有四类：求工拙于只辞。论优劣于片韵，摘句者遗篇，断章而取义，虽得鱼忘筌，时有获于心，而索骥按图，终失知于千里者，诗话家也。一字之来历，征引及于群书，一事之典实，辩诘等于聚讼，虽多阐发之功，亦有穿凿之过者，笺注家也。又有援史事以证诗，因诗语而订史，工部必语语讽唐政，三闾则字字怀楚宪，虽得有合于论世，而失则同于罗织者，考证家也。又有穷源究委，别派分门，侪玉溪于香艳之伦，推义宁为艰涩之祖，锤炼则附杜鸣高，放荡则托李自喜，虽深探讨之功，实启依托之渐者，历史家也。四家之外，今世习尚，又有为校勘之学者，则笺注家之附庸也。有为表谱之学者，则历史家之枝派也。凡此诸家，固读书者所当为，然仅能为此，即谓已尽鉴赏之能事，获古人之精英，则亦未然也。朱子谓"读诗者，当涵咏自得"，即舍人"深入"、"熟玩"之义，亦即余性灵领受之说，合而参之，鉴赏之事，不中不远矣。

评　介

刘永济（1887—1966），字弘度，号诵帚，晚年号知秋翁，室名易简斋，晚年更名微睇室、诵帚庵，湖南新宁县人，著名古典文学专家。1911 年就读于清华大学。毕业后在长沙明德中学任教，1919 年开始发表作品。1928 年任沈阳东北大学国文系教授，九一八事变后，南下至武汉大学任教，曾任武汉大学文学院院长。1949 年后任湖北文联副主席、中国作家协会武汉分会理事、《文学评论》编委等职。

刘永济治学谨严，博通精微，其研究涉及中国古典文学之诗、词、曲及文论诸多领域，取得了多方面的成就，尤其对屈赋和《文心雕龙》研究颇令海内外学者瞩目。著有《文学论》、《十四朝文学要略》、《文心雕龙校释》等。刘永济任教武汉大学后，即致力于《文心雕龙》研究，20 世纪 30 年代即有《文心雕龙征引文录》之上、下两卷，征引文达 530 篇，由武汉大学于 1933—1935 年内部铅印。《文心雕龙校释》（以下简称《校释》）是刘永济为大学诸生讲习汉魏六朝文学而写的讲义稿。最初于 1948 年由正中书局出版,1962 年中华书局再版。《校释》虽由"校"与"释"两部分组成,但在文字校勘方面甚为简略,亦非著者重点所在,释义方面则颇有特色,不少简明扼要的见解能发明刘勰论文大旨,从而成为继黄侃《文心雕龙札记》之后又一部影响广泛的龙学理论研究的力作。

《校释》诸诠释,皆得刘勰论文原旨。刘勰《文心雕龙》原文是用骈体文写成,兼以征引浩博,在阅读时不免有些困难,因而注释本较多,如黄叔琳注、纪昀评本,黄叔琳注、李详补注、杨明照校注拾遗本,范文澜校注本、王利器校正本等。而刘永济校释本,是其中较有特色的一部名著。刘永济以《太平御览》影印宋本为底本,以清鲍崇城刻小字本和明刻本校正,随文训释,发明原文大旨。此书问世后,为学林所推重。仅以 1962 年中华书局版为例,印数 15600 册,仅次于范注本。其精到之论多为治龙学者所引用阐发。如牟世金《〈文心雕龙〉研究的回顾与展望》一文中说:"从 1955 年到 1964 年的十年间,出现了《文心雕龙》研究的全新面貌。杨明照的《文心雕龙校注》和刘永济的《文心雕龙校释》,是这十年内《文心雕龙》研究重要收获。两书都是他们多年研究的硕果,在国内外都有深远的影响。"(载《文心雕龙学刊》第二辑)台湾之治龙学诸学人也将其奉为圭臬(见牟世金《台湾文心雕龙研究鸟瞰》)。

刘永济尝语黄侃弟子程千帆说:"季刚的《札记》,《章句篇》写得最详;我的《校释》,《论说篇》写得最详!"刘永济与黄侃各擅胜场,他以精于小学推黄侃,而以长于评议自许。据著者 1962 年版《前言》可知:《校释》原先的编排顺序是先《序志》,次以"文之枢纽"五篇,再继之下编(论文理),最后殿以上编(论文体),其目的在于"(使)学者先明其理论,然后以其理论与上编所举各体文印证,则全部了然矣"。此种篇目上的变动重组,固然出于授业之便利,但作者研究《文心雕龙》之倾力处亦灼然可知,那就是着重阐明刘勰文论的精要。这从著者的研究方法上也可以明显见出。对于"文之枢纽"及《神思》以下二十五篇,首段释义总是概括一篇要旨,分析其中段落大意,而于文体论部分则直接"悉别条具""随文训释"(《前言》)。就《校释》的理论研究成就而言,可从以下三个方面进行评介。

第一，《校释》对《文心雕龙》论文之根本的理解与把握深入透辟，颇有见识。《原道》篇释义曰："舍人论文，首重自然。"即是对刘勰文论之根本的界定。但在"自然"之道的理解上，著者有自己的看法。刘永济说："（自然）二字含义，贵能剖析，与近人所谓'自然主义'，未可混同。此所谓自然者，即道之异名。道无不被，大而天地山川，小而禽鱼草木，精而人纪物序，粗而花落鸟啼，各有节文，不相凌杂，皆自然之义也。"这是广义的"自然之道"。就其狭义的内涵而言，则指的是作家的作品："文家或写人情，或模物态，或析义理，或记古今，凡具伦次，或加藻饰，阅之动情，诵之益智，亦皆自然之文也。文学封域，此为最大。故舍人上篇举一切文体而并论之。"这就把《文心雕龙》的"自然"宗旨与近代以来西方传入的"自然主义"文学观念作了区别，并揭示出"自然"之义与刘勰文体论的内在关系。接着，刘永济以刘勰"自然者即道之异名"的观点去分析《征圣》《宗经》篇，著者所得出的结论也显得别具识力。《征圣》篇释义云："此篇分三段。初段论文必征圣之理。中分二节：首浑言，次举例。次段明圣心精微，故其文曲当神理。中标四义：即简、博、明、隐。末段言圣文易见，以足成文必征圣之论。……圣人之心，合乎自然，圣心之文，明夫大道。……然则圣心之道虽不可见，而圣人之文尚可得闻。《征圣》者，由文以见道可也，故次于《原道》。"这段论述，实际上把"自然之道"具体化了，以"圣心精微，故其文曲当神理"释"自然"之内涵，"自然之道"也就成为统摄为文之术的根本原则。因此《征圣》篇释义又说："文之为术，广有多途，约而数之，隐、显、繁、简四者而已。四者各有至当，一皆准之自然。……此亦舍人立论圆通之处。"从这样的角度阐发刘勰的自然之道观，应当说是既尽其意又能落于实处，足资借鉴。

《校释》所揭示的刘勰首重自然的文论根本，在创作论领域的主要表现就是强调师心重情。围绕这个问题，刘永济用较为浅近的文言，深入发掘刘勰的原旨。《情采》篇论"立文之本源"时就提出"情者文之经"和"理定而后辞畅"。这是刘勰文论又一层面的根本内涵。《校释》著者对这一点非常重视。再如：《哀吊》篇释义："舍人论文，以情性为本柢，以理道为准则。全书斥浮诡，黜繁缛，不一其词。"又如：《神思》篇释义："舍人论文，辄先论心。故《序志》篇曰：'夫文心者，言文之用心也。'盖文以心为主，无文心即无文学。善感善觉者，此心也；模物写象者，亦此心也；继往哲之遗绪者，此心也；开未来之先路者，亦此心也。"——刘勰所说的"为文之用心"，包括神思、镕裁、附会等诸多方面，而其根本所在则是心有所感，情有所动，为文之种种技巧均应以此心此情为基础，否则即为文而造情。因此，刘永济认为"盖文以心为主，无文心即无文学"，可谓深契刘勰之本旨。

第二，《校释》对《文心雕龙》一些具体的文学原理的研究较为丰富，下面约举数端而略作评议。《神思》、《定势》、《情采》诸篇释义，将《文心雕龙》蕴含的文学原理作古今打通。刘永济指出，刘勰所用的"风"、"气"、"情"、"思"、"意"、"义"、"力"诸概念，其内涵属于"情"、"思"。比如《神思》里关于"虚"、"静"的概念，"舍人'虚、静'二义，盖取老聃'守静致虚'之语。惟虚则能纳，惟静则能照。能纳之喻，如太空之涵万象；能照之喻，如明镜之显众形。一尘不染者，致虚之极境也；玄鉴孔明者，守静之笃功也。养心若此，湛然空灵。及其为文也，行乎其所当行，止乎其所当止，不待规矩绳墨，而有妙造自然之乐，尚何难达之辞，不尽之意哉？故曰'驭文之首术，谋篇之大端'也"。我们通过刘氏的梳理，可以领会古代诗文评领域内诸多关于"虚静"概念的阐释，这便是一以贯之的文论之"道"。

《文心雕龙》虽然并未明确地提出"意境"这一美学范畴，但《校释》许多论述实际上已经涉及"意境"的创造问题，对后代意境理论的形成发展具有极为重要的启迪作用。所谓"意境"，指的是"情景交融"。《神思》篇释义谓"此篇最要者有二义"，一则"论内心与外境交融而后文生之理"，二则"论修养心神乃为文要术之故"。刘永济分析道：人心居于内，"与物接而生感应；志气者，感应之符也"，这是心由物感而兴情气；接着是物"与神会而后成兴象；辞令者，兴象之符也"，这是情与物合而生兴象，实即《神思》所谓"意象"，而"意象"必资"辞令"以传达之、安宅之。由此可见，"辞令之工拙，兴象之明晦系焉；志气之清浊，感应之利钝存焉。……志气清明，则感应灵速；辞令巧妙，则兴象昭晰。……千古才士，未有舍是而能成佳文者。然而能言其理者，独于此篇见之。此舍人之所以卓绝也"。一般论者均从《神思》篇对想象问题的论述入手分析其旨意，而刘永济则另辟蹊径，从文学作品兴象之产生、传写的角度论其"最要"之义，把《神思》的理论要旨与重情兴、重兴象的意境论联系起来。

第三，关于《文心雕龙》的现实针对性问题，刘永济《校释》多有阐释和引申。《校释》前言论及《文心雕龙》的性质，视之"为我国文学批评论文最早、最完备、最有系统之作"，但对目录学家列之于"诗文评类"的做法似有微词，认为《序志》篇表明刘勰著论"自许将羽翼经典，于经注家外，别立一帜，专论文章，其意义殆已超出诗文评之上而成为一家之言，与诸子著书之意相同矣"，原因在于该书与诸子书一样，"有其对于时政、世风之批评"，"亦有匡救时弊之意"，具体地说就是"彦和从文学之浮靡推及当时士大夫风尚之颓废与时政之蹎弛。实怀亡国之惧，故其论文必注重作者品格之高下与政治之得失"。张少康先生指出，《校释》前言"实代表着四十年代著者撰《校释》时的思想观点。因而书中对刘勰论文的社会现实针对性颇加重视"。(《文心雕龙研究史》北京大学出版社 2001 年版，第 171 页)

刘永济《乐府》释义谓"其持论严正，实与荀卿《乐论》同一旨归"，"故于雅郑之防，未容稍轶。世之仅以文士目舍人者，其亦可以自反矣"。《议对》篇释义认为："晋、宋以后，文体渐尚藻丽，于是有不切事情而骋华辞者，故彦和以贵滕、还珠譬况之，犹今世所谓脱离实际之文也。彦和之时，文浮末胜，尤无足观，故其此篇，虽扬榷前代作者，实针砭当世文风，最为切要。顾亭林谓：'文须有益于天下。'彦和有焉。读此书者，未可纯以齐梁文士目之也。"《正纬》篇释义也指出："舍人之作此篇，以箴时也。"以为谶纬说在宋齐之世未绝，"足以长浮诡之习，扬爱奇之风"，刘勰此论"列四伪以匡谬，述四贤而正俗"。这种解释虽然忽略了刘勰论纬书"有益文章"的一面，但指出其社会现实针对性，还是有一定的意义的。

刘永济龙学著述目录：

《文心雕龙征引目录》(1933—1935 年)，武汉大学内部铅印。

《文心雕龙校释》(刘勰著，刘永济校)，中华书局 1962 年版。

（张清河）

梁书刘勰传笺注（节录）

杨明照

刘舍人身世，梁书南史皆语焉不详。文集既佚，考索愈难。虽多方涉猎，而弋钓者仍不足成篇。原拟作一年谱或补传爰就梁书本传视南史稍详酌为笺注，冀有知人论世之助云尔。

刘勰，字彦和。

按本文所有之"勰"，原皆作"勰"（包括题目）。二字本同。《尔雅·释诂》下："勰，和也。"说文劦部："勰，同思之和也。"释训："美士为彦。"古人立字，展名取同义。说详《论衡·诘术》篇舍人名勰字彦和，犹刘协之字伯和，见《后汉书》卷九《献帝纪》及李贤注引《帝王纪》(当是帝王世纪)。《尔雅》释诂下释文："（勰）本又作协。"是协与勰通。颜勰此依《北齐书》卷四五《文苑颜之推传》。《梁书》卷五十文学下本传则作协，颜氏家庙碑同（南史卷七二文学传作协）。之字子和然也。唐颜师古《匡谬正俗》卷五忽有"刘轨思文心雕龙"之语，殊为可疑。考轨思乃北齐渤海人，史只称其说诗甚精，天统后主纬年号中任国子博士。见《北齐书》卷四四及《北史》卷八一《儒林传》它无著述。《隋书》卷七五《儒林刘绰传》："少与河问刘炫同受诗于同郡刘轨思。"（《北史》卷八二《儒林下焯传》同）亦未言轨思有何著述也。与舍人之时地既不相同，北齐天统时，舍人迁化已三十余年。学行亦复各异。非颜监误记，清叶廷琯《吹网录》卷五主此说即后世传写之讹。刘勰之为刘轨思，与刘勰之为刘思协（见宋释德《珪北山录》注解《随函》卷上《法籍兴》篇），盖皆由偏旁致误。又按宋宗室长沙景王道怜之孙有名勰字彦龢见《宋书》卷五一《宗室长沙景王道怜传》（卷十五《礼志二》及卷八一《顾恺之传》均止举其名）。玉篇龠部："龢，今作和。"《广韵八戈》："龢，或曰古和字。"者，舍人姓名字均与之同。至名字相同者，则前有晋之周勰彦和，见《晋书》卷五八本传

并世有北魏之拓跋飁彦和。见《魏书》卷二一下本传古今撰同名录、同
姓名录及同姓字录者皆未著，故罩及之。

东莞莒人。

按莒，故春秋莒子国。前汉属城阳，后汉属琅邪。见《续汉郡国志
三》（《后汉书》卷三一）及《宋书》卷三五《州郡志一·晋太康元年》，置东
莞郡，十年，割莒属焉。永嘉丧乱，其地沦陷。渡江以后，明帝始侨
立南东莞郡于南徐州，镇京口。见《晋书》卷十五地理志下宋齐诸代因
之。见《南齐书》卷十四《州郡志上》盖以其"衿带江山，表里华甸，
经涂四达，利尽淮海，城邑高明，土风淳壹，苞总形胜，实唯名都"
宋文帝元嘉二十六年徙民实京口诏中语，见《宋书》卷五《文帝纪》。故也。
尔时北方士庶之避难过江者，亦往往于此寓居。《晋书》卷九一《儒
林徐邈传》："徐邈，东莞姑幕人也。祖澄之，为州治中。属永嘉之
乱，遂与乡人臧坤等率子弟并闾里士庶千余家南渡江，家于京口。"
《晋书》卷八二《徐广传》："东莞姑幕人，侍中邈之弟也。"《宋书》卷五五《徐
广传》："广上表曰："……臣又生长京口。"（《南史》卷三三广传同）是徐氏自
澄之后，即世居京口。梁慧皎《高僧传》卷十一《释智称传》："姓裴，
河东闻喜人。魏冀州刺史徽之后也。祖世避难，寓居京口。"《南齐
书》卷五一裴叔业传："河东闻喜人，晋冀州刺史徽后也。徽子游击将军黎，遇
中朝乱，子孙没凉州，仕于张氏。……叔业父祖晚渡。"未审叔业父祖渡江后，
亦寓居京口否？并其明证。舍人一族之世居京口，见后引《宋书》刘穆之
及刘秀之传当系避寇侨居，与徐澄之、臧坤等之"南渡江家于京口"，
裴氏之"避难寓居京口"同。它如孟怀玉本平昌安丘人，关康之本河东杨
人，诸葛璩本琅邪阳都人，皆世居京口 [见《宋书》卷四七怀玉本传（《南史》
卷十七本传同）又卷九三隐逸康之本传（《南史》卷七五隐逸上本传同）。《梁
书》卷五一处士璩本传（《南史》卷七六隐逸下本传同）]。盖皆因永嘉之乱避地
侨居。夫侨立州县，本已不存桑梓；而史氏狃于习俗，仍取旧号。非
舍人及其父、祖犹生于莒，长于莒地。莒即今山东莒县，京口则为今
江苏镇江。一北一南，固远哉遥遥也。明乎此，于当时南北文学之
异，始能得其肯綮所在。盖南北长期对峙，双方地域不同，对文学创
作诚然有所影响；但尤要者，则为各自不同之经济。从属于政治之文
学，必受社会经济之制约。《文心雕龙》、《诗品》风格之与《水经

注》、《洛阳伽蓝记》、刘子诸书不相侔者，职是故也。《梁书》卷四九《文学上·钟嵘传》："颍川长社人，晋侍中雅七世孙也。"《晋书》卷七十《钟雅传》："颍川长社人也。……避乱东渡，元帝以为丞相记室参军。"是颍川长社乃嵘之原籍，七世祖时已侨居江左（高僧传卷十三释法愿传："本姓钟……先颍川长社人，祖世避难，移居吴兴长城。"如嵘与法愿同宗，则侨居之地，或即为吴兴长城。故诗品风格与文心同。隋刘善经四声论见《文镜秘府》论天卷以为吴人，系就其侨居之地言；宋黄庭坚与王观复书《山谷尺牍》卷一称为南阳指海本《修辞鉴衡》卷二引作南朝，非是（景印元刊本《修辞鉴衡》作南阳，余师录卷二引黄书同）。人，则误属邑里；按南阳有二，在山东者：宋曰益都，属青州（莒属密州）。见《宋史》卷八五《地理志》一。明人纂诸子汇函》卷二四选《文心》、《原道》等五篇，题为云门子。按《汇函》旧题归有光辑，当是假托。《四库全书总目提要》卷一三一子部杂家类存目八、周中孚郑堂读书记卷五八诸子汇函下均辨之。者，谓舍人尝于青州府明代以莒县为莒州，属青州府。见《明史》卷四一地理志二。南云门山读书，自号云门子，见《汇函》云门子解题仍傅会杜撰。汇函所选，凡九十三种，除书原名子者外，余几全称为某某子（仅《白虎通》、《风俗通》二书未改称）。如桓谭《新论》之为荆山子，王充《论衡》之为宛委子等，皆以其乡井之名山傅会。清世之修山东方志者，亦复展转沿袭，系舍人虚名于本土，乾隆《山东通志》卷二八、光宣《山东通志》卷一六三、嘉庆《莒州志》卷十三、嘉庆重修《一统志》卷一七八人物门中，均列有舍人，盖相沿承袭旧志。广书耆旧，无非夸示乡贤耳。明钞本《类说》卷九题舍人为东平人，当是传写之误。又按南朝之际，莒人多才，而刘氏尤众，其本支与舍人同者，都二十余人；见后表虽臧氏之盛，臧焘（《宋书》卷五五《南史》卷十八有传）、臧质（《宋书》卷七四有传）、臧荣绪（《南齐书》卷五四高逸《南史》卷七六隐逸下有传）、臧盾、臧厥（《梁书》卷四二有传）、臧严（《梁书》卷五十文学下有传）、臧熹、臧凝、臧棱、臧未甄、臧逢世（见《南史》臧焘传《梁书》臧严传及《颜氏家训风操篇》），诸史皆书为东莞莒人。其实早已过江，且历仕南朝矣。亦莫之与京。是舍人家世渊源有自，于其德业，不无启厉之助。且名儒之隐居京口讲学者，先后有关康之、见《宋书》及《南史》本传臧荣绪、见《南齐书》及《南史》本传诸葛璩见梁书及南史本传诸家，流风遗韵，或有所受之矣。它若高僧之出自东莞者，亦时有之：如竺僧度、见《高僧传》卷四竺法汰、同上卷五释宝亮、同上卷八释道登、见唐释道宣续《高僧传》卷六释宝琼同上卷七皆其选。舍人之归心内教，未始非受其熏习也。

祖灵真，宋司空秀之弟也。

按灵真事迹不可考。史不叙其官，盖未登仕。梁平原刘讦之父亦名灵真，齐武昌大守。见《梁书》卷五一处士刘讦传（《南史》卷四九讦传同）。《宋书》卷八一刘秀之传："刘秀之字道室，东莞莒人。刘穆之从兄子也。世居京口。……（大明）八年卒。……上孝武帝甚痛惜之。诏曰：'秀之识局明远，才应通畅……兴言悼往，益增痛恨。可赠待中、司空，持节、都督、刺史、校尉如故。'"《南史》卷十五秀之传较略又卷四二刘穆之传："刘穆之字道和，小字道民，东芜芑人。汉齐悼惠王肥后也。世居京口。"《南史》卷十五穆之传较略是东芜苗为穆之原籍，史传言之甚明。《异苑》卷四又卷七亦并谓穆之为东莞人宋傅亮撰司徒刘穆之碑见《艺文类聚》卷四七引称为彭城人，则由"世重高门，人轻寒族，竞以姓望所出，邑里相种"《史通·邑里》篇语使然。此刘子玄所以有"碑颂所勒，茅土定名，虚引他邦，冒为己邑：……姓卯金者，咸曰彭城"同上之讥也。《宋书》卷三九百官志上："司空，一人，掌水土事；郊招，掌扫除，陈乐器；大丧，掌将校复土。"

父尚，越骑校尉。

按尚之事迹亦不可考。越骑校尉，本汉武帝置，后代因之。掌越人来降，因以为骑也。一说：取其材力超越。见宋书卷四十百官志下。舍人邑里家世既已笺注如上，复本宋书刘穆之、刘秀之、海陵王休茂卷七七三传，南齐书刘详卷三六、徐孝嗣卷四四两传，文选卷四十任防奏弹刘整文及刘岱墓志载 1977 年文物第 6 期列表如下：

飍早孤，笃志好学。

按六朝最重门第，立身扬名，干禄从政，皆非学无以致之。故史传所载少好学，如《谢灵运传》（见《宋书》卷六七《南史》卷十九本传）范晔（见《宋书》卷六九《南史》卷三三本传）是少笃学，如关康之（见《宋书·南史》本传）、刘飍（见《南齐书》卷三九《南史》卷五十本传）是孤贫好学，如江淹（见《梁书》卷十四本传）、孔子祛（见《梁书》卷四八《南史》卷七一本传）是孤贫笃志好学如沈约（见《梁书》卷十三《南史》卷五七本传）、袁峻（见《梁书》卷四九《南史》卷七二本传）是者，比比皆是。

惠齐
王悼
肥

抚
｜
爽
｜
仲道

灵真　恭　粹之　秀之　钦之　　　贞之　　　式之　　　　虑之

尚　　　岱　　景远　　　　　哀　瑀　衍　敳　　　邕

飖　　　　　　儁　　　　舍　藏　卷,祥　整　寅　彪　彤

穆之

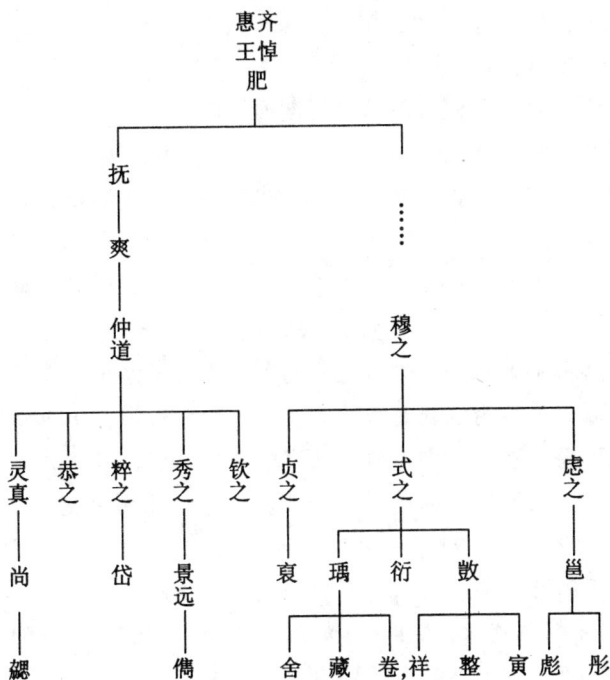

舍人其一也。又按舍人笃志所学者，盖儒家之著作居多。后来撰文心以"述先哲之诰"，文心《序志》篇语其原道、征圣、宗经之浓厚儒家思想，谅即孕育于斯时。

[附注] 虑之，《宋书》卷七三南史卷三四颜延之传并作宪之。盖是。彤，殿本等作彤。以其弟名彪例之，彤字是。《南齐书》卷五四《高逸》、《南史》卷七五隐逸上《宗测传》载赠送测长子者有刘寅，未审即任防弹文中之刘寅否？

家贫不婚娶。

按舍人早孤而能笃志好学，其衣食未至空乏，已可概见。而史犹称为贫者，盖以其家道中落，又早丧父，生生所资，大不如昔耳。非即家徒壁立，无以为生也。如谓因家贫，致不能婚娶，则更悖矣。无征不信，试举史实明之。《宋书》卷九三《隐逸周续之传》："入庐山事沙门释慧远……以为身不可遣，余累宜绝，遂终身不娶妻。"《南史》卷七五《隐逸续之传》无"遂终身不娶妻"句《南齐书》卷五四《高逸褚伯玉传》："高祖含，始平太守；父遁，征房参军。伯玉少有隐操，

寡嗜欲。年十八，父为婚。妇人前门，伯玉从后门出。遂往剡，居瀑
布山。……在山三十余年，隔绝人物。"《南史》卷七五《隐逸上·伯玉
传》同《梁书》卷五一《处士刘讦传》："父灵真，武昌太守。……
长兄洁，为之聘妻，剋日成婚，讦闻而逃匿。事息，乃还。……讦善
玄言，尤精释典。曾与族兄歊听讲于钟山诸寺，因共卜筑宋熙寺东
涧，有终焉之志。"《南史》卷四九讦传同又刘歊传："祖乘民，宋冀州刺
史；父闻慰，齐正员郎。世为二千石，皆有清名。……（歊）及长，
博学有文才，不娶，不仕。与族弟讦并隐居求志，遨游林泽，以山水
书籍相娱而已。……精心学佛。"《南史》卷四九歊传同彼四人者，皆
非寒素。其不婚娶，固非为贫也。而谓舍人之不婚娶，纯由家贫，可
乎？或又以居母丧为说，亦复非是。因三年之丧后，仍未婚娶也。然
则舍人之不婚娶者，必别有故，一言以蔽之，曰信佛。此亦可从彼四
人之好尚而探出消息：周续之之"入庐山事沙门释慧远"，褚伯玉之
"有隐操、寡嗜欲"，刘讦之"尤精释典"，刘歊之"精心学佛"，皆
与彼等之不婚娶有关。所不同者，伯玉溺于道；如《晋书》卷九四隐逸
传中郭文、杨轲、公孙永、石坦、陶淡五人之不娶，皆溺于道者。《高僧传》卷
十一《释僧从传》："禀性虚静，隐居始丰瀑布山。学兼内外，精修五门。……
与隐士褚伯玉为林下之交，每论道说义，辄留连信宿。"是伯玉亦与闻法味者
也。续之、讦、歊笃于佛而已。舍人本博通经论，长于佛理者；后且
变服出家。信佛之笃，比之讦、歊，有过之而无不及。益见舍人之不
婚娶，原非由于家贫。至谓当时门阀制度，甚为森严。托姻结好，必
须匹敌。舍人既是贫家，高门谁肯降衡？其鳏居终身，乃围于簿阀，
非能之而不欲，宜欲之而不能也。此说虽辨，然亦未安。缘舍人入
梁，即登仕涂，境地既已改观，行年亦未四十。高即不成，低亦可
就。如欲婚娶，犹未为晚。"孤贫负郭而居"之颜延之，"行年三十
犹未婚"；见《宋书·南史·延之传》"兄弟三人共处蓬室一间"之刘
歊，见《南史》歊传"年四十余未有婚对"，见《南齐书》、《南史》歊传
后皆各有其耦，便是例证。何点长而拒婚，老而又娶，见《梁书》卷
五一《南史》卷三十点传尤为最好说明。《高僧传》卷十一《释僧祐
传》："年十四，家人密为访婚，祐知而避至定林，投法达法师。达
亦戒德精严，为法门梁栋。祐师奉竭诚，及年满具戒，执操坚明。"

舍人依居僧祐，既多历年所，于僧祐避婚为僧之事，岂能无所闻知，未受影响？若再证以上引褚伯玉、刘讦之避婚，则舍人因信佛而终身不娶，更为有征已。

依沙门僧祐，与之居处积十余年，遂博通经论，因区别部类，录而序之。今定林寺经藏，勰所定也。

按高僧传释僧祐传："释僧祐，本姓俞氏。……永明（齐武帝年号）中，敕人吴，试简五众，并宣讲十诵，更伸受戒之法。凡获信施，悉以治定林、建初及修缮诸寺，并建无遮大集舍身斋等。及造立经藏，抽校卷轴。……初，祐集经藏既成，使人抄撰要事，为三藏记、法苑记、世界记、释迦谱及弘明集等，皆行于世。"据此，舍人依居僧祐，博通经论，别序部类，疑在齐永明中僧祐人吴试简五众，宣讲十诵，造立经藏，抽校卷轴之时。以上略本范文澜文心《序志篇》注说僧祐使人抄撰诸书，由今存者文笔验之，恐多为舍人捉刀。明曹学佺《文心雕龙序》："窃恐祐高僧传，按高僧传乃慧皎撰，非僧祐也。曹氏盖误信隋志耳（《隋书》卷三三经籍志二杂传类著录之高僧传，题为僧祐撰本误。清姚振宗《隋志考证》卷二十史部十已辨其非）。乃勰手笔耳。"曹序全文见后附录七徐炿《文心雕龙》跋："曹能始学佺字云：'沙门僧祐作高僧传，乃勰手笔。'今观其法集总目录序及释迦谱序、世界序按序上合有（记），字等篇，全类勰作。则能始之论，不诬矣。"徐跋全文见后附录七清严可均《全梁文》卷七一释僧祐小传自注："按梁书刘勰传：'……今定林寺经藏，勰所定也。'如传此言，僧祐诸记序，或杂有勰作，无从分别。"皆持之有故，言之成理，可谓先得我心。又按当时庙宇，饶有赀财，富于藏书。舍人依居僧祐后，必"纵意渔猎"，文心事类篇语为后来"弥纶群言"文心序志篇语之巨著"积学储宝"。文心神思篇语于继续攻读经史群籍外，研阅释典，谅亦焚膏继晷，不遗余力。故能博通经论，簿录寺中经藏也。经论，谓三藏中之经藏与论藏也。经为如来之金口说法，《法华经》、《涅槃经》等是；论为菩萨之祖述，《唯识论》、《俱舍论》等是。定林寺，即上定林寺，亦称定林上寺。因下定林寺齐梁时已久废，故往往省去"上"字，而止称为定林寺。故址在今南京市紫金山。原名钟山自宋迄梁，寺庙广开，高僧如僧远、僧柔、法通、智称、道高、超辩、慧弥、法愿辈，皆居此寺。见高僧传各本传处士、名流如何点、周颙、明僧绍、吴苞、张融、袁昂、何胤等，王侯如萧子良、萧宏、萧伟之徒，亦皆策钟山门，展敬禅室；或咨戒范，或听内典，见《高僧传》卷八释僧远传又卷十一释僧祐传及《南史》卷三十何胤传又卷五十明僧绍传曾极一时之盛。舍人寄居此寺长达十余年之久，而又博通经论，竟未变服者，盖缘浓厚儒家思想支配之也。

天监初，起家奉朝请。

按《梁书》卷二武帝纪中："（天监元年夏四月）改齐中兴二年为天鉴元年。"《晋书·职官志》："奉朝请，本不为官，无员。汉东京罢三公、外戚、宗室、诸侯，多奉朝请。奉朝请者，奉朝会请召而已。"宋书百官志下："奉朝请、无员，亦不为官。汉东京罢省三公，外戚、宗室、诸侯，多奉朝请。奉朝请者，奉朝会请督而已。"《通监》卷一三五齐纪一胡注："奉朝请者，奉朝会请召而已，非有职任也。"《南齐书》卷十六百官志："侍中……领官有奉朝请……永明中，奉朝请至六百余人。"据下临川王宏引兼记室推之，舍人起家奉朝请，当为天监三年前两年中事。又按舍人终齐之世，未获一官。天监初，姑起家奉朝请。其仕涂梗阻，绝非偶然。《梁书》卷一《武帝纪上》："（中兴二年二月）高祖上表曰：'且闻中间立格，甲族以二十登仕，后门以过立试吏。'"《南史》卷六梁本纪上同《隋书》卷二六百官志上："陈依梁制，年未满三十者，不得入仕。"据《文心雕龙·序志》篇"齿在逾立"语，是文心成书时，舍人行年已二十开外，约在齐永泰至中兴四年间。负书求誉沈约，谅亦不出此时。并详后未几入梁，即起家奉朝请。隐侯盖与有力焉。清乾隆编修《山东通志》卷二八人物志一谓沈约见文心，大重之，言诸朝。仕至东宫通事舍人。盖想当然之辞。舍人之先世，本邹鲁华胄，过江后则非著姓。《北齐书》卷四五《文苑颜之推传》："（观我生赋自注）中原冠带，隋晋渡江者百家，放江东有百谱。"《新唐书》卷一九九儒学中柳冲传："（柳）芳之言曰：'过江则为侨姓，王、谢、袁、萧为大。'"是侨姓四大族中，原无刘氏。宋书刘穆之传："尝白高祖武帝曰：'穆之家本贫贱，赡生多阙。'"《南史》同南史穆之传："少时家贫。"宋书无是东晋一代，刘氏固非势族。穆之传史未叙先世，秀之祖爽、父仲道皆只为县令。其非势族可知。自穆之发迹后，始世有显宦。如刘秀之刘式之刘瓛刘祥是舍人之祖灵真既未登仕，父尚所官亦不过越骑校尉。远非"贵仕素资，皆由门庆，平流进取，坐致公卿"梁萧子显语，见《南齐书》卷二三《褚渊王俭传论》者可比。而己又早孤，已无余荫，可资凭借。其能厕身仕涂，殊为不易。如沈约、沈崇慔、刘霁、司马筠、刘昭、何逊、刘沼、任孝恭诸人之入仕，亦皆自奉朝请始。见《梁书》各本传可知"英俊沈下僚"，固不独舍人一人为然也。

中军临川王宏引兼记室。

按《梁书》卷二二《临川王宏传》："临川静惠王宏，字宣达，太祖第六子也。……天监元年，封临川郡王：……寻为使持节散骑常侍，都督扬南徐州诸军事，后将军，扬州刺史。……三年，加侍中，进号中军将军。四年，高祖诏北伐，以宏为都督南北兖、北徐、青、冀、豫、司、霍八州，北讨诸军事。"《南史》卷五一《宏传较略》又《武帝纪中》："（天监）三年，春正月戊申，后将军扬州刺史临川王宏进号中军将军。"舍人被引兼记室，当始于天监三年正月以后，萧宏进号可案也。《高僧传·释僧祐传》："梁临川王宏……并崇其戒范，尽师资之敬。"意萧宏往来定林寺顶礼僧祐时，即与舍人相识，且知擅长辞章，故于其起家奉朝请之初引兼记室慧琳《弘明集》卷八音义云："刘勰，人姓名也。晋桓玄记室参军。"（见《一切经音义》卷九六）所系朝代与人俱误。于宝司徒议："记室，主书议。凡有表章杂记之书，掌创其草。"（《北堂书钞》卷六九引。严辑《全晋文》卷一二七所辑干宝文漏此条）《宋书》卷八四《孔觊传》："（觊）转署（衡阳王义季）记室，奉笺固辞曰：记室之局，实惟华要。自非文行秀敏，莫或居之。……夫以记室之要。宜须通才敏思，加性情勤密者。（觊）学不综贯，性又疏惰，何可以属知秘记，秉笔文闱？……若实有莹爥，增辉光景，固其腾声之日，飞藻之辰也。"又略见《通典》卷三一《梁书》卷四九《文学上·钟嵘传》："衡阳王元简出守会稽，引为宁朔记室，专掌文翰。"《南史》卷七二《文学》昭传同又《吴均传》："建安王伟为扬州，引兼记室，掌文翰。"是王府记室之职，甚为华要，专掌文翰。先后在萧宏府中任斯职者，除舍人外，尚有王僧孺、见《梁书》卷三三本传（《南史》卷五九僧孺传同）殷芸、见[《梁书》卷四一本传刘昭、见

《梁书》卷四九文学上本传(《南史》卷七二文学昭传同)〕丘迟、〔见《梁书》卷四九文学本传(《南史》卷七二文学迟传同)〕刘沼见《梁书》卷五十文学下本传诸家,皆一时之选也。记室,详下句注。又按梁释宝唱经律异相序:"圣谓梁武帝旨以为像正浸末,信乐弥衰;文句浩漫,鲜能该洽。以天监七年,敕释僧旻等备钞众典,显证深文,控会神宗,辞略意晓,于钻求者已有太半之益。"唐释道宣《续高僧传》卷一释宝唱传:"天监七年,帝以法海浩汗,浅识难寻,敕庄严寺名僧旻,于定林上寺缵众经要抄八十八卷。"又卷五释僧旻传:"……仍选才学道俗释僧智、僧晃、临川王记室东莞刘勰等三十人,同集上林寺按'林'上疑脱'定'字钞一切经论,以类相从,凡八十按'十'下当再有'八'字卷,皆令取衷于旻。"是天监七年备钞众经之役,舍人曾参与其事矣。隋费长房历代三宝记:"众经要抄一部并目录,八十八卷。……天监七年十一月,帝以法海浩博,浅识窥寻,卒难该究。因敕庄严寺沙门释僧旻等于定林上寺,缉撰此部,到八年夏四月方了。见宝唱录。"卷十一(按:宝唱撰经目录见《隋书》卷三五经籍志四)是天监七年十一月之前,舍人仍任职萧宏府中,故道宣称其衔也。

评 介

杨明照(1909—2003),字弢甫,四川大足人。著名文献学家和20世纪中国龙学研究最有成就的学者之一。幼时即诵读过《龙文鞭影》、"四书"、"五经"、《古文观止》等基本典籍,奠定了丰厚的国学功底。1930年入重庆大学国文系学习,在词学家吴芳吉的启发之下开始接触《文心雕龙》,并被之深深吸引,研读中发现其中两个版本校注均有未尽之处,有待补正,偶有所得,便分条记诸副本,从此走上了《文心雕龙》校注拾遗的路子。1936年秋以优异成绩考入燕京大学研究院国文部,师从著名文学批评史专家郭绍虞,并继续研究《文心雕龙》。毕生致力于中国古代文论及古代文献研究,其领域除《文心雕龙》外,还涉及《庄子》、《左传》、《吕氏春秋》、《史记》、《汉书》、《说文解字》、《淮南子》、《刘子》、《抱朴子》、《文选》等古代典籍。历任四川大学中文系主任、中国《文心雕龙》学会会长、四川省文联和作协副主席、成都市文联主席等。

杨明照龙学研究的代表作为"校注四书"：《文心雕龙校注》（以下简称《校注》）、《文心雕龙校注拾遗》（以下简称《拾遗》）、《增订文心雕龙校注》（以下简称《增订》）和《文心雕龙校注拾遗补正》（以下简称《补正》）。这四部著作对《文心雕龙》的校注、考异及义理阐发，取得了许多超越前贤的成就，在海内外产生了巨大影响，杨明照因之而被誉为"龙学泰斗"。杨明照龙学研究用力最勤、创获最多的当在《文心雕龙》文本的校注拾遗和修订补正方面，因而《拾遗》等书又被学界称为"千秋大业，万世宏功"。1982 年，近 60万字的《拾遗》刚一出版即引起强烈反响，海内外学者给予了很高的评价。全书分"书影"、"前言"、"正文校注"、"附录"、"引用书目" 5 个部分，将长期积累的历代著录、品评、采摭、因习、引证、考订、序跋、版本等材料分别辑录，搜罗完备，几近一部《文心雕龙》影响与接收史。

作为百年龙学的重要经典，《拾遗》无论在资料的搜集还是文本的校勘上，都能独树一帜。第一，杨明照不断超越前贤、完善自我，成就自成一家的校注风格。在《文心雕龙》校勘史上，黄叔琳《文心雕龙辑注》与范文澜《文心雕龙注》曾先后独领风骚，成为号令一时的权威著作。在权威的盛名之下，杨明照也曾叹其所注已经较详，无须强为操觚，再事补缀。然"研阅既久，觉黄、李两家注有补正的必要"、"范注是在黄注的基础上发展起来的，固然提高了一大步，有很多优点，但考虑欠周之处，为数也不少"。于是，杨明照改变策略，以范注为基础，以完善和补充范注之未足为目标，继续进行校注。事实上，自黄叔琳以来，《文心雕龙》校注各家的着眼点不尽相同，或重在校，或重在注，难有一部完善的校注本，如黄、范两家，基本上偏重于注，在文字考正、词句考索方面，尚有未尽之处。王利器《文心雕龙校证》一书则偏重于校，以期为《文心雕龙》提供一个定本，故着眼于比类文字异同，而不及典故征引。因此，杨明照的龙学著作则以校注并重为特色。其校其注，在前人的基础上都有很大发展。《拾遗》校注不但起点高，校注质量有保证，而且"在发疑正读方面，发明刘勰行文条例方面，有凌驾前人的成就"，解决了不少名注家解决不了的难题。从校注成就方面看，杨明照对《文心雕龙》的校注以准确、材料详赡、说服力强而为人所称道，其成就超越了范文澜注。如果说 1958 年《校注》的出版奠定了杨明照在《文心雕龙》研究史上的重要地位和完成了对范注的初步超越。《拾遗》的出版则全面地超越了范注。而就杨明照自己的《拾遗》本与《校注》本相较，《校注》本于校勘上，使用了元刻本、汪一元本、佘诲本等 12 种版本，《拾遗》本在《校注》本基础上补充了明弘治冯允中本、《四部丛刊》影印本、王惟俭本等 13 种版本。

第二，杨明照在原校注基础上，订正前误、补正前阙方面也有突出表现。《才略》篇"孙楚缀思，每直置以疏通"句，《校注》本按："'直置'二字当乙，始能与下句'循规'相对。"《拾遗》本则增加多条材料证明六朝"评文论事"皆用"直置"二字，足见为当时常用语。在订正前误的同时，杨明照还不断补正前阙。原校注中由于证据不足而存疑的问题，随着校勘资料的丰富，校勘手法的完备而日渐得以释疑，这亦是杨明照在修订增补阶段的一大收获。如《附会》篇"夫才量学文，宜正体制"句，范注 89 曰："量疑当作优，或系传写之误，殆由学优则仕意化出。"杨明照《范注举正》按："疑原作量才学文，传写者偶倒耳！《体性》'才有天资，学慎始习'，文意与此略同。"《拾遗》据《太平御览》所引，认为当作"童"字，"量"其形误，并举《体性》篇"故童子雕琢，必先雅制"为旁证。此处范注和杨明照《范注举正》都没有直接依据可校正"量"字，故称"疑当作"或"疑原作"，到了《拾遗》本，先生从《太平御览》中发现引文，加以《体性》篇为旁证，从而推断此"量"应作"童"才是，此乃从他校法中取得的新突破。杨明照在校注过程中，对许多前人所未触及或不得其解的疑难问题，穷加考索，旁搜远绍，常能发他人之未发。故台湾龙学家王更生说："中外学术界，凡举范文澜《文心雕龙注》为治学津逮者，不可不以先生《校注拾遗》来发伏撼疑，为疗病之良药也。"

第三，在材料搜罗方面，范（文澜）、王（利器）等诸位大家的特点大致说来主要重在典故征引、语词溯源。杨明照则认为，写校语、作注释，求其适当即可，不宜过繁，而纂辑附录，则以详赡为佳。因此，凡与刘勰及《文心雕龙》有关的文献材料，杨明照都旁搜远绍，兼收并蓄，并精心梳理，提要钩玄，分门别类，叙次井然，形成自己鲜明的特色。《拾遗》分为"著录"、"品评"、"采摭"、"因习"、"引证"、"考订"、"序跋"、"版本"、"别著"九项，其中"采摭"、"因习"、"考订"是新增项目，检视其内容，"采摭"中约1/3 的内容是从《校注》本"前人征引"中移入的，"因习"中亦有21 种书是从《校注》本"群书袭用"中移入的，而《拾遗》本的"引证"即是《校注》本的"前人征引"。杨明照扩大了材料搜罗的范围，对《文心雕龙》产生后与之相关的资料，自梁代至近世，都广为搜罗，精心分类，取为"附录"的材料，为人们研究《文心雕龙》在历史上的流传和影响提供了一个全景视野，具有非常重要的价值。

作为一部功力深厚的龙学研究著作，《拾遗》被学界视为代表20世纪中国大陆龙学考证领域的最高成就。全书取精用弘，断语精审，参校各种版本、校注本 60 种，引用文献高达 600 种，补充了许多前人未发表的研究成果，增加了大量新的参考资料。国内学者将此书誉为"研究《文心雕龙》的小百科全书"、"誉满中外的洋洋巨著"。通观此书，精研故训，博考事实，频频厘正前人之谬误，补订前人之疏漏，堪称龙学研究中的必备参考书之一。诚如王更生所说，杨明照的龙学成就"在《文心雕龙》的研究上，为后人树立了一个新的断代"。

杨明照龙学著述目录：

《文心雕龙校注》，古典文学出版社 1958 年版。
《文心雕龙校注拾遗》，上海古籍出版社 1982 年版。
《增订文心雕龙校注》，中华书局 2000 年版。
《文心雕龙校注拾遗补正》，江苏古籍出版社 2001 年版。

（吴妮妮）

文心雕龙今译（存目）

周振甫

评　介

周振甫（1911—2000），原名麟瑞，笔名振甫，浙江平湖人。中华书局资深编审，古典文学专家。1931 年入无锡国学专修学校，1932 年进入上海开明书店，帮助宋云彬校对训诂学家朱起凤的《辞通》，从此开始校对、编辑生涯。之后，又校对文史学家王伯祥主编的《二十五史补编》。此外，他撰写了《严复思想述评》，由中华书局出版。1948 年，周振甫担任钱钟书《谈艺录》的责任编辑，为该书加了提要性的小标题，得钱钟书同意刊用。1949 年之后，周振甫先后在北京开明书店、中国青年出版社、中华书局、人民文学出版社工作。

周振甫一生著述甚丰，除上述作品外，还著有《诗品译注》、《诗词例话》、《古代战纪选》、《文论漫笔》、《中国文章学史》、《严复诗文选》、《谭嗣同文选》等，这些作品后被收入《周振甫文集》（中国青年出版社 1999 年版，共十卷）。作为编辑，周振甫还参加了《明史》的点校、《管锥编》的审阅加工（中华书局出版）、周祖谟《洛阳伽蓝记校注》的白话文翻译（学苑出版社出版）等工作。

周振甫的龙学研究从 20 世纪 40 年代开始，当时是帮助章锡琛先生校对《文心雕龙》，开明书店出版的范文澜《文心雕龙注》就是章锡琛先生整理的。1961 年至 1963 年 8 月，周振甫应邀在《新闻业务》上发表《文心雕龙》选译文章，按照编辑的要求，译文要便于和原文对照，起到句解作用，简化注释，因此把段落分得短些，译文就排在正文下，简注附后，为了便于阅读，在每篇前加一些说明。后来，人民文学出版社邀周振甫注释《文心雕龙》，紧接着中华书局出版周振甫的《文心雕龙选译》。"文革"结束后，周振甫吸收杨明照《文心雕龙》校注成果，出版了《文心雕龙》的选译本（1980）和注释本（1981）。两书出版后，周振甫在编撰《文心雕龙今译》（1985）的同时，尝试做"词语简释"：也就是对《文心雕龙》的部分术语、范畴作简洁而准确的诠释。"词语简释"附在《文心雕龙今译》之后，既为广大读者学习《文心雕龙》提供了方便，也为龙学研究提供了参考。《文心雕龙今译》（以下简称《今译》）作为周振甫龙学研究的代表作，有着以下几个方面的特征：

首先，《今译》在 20 世纪 80 年代中期的出版，是新时期龙学繁荣的标志性事件。改革开放之前的二十多年间，受冷战思维和闭关锁国政策的影响，我国文艺理论界基本上是前苏联式的教条主义理论的一统天下。改革开放之后，随着对马克思主义和中国文论民族特征认识的深化，文论界热切期望在马克思主义指导下吸取中国古代文论的精华。正是在这一思想背景下，为适应读者学习《文心雕龙》的需要，人民出版社和中华书局向周先生约稿，希望他能够就《文心雕龙》的创作和鉴赏理论解答读者的疑惑。周振甫《文心雕龙》的注释本和选译本，在"文革"前和"文革"中均未能出版，"文革"后，《注释》本和《选译》本最终得以出版。1984 年，周振甫补译了《正纬》、《颂赞》、《祝盟》、《铭箴》、《诔碑》、《哀吊》、《杂文》、《谐隐》、《诏策》、《檄移》、《封禅》、《章表》、《奏启》、《议对》、《书记》，成为全译本即《今译》，所以《今译》的出版，标志着"文革"结束后龙学春天的到来。

其次，《今译》在译文、词语解释等方面很有特色。周振甫三种龙学研究著作，《文心雕龙选译》（中华书局），侧重普及，注释简明；《文心雕龙注释》（人民文学出版社），注释翔实，吸收了明清以来有关学者的评语考订研究成果，也阐发了不少个人的独到见解；《文心雕龙今译》（中华书局），集中前两种的精华，其理论成就突出表现于译文和解释中。与《文心雕龙选译》相比，《今译》本更为全面，对于读者完整把握和理解《文心雕龙》帮助很大。如果说，黄侃、范文澜、刘永济、杨明照等先生的研究，有助于《文心雕龙》研究的深化，而周振甫所做的工作，则有利于龙学研究的广延和普及。《今译》在《文心雕龙》的传播和普及中所起到的作用，是其他先生的研究所无法取代的。《今译》的编排，处处为读者考虑：首先是将《文心雕龙》五十篇分为总论、文体论、创作论、文学评论四大部分，并在每一部分前附有"总说"，便于读者对刘勰相关思想的整体把握。其次，是每一单篇前加一"评述"，便于读者对该篇的理解。

再次，为便于读者阅读，《今译》将每一篇的原文依据文意分成若干段，译文附于每段之下，以便与原文对照。为了尽可能准确地传达《文心雕龙》的原意，周振甫采用了直译法。这种直译法要求完全忠实于原作的意义、精神和风貌，同时要求译文文字流畅，因此一般来说比意译难度更大。《今译》本既保留了《文心雕龙》的理论体系，又注意到用精美的文笔和流畅的行文传达出刘勰的文学主张。周振甫先生的《今译》，在流畅的译文中保留了刘勰的理论体系，实属难能可贵。

最后，《今译》所附"词语简释"，也具有很高成就。一百多条"词语简释"，专门而有系统地简释《文心雕龙》中的理论术语和范畴，这在龙学界是一项带有开创性的工作。周振甫在参加中国古典文学理论学会和文心雕龙学会时，听到与会学者关于"《文心雕龙》词语阐释"的要求，故决定自己"尝试来做一下"（见《今译》之《后记》）。实际上，"词语简释"这项成果，凝聚了周振甫几十年潜心龙学研究的心血，也反映了其严谨的治学态度。为尽可能准确地解释刘勰的文学理论术语，周振甫对它们在书中出现的次数作出精确统计。刘勰的文学理论术语，有时为一般词语，有时作术语，范围不定，因此便不称作"术语简释"，而谓"词语简释"。这种处置方式，不仅意味着它是一项有意义的发现，而且意味着作者在词语阐释问题上涉及学术界有争议的问题。如对争议较大的"气"、"势"等的阐释，《今译》都发表了自己的看法。就对"气"的解释来说，论述者多以其指空气、天气、体气、生气、气势、气质、风格、才气等。而《今译》认为，《养气》篇所讲的"气"，与《体性》、《风骨》、《物色》、《才略》、《辨骚》诸篇所讲的"气"稍有不同，前者指"保养体气，避免用思过度，'销铄精胆，蹙迫和气'，这跟他提出'自然'的宗旨是一致的"，此处是说，体气健康是运思写作的前提，所以要养气；同时著者认为这里也包括孟子所讲的"善养吾浩然之气"，即"理直气壮"之"气"，"理直"方能"气壮"，这是指精神方面的健康。作者还联系《文心雕龙》其他篇关于"气"的说法，认为刘勰论"气"主要着眼于气质，此乃风格之气，即《体性》篇所强调的刚柔之气，它对作家风格的形成，比《风骨》篇所谓清浊之气更重要。周振甫《今译》对"势"的解释也很独特。刘勰在《定势》、《论说》等篇中对"势"均有论及，大致指形势、趋向或势力。如《定势》篇称"因情立体，即体成势"，意为据情理（即内容）确定文章体裁（即形式）和风格，不同的内容有不同的形式和风格，顺乎这种自然的趋向，就是"势"。《今译》认为刘勰如此论述"势"，"目的在纠正当时的一种'诡势'"，"来维护即体成势的原则"，作家应当"循体而成势"。著者还对与"势"相关的词语作了说明，这些论述对中国文论思考内容与形式的关系、继承发扬传统文论，会有所启发。此外，在对"采"的相关阐释上，周振甫认为有两种"采"，即与"风骨"相对之采和"骨采"结合之采，前者是"辞藻"，后者"不是外加涂饰的"。周振甫联系《征圣》、《风骨》、《情采》、《物色》等篇，进一步认为，与"骨采"结合之采，是"巧笑倩兮，美目盼兮，在巧笑和盼睐中所显示出来的光采，更胜过铅黛"。总之，周振甫《今译》，集校、注、释、译于一体，并在这四个方面同时引导和服务读者，从而为读者进入《文心雕龙》并多方位掌握刘勰文学思想提供了出色的引导。

周振甫龙学著述目录：

《文心雕龙选译》，中华书局 1980 年版。

《文心雕龙注释》，人民文学出版社 1981 年版。

《文心雕龙今译》，中华书局 1986 年版。

《文心雕龙辞典》，中华书局 1996 年版。

（林国兵）

文心雕龙校正（存目）

王利器

评　介

　　王利器（1912—1998），字藏用，号晓传，四川省江津县人，著名国学大师。1912 年 1 月 28 日出生于江津一个富裕家庭，父亲王章可是前清官员，藏书颇丰，王利器自幼饱读经书，古文根底尤其深厚。1931 年接受现代教育，后考取四川大学中文系，游艺于众多名师之间，所获颇丰。1940 年所撰毕业论文《风俗通义校注》，反映出著者当时已熟识校勘之法，并具有丰富的典籍知识。四川大学毕业后考入北京大学文科研究所哲学组，师从汤用彤、傅斯年读研究生，历时三年，完成用注疏体撰写的毕业论文《吕氏春秋比义》，获当时教育部最高奖项。1944 年任四川大学文科研究所教师，1946 年后历任北京大学中文系、图书馆学系讲师、副教授、教授，开设校雠学、专书和国文课，所授专书有《史记》、《庄子》、《文心雕龙》等。1954 年调至人民文学出版社文学古籍刊行社，先后兼任中国社会科学院特约研究员、西北大学中文系和北京大学历史系教授、北京中日文化交流史学会顾问、《红楼梦学刊》编委等职，致力于文学遗产整理工作，曾负责重新整理出版范文澜《文心雕龙注》等。一生著述宏富，逾两千万言，学界同仁遂赠其美称"百万言富翁"。1998 年 7 月 25 日去世，享年 87 岁。主要著述有：《文镜秘府论校注》、《九斋集校订本》、《郑康成年谱》、《李士祯李煦父子年谱》、《越缦堂读书简端证校录》、《元明清三代禁毁小说戏曲史料》等。其龙学研究的成果有：《文心雕龙新书》（以下简称《新书》）和《文心雕龙校证》（以下简称《校证》）。

早在 20 世纪 50 年代，王利器调至人民文学出版社文学古籍刊行社后，曾担任范文澜《文心雕龙注》重版的责任编辑，为该书订补了五百余条注文，经范老审定以后全部录用，修订本于 1958 年出版。据王利器《我与〈文心雕龙〉》一文回忆，范老曾提出："你订补了这么多条文，著者应署我们两人的名字才行。"王利器则认为这是责编分内的工作，不仅不同意署名，且在他本人 1980 年出版的《校正》一书中，为范注所订补的五百余条注文均未出现。

王利器在修订开明书店本"范注"时，引证精博、校勘翔实，其严谨治学的态度自然也体现在他自己的两部龙学著作之中。《校证》一书是在《新书》基础上订正而成。《新书》是王利器在北京大学讲授《文心雕龙》时写就，取法刘向校雠先秦古籍，遂称之为"新书"，1951 年 7 月由巴黎大学北平汉学研究所收入《通检丛刊》出版。时隔二十余年，《新书》经王利器多番修订，更名为《文心雕龙校证》，由上海古籍出版社刊行。《校证》卷首有《序录》，阐明《文心雕龙》的相关写作背景和他自己整理该书的态度与方法，并对刘勰籍贯、生平事迹予以考证。卷末有附录六种，包括著录、序跋、杂纂、原校者姓氏、王惟俭训故本校勘记和杨明照《梁书刘勰传笺注》。五十篇文本校勘的底本采用乾隆六年（1741 年）黄叔琳注养素堂原刻本，分章断句在范文澜注本基础上稍有改定。正如该书《序录》中所说："本书的主要贡献，是搜罗《文心雕龙》的各种版本，比类其文字异同，终而定其是非，因为替本书命名为《文心雕龙校证》。"该书最大成就即见于校勘，乃是参照二十七种版本综合而成，取材宏富、比对严谨、征引详细、注释全面。学界往往将其与杨明照的《文心雕龙校注拾遗》（1982 年）并称为《文心雕龙》校勘史上的两部最有分量的集大成之作。

在所参材料上，王利器本着一向缜密严谨的治学风格，广泛搜罗前人的校勘成果，可谓博采群书，上下求索，同时又有所驳正，每定一字、下一义，是以探究历史之本来面目，力求合于刘勰原书。校勘时所据二十七种版本分别是敦煌唐写本、元至正十五年（1355 年）

嘉禾刊本、元至正中嘉兴郡学刊本、弘治十七年（1504年）冯元中刊本、嘉靖庚子（1540年）新安汪一元刻本、嘉靖癸卯（1543年）佘诲本、明万历七年（1579年）张之象本、明万历十年（1582年）胡维新《两京遗编》本、明万历二十年（1592年）何允中《汉魏丛书》本、明万历三十七年（1609年）梅庆生校本、明万历三十七年王惟俭《训故》本、明万历四十年（1612年）凌云五色套印本、明天启二年（1622年）梅庆生第六次校定本、明天启五年（1625年）达古堂刊，伪归有光《诸子汇函》本、崇祯七年（1634年）陈仁锡《奇赏汇编》本、金陵聚锦堂梓行钟惺评《合刻五家言文言》本、梁杰评本、清谨轩兰格旧钞本、日本亨保辛亥（1731年）冈白驹校正句读本、清乾隆六年（1741年）姚刻黄注养素堂原本、《四库全书》文津阁本、清乾隆五十六年（1791年）金陵王氏刊《汉魏丛书》本、清乾隆五十六年（1791年）张松孙本、清道广十三年（1833年）广东朱墨套印纪昀评本、清光绪三年（1877年）《崇文丛书》本、民国六年（1917年）《龙溪精舍丛书》本。版本资料均非常珍贵，按《序录》中说，"北京大学藏谢兆申徐渤手校本（底本汪本），吴翌凤手校本（底本张之象本），皆世间罕见之物，今悉探入"。王利器根据前人考据成果一一校订各类注本的勘误之处，求源存真，定其是非。如《隐秀》篇，传本中间脱一页四百余字，明人伪补之，黄侃根据张戒《岁寒堂诗话》引刘勰云："情在词外曰隐，状溢目前曰秀。"便以为"此真《隐秀》篇之文"，遂改写一篇。王利器对照宋陈应行《吟窗杂录》三七引文"文之精蔚，有隐有秀。隐也者，文外之重旨也；秀也者，篇中之独拔也"，发现此四句二十六字正在今本首篇一段中，于是推演出宋人所见本首尾与今本相合，中间四百余字乃明人伪补，于是不从黄侃之改写。另外，《序录》中还用了一定篇幅，以梅注本和黄注本为例，说明了前人校注时误用成说或袭用成说而未加交代等一些弊端，阐明了作者本人的校勘态度。

在校勘方法上，《序录》中举例说明了校勘所运用的几种方法，并进一步阐明何时用何种方法的原因。由于《文心雕龙》传本谬误甚多，因此，在凡是可以用对校法解决之处，作者都采用对校法，多方参见，判定真伪。可以参照《文心雕龙》前后文本推演出来的，便用本校法，例如《诏策》篇"符采炳耀"，"采"原作"命"，作者根据《原道》、《宗经》、《诠赋》、《风骨》诸篇多次出现的"符采"一词，改之。他校法则是对前人注本言之有据、校之有理之处，予以沿用。对于不能采用上述三法之处，则需要慎重地采用理校法，如《总术》篇："若笔果言文，不得云经典非文矣。""果"原作"不"，黄侃云"'不'为'为'之误"。王利器根据"不"与草书"果"字形相近推敲，认为原文当承颜说"笔之为体，言之为文也，经典则言而非笔，传记则笔而非言"，并结合本校法参《序志》赞曰"文果载心"，认为句法同一，遂不从黄说，改"不"为"果"字。诸如此类，既能网罗众说，又能择善而从。陈允锋在张少康主编的《文心雕龙研究史》一书中如是评价："在校勘方法上，作者综合运用对校法、本校法、他校法和理校法，对《文心雕龙》钞刻过程中出现的音近而误、文字形讹、颠倒、误衍误夺等现象都予以订正，解决了许多前人所未解或误解的问题。"

当然，该书也存在一些不足之处，例如陈允锋便指出，由于作者以校勘为主，未能对《文心雕龙》作进一步的义理阐释，从而导致在评介某些以理论研究为主的龙学成果时，未免有失偏颇。例如黄侃《文心雕龙札记》之《隐秀》篇后有补文，意在发挥隐秀之微旨，并未定夺残文的真实性。但王利器误解了黄侃之意，提出此举是"欲据此改作……则恐难执天下万世之口"。此外，徐复观在《读王利器〈文心雕龙校证〉》一文中指出，王利器在《序录》中对刘勰身世所作的一番考察有歪曲原著的倾向，例如称刘勰是"没落的地主阶级的知识分子——士族"、"向上爬的思想，随时都在暴露出来"等，乃是本着阶级理论的立场，受教条主义的框框所限，得出的偏激结论。但将《校证》一书放在新时期龙学研究史上进行观照，该书的贡献远远大于不足，其校勘严谨、引证翔实更是受到学界的高度评价。《人民日报》在1980年12月26日第八版《文艺新书》中评介道："《校证》出版，《文心雕龙》才有可读之本。"该书一经出版，台湾成文、宏业、明文书局，香港龙门书店等多家出版社争相翻印，以飨海内外读者。正如王利器为自己的书斋所题："善藏其书，所以善待其用。"《校证》作为前人所注的集大成者，不仅在龙学研究领域具有承前启后的重大意义，更是后辈学者当效仿的严谨治学之典范。

王利器龙学著述目录：

《文心雕龙新书》，中法汉学研究所通检丛刊特辑 1951 年印行，台湾宏业书局 1982 年版。

《文心雕龙校证》，上海古籍出版社 1980 年版。

（赵坤）

《文心雕龙》 的风格学

詹　锳

风格与个性之关系

黑格尔和马克思都曾引用过法国自然科学家布封在《论风格》里的一句名言："风格就是人本身。"黑格尔说："风格一般指的是个别艺术家在表现方式和笔调曲折等方面完全见出他的个性的一些特点。"(《美学》第一卷，人民文学出版社 1958 年版，第 360 页) 中国的文论就是在品人的 "才性论" 基础上发展起来的。刘勰首先从风格和个性统一的观点，在《文心雕龙》里提出一篇专论——《体性》。在这篇文章里，"体" 就是指的风格，"性" 就是指的个性。

刘勰在《体性》篇里首先指出："夫情动而言形，理发而文见，盖沿隐以至显，因内而附外者也。" 文学创作活动是人的思想情感活动的外现过程。内心的思想情感活动是 "隐" 的、不可见的，但是表现在语言文字上，却是 "显" 的、可见的了。

有什么样的思想情感，就会写出什么样的文学作品来，作品和人的思想情感活动是内外相符的。因此，通过作品就可以认识作家的心理活动。《文心雕龙·知音》篇说："夫缀文者情动而辞发，观文者披文以入情，沿波讨源，虽幽必显。世远莫见其面，觇文辄见其心。" 姚鼐《复鲁絜非书》说："观其文，讽其音，则为文者之性情形状，举以殊焉。" 就是这个意思。

刘勰进一步把文坛上的 "笔区云谲，文苑波诡"，也就是风格的个别差异的形成，归结到作家本身的四种心理因素："才"、"气"、"学"、"习"。其中的 "才"、"气" 是从魏晋以来的 "才性论" 来的，所以说是"情性所铄"；而"学"、"习"两个因素的提出，并把它归之后天的"陶染所凝"，则是刘勰本人的创见。

嵇康《明胆论》说："夫元气陶铄，众生禀焉；赋受有多少，故才性有昏明。惟至人特钟纯美，兼周内外，无不毕备。降此已往，盖阙如也。"这自然是天才论。刘勰的理论却已在这个基础上发展了一步。他说"才有庸俊"，而文章"辞理"的"庸俊"和作家创作才能的"庸俊"是统一的；"学有浅深"，而文章"事义"（指具体内容）的浅深和作家学力的浅深也是统一的。至于"才"和"学"的关系，刘勰在《事类》篇中说："文章由学，能在天资。才自内发，学以外成，有学饱而才馁，有才富而学贫。学贫者迍邅于事义，才馁者劬劳于辞情：此内外之殊分也。"这和现代个性心理学的理论也是基本上符合的。他这段话的意思是说：文章是学来的，而写文章的能力在于天资。才能是发自内心的，学问是外来的。学问和才能不能等同起来，有学问好而创作才能差的，也有创作才能高而学力差的。学识贫乏，则在运用典故，"援古证今"方面，必然发生困难；而创作才能平庸的人，则在用文词表达思想感情上很费劲。这是不是天才论呢？我们认为不是。心理学上认为能力是人所具有的顺利完成某种或某些活动的个别心理特性，这种能力属于人的内部条件，但是它要通过具体活动才可以表现出来。创作才能就是有关创作的一些能力如观察力、形象思维能力、形象记忆力的有机结合。创作才能一定要通过创作实践才可以表现出来。但是没有一定的文化知识，是不能从事文学创作的，因而也就不能显示出创作才能来；而文化知识却是逐渐积累的结果。《文心雕龙·神思》篇说："积学以储宝，酌理以富才。"看来"才自内发，学以外成"还是正确的。说"才有天资"、"才力居中"（均见《体性》篇）或"才自内发"，并不意味着才能是天生的，文学创作上的成就是需要学力的辅助的，但是光有学问不一定就能写出好文章来。

《体性》篇说："才力居中，肇自血气。"血气和才力的关系，在后汉时代就已经有人用来说明书法上的成就了。《全后汉文》卷八十二赵壹《非草书》云："凡人各殊气血，异筋骨，心有疏密，手有巧拙，书之好丑，在心与手，可强为哉！若人颜有美恶，岂可学以相若耶!"赵壹用"气血"的殊异来说明"心有疏密";用筋骨的殊异，来说明"手有巧拙"，把人的才力归之于血气，自然是不科学的。

　　曹丕《典论·论文》说："气之清浊有体，不可力强而致。"这里所说的气有清浊，也是不科学的；而且"气之清浊"指的是什么，也不很清楚。《全晋文》卷五十四袁准《才性论》说："凡万物生于天地之间，有美有恶。物何故美？清气之所生也；物何故恶？浊气之所施也。……贤不肖者，人之性也。……然则性言其资，才名其用，明矣。"似乎事物的美丑，是由气之清浊所产生的。葛洪《抱朴子·尚博》篇说："清浊参差，所禀有主，朗昧不同科，强弱各殊气。"这里由清浊，又发展为气之强弱。刘勰在《体性》篇里说"气有刚柔"，又说"风趣刚柔，宁或改其气"，这就比《典论·论文》清楚多了。"气有刚柔"之"气"，相当于现在所说的气质。"风趣"之"趣"和"趋"相通，指的是趋势，也就是《定势》篇所说的"势有刚柔"之"势"。《体性》篇说作品风格趋势的刚柔和作者气质的刚柔是一致的。气质和才能本属于两个不同的范畴，而且气质和血也没有关系，可是这个问题，刘勰的时代还不可能研究清楚，所以才说"才力居中，肇自血气"。气质的刚柔，根据巴甫洛夫及其弟子们的研究，是由于高级神经活动类型的强弱。但是在西方，远在希腊时代，气质学说就产生了，那时的医生也是把气质的划分归于血液和胆汁的。发现风格趋势（即风格倾向）的刚柔和作者气质的刚柔一致，这不能不说是刘勰的创见。黄侃《文心雕龙札记》说："气有清浊，亦有刚柔，诚不可力强而致。为文者欲练其气，亦惟于用意裁篇致力而已。"可见他既不能给气之刚柔作科学的说明，又不懂风格学的理论，只好说"于用意裁篇致力"了。

　　《体性》篇说"习有雅郑"，又说"体式雅郑，鲜有反其习"，这里的"习"是"性相近，习相远"的"习"，也就是"习染"的"习"。人的兴趣和性格完全是习染而来的，有的高雅，有的庸俗。而作品"体式"（风格）的高雅和庸俗跟作家的趣味和性格的高雅和庸俗也是大体一致的，很少有完全相反的可能。

　　由"才"、"气"、"学"、"习"所组成的个性，是人的精神面貌，它和人的长相一样是有个别差异的，而作家作品的风格也和人的面貌一样有个别差异。沈德潜《说诗晬语》卷下云："性情面目，人人各具。读太白诗，如见其脱屣千乘；读少陵诗，如见其忧国伤时。其世不我容，爱才若渴者，昌黎之诗也。其嬉笑怒骂，风流儒雅者，东坡之诗也。即下而贾岛、李洞辈，拈其一章一句，无不有贾岛、李洞者存，倘词可馈贫，工同鑿枘，而性情面目，隐而不见，何以使尚友古人者，读其书想见其为人乎？"所以风格的多样化是很自然而且当然的。

作家作品的风格，虽然千差万别，然而其中也有规律可寻。刘勰说："若总其归途，则数穷八体。"这并不是说具体的作家作品只有这八种不同的风格，而是把不同作家作品的风格划分成八种基本类型。这八种基本类型："一曰典雅，二曰远奥，三曰精约，四曰显附，五曰繁缛，六曰壮丽，七曰新奇，八曰轻靡。"其中"雅与奇反，奥与显殊，繁与约舛，壮与轻乖"。这八种基本风格类型的关系，可以图示如下：

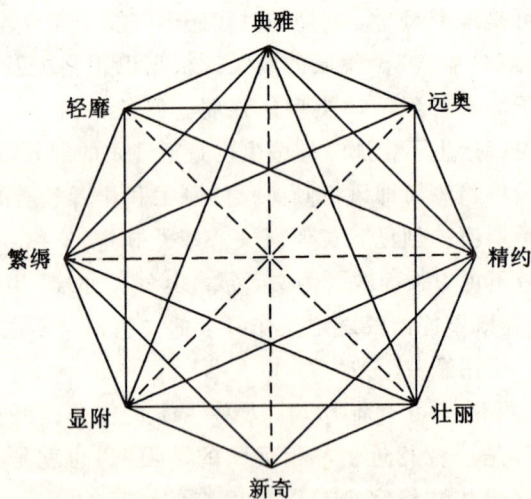

这八种基本风格类型，是从许多作家作品的风格中分析出来的。具体地分析作品的时候，一篇作品往往不限于某种单一的风格，而是由一种以上的基本风格类型组合而成的。有些作家作品的风格，属于某种基本类型的亚型，这种类型虽然和这八种基本类型的某一种接近，但实际上却有不同。如"隐秀"的"隐"接近于远奥的风格，但却不是远奥，"隐秀"的"秀"接近于新奇的风格，但却不是新奇。还有许多作家作品的风格，是属于中间型的，它可能介乎繁缛和精约之间，也可能介乎典雅和轻靡之间。论起风格的总的倾向来（"总其归途"），虽然"数穷八体"，实际上这八种基本类型可以组合成几十种甚至上百种不同的风格。清刘开《孟涂骈体文》卷二《书文心雕龙后》就说："论及《体性》，则八途包乎万变。"

对于八体的解释，《体性》篇说："典雅者，镕式经诰，方轨儒门者也。远奥者，馥采典文，经理玄宗者也。精约者，核字省句，剖析毫厘者也。显附者，辞直义畅，切理厌心者也。繁缛者，博喻酿采，炜烨枝派者也。壮丽者，高论宏裁，卓烁异采者也。新奇者，摈古竞今，危侧趣诡者也。轻靡者，浮文弱植，缥缈附俗者也。"这里面，有的是从思想内容方面来说明的，有的是从表现方法方面来说明的；如对于"典雅"的解释是"镕式经诰，方轨儒门者也"。这不仅是学习儒家经典的形式，而更主要的是学儒家经典的思想。至于对"远奥"的解释："馥采典文（刘永济《文心雕龙校释》说应作'馥采曲文'），经理玄宗者也。"则前一句指的是表现形式，后一句指的是玄学思想。当然"远奥"的作品，不一定都具有玄学思想，可是"经理玄宗"的作品总是比较思路遥远而深奥的。以下六体的解释偏于表现形式方面的居多，只是对于"壮丽"的解释"高论宏裁"，对于"新奇"的解释"摈古竞今"，都不仅是形式问题，而且也有思想内容问题在内。这段的末尾说："文辞根叶，苑囿其中矣。"意思就是内容和形式都包括在这八体之中，因为文学作品的思想内容是根本，而辞采则是表现于外的东西，可以用枝叶来比喻的。

刘勰在论风格类型的时候，提出这八种基本类型作为衡量作品风格的准则，他并没有举出具体的作家作品作例子来说明这八种基本类型。实际上完全符合某种单一的风格类型的作品还是比较少的。而且某一作品究竟归属于哪一种类型，在不同的人，看法是不会完全一致的。就拿黄侃和范文澜同志师生二人来说，对于班固《典引》的风格，看法就不一致。黄侃把它作为"壮丽"体的典型代表，范文澜则把它作为"典雅"体的典型代表。

至于衡量一位作家，那就更不是某种单一的风格类型所能概括得了的。《体性》篇说："若夫八体屡迁，功以学成。"他认为一个作家的风格并不是永远固定不变的，而这种风格上的变化是由于学习的结果。但是这种变化的出发点，还是人的才力和气质，所以说："才力居中，肇自血气。"《孟子·公孙丑上》："夫志，气之帅也；气，体之充也，夫志，至焉，气次焉。"一个人的气质或文章的气势都是一个人的思想情感的具体反映，而一个人的言语的表达方式，也是由他的思想情感所决定的。《体性》篇说"吐纳英华，莫非情性"，意思是说：吐露华美辞采的文学创作，无非是作者的思想、情感、才能、气质、性格的综合表现，有什么样的思想，就会有什么样的个性，有什么样的个性，就会有什么样的作品风格。《体性》篇里举了许多例子：

"贾生俊发，故文洁而体清。"——这是说贾谊才高，雄姿英发，所以他的文章风格高洁而清雅。《才略》篇说："贾谊才颖，陵轶飞兔，议惬而赋清，岂虚至哉！"《风骨》篇也说："意气骏爽，则文风清焉。"

"长卿傲诞，故理侈而辞溢。"——高傲的人总是倾向于夸诞，言过其实；司马相如的作品就是文理虚夸，而且辞采泛滥的。《才略》篇说："相如好书，师范屈宋，洞入夸艳，致名辞宗，然覆取精意，理不胜辞。"《物色》篇也说："及长卿之徒，诡势瑰声，模山范水，字必鱼贯，所谓诗人丽则而约言，辞人丽淫而繁句也。"《子虚赋》和《上林赋》就是过度夸张"丽淫而繁句"的代表作。

"子云沉寂，故志隐而味深。"——扬雄性格沉静，喜欢深思，所以他的作品思想情感内隐而意味深长，因为含蓄之作总是意味比较深长的。这类作品可以《太玄》为代表。《汉书·扬雄传赞》："雄居《太玄》，刘歆尝观之，谓雄曰：空自苦！今学有禄利，然尚不能《易》，又如《玄》何？吾恐后人用覆酱瓿也。"可见《太玄》在当时就是很不容易懂的。《才略》篇说："子云属意，辞人最深，观其涯度幽远，搜选诡丽，而竭才以钻思，故能理赡而辞坚矣。"

"子政简易，故趣昭而事博。"——《汉书·刘向传》说："向为人简易，无威仪，廉靖乐道，不交接世俗。""简易"是不讲究修饰，在生活上不讲究修饰，转移到文章的写作也不讲究修饰，因而形成"简易"的风格。"趣昭"就是明白易懂，就是"显附"。"事博"要求简炼，就是"精约"。《才略》篇说:《新序》该练。"可以作为代表。

"孟坚雅懿，故裁密而思靡。"——黄侃《札记》:"《后汉书·班固传》曰：及长，遂博贯载籍，九流百家之言，无不穷究。性宽和容众，不以才能高人。此雅懿之征。"这里"雅懿"就是说他高雅深美。"裁密""思靡"是说剪裁精密，文思细致。《封禅》篇说:"《典引》所叙，雅有懿乎。"似乎《典引》可作为"雅懿"风格的代表作。

"平子淹通，故虑周而藻密。"——《后汉书·张衡传》:"衡少善属文，游于三辅，因入京师，观太学，遂通五经，贯六艺，虽才高于世，而无骄尚之情。常从容淡静，不好交接俗人……衡善机巧，尤致思于天文阴阳历算。"《才略》篇说："张衡通赡。"这里"淹通"是说学问渊博而能贯通，所以思虑周到而用辞细密。

"仲宣躁锐，故颖出而才果。"——王粲性情急躁而文思敏锐，所以写的文章锋芒外露，表现出果断的才华来。《魏志·王粲传》:"善属文，举笔便成，无所改定，时人常以为宿构，然正复精意覃思，亦不能加也。"《才略》篇说:"仲宣溢才，捷而能密，文多兼善，辞少瑕累，摘其诗赋，则七子之冠冕乎。"《神思》篇也说:"仲宣举笔似宿构。"又说:"机敏故造次而成功。"都是这个意思。

"公干气褊，故言壮而情骇。"——"气褊"就是性子急躁而不稳定。《魏志·王昶传》:"东平刘公干，博学有高才，诚节有大意，然性行不均，少所拘忌。"《典论·论文》说:"公干壮而不密。"钟嵘《诗品》说他"仗气爱奇，动多振绝，真骨凌霜，高风跨俗，但气过其文，雕润恨少"，这种骇人视听的粗壮风格，和他的急脾气是一致的。

"嗣宗俶傥，故响逸而调远。"——《魏志·王粲传》说阮籍"才藻艳逸而倜傥放荡"。钟嵘《诗品》说阮籍"咏怀之作，可以陶性灵，发幽思，言在耳目之内，情寄八荒之表，洋洋乎会于风雅，使人忘其鄙近,自致远大,颇多感慨之词。厥旨渊放,归趣难求",是"响逸而调远"的具体说明。《文选》阮籍《咏怀诗》颜延年注说:"嗣宗身仕乱朝,常恐罹谤遇祸,因兹发咏,故每有忧生之嗟。虽志在刺讥,而文多隐避,百代之下,难以情测。"可见阮籍诗之所以"响逸而调远",是由于他身处乱世,不敢直接面对现实进行斗争的缘故,并不是由于他的性格倜傥不羁。

"叔夜俊侠,故兴高而采烈。"——《魏志·王粲传》:"嵇康文辞壮丽,好言老庄,而尚奇任侠。"注引嵇喜《嵇康传》:"家世儒学,少有俊才,旷迈不群,高亮任性,不修名誉,宽简有大量,学不师授,博洽多闻。长而好老庄之业,恬静无欲,超然独达,遂放世事,纵意于尘埃之表。"又引《嵇康别传》:"孙登谓康曰:君性烈而才俊,其能免乎!"嵇康的作品所以旨趣高超,风采壮烈,是和他英俊的才华、豪侠的性格一致的。

"安仁轻敏,故锋发而韵流。"——《才略》篇说:"潘岳敏给。"《晋书·潘岳传》:"岳美姿仪,辞藻绝丽,尤善为哀诔之文。少时常挟弹出洛阳道,妇人遇之者,皆连手萦绕,投之以果,遂满载以归。"可见他是行为轻浮,而才思机敏的。这样的人写出来的作品自然辞锋显露("锋发"),音韵流畅("韵流")。《世说新语·文学》篇刘注引《文章志》说:"岳为文选言简章,清绮绝伦。"这种清新绮丽的风格,也是和潘岳轻浮而机敏的性格一致的。

"士衡矜重,故情繁而辞隐。"——"矜重"是说矜持(拘谨)而庄重。《晋书·陆机传》说他"伏膺儒术,非礼不动"这和轻敏的性格是一种鲜明的对照。《文心雕龙·镕裁》篇说:"至如士衡才优,而缀辞尤繁。"《才略》篇说:"陆机才欲窥深,辞务索广,故思能入巧而不制繁。"刘熙载《艺概·文概》说:"六代之文,丽才多而炼才少。有炼才焉,如陆士衡是也。盖其思能入微,而才复足以笼巨,故其所作,皆杰然自树质干。《文心雕龙》但目以'情繁辞隐',殊未尽之。"这虽然和刘勰对于陆机的评价不同,但"情繁辞隐"还是能够说明陆机的风格的。《世说新语·文学》篇引孙兴公云:"潘文烂若披锦,无处不善,陆文若排沙简金,往往见宝。"又云:"潘文浅而净,陆文深而芜。"《晋书·潘岳传》史臣曰:"机文喻海,韫蓬山而育芫；岳藻如江，濯美锦而增绚。"潘陆二人风格的不同，是和他们二人的才性有关系的。

从以上的例子来看，虽然有个别的解释不尽恰当，但就多数的例子来看，刘勰的"触类以推，表里必符"的结论，还是可以成立的。这种从作家个性来解释风格特点的方法，后代的文士也有很多人采用。如王通《文中子·中说》继刘勰之后评论宋齐以来作家作品的风格，就是从性格品行方面来进行解释的。王通说："子谓文士之行可见：谢灵运小人哉！其文傲，君子则谨；沈休文小人哉！其文冶，君子则典。鲍照、江淹，古之狷者也，其文急以怨；吴筠、孔珪，古之狂者也，其文怪以怒；谢庄、王融，古之纤人也，其文碎；徐陵、庾信，古之夸人也，其文诞。或问孝绰兄弟。子曰：鄙人也，其文淫。或问湘东王兄弟。子曰：贪人也，其文繁。谢朓，浅人也，其文捷；江总，诡人也，其文虚。皆古之不利人也。子谓颜延之、王俭、任昉有君子之心。其文约以则。"（《事君》篇）

在唐代作家中，"郊寒岛瘦"，是一方面形容他们两人的性格，一方面也形容他们的风格。宋吴处厚《青箱杂记》卷七说："白居易赋性旷远，其诗曰：'无事日月长，不羁天地阔。'此旷达者之词也。孟郊赋性褊隘，其诗曰：'出门即有碍，谁谓天地宽?'此褊隘者之词也。然则天地又何尝碍郊，孟郊自碍耳。"冯时可《雨航杂录》"文如其人"条也曾就宋代作家个性与其风格的关系加以阐述："永叔侃然，而文温穆；子固介然，而文典则。苏长公达，而文遒畅；次公恬，而文澄蓄。介甫矫厉，而文简劲。"明屠隆《抱桐集序》说："襄阳（孟浩然）萧远，故其声清和；长古（李贺）好异，故其声诡激；青莲（李白）神情高旷，故多闳达之词；少陵（杜甫）志识沉雄，故多实际之语。"（《白榆集》卷二）这都说明知其人可以知其文，读其文也可以知其人。

刘勰把风格和个性的关系当成"自然之恒资"，就是事物的常性，自然的规律。李贽在《读律肤说》中说："盖声色之来，发于情性，由乎自然，是可以牵合矫强而致乎？……故性格清彻者音调自然宣畅，性格舒徐者音调自然疏缓，旷达者自然浩荡，雄迈者自然壮烈，沉郁者自然悲酸，古怪者自然奇绝。有是格，便有是调，皆情性自然之谓也。莫不有情，莫不有性，而可以一律求之哉！然则所谓自然者，非有意为自然而遂以为自然也。若有意为自然，则与矫强何异？故自然之道，未易言也。"(《焚书》卷三) 看来风格和性情的关系，也只是大体一致，所以刘勰说是"才气之大略"。黄侃《札记》说："此语甚明，盖因文观人，亦但得其大端而已。"

在作品风格和作家个性的关系问题上，英国 19 世纪的文学批评家约翰·罗斯金 (John Ruskin，1819—1900) 也有类似的意见。在徐迟节译并改题为《论作品即作者》的一篇文章里，罗斯金是这样说的："伟大的艺术是一个伟大的人物底心灵的表现。……如果是花花巧巧的作品，作者一定是一个寻欢作乐的人；毫无装饰意味的作品的作者一定是一个粗野的、没有感情的或者愚笨的等等的人。……你可以从中知道人的性格，国民性的性格。他们在他们的艺术中正如他们在他们的镜中一样；不，正如他们在他们的显微镜中一样呢，而且是放大了一百倍的！因为在艺术中，性格具有了热情，这性格的高贵或卑鄙在艺术中都加强了。不，不像他们在显微镜的底下，而是正如他们在一把外科医生用的刀下，被解剖开来一样；因为一个人可以用各式各样的方法躲藏起来，或伪装了来见你；可是他在艺术中却躲不了，伪装不了，在艺术中，他一定是裸露无遗的。一切他的性之所喜，一切他的识见——一切他能做的——他的想象，他的感情，他的忍耐，他的不安，他的粗忽或灵巧，纤毫毕露了。"(《中原》，第 1 卷第 4 期，1944 年)

这里引罗斯金的文章，并非表明赞成他的一些提法，而只是说明它和《体性》篇的理论有类似之处。但是从全面看来，刘勰的理论更为细致。他的体性论是建筑在"辞为肤根 (范注说："根"当作"叶")，志实骨髓"(《体性》) 的前提下，也就是内容与形式统一，而以"情"为"文之经"，"辞"为"理之纬"(《情采》) 的前提下，并根据大量的事实总结出来的。用刘勰的话说，只有在"为情而造文"的时候，作家的个性和作品的风格才是统一的；假如"为文而造情"，那就可能有"志深轩冕，而泛咏皋壤；心缠几务，而虚述人外"(以上均见《情采》篇) 的现象，那样从文中就不足以知其人了。唐顺之《答茅鹿门书》说："今有两人，其一人心地超然，所谓具千古只眼人也，即使未尝操纸笔呻吟学为文章，但直据胸臆，信手写出，如写家书，虽或疏卤，然绝无烟火酸馅习气，便是宇宙间一样绝好文字。其一人犹然尘中人也；虽其颠颠学为文章，其于所谓绳墨布置，则尽是矣；然翻来覆去，不过是这几句婆子舌头语，索其所谓真精神与千古不可磨灭之见，绝无有也。则文虽工而不免为下格，此文章本色也。即如以诗为喻；陶彭泽未尝较声律，雕句文，但信手写出，便是宇宙间第一等好诗，何则？其本色高也。自有诗以来，其较声律，雕句文，用心最苦而立说最严者，无如沈约；苦却一生精力，使人读其诗，只见其捆缚龌龊，满卷累牍，竟不能道出一两句好话。何则？其本色卑也。"（《荆川文集》卷七）唐顺之所谓"本色"，就是指的作家的人品。像潘岳、石崇等就是人品很卑下的。《晋书·潘岳传》说："岳性轻躁，趋世利，与石崇等谄事贾谧，每候其出，与崇辄望尘而拜。"但是潘岳在《秋兴赋》《闲居赋》，石崇在《思归引》里都做出了一种高洁的姿态来。元好问《论诗绝句三十首》说："心画心声总失真，文章宁复见为人？高情千古《闲居赋》，争识安仁拜路尘！"像这一类的作品，所表现出来的风格，就不能从表面上来看，而要作更细致深入的分析。钱钟书《谈艺录》说："'心画心声'，本为成事之说，实鲜先见之明。然所言之物，可以饰伪，巨奸为忧国语，热中人作冰雪文是也。其言之格调，则往往流露本相。狷疾人之作风，不能尽变为澄澹；豪迈人之笔性，不能尽变为谨严。文如其人，在此不在彼也。……圆海欲作山水清音，而其诗格矜涩纤仄，望可知为深心密虑，非真闲适人寄意于诗者。"（开明书店 1948年版，第 191 页）可见思想感情的伪装还是会在辞语间流露出来的。

这种"为文而造情"的现象之所以产生，主要是由于文人道德品质的低下。刘勰在《程器》篇里就举出文人无行的大量事实。他说："略观文士之疵，相如窃妻而受金，扬雄嗜酒而少算，敬通之不循廉隅，杜笃之请求无厌，班固谄窦以作威，马融党梁而黩货，文举傲诞以速诛，正平狂憨以致戮，仲宣轻脆以躁竞，孔璋偬恫以粗疏，丁仪贪婪以乞货，路粹餔啜而无耻，潘岳诡诪于愍怀，陆机倾仄于贾郭，傅玄刚隘而詈台，孙楚狠愎而讼府，诸有此类，并文士之瑕累。"刘勰一方面并不否认上述诸文人的艺术成就，一方面也看到他们在道德品质和性格上的缺点，可见他并没有把艺术上成就的高下和道德品质的高下等同起来。他并不认为"文人无行"是必然的规律，是无可避免的。《程器》篇说："若夫屈、贾之忠贞，邹、枚之机觉，黄香之淳孝，徐干之沉默，岂曰文士必其玷钦！"当然他所推崇的道德是封建道德，和我们今天所提倡的道德是不同的，可是在重视文人道德这一点上却还有启发作用。

刘勰之所以重视文人的道德品质，是和他论人的全面观点分不开的。他认为"摛文必在纬军国"，文学必须经邦纬国，"文人"也应当是"梓材之士"，否则"雕而不器，贞干谁则"？（均见《程器》篇）因此文士应该具有高尚的道德品质，而作家的风格应该和他的个性、人格以及道德品质大体一致。这种"表里必符"（《体性》），虽非已然，却是当然的。因而某些在人格和道德品质上有问题的作家，虽然他们的某些作品在艺术手法上有一定的成就，而从整个的风格上来看，却不是完美无缺的。黄侃在《体性》篇的《札记》里说："惟是人情万端，文体亦多迁变，拘者或执一文而定人品，则其说又蹇碍而不通。其倒植之甚，则谓名德大贤，文宜则效，神奸巨憝，文宜弃捐，是则刘歆《移让太常》，必不如茂叔《通书》、横渠'两铭'之美，而宋明语录，其可模式于九流之书也，是岂通论乎？唐人柳冕有言：以扬、马之才，则不知教化，以荀、陈之道，则不知文章，以孔门之教评之，皆非君子也。其说虽过，然犹愈于颂美大儒，谓道高即文美者。"他虽自认为"庶几契中之论，合于彦和因内符外之旨"，实质上这种提法和《文心雕龙》风格论的精神是不符的。

约翰·罗斯金说："自然，艺术的禀赋和性情的善良是两样不同的东西；一个好人不一定是一个画家。同样，善辨色彩的眼睛不能说明这人是诚实的。可是伟大的艺术是两者的结合。它是一个纯洁的灵魂有了艺术的禀赋之后的表现。其中若无禀赋，我们就毫无艺术之可言，其中若无灵魂——若无正当的灵魂，这艺术品不管如何地伶俐也是坏的。"（《论作品即作者》，见《中原》第1卷，1944年第4期）这样的见解和刘勰的理论倒还比较接近。

《青箱杂记》卷八："文章纯古，不害其为邪；文章艳丽，亦不害其为正。然世或见人文章铺陈仁义道德，便谓之正人君子；及花草月露，便谓之邪人，兹亦不尽也。皮日休曰：'余尝慕宋璟之为相，疑其铁肠与石心，不解吐婉媚辞；及睹其文而有《梅花赋》，清便富艳，得南朝徐庾体。'（见《桃花赋序》）然余观近世所谓正人端士者，亦皆有艳丽之词，如前世宋璟之比。"

《四库全书总目提要》卷一百五十二《清献集》提要说："赵抃劾陈执中、王拱辰，疏皆七八上，可以知其伉直；而宋庠、范镇亦皆见之弹章；古所称群而不党，抃庶几焉。其诗谐婉多姿，乃不类其为人。王士祯《居易录》称其五言律中《暖风》一首，《芳草》一首，《杜鹃》一首，《寒食》一首，《观水》一首，谓数诗掩卷读之，岂复知铁面者所为？"

况周颐《蕙风词话》卷一第五十七条："晏同叔赋性刚峻，而词语特婉丽。蒋竹山词极秾丽，其人则抱节终身。……词固不可概人也。"

从以上的例子来看，我们还是只能说作家的风格和他的个性总的来看是统一的，但是具体到某一部分或某一篇作品来看，这种关系就不能说是完全一致，而只能如刘勰所说是"才气之大略"。因为一个作家的全部作品往往具有多样化的风格，某一部分作品所以会发生和作家个性不统一甚至相反的现象，那就要具体问题具体分析。它一方面可能受作家的阶级地位和政治态度的影响，一方面可能受文体风格的影响，同时也可能受时代风格的影响；如晏殊是北宋初期的"太平宰相"，又把词看作"尊前"的小唱，他的词就不可能表现出苏辛词那种豪放刚健的风格来。宋璟的赋也可作如是观。当然也可能有在表面行为上外现出来的性格，和他的本来的内藏的心理面貌有不一致的情况。另外，一个人的个性是发展的，一个作家的思想面貌发生了变化，他的个性必然跟着变化，他的作品的风格也必然是"屡迁"的，而风格的"屡迁"是"功以学成"的，因而"学"和"习"在风格的形成和发展中就会起决定性的作用。

刘勰在论述风格的形成时，不仅强调"学"和"习"的作用，而且强调第一次学习的作用。《体性》篇说："夫才有天资，学慎始习，断梓染丝，功在初化，器成彩定，难可翻移。"教育心理学中根据大量的观察和实验，发现第一印象无论在知识的学习和品格的习染上都是特别重要的。在少年儿童时期第一次学到的东西，往往印象很深：第一次形成的道德习惯或生活习惯，也往往最牢固。要破坏第一印象，必须把头脑中已经形成的暂时神经联系打乱，而建立另外的新的联系。例如已经写错的字要改过来，比新学一个字要难；已经形成的坏习惯，要想改变，比建立新的习惯也要难。因此我们希望在少年儿童时期个性没有形成以前，培养优良的学习方法，优良的道德习惯和生活习惯，这样习惯成自然，就逐渐形成为人的性格。《体性》篇这几句话和现代心理学的理论是接近的。作家的风格不是一开始写作就有的，它也是在个性形成以后，写作逐渐熟练的结果。因此用培养个性的方法，在少年儿童时期就注意写作风格的培养，也是合乎科学的。

在培养风格的方法上，《体性》篇里提出："童子雕琢，必先雅制；沿根讨叶，思转自圆。"从少年时代起，写文章就要先学典雅的作品。他认为学习具有高雅风格的经典著作，是形成健康风格的根本措施，从根本上着手，再来探讨各种具体的表现手法，思路自然圆融通畅，无利不往。《体性》篇说："得其环中，则辐辏相成。"意思是以典雅风格为核心，其他的因素就可以围绕着典雅组成比较健康的风格，而不致流于"轻靡"，"新奇"的风格也会得到适当的控制，就像车辐辏合在车毂上，组成完整的车轮一般。这种理论，刘勰在《宗经》篇里表现得最分明，他说："若禀经以制式，酌雅以富言，是仰山而铸铜，煮海而为盐也，故文能宗经，体有六义：一则情深而不诡，二则风清而不杂，三则事信而不诞，四则义直而不回，五则体约而不芜，六则文丽而不淫。"他由于时代和阶级的局限，不能认识社会实践在提高思想修养中的作用，因而在提高风格水平上，只能把宗经作为唯一的道路，这显然是错误的。

《体性》篇说："八体虽殊，会通合数。"意思是说这八种基本风格类型，看起来虽然各自不同，但不同的风格类型通过不同的组合是可以会通的，而这种会通又合乎一定的规律，只要抓住关键，则各种风格就可形成多样化的统一。关于确定主导风格倾向的问题，刘勰在《定势》篇里作了专题论述。

陆机在《文赋》里说："故夫夸目者尚奢，惬心者贵当。言穷者无隙，论达者唯旷。"这是说作者的个性不同，他对于文章风格的爱好也不同。刘勰在《体性》篇则更进一步提出学习文章风格的两条指针。一个是"摹体以定习"，就是摹仿一种风格来确定自己的创作方向，另一个是"因性以练才"，就是顺着自己的性情，学习和自己的个性比较接近的风格，这样来锻炼自己的才能，学之既久，习惯成自然，才可以逐步达到成功的地步。(《体性》："习亦凝真，功缘渐靡。") 如果性情柔婉，而务求刚劲；或者性情豪放，而偏学婉约，恐怕事倍功半，不易见效的。刘勰所推崇的风格，不限一种类型：既贵"风骨"，又重"隐秀"，原因就在这里。

评　　介

詹锳（1916—1998），字振文，山东聊城人。1938 年毕业于北京大学中文系。历任浙江大学讲师、国立白沙女子师范学院副教授、安徽大学教授、山东师范学院教授兼国文系主任。1948 年赴美留学，1950 年获美国南加州大学教育心理学硕士学位，1953 年获美国哥伦比亚大学心理学博士学位。同年 7 月回国，1954 年到天津师范学院（河北大学前身）任中文系教授，兼任美国威斯康辛大学东亚语文系鲁斯研究员、国务院古籍整理规划小组成员、中国李白学会会长、中国《文心雕龙》学会常务理事等。詹锳一生成果丰硕，在中国古代文学、古代文论以及国际汉学研究领域颇具影响，尤其在李白研究与《文心雕龙》研究领域享有盛誉。

詹锳的《文心雕龙》研究系列著作在龙学界影响深远。其中《文心雕龙义证》被评为全国古籍整理图书一等奖和河北省第三届社会科学研究优秀成果专著类一等奖，《文心雕龙的风格学》（以下简称《风格学》）获河北省第一届社会科学研究优秀成果专著类一等奖。《风格学》于1982 年由人民文学出版社出版，是20 世纪80 年代前期龙学综合性专题研究中最有学术价值的成果之一。该书收录论文 9篇，以"风格"为关键词，深入分析刘勰《文心雕龙》关于文学的个性风格、时代风格、文体风格等诸多方面的理论，并且从美学角度加以总体把握，全书具有明晰的理论结构。

完整理论体系的构建是《风格学》的一大特点也是其重大贡献。《风格学》开篇《风格释义》一文，以较为详尽的材料同时又以相当简略的笔墨对"风格"一词的意义及其演变进行了考证分析，引发出中国古代文论中"风格"一词与西方文论中风格的比较，说明风格论是古今中外文论中所共有的规律性的内容，凸显了《文心雕龙》对风格论探讨的学术价值和实际意义。其余8篇论文，共同围绕着一个核心"风格"进行论述，构成了一个完整的风格学理论体系，这是詹著的一大贡献。他在此研究领域发表了许多创造性的见解，并将《文心雕龙》风格学研究领域扩大到心理学等领域，作为第一部研究《文心雕龙》风格学的专著，其出版具有某种划时代的意义。书中论文分别探讨了《文心雕龙》论风格与个性、才思与风格的关系，齐梁整体语境中美学的风骨论，阐发了自己对《文心雕龙》"风骨"、"定势"、"隐秀"等范畴的理解，分析了《文心雕龙》的时代风格论和文体风格论。

《风格学》的第二个特点是敢于挑战学术权威，提出了一些有价值的学术创见。近数十年来，主张风骨论即风格论的不乏其人，但进行系统论述，又把"风骨"确定为大致相当于"阳刚之美"的艺术风格，詹先生当属第一人。自从黄侃在《文心雕龙札记》中提出"风即文意，骨即文辞"，学术界就"风骨"含义开始了一场持久的论争，詹锳总结分析了新中国成立前后诸家具有代表性的意见，结合《文心雕龙》人物品评的时代背景和书画理论中的风骨论，乃至联系西方文论，得出"风骨属于风格的范畴"的结论，从而超越了前代学者。作者具有大胆的怀疑精神，敢于翻数百年的学术旧案，考据证实了《隐秀》补文的真实性，并指出"隐秀"是一种与"风骨"相对的柔性风格。阳刚与阴柔兼得，从而进一步论证了《文心雕龙》风格论的全面性。作者由风格学的角度入手解决"风骨"与"隐秀"的问题，从而使《文心雕龙》的研究深入一层，这是此书的大胆创见和突出贡献。另外，他列举了学术界各家对"势"的不同解释，认为有的"不得要领"，有的"只是作了局部的解释"，主张将《定势》篇与《孙子兵法》联系起来，从而确定"定势"是论述风格倾向的，而"在创作过程中，所谓'定势'，就是要选定主导的风格倾向", 这也是詹先生的创见。他还能够跨越《文心雕龙》中《时序》、《通变》、《明诗》等多个篇章, 总结出文学的时代风格, 并从许多社会因素方面来解释文学时代风格的形成, 体现了很强的理论穿透力。

《风格学》第三个值得注意的特点是, 学术研究背景的梳理和西方理论的引入对照拓展了《文心雕龙》研究的学术视野。全书诸篇中, 对"风骨"的论述最为突出, 几乎占了全书 1/4 的篇幅。书中广泛联系《文心雕龙》产生前后的文学史实及与此相关的诸家文论, 一方面为《文心雕龙》的论述提供了丰富翔实的补充材料, 另一方面也为其中风格论的立论提出大量有力的论据。詹锳的论著力求学术创新, 但詹锳始终建立在详尽占有并分析他人资料的基础上展开, 具有强烈的学术论争意识。他的《再论"风骨"》一文就是针对自己1961 年发表《齐梁文艺批评中的风骨论》一文以来引发的诸多争论展开。他在详尽且客观地引用了 17 条他人观点之后做出归纳, 提出问题, 然后利用大量的古代文论资料来论证自己的观点。这体现了其学术研究用材料说话的特点, 这是古代文论研究中比较传统且稳妥的路径。这一特点一以贯之地体现在其他篇章之中, 各篇理论的分析和提炼总是建立在丰富材料搜集的基础上, 文学作品和理论资料都是其说话的直接基础。刘勰并没有独设篇章论文学的"时代风格", 但詹锳能越过几个篇目中的内容精髓找到这一理论生长的空间。

与传统古代文论研究不同的是, 詹锳沟通了中外文论, 也打通了文学与心理学等学科的界限。作者在《后记》中说到, 他常把中国古典文论和西方文论比喻为中西医的关系, 医学需要中西医结合, 文论的研究也需要本着马克思列宁主义的观点方法, 利用现代美学和修辞学的理论, 去探索《文心雕龙》, 才能发现这部著作的精华, 也才能在黄侃和范文澜著作的基础上, 把《文心雕龙》的研究推进一步。《风格学》在中国文论和西方文论的比较研究上作了一些尝试。比如《〈文心雕龙〉论风格与个性的关系》一文, 作者引用法国自然科学家布封和黑格尔的名言, 揭开了《体性》篇的美学内涵。他还数次引用了英国批评家约翰·罗斯金、郎加纳斯、丹纳等人的理论。他既能看到中西理论的"类似", 又没有进行简单的比附对照, 而是有引证, 有分析, 有评价, 有扬弃。

　　《风格学》是 20 世纪 80 年代前期"文心"综合性专题研究中最有学术价值的成果，有创立理论体系的首倡之功。詹锳用西方美学、文论、心理学等方法来理解《文心雕龙》的风格问题实乃一种尝试，作者在《后记》中表达了自己拓宽研究路径的努力，也认识到论著瑕疵存在的可能性："可能还有不周密甚至错误的地方，仍希望海内专家和广大读者提出批评。"的确，《隐秀》篇补文的真伪问题，"风骨"是否可以具体化为一种刚性的风格，这些重要的学术问题还是值得商榷的。

詹锳龙学著述目录：

　　《文心雕龙的风格学》，人民文学出版社 1982 年版。

　　《文心雕龙义证》（上、中、下三册），上海古籍出版社 1989 年版。

　　《刘勰与〈文心雕龙〉》，中华书局 1980 年版。

（潘桂林）

文心雕龙创作论

王元化

释《比兴篇》"拟容取心"说
——关于意象：表象与概念的综合

根据刘勰的说法，比兴含有二义。分别言之，比训为"附"，所谓"附理者切类以指事"。兴训为"起"，所谓"起情者依微以拟议"。这是比兴的一种意义。还有一种意义则是把比兴二字连缀成词，作为一个整体概念来看。《比兴》篇的篇名以及《赞》中所谓"诗人比兴"，都是包含了更广泛的内容的。在这里，"比兴"一词可以解释作一种艺术性的特征，近于我们今天所说的"艺术形象"一语。

"艺术形象"这个概念取得今天的意义经过了逐渐发展和丰富的过程，我们倘使追源溯流，则可以从早期的文学理论中发现"艺术形象"这个概念的萌芽或胚胎，尽管这些说法只是不完整不明确地蕴含着现有的艺术形象的概念的某些成分。例如"image"一词，在较早的文学理论中就用来表示形象之意。这个词原脱胎于拉丁文Imago。它的本意为"肖象"、"影象"、"映象"，后来又作为修辞学上"明喻"和"隐喻"的共同称谓。"象"是诉诸感性的具体物象，"明喻"和"隐喻"则为艺术性的达意方法或手段。因而这里也就显示了今天我们所说的艺术形象这个概念的某些意蕴。我国的"比兴"一词，依照刘勰的"比显而兴隐"的说法（后来孔颖达曾采此说），亦作"明喻"和"隐喻"解释，同样包含了艺术形象的某些方面的内容。《神思》篇"刻镂声律，萌芽比兴"，就是认为"比兴"里面开始萌生了刻镂声律塑造艺术形象的手法。

《比兴》篇是刘勰探讨艺术形象问题的专论，其中所谓"诗人比兴，拟容取心"说法，可以说是他对于艺术形象问题所提出的要旨和精髓。

事实上，在刘勰以前，陆机已经开始接触到艺术形象问题了。《文赋》中曾经提到过"虽离方而遁圆，期穷形以尽相"的说法。过去注释家对陆机这句话的训释，语多汗漫。如李善《文选注》："方圆谓规矩也，言文章在有方圆规矩也。"细审原文，这种说法颇近穿凿。倘方圆解释作规矩，则陆机明明提出"离方而遁圆"的主张。"离"、"遁"二字同作避开之意。照理这应该是说抛弃方圆规矩，而绝不会表示相反的意思，"言文章在有方圆规矩"的。何焯引南齐张融《门律》"夫文岂有常体，但以有体为常"来注释这句话，也是比较晦令人费解的。案"离方遁圆"一语，实寓有运用比喻之意。这句话直译出来就是：方者不可直言为方，而须离方去说方，圆者不可直言为圆，而须遁圆去说圆。我国传统画论中经常提到的"不似之似"也就是"离方而遁圆"的另一种说法。如果作文的时候，不懂运用比喻，以曲折的笔致给读者留下弦外之音，言外之意，而只是一味地平铺直叙，正面交代，那么也就不合于"离方而遁圆"之旨了，前人往往把这种直线式的作文法称为"骂题"，这正是陆机所反对的。照陆机看来，"离方而遁圆"是塑造艺术形象所必须采取的手段，而"穷形以尽相"则是塑造艺术形象所必须达到的目的。因此，运用比喻是为了更生动地把对象的丰富形象充分表现出来。《比兴》篇所谓"比类虽繁，以切至为贵，若刻鹄类鹜，则无所取焉"，正与此旨相同。"切至"也就是"穷形尽相"的意思。《途赋》篇"拟诸形容，则言务纤密，象其物宜，则理贵侧附"，"侧附"也近于"离方遁圆"之义。

不过，陆机所提出的"离方而遁圆，穷形以尽相"的说法，只接触到艺术形象的形式问题，这种理解还是十分原始，十分粗糙的。比较起来，刘勰可以说向前跨进了一大步，他不仅从形式方面去探讨艺术形象问题，而且还从内容方面去探讨艺术形象问题。"诗人比兴，拟容取心"就是他对艺术形象这两个不可偏废方面的阐明。如果我们同时参阅《神思》、《物色》、《章句》、《隐秀》(残文) 诸篇，把其中有关论点互相印证，我们就可以清楚地理解他所说的"拟容取心"是什么意思了。

"拟容取心"这句话里面的"容"、"心"二字，都属于艺术形象的范畴，它们代表了同一艺术形象的两面：在外者为"容"，在内者为"心"。前者是就艺术形象的形式而言，后者是就艺术形象的内容而言。"容"指的是客体之言，刘勰有时又把它叫做"名"或叫做"象"；实际上，这也就是针对艺术形象所提供的现实的表象这一方面。"心"指的是客体之心，刘勰有时又把它叫做"理"或叫做"类"；实际上，这也就是针对艺术形象所提供的现实意义这一方面。"拟容取心"合起来的意思就是：塑造艺术形象不仅要摹拟现实的表象，而且还要摄取现实的意义，通过现实表象的描绘，以达到现实意义的揭示。现实的表象是个别的、具体的东西，现实的意义是普遍的、概念的东西。而艺术形象的塑造就在于实现个别与普遍的综合，或表象与概念的统一。这种综合或统一的结果，就构成了刘勰所说的艺术形象的"称名也小，取类也大"——个别蕴含了普遍或具体显示了概念的特性。

陈应行《吟窗杂录》载旧题白居易《金针诗格》称："诗有内外意。内意欲尽其理；理谓义理之理，美刺箴诲之类是也。外意欲尽其象，象谓物象之象，日月山河虫鱼草木之意是也。"旧题贾岛《二南密旨》亦有内外意之说。这些说法很可以借用来解释刘勰的"拟容取心"说。"外意"正是刘勰所说的"容"，内意正是刘勰所说的"心"。从外意方面来说，艺术形象所提供的现实表象必须是完整的、逼肖生活的。从内意方面来说，艺术形象所提供的现实意义必须是深刻的、具有普遍性的。正因为艺术形象不仅是现实生活外在现象的生动再现，而且也是现实生活内在本质的深刻揭示，所以艺术形象才可能是思想内容的体现者，艺术作品的形象才可能发挥思想作用。《神思》篇所说的"志唯深远，体物密附"；《章句》篇所说的"外文绮交，内义脉注"；《隐秀》篇所说的"情在词外，状溢目前"，都是为了说明艺术形象的内意和外意的相互结合。

刘勰认为，只有容和心即现实表象和现实意义的统一，才能构成完整的艺术形象。代表现实意义的"心"是通过现实表象的"容"显现出来的，而代表现实表象的"容"又是以揭示现实意义的"心"取得生命的。有"心"无"容"就会使现实表象淹没在抽象的原则里面。有"容"无"心"则会使现实意义消灭在僵死的躯壳里面，优秀的艺术家都是通过鲜明生动的艺术形象诱导读者去认识现实理解生活的。

可是，为什么《比兴》篇题云比兴，实则侧重论比呢？前人曾以"兴义罕用"来解释这个问题。实际上，刘勰论比多于论兴的原因却并不在此。如果说，仅仅因为汉魏以来"兴义罕用"就不去重视它，或者就用不着再去详细剖析它，这种理由是不充分的。论者的阐述不能以某个问题是否得到普遍重视为准则，应当以其重要性为标的。刘勰既然把比兴作为代表艺术形象的整体概念看待，自然他不会有所轻重，他在分论比兴的时候，并没有割裂两者之间的有机联系，仍旧是从艺术形象的整体概念出发的。他认为比属于描写现实表象的范畴，亦即拟容切义之义；兴属于揭示现实意义的范畴，亦即取心示理之义。后来，释皎然《诗式》云："取象曰比，取义曰兴，义即象下之意。"这种看法也是把比兴作为整个艺术形象的两个有机方面。刘勰正是根据整体观念去胪述诗人、辞家运用比兴的具体问题的。由于他坚持比兴必须综合在一起，因此肯定了"讽兼比兴"的《离骚》，而批评了"用比忘兴"的辞赋。他侧注论比的原因正是针对汉季以来"兴义销亡"的现象而发的。这不但不是对兴义的忽略，相反倒是对兴义的重视。《比兴》篇说："炎汉虽盛，而辞人夸毗，诗刺道丧，故兴义销亡。于是赋颂先鸣，故比体云构，纷纷杂遝，信（倍）旧章矣。"分明含有贬责的意思。至于下文说到魏晋以来的辞赋"日用乎比，月忘乎兴，习小而弃大，所以文谢于周人也"就可作为这一点的明证。照刘勰看来，作家在塑造艺术形象的时候，如果不能通过现实表象去揭示现实意义，而仅仅把艺术形象作为描写外在现象的单纯手法，那么，这就变成一种"习小而弃大"的雕虫小技了。"用比意兴"也就是徒知切象不知示义，徒知拟容不知取心的意思。

自然，刘勰并不抹煞拟容切象的意义，例如，《比兴》篇所例举的：王褒以慈父爱子的优柔温润比作洞箫之声(《长笛赋》)，张衡以蚕茧抽绪的轻盈摇曳喻为郑舞之容(《南都赋》)，诸如此类的用比取象，可以说都获得了一定艺术成就。但是，艺术形象的意义毕竟还是在于通过拟容切象的手段去达到取心示义的目的。作家用喻于声、方于貌、譬于事的手法去进行现实表象的抽绘，单凭借自己的知觉就可以胜任了。可是，如果他要把现实表象和现实意义融会贯通来用个别的、具体的"容"去显示普遍的、抽象的"心"，那么就非得具有更大的才能不可。因此，"用比忘兴"的艺术形象和"讽兼比兴"的艺术形象是不能列于同一水平的，它们显示了两种不同艺术创造力和两种不同的写作态度。

[附释一]："离方而遁圆" 补释

何焯引张融《门律自序》"夫文岂有常"体，但以有体为常来诠释"虽离方而遁圆，期穷形以尽相"的说法不能成立，主要是因为两者所接触的问题并不属于同一范畴。张融的话是就文体问题而说的，意谓：文章虽无拘于一格的体制，但文章之有体制终是不变的常理。而陆机的话却是针对形象问题而发。

陆机《文赋》谈到"离方而遁圆"时，上文提出了"体有万殊，物无一量"，下文又提出了诗、赋、碑、诔、铭、篇、颂、论、奏、说等十种文体，因而论者往往容易把上下文连起来串讲，一律当作文体问题看待。不过，我们只要进一步加以推敲，立即可以发现这种联系的不当。第一，《文赋》不是一篇通常的文学理论，而是一篇用赋体写成的文论，在形式上受到赋体的严格局限。刘勰就曾经指出过《文赋》"巧而碎乱"的弊病。它缺乏整齐的层次和分明的条贯，往往把不同范畴的问题放在一起论述，时常呈现出反复交错的情况，从而在同一段话里，下文讨论文体问题，上文并不定也同样是讨论文体问题的。第二，"离方而遁圆"上文"体有万殊，物无一量，纷坛挥霍，形难为状"，事实上并不是指文体而言。在这句话里，"体有万殊"，"物无一量"二语互文足义，都是指审美客体，以引出下面的艺术形象问题。我们如果把它们当作文体问题看待，那么只能认为作者的意思在说明文体是千变万化无法形容的。如果真是这样的话，为什么《文赋》紧接着又把文体判为十种，并且全部予以明确的界说呢？既然文体可以分为十种并分别予以界说，难道还是什么"纷纭择密，形难多状"，千变万化，无法形容的东西吗？这种明显的矛盾是为任何具有推理常识的论者所不取的。第三，何焯援《门律》的说法仍无法解释"方圆"一词。显然，何焯对李善《文选注》自以《孟子》中"方圆谓规矩"之义来强作解释一定感到不妥，可是他又找不到适当的说明，于是就索性撇开这两个字不了了之了。

其实，我们只要抛开何焯的附会，不去把《文赋》的交错论点混为一谈，我们只要抛开李善的曲解，不去把"方圆"拘泥于"规矩"的旧训，就可以看出"离方而遁圆"一语分明是说明形象问题。《文赋》所用"方圆"一词，是颇接近于尹文的"命物之名"的。《尹文子上编》云："名有三科，法有四呈。一曰命物之名，方圆黑白是也，二曰毁誉之名，善恶贵贱是也，三曰况谓之名，愚贤爱憎是也。"根据尹文所指出的名的三种逻辑意义来看，命物之名是属于具体的，毁誉之名是属于抽象的，况谓之名是属于对比的。"方圆"这个词在古汉语中本有泛指物名之义。陆机正是在这个意义上，用"方圆"一词来代表文学的描写对象。

《文赋》的形象说对于后人颇有一定影响，最明显的例子要算司空图的《二十四诗品》。所谓"离形得似"就和"愚离方而遁圆，期穷形以尽相"的观点有着一定的渊源关系。不过司空图按照自己的意思把陆机的形象说加以引伸，使它向着玄虚神秘的方向发展了，陆机提出"离方而遁圆"叫人采取比喻的艺术手法去穷物象，这原是一种朴素观点。可是司空图却从"离形得似"推衍出"超以象外、得其环中"以及"不著一字，尽得风流"那等迷离倘恍、不可捉摸的境界，从而完全否定了反映现实真实面貌的必要性，这和刘勰的"拟容取心"说是有区别的，因为刘勰把"容"和"心"，当作一个统一的整体看待，在"拟容"方面，他是主张"切至为贵"的。

[附释二]：刘勰的譬喻说与歌德的意蕴说

在艺术形象问题上，歌德的"意蕴说"也包含着内外两个方面。外在方面是艺术作品直接呈现出来的形状，内在方面是灌注生气于外在形状的意蕴。他认为，内在意蕴显现于外在形状，外在形状指引到内在意蕴。歌德在《自然的单纯模仿、作用、风格》一文中，曾经把"艺术所能企及的最高境界"说成是"奠基在最深刻的知识原则上面，奠基在事物的本性上面，而这种事物的本性应该是我们可以看得见触得到的形式中去认识的"（据古伯英译本迻译），歌德把艺术形象分为外在形状和内在意蕴，似乎和刘勰的"拟容取心"说有着某种类似之处，不过，它们又不尽相同，最大区别就在于对个别与一般关系的不同理解。

《比兴》篇："称名也小，取类也大。"这一说法本之《周易》。《系辞下》："其称名也小，其取类也大，其旨远，其辞文，其言曲而中。"韩康伯《注》云："托象以明义，因小以喻大。"孔颖达《正义》云："其旨远者，近道此事，远明彼事。其辞文者，不直言所论之事，乃以义理明之，是其辞文饰也。其言曲而中者，变化无值，不可为体例，其言随物屈曲，而各中其理也。"从这里可以看出，前人大抵把《系辞下》这句话理解为一种"譬喻"的意义，这种看法和刘勰把比兴当作"明喻""隐喻"看待是有相通之处的。（首先把《系辞下》这句话运用于文学领域的是司马迁，他评论《离骚》说："其文小而其旨大，举类迩而见义远。"这一说法当也给与刘勰一定影响）

刘勰的形象论可以说是一种"比喻说"。《比兴》篇："称名也小，取类也大"。《物色》篇："以少总多，情貌无遗。"是两个互为补充的命题。"名"和"类""或"少"和"多"，都蕴含了个别与一般的关系。刘勰提出的拟容切象和取心示义，都是针对客观审美对象而言，要求作家既摹拟现实的表象，也揭示现实的意义，从而通过个别去表现一般。然而，这里应该看到，刘勰对个别与一般关系的理解，不能不受到他的客观唯心主义思想体系的制约，以致使他的形象论本来可以向着正确方向发展的内容受到了窒息。由于他认为天地之心和圣人之心是同一的，因此，按照他的思想体系推断，自然万物的自身意义无不合于圣人的"恒久之至道"。这样，作家在取心示义的时候，只要恪守传统的儒家思想就可以完全揭示自然万物的自在意义了。自然，刘勰的创作论并不是完全依据这种观点来立论的。当他背离了这种观点时，他提出了一些正确的看法。可是他的"拟容取心"说却并没有完全摆脱这种观点的拘囿，其中就夹杂着一些这类糟粕。例如，《比兴》篇开头标明"诗文弘奥，包蕴六义"，接着又特别指出"关雎有别，故后妃方德，尸鸠贞一，故夫人象义"作为取心示义的典范。(《金针诗格》也同样本之儒家诗教，把"内意"说成是"美刺箴诲"之类的"义理"。) 从这里我们可以看出，尽管刘勰在理论上以自然界作为取心示义的对象，但是他的儒家偏见必然会在实践意义方面导致相反的结果。因为在儒家思想束缚下，作家往往会把自己的主观信条当作现实事物的本质，而不可能真正做到揭示客观真理。因此，很容易导致这种情况：作家不是通过现实的个别事物去表现从它们自身揭示出来的一般意义，而是依据先入为主的成见用现实的个别事物去附会儒家的一般义理，把现实事物当作美刺箴诲的譬喻。因而，这里所反映出来的个别与一般的关系，也就变成一种譬喻的关系了。(例如，《诗小序》说："关雎，后妃之德也。鹊巢，夫人之德也。"就是这方面的一个典型例证。)

歌德的"意蕴说"，并不像刘勰的"比喻说"那样夹杂着主观色彩。他曾经这样说："在一个探索个别以求一般的诗人和一个在个别中看出一般的诗人之间，是有很大差别的。一个产生出譬喻文学，在这里个别只是作为一般的一个例证或例子，另一个才是诗歌的真正本性，即是说，只表达个别而毫不想到或者提到一般。一个人只要生动地掌握了个别，他也就掌握了一般，只不过他当时没有意识到这一点罢了，或者他可能在很久之后才会发现。"(《歌德文学录》第十二节) 歌德这些话很可以用来作为对于"譬喻说"的批判。歌德反对把"个别只是作为一般的一个例证或例子"的譬喻文学，强调作家首先要掌握个别，而不要用个别去附会一般，表现了对现实生活的尊重态度。这一看法是深刻的，对于文学创作来说也是有重要意义的。事实上，一般只能从个别中间抽象出来。作家只有首先认识了许多个别事物的特殊本质，才能进而认识这些个别事物的共同本质。就这个意义来说，歌德要求作家从个别出发，是可以避免"譬喻说"以作家主观去附会现实这种错误的。

不过，我们同时也应该看到，歌德的"意蕴说"是存在着过去一切现实主义理论的共同缺陷的。他对于个别与一般关系的理解带有一定的片面性。在作家的认识活动中，他只注意到由个别到一般这一方面，而根本不提还有由一般到个别这一过程。《矛盾论》指出，人类的认识活动，由特殊到一般，又由一般到特殊，是互相联结的两个过程，"人类的认识总是这样循环往复地进行的，而每一次的循环（只要是严格地按照科学的方法）都可能使人类的认识提高一步，使人类的认识不断地深化"。歌德恰恰是把这两个互相联结的过程分割开来。他在上面的引文中赞许"只表达个别而毫不想到或者提到一般"的诗人，以为这样的诗人在掌握个别的时候，没有意识到一般，或者可能在很久以后才会发现一般。这一看法和他自己所提出的作家必须具有理性知识的主张是矛盾的。

就认识活动的共同规律来说，由个别到一般，又由一般到个别，这两个互相联结的过程是不可分割的。作家的认识活动也同样是遵循这两个循环往复不断深化的过程来进行的。事实上，完全排除一般到个别这一过程的认识活动是并不存在的。任何作家都不是作为抽象的人，而是作为阶级的人去接触现实生活的。他的认识活动不能不被他所从属的一定阶级的立场观点所决定，他在阶级社会中长期形成的阶级教养和阶级意识支配了他的认识活动，尽管他宣称自己只掌握个别而排斥一般，可是他在掌握个别的时候，他的头脑并不是一张白纸，相反，那里已经具有阶级的一般烙印了。

在作家的具体认识活动中，这一阶段由个别到一般的过程，往往是紧接上一阶段由个别到一般的过程。在这种情况下，不论作家自觉或不自觉，他必然会似他在上一阶段所掌握到的一般，作为这一阶段认识活动的指导。因此，这一阶段由个别到一般的过程，也就和由一般到个别的过程互相联结在一起了。作家的认识活动总是遵循由个别到一般，又由一般到个别这两个互相联结的过程，循环往复地进行着。只有这样，他的认识活动才可能由上一阶段过渡到这一阶段，再由这一阶段过渡到下一阶段，一步比一步提高，形成由低级到高级的不断深化运动。

认为作家只要掌握个别而不要有意识地去掌握一般，这一看法不仅违反了作家的认识规律，而且也违反了作家的创作规律。事实上，

作家的创作活动同样不能缺少由一般到个别的过程。作家的创作活动
是把他在认识活动中所取得的成果进行艺术的表现。他在动笔之前，
已经有了酿酝成熟的艺术构思，确立了一定的创作意图。因此，他的
全部创作活动都是使原来存在于自己头脑中的创作意图逐步呈现。创
作意图是普泛的、一般的东西，体现在作品中的人物和事件是具体
的、个别的东西。任何作家的创作活动，都不可能像歌德所说的那样
"只表达个别而毫不想到或者提到一般"。作家总是自觉地根据自己
的创作意图去进行创作的。马克思在《资本论》中曾经指出人类劳
动具有如下特点："劳动过程结束时得到的结果，已经在劳动过程开
始时，存在于劳动者的观念中，所以已经观念地存在着。"这也就是
说，人类劳动并不像蜜蜂造蜂房那样，只是一种本能的表现，而是自
觉的、有目的的能动行为。作家的创作活动也具有同样的性质。否认
作家的创作活动是根据自己的创作意图出发，就会否定作家的创作活
动的自觉性和目的性。

　　自然，我们认识了认识的共同规律之后，还必须认识艺术思维是
以怎样的特殊形态去体现这个认识的共同规律。我们应该承认，艺术
和科学在掌握世界的方式上——正如马克思在《政治经济学批判导
言》中所指出的那样——是各有其不同的特点的。艺术家不像科学
家那样从个别中抽象出一般，而是通过个别去体现一般。科学家是以
一般的概念去统摄特殊的个体，艺术家则是通过特殊的个体去显现它
的一般意蕴。艺术形象应该是具体的，科学概念也应该是具体的。科
学家在作出抽象规定的思维过程中同样必须导致具体的再现，正像
《政治经济学批判导言》所说的，由抽象上升到具体的方法是唯一正
确的科学方法。不过，这里所说的具体是指通过逻辑范畴以概念形态
所表述出来的具有许多规定和关系的综合。科学家把浑沌的表象和直
观加工，在抽出具体的一般概念之后，就排除了特殊个体的感性形
态。而艺术家的想象活动则是以形象为材料，始终围绕着形象来进
行。艺术作品所显现的一般必须呈现于感性观照，因此，艺术家对现
实生活进行艺术加工，去揭示事物的本质，并不是把事物的现象形态
抛弃掉，而是透过加工以后的现象形态去显示它们的内在联系。不
过，在艺术作品中所表现的现象形态已不同于原来生活中的现象形

态，因为前者已经使直观中彼此互相独立的杂多转化为具有内在联系的多样性统一，这就是由个别到一般与由一般到个别这一认识规律体现在艺术思维中的特殊形态。艺术形象的具体性就在于它既是一般意义的典型，同时又是特殊的个体。它保持了现实生活的细节真实性，典型性即由生活细节真实性中显现出来，变成可以直接感觉到的对象。

一九七七年十月十九日修订

评　介

　　王元化（1920—2008），曾用笔名洛蚀文、方典、函雨等。著名文学理论家、作家、龙学专家。祖籍湖北江陵，1920 年 11 月 30 日生于湖北武昌。20 世纪 30 年代开始写作。曾任中共上海地下文委委员、代书记，主编《奔流》文艺丛刊。抗战胜利后，曾任国立北平铁道管理学院讲师，20 世纪 50 年代初曾任震旦大学、复旦大学兼职教授，上海新文艺出版社总编辑，上海文委文学处长，1955 年受到胡风案牵连，至 1981 年平反昭雪后，曾任国务院学位委员会第一、二届学科评议组成员，上海市委宣传部部长，兼任华东师范大学教授、博士生导师，杭州大学名誉教授，中国作家协会顾问，中国《文心雕龙》学会名誉会长，中国文艺理论学会名誉会长。代表性著作有：《向着真实》（论文集，新文艺出版社 1953 年版；上海文艺出版社 1982 年再版）、《文心雕龙创作论》（论文集，古籍出版社 1979 年版；1983 年增订版）、《王元化文学评论选》（湖南人民出版社 1983 年版）、《文学沉思录》（论文集，上海文艺出版社 1983 年版，1997 年再版）、《文化发展八议》（论文集，湖南文艺出版社 1988 年版）、《传统与反传统》（上海文艺出版社 1990 年版）、《文心雕龙讲疏》（上海古籍出版社 1992 年版）、《清园夜读》（海天出版社 1993 年版）、《思辨随笔》（上海文艺出版社 1994 年版）、《清园论学集》（上海古籍出版社 1994 年版）、《读黑格尔》（百花洲出版社 1997 年版）、《清园近思录》（中国社会科学出版社 1998 年版）、《九十年代反思录》（上海古籍出版社 2000 年版）等。

王元化先生的学术研究主要集中于文艺学、哲学、思想史，其学术兴趣在后期从文艺学和美学转向思想史，着力研究中国传统文化的出路与中西文化的对话。在学术界流行有思想界的"南王北李"，文艺理论界的"北钱南王"之说。在龙学领域，王元化的《文心雕龙创作论》及其相应的系列研究文章与著作，奠定了王元化先生龙学界极高的地位。王元化先生自 20 世纪 40 年代就开始了《文心雕龙》的教学和研究。1962 年，王元化将部分《文心雕龙》研究心得整理成文，呈请郭绍虞寓目，郭绍虞阅后，致信王元化："我信此书的出版，其价值不在黄季刚《文心雕龙札记》之下也。"随后，经郭绍虞先生的推荐，1963 年《中华文史论丛》第三辑发表王元化研究《文心雕龙》的一篇文章，题为《神思篇虚静说柬释》，对历来注家关心的《文心雕龙·神思》篇中"陶钧文思，贵在虚静"这个命题提出了新的见解。"文革"结束后，《文心雕龙创作论》于 1979 年出版，在学术界引起了极大的反响，奠定了他在《文心雕龙》研究领域的学术地位。郭绍虞"识佳文于未振"也传为学界一段佳话。

作为百年龙学中的经典之一，王元化《文心雕龙创作论》（以下简称《创作论》）具有重要的学术价值。首先，中西文化比较与对话的视野，扩宽了龙学研究的领域，更新了龙学研究的思路和方法。《创作论》一书极富创意的研究方法，第一是古今结合。作者强调马克思关于"人体解剖是猴体解剖的一把钥匙"的原则，站在文艺理论家，而不是古代文论注释者的立场，从中国文艺理论发展的高度着眼，以今衡古，古今互为体用，使古代明而未融的理论光彩，得以现代意义上的阐扬。第二是中外比较。《创作论》自 1979 年问世到现在依然是龙学研究的重要参考书目，不仅受到专家学者的奖赞，而且受到广大读者的欢迎。"因为这本书的意义，并不仅仅局限于研究古代文论本身。它实际上是遥遥承接了世纪初的一个学问传统：王国维的《红楼梦评论》等著作所开创的'外来观念与本土文献相互释证'的传统。王元化在《文心雕龙创作论》一书中，以他长期以来浸渍于西方哲学文论的素养，大胆采撷西方古典哲学、美学和文艺理论的名论，与中国古代文艺思想互相阐释证明，正是直承王国维以来自西方文学与哲学的新观念、新方法，运用于中国旧学问旧材料的做法，正是一举复活了王国维的求变、求新的学问精神。"(《王元化传》) 作者对《文心雕龙》中重点的篇章、范畴，皆以西学理论为参照系，细加审析。一方面凸显出中国文论的精彩创见；另一方面也在本土资源与外来观念之间，创造出一种沟通对话的可能性。他旗帜鲜明地抨击文艺理论中以引证代替论证的反科学倾向，以马克思主义为指导，从哲学的高度，对若干重大的理论问题进行了系统的探究，提出了富有独创性的见解，引起了很大的反响。如：把认识分为感性、知性、理性，明确指出知性的局限性，解释马克思所说的"从抽象上升到具体"即从知性到理性的飞跃(《论知性的分析方法》)。又把黑格尔《小逻辑》中普遍性—特殊性—个体性三范畴的理论应用于文学，从而深化了对形象思维（艺术思维）的认识。(《关于文艺理论的若干问题》) 形象思维和理论思维是两种不同的思维方式，应区分两种不同的表象：以思想形式出现的表象（科学的）和以感觉形式出现的表象（艺术的），科学家从个别中抽象出一般，艺术家则是通过个别去体现一般。在艺术思维中，由个别到一般和由一般到个别这两个认识过程不是并列的，而是互相联结互相渗透的。(《形象思维杂记集录》) 这些思想的阐发与他对《文心雕龙》的研究有着密切联系，许多创见写入了《创作论》中。

其次，《创作论》的体系设置与安排，独具意味。《创作论》既对《文心雕龙》全书的理论体系作了严肃精湛的分析，同时又第一次将这部古典名著所包含的思想和观念，上升到与西方文艺理论交流对话的层面。《创作论》分上、下两篇，上篇由三篇专论组成，提出刘勰前后期思想有较大变化，汉晋学术思想系统中刘勰的原道观是以儒家思想为骨干，以及刘勰"出身于家道中落的贫寒庶族"等观点，尤其是关于刘勰身世的重新考辨，推翻成说，具突破意义，后为学界大多数研究者认同。下篇研讨《文心雕龙》创作论，揭示并阐发的古代文论术语，既具有浓郁的中国特色，又具有明晰的思辨色彩，曾引起长久广泛的讨论。同时，以正篇与副篇相结合的编写方式，展开跨文化的文论对话。一方面，研究者以《文心雕龙》中某一篇章为对象，作为正篇展开深入的学术探究与渊源剖析，采用中国古典文献引证、阐释和分析的方法，旁征博引，以求既符合中国古代文论的原貌，又达至研究对象之奥义。另一方面，又以副篇的安排（即附录的方式），采取西方理论知识与学术视野，展开对研究对象的跨文化阐述。正篇与副篇，以同一研究对象为中心问题，以中西比较为阐释方式，使得作者的《文心雕龙》研究既不偏离中国文论的原有形态及其生成语境，又能在开放的学术视野下使研究对象的特性得以深刻而生动地展开。当然，这样一种体例安排与《创作论》的多次出版有关，也可看出研究者对某一研究对象的认识、思考的过程，看出研究者的思想及其论述不断充实、修正和深化的过程。

再次，《创作论》体现了中国学术的现代性诉求，也开启了中国古代文论向现代文论转化的学术探索之路。20世纪中国学术的第一次现代性诉求，表现在"五四"时期中国知识分子对西方学术的学习与借鉴。而中国学术的第二次现代性诉求，则表现为20世纪70年代末开始的学术复兴与思想解放，知识分子在传统文化、马列模式与西方化的三重道路中，开始了较为自由的个人化学术研究。而王元化的《创作论》正是在这种语境下诞生的。《创作论》的研究，既不是盲目的抑古或崇古，也不是盲信于马列主义或西方化，而是站在当时中国社会及其学术语境中，以开放的学术视野、包容的胸怀、广博的学识、严谨的学术态度，真正并明确地开始了中国学术的现代性之路。《创作论》在历史唯物主义与辩证唯物主义的指导下，遵从学科体制现代化要求，注重在学科体制的自律化、实证化及其形式化的学术规范中，实现中国古代文论的科学化研究与学科化诉求，将中国传统的学术与文论成果引向现代学科研究的道路上来。这样的学术行为，一方面推动了中国学术研究现代化的进程；另一方面又在现代学术研究中复兴中国传统文论的精髓。这是一条方向明确的健康的学术之路，充分体现出龙学研究乃至整个中国古代文论研究的现代性诉求。如果说20世纪上半叶是现代龙学的开创期，那么下半叶（主要是后三十年）则是龙学研究的发展与逐渐繁荣期，而在这一时期引领龙学研究走向现代学科与理论化道路的学者应首推王元化先生。

王元化龙学著述目录：

《文心雕龙创作论》，上海古籍出版社 1979 年版。

《文心雕龙讲疏》，上海古籍出版社 1992 年版。日本汲古书院 2005 年出版日文译本。

《读文心雕龙》，新星出版社 2007 年版。

（刘海）

刘勰论文学批评

刘绶松

我们的祖先遗留下了无限丰富的文学艺术遗产。不仅是大量光彩夺目的文艺创作足使我们引以自豪，并从其中吸收到许多非常有益的东西来提高我们今天的创作水平；就是在理论批评方面，我们所承受下来的遗产也是很丰富的，当我们正在积极从事社会主义现实主义理论建设的今天，它们也是我们所必须慎重整理和深刻研究的。刘勰的《文心雕龙》一书，就是这些理论遗产中最值得我们重视和深入钻研的一种。

刘勰是我国古代一位最著名的文艺理论家和批评家。他的理论批评巨著——《文心雕龙》完成在我国南齐的末年（5 世纪末—6 世纪初），它非常系统地论证了有关文学理论方面的重要问题，阐述了文学发展的规律，讨论了文学创作艺术技巧方面的问题，与此同时，它还对齐代以前的著名作家和作品做了扼要而允当的评述。这部著作给予后代的影响实在是很大的，它一直得到后代文人们很高的评价。例如，孙梅在《四六丛话》中就这样推崇他："总括大凡，妙抉其心，五十篇之内，百代之精华备矣。"应当说，这段话对于《文心雕龙》并不是什么过誉，而且是可以代表历代文人共同的看法的。

刘勰的生平事迹，目前除了《梁书》和《南史》本传外，很少其他参考资料。我们所知道的仅仅是：他字彦和，出身在一个没落了的贵族家庭中，家庭很贫困，终身度着独身生活。对佛家经典有着很深邃的研究。在梁朝也曾做过小官（例如后代称他为刘舍人，就因为他曾做过东宫通事舍人）。后来请求出家做和尚，改名慧地，但不到一年就死了。

刘勰的一生是经历了宋、齐、梁三个朝代的。那时南朝的统治阶级，偏安江左，靠残酷剥削广大农民度着荒淫腐朽的生活。而在文学上则一天天地趋向空虚卑弱的境地：颓废主义和形式主义，成了这一历史时期文学艺术最显著的特征。刘勰的《文心雕龙》就是为了跟这一不健康的文学风尚作斗争而写作的。他在全书最后的一篇《序志》中说："……去圣久远，文体解散，辞人爱奇，言贵浮诡，饰羽尚画，文绣鞶帨，离本弥甚，将遂讹滥。"就是指当时那种以奇丽的外形装饰腐烂空虚的内容的反现实主义的文学倾向而言的。在全书的很多地方，他都对当时那种日趋"讹滥"的文风给予了尖锐的批判。这只要我们读一读《文心雕龙》本书，就可以十分明白的。

当然，更重要的，并不在于刘勰对于当时的不健康的文学风尚做了不调和的斗争，而在于他在这场剧烈的斗争中正面地宣扬了基本上属于现实主义的理论批评的原则。这一方面，使得他的战斗显得坚定而有力量，同时，这也是这部理论批评巨著一直受到后代推崇的根本原因。刘勰是在理论批评方面，最主要的贡献，就是他始终坚持了文学反映现实这一观点主义的根本原则。他认为文学的产生，是和人类所处的自然环境和社会环境分不开的。在《物色》篇中，他提出了"情以物迁，辞以情发"的重要看法。这就是说，人类的主观的感情，是受着客观的自然景物的影响的，而文学作品则又是人类情感的流露和抒发。《明诗》篇所说的"人秉七情，应物斯感，感物吟志，莫非自然"，也正是同一道理。在《时序》篇中，他所指出的"时运交移"对于"质文代变"的影响，是更重要的。因为在这里，他接触到了文学艺术反映现实的更重要的一面，那就是人类社会生活对于文学艺术的影响。他认真地考察了齐代以前的文学变迁的历史，深入地分析了每一个时代的作品，由此总结出了这样一条无可反驳的理论规律："歌谣文理、与世推移"；"文变染乎世情，兴废系乎时序"。没有疑问，刘勰是把艺术地再现现实（自然环境与社会生活）当成是文学作品的主要任务的。这样一种认识，可以说在一定程度上是体现了唯物主义的美学原理的。

刘勰在《文心雕龙》中所提出的许多有关文学批评的卓越见解，正是建筑在这样一条重要的理论原则的基础上的。根据这一理论原则，他强调把文学艺术的真实性当成了文艺批评的首要标准，他严厉地指摘了当时属于统治阶级的文人们的那种虚假的创作态度和作风，他认为那些"世极迍邅，而辞意夷泰"，或者"志深轩冕，而泛咏皋壤，心缠几务，而虚述人外"的作品，都是没有真实的生活内容，也就缺乏感人的艺术力量的东西。而他所推许的则是那些"志足、言文"，"情信、辞巧"的作品。一个真正的诗人和作家，依照刘勰看来，是应该"酌奇而不失其真，玩华而不坠其实"的。真实是艺术的生命，而它正是南朝那些仅仅"竞一韵之齐'争一字之功"①的文人们所完全忽略了的。

与强调文学艺术的真实性的同时，刘勰又把文学作品是否对人们具有认识作用和教育作用，当成文学批评的重要准则。而这一点，正是一个现实主义的理论批评家所必须坚持的。在《征圣》篇中，他提出了"政化贵文"、"事迹贵文"、"修边贵文"三点。他在这里所说的"文"，虽然和我们现在所理解的"文学"的概念，还有所不同，但它们之间的距离，应当说还是很小的。文学必须有益于人类，帮助它的读者扩大和加深对于生活的判断和认识，陶冶和启发它的读者对于美好事物的渴望和追求。照刘勰看来，这乃是一个真正的作家所必须担负起的神圣的任务。在《原道》篇中，他称赞孔子的文章能够"写天地之辉光，晓生民之耳目"，就是说，它一方面写出了丰富多彩的现实（"写天地之辉光"），另一方面，又对人民起了教育和启发的作用，加深了他们对于现实生活的认识（"晓生民之耳目"）。他认为诗是"持人性情"的，是可以"顺美匡恶"的。著名的唐代现实主义诗人白居易所说的"感人心者，莫先乎诗，莫始乎言，莫切乎声，莫深乎义。诗者，根情，苗言，华声，实义"。这一段话是可以从《文心雕龙》中找到它的根源的。很显然地，并不是任便什么样的"真实"都可以成为文学艺术的生命；作为文学艺术的生命的"真实"，应该同它的深刻的思想内容紧紧地联系在一起。离开了以正确的思想教育人的伟大目的，我们怎么能够说这样的一部文学作品具有艺术的真实呢？

一个作家既然是通过他所创作出来的作品来反映现实、影响读者，那么，考察一个作家是否完成了这样的任务，刘勰告诉了我们，最正确的方法是客观地深入地研究和分析作家所写的作品的本身。他

说得十分明白:

> 夫缀文者情动而辞发,观文者披文以入情,沿波讨源,虽幽
> 必显。世远莫见其面,觇文辄见其心。岂成篇之足深,患识照之
> 自浅耳。

这是两条不同的途径:在作者是先有思想感情而后用作品将它表现出来,这就是"情动而辞发";在批评者(当然也包括一般读者)则是通过作品的阅读和钻研才能够探索到作者所要表现出来的和已经表现出来的思想感情,这就是"披文以入情"。如果批评者不根据作品的客观实际,而仅仅依靠自己的主观意图,或者专在作品以外去做"索隐发微"的工作,那其结果必然要招致对于作家和作品的不正确的估价。这一种情况,在后人对于屈原作品的评价上完全可以看得出来。同是一篇《离骚》,"四家(淮南王刘安、汉宣帝刘询、扬雄、王逸)举以方经,而孟坚(班固)谓不合传"。这就是因为对于这一部作品,他们还缺少全面而深刻的研读("鉴而弗精,玩而未核"),所以便不能不落得一个"褒贬任声,抑扬过实"的结果。要恰如其分的评衡一部作品,就必须对作品进行具体的分析;所谓"将核其论,必征言焉",就是这个意思。在对屈赋的各个方面进行了具体的分析之后,刘勰才得出这样一个使我们信服的结论:"……气往轹古,辞来切今,惊采绝艳,难与并能"②。在全部《文心雕龙》中,刘勰往往只用了非常简括的言语,来评价一个作家或一篇作品,但是我们感到他评价得恰到好处,没有臧否失当的地方,这就是因为这些简括的批评,都是他长期地对作品进行研究所得出来的。《辨骚》篇是他全面而细致地分析作品的一个最好的例证。一个优秀的现实主义的理论批评家,是从不会对作家辛勤劳动的成果采取简单粗暴的态度的。

但是要使批评做到恰如其分,也不是一件轻而易举的事,刘勰在《文心雕龙》中也发出了知音很难的叹声。他说:

> 知音其难哉!音实难知,知实难逢,逢其知音,千载其一乎!

这该是件多么不容易的事！不仅是作者常常喟叹于公正的批评之难得（我们知道，诗圣杜甫就曾发出过"百年歌自苦，未见有知音"的愤懑的声音），就是一个优秀的批评家也是从来就感到批评要做到确切允当的不容易。正因为感到要做好批评工作的困难，他才从不简单而轻率地对待自己的工作。在另一个地方，刘勰曾说过下列意味深长的话："若妙识所难，其易也将至；忽之为易，其难也方来。"③这些话虽然不是就批评工作而言，但它同样地是可以引起批评工作者的深思玩味的。

批评为什么是一件困难的工作呢？据刘勰看来，造成困难的原因大约有以下几种：第一，是人们重古贱今："夫古来知音，多贱同而思古，所谓日进前而不御，遥闻声而相思也。""不薄今人爱古人"（杜甫句）的精神，是一个批评者所必须具有的，但是人们往往缺少它。第二，是"文人相轻"的恶习。刘勰举出了古代著名作者的这种事实来作为例证："……班固、傅毅，文在伯仲，而固嗤毅云：下笔不能自休。及陈思（曹植）论才，亦深排孔璋（陈琳）；敬礼（丁廙）请润色，叹以为美谈；季绪（刘修）还诋诃，方之于田巴，意亦见矣。故魏文（曹丕）称文人相轻，非虚谈也。"彼此各有成见，所以对于作品就很难得到一个公正允安的评判。第三，是批评者常常按照自己的趣味和爱好来评衡作品，所以就不能够很客观地指出一篇作品的优点和缺点："慷慨者逆声而击节，酝籍者见密而高蹈，浮辉者观绮而跃心，爱奇者闻诡而惊听。会己则嗟讽，异我则沮弃，各执一隅之解，欲拟万端之变。所谓东向而望，不见西墙也。"④只有主观的爱憎，没有客观的标准，"东向而望，不见西墙"，正是不可避免的事实。

因为有了上述种种原因，评价作品就成了很不容易的事；即使作品的优劣是显而易见的，也很难不弄出错误来。刘勰在《知音》篇中，就用了非常浅显贴切的比喻来说明这样一个道理：

夫麟凤与麇雉悬绝，珠玉与砾石超殊，白日垂其照，青眸写其形。然鲁臣以麟为麇，楚人以雉为凤，魏氏以夜光为怪石，宋客以燕砾为宝珠。形器易征，谬乃若是；文情难鉴，谁曰易分。

这就是摆在批评工作者面前的一个急待解决的问题：怎样才能够正确无误地评价一篇作品，而不至于"褒贬任声，抑扬过实"？应当说，刘勰在《文心雕龙》中，是对这一问题做了相当圆满的解答的。他的意见最主要的两点，我们在前面已经简略地谈到了，那就是：文学批评是有着它的客观标准的，这个标准不是别的什么，而是作品反映客观现实的真实、深刻的程度，以及它是否有益于人们，是否能对它的读者发生启发教育的作用。

此外，刘勰还指出了：一个批评家必须对文学艺术具有很渊博的知识，必须广泛地阅读在思想和艺术上都具有高度成就的艺术作品，然后他才能够掌握到精确地评析一部作品的本领。他说：

> 凡操千曲而后晓声，观千剑而后识器。故圆照之象，务先博观。阅乔岳以形培塿，酌沧波以喻畎浍。无私于轻重，不偏于憎爱，然后能平理若衡，照辞如镜矣。⑤

道理是清清楚楚的，一个文学知识贫乏，欣赏力低下的人，是没有成为一个称职的批评家的可能的。因为只有在高山的对照下，才显得出丘陵的卑小；只有看见过大海的汪洋，才能够懂得溪流的浅狭。同样的道理，也只有博览了古今的杰作，才能够明了文章的利病，才能够看得出作品的优劣。

> 是以将阅文情，先标六观：一观位体，二观置辞，三观通变，四观奇正，五观事义，六观宫商。斯术既形，则优劣见矣。

范文澜同志的《文心雕龙注》说："一观位体，'体性'等篇论之。二观置辞，'丽辞'等篇论之。三观通变，'通变'等篇论之。四观奇正，'定势'等篇论之。五观事义，'事类'等篇论之。六观宫商，'声律'等篇论之。"这个说法是不错的。刘勰在《文心雕龙》中，实在是用了很大的篇幅来讨论了这六个方面的。因为在刘勰看来，一篇作品的构成，和这六个方面的是否措置得当是有很大的关系的。

　　不过，有一点是我们所应该注意到的，那就是，这六个方面完全是属于艺术形式方面的问题，关于作品的思想内容丝毫没有接触到。人们要问，为什么刘勰讨论批判方面的问题，而把作品的内容摈斥于批判的对象之外呢？如果说《文心雕龙》的产生，有着和当时日益流行的颓废主义和形式主义的不正确倾向作斗争的重大意义，那么，为什么刘勰在这里所注意到的也仅仅是有关形式方面的问题呢？

　　这是问得很有理由的，但是它是可以得到解答的。在《文心雕龙》中，刘勰是随时随地都强调了作品的内容的重要性的，而且认为文学的内容总是优先于文学的形式的。他说："情者，文之经，辞者，理之纬；经正而后纬成，理定而后辞畅，此立文之本源也。"他坚决主张"为情而造文"，而反对"为文而造情"。⑥这些都可以看出刘勰是多么不同于当时形式主义者的主张。而且，我们在前面也已经提过，刘勰正是把作品内容的是否有益于人们，看做是文学批评的重要标准的。这个意思当然是贯穿在全书中的，那么，在这里不提，也就没有什么关系了。古人著书，详略互见，原是常见的事。

　　但理由还不仅此。艺术形式对于一篇作品来说，并不似不重要的。粗糙的形式往往带给艺术内容以重大的损害。即使一句话，一个字，用得不妥当，也会成为全篇的瑕疵。因为"人之立言，因字而生句，积句而成章，积章而成篇，篇之彪炳，章无疵也；章之明靡，句无玷也；句之清英，字不妄也"。⑦明白了这个道理，我们就可以理解刘勰何以那样强调"执术驭篇"的重要性。而在讨论批判问题的时候，着重地要人们对作品的艺术形式给以仔细的推敲了。

　　刘勰关于文学批评的见解，有许多是异常而深刻的。这些精深的意见，不仅在《文心雕龙》全书中我们可以随时发见，而且，他还用了对作家和作品的具体评价，为我们提供了很多富有教益的范例。在这篇短文中，不可能对刘勰的批判见解进行全面而深入的分析，这里所做的，仅仅是一个极其粗略简括的介绍。怎样对这部古典批判名著（还有其他的理论批判著作）予以系统科学的整理研究，吸收它的精华来作为发展我们今天的社会主义现实主义理论批判的有益的滋养，这是我们文学工作者的共同的迫切的任务。

注释

①《隋书六六·李谔传》。
②《文心雕龙·辨骚》。
③《文心雕龙·明诗》。
④《文心雕龙·知音》。
⑤《文心雕龙·知音》。
⑥《文心雕龙·情采》。
⑦《文心雕龙·章句》。

评　介

刘绶松（1912—1969），原名刘寿嵩，笔名宋漱流、洛那、鲁克等，湖北洪湖人，著名的中国现代文学史家和文学评论家。1935年入清华大学，1938年毕业于西南联合大学。先后任教于重庆南开中学、西北工学院。1949年以后任教于武汉大学中文系，期间，出版《文艺散论》（1955）、《中国新文学史初稿》（1956）、《京郊集》（1958）等学术专著。曾任中国作协武汉分会副主席、《长江文艺》副主编、武汉市文联常委、湖北省哲学社会科学联合会主席团委员。"文革"中遭到残酷迫害，1969年3月16日与夫人张继芳一起自缢，含冤辞世。1979年，人民文学出版社重版了《中国新文学史初稿》。1982年，上海文艺出版社出版了《刘绶松文学论集》。

刘绶松的学术研究主要集中在两个领域，一是对现代文学的研究，主要以《中国新文学史初稿》（以下简称《初稿》）为代表，系统表达了对现代文学史的治史观点和基本态度，有着自己独到的见解，为后来者对现代文学史的研究打下了深厚的基础；一是对古典文学理论的研究，主要是对刘勰的《文心雕龙》进行了深入的探讨。20世纪50年代中期曾发表数篇论析刘勰《文心雕龙》的论文，如《〈文心雕龙〉初探》、《刘勰论文学批评》、《飞腾吧，想象的翅膀——读〈文心雕龙·神思〉》及《古典文学理论中关于风格问题的论述》等，引起普遍关注，并获得好评。

在龙学研究方面，刘绶松以现代文学理论为参照，紧密联系《文心雕龙》产生时的历史背景，对刘勰所论及的文论问题进行深入分析，揭示其在中国文学理论批评史上的独特地位和不朽价值。刘绶松指出，"《文心雕龙》首先接触到了文学的源泉和文学与现实的关系的问题"，而刘勰对这一问题的认识，是"基本上符合现实主义的美学原则的"。刘绶松还指出，刘勰"在讨论文学的内容与形式的关系的时候，也是持着比较科学的辩证的看法的"。刘绶松指出，"在《文心雕龙》特别是自《神思》以下的二十篇中，有不少关于写作艺术技巧方面的独到的见解"。比如对作家的虚构和想象、作家的独特艺术风格、选择和锤炼词句、作品的组织和结构、艺术夸张问题，刘勰都作了既生动形象又无比精妙的论述。（以上引文均见《〈文心雕龙〉初探》）刘绶松的《文心雕龙》研究受到龙学界的重视与好评，著名《文心雕龙》研究专家牟世金在 1984 年撰文指出："刘绶松的《〈文心雕龙〉初探》，可说是《文心雕龙》理论研究的奠基石。它第一次向读者揭示了《文心雕龙》的主要成就，使读者认识到《文心雕龙》确是我国古代极为珍贵的一部文学理论遗产。"（牟世金：《〈文心雕龙〉研究的回顾与展望——祝〈文心雕龙〉学会成立并序〈文心雕龙〉研究论文选》，载《文心雕龙学刊》第二辑，齐鲁书社 1984 年版。）

《刘勰论文学批评》作为刘绶松龙学研究的代表作，灌注了论者的现实主义文学理论思想。首先，刘绶松从两个方面来阐述刘勰的现实主义文学观。第一，在文学与自然、社会环境的关系上，刘绶松认为刘勰所持的是反映论，即文学是一定自然和社会环境的反映："在《物色》篇中，他提出了'情以物迁，辞以情发'的重要看法。这就是说，人类的主观的感情，是受着客观的自然景物的影响的，而文学作品则又是人类情感的流露和抒发。《明诗》篇所说的'人秉七情，应物斯感，感物吟志，莫非自然'，也正是同一道理。在《时序》篇中，他所指出的'时运交移'对于'质文代变'的影响，是更重要的。因为在这里，他接触到了文学艺术反映现实的更重要的一面，那就是人类社会生活对于文学艺术的影响。"因此，刘绶松认为刘勰的美学观点符合唯物主义的美学原理。第二，也就是文学批评的第二个准则，刘绶松认为应该是文学作品是否对人们具有认识作用和教育作用。刘勰在《征圣》篇提出"政化贵文"、"事迹贵文"、"修边贵文"三点。因此刘绶松指出"文学必须有益于人类，帮助它的读者扩大和加深对于生活的判断和认识，陶冶和启发它的读者对于美好事物的渴望和追求。照刘勰看来，这乃是一个真正的作家所必须担负起的神圣的任务"。

其次，刘绶松认为批评家的任务应该是客观地分析作品。他说："一个作家既然是通过他所创作出来的作品来反映现实、影响读者，那么，考察一个作家是否完成了这样的任务，刘勰告诉了我们，最正确的方法是客观地深入地研究和分析作家所写的作品的本身。"在屈原的研究史上，对于屈原作品的研究曾出现了不同的论点，对此，刘绶松认为在文学批评中存在一个误区，那就是"索隐发微"的批评方法，由此才造成对屈原作品的种种误解。联系刘勰《文心雕龙》有关文学批评方法的篇目，刘绶松认为文学批评不是一件轻而易举的事，他结合《文心雕龙·知音》篇"知音其难哉！音实难知，知实难逢，逢其知音，千载其一乎"，感叹批评之困难。为什么批评工作是一件困难的工作呢？从《文心雕龙》出发，刘绶松提出了三点原因，一是人们重古贱今："夫古来知音，多贱同而思古，所谓日进前而不御，遥闻声而相思也。"二是"文人相轻"的恶习。三是批评者常常按照自己的趣味和爱好来衡量作品，所以就不能够很客观地指出一篇作品的优点和缺点。由此，刘绶松在文中提出文学批评的客观标准：作品反映客观现实的真实、深刻的程度，以及它是否有益于人们，是否能对它的读者产生启迪和教育作用。

再次，刘绶松对于刘勰"六观"说体现出的形式与内容不协调的关系提出了自己新颖独到的见解。一般认为，刘勰"六观"说的六个方面均属于形式范畴，这与刘勰是一位现实主义的文学批评家的观点似乎相悖。刘绶松却指出："在《文心雕龙》中，刘勰是随时随地都强调了作品的内容的重要性的，而且认为文学的内容总是优先于文学的形式的。……这些都可以看出刘勰是多么不同于当时形式主义者的主张。而且，我们在前面也已经提过，刘勰正是把作品内容是否有益于人们，看做是文学批评的重要标准的。这个意思当然是贯穿在全书中的，那么，在这里不提，也就没有什么关系了。古人著书，详略互见，原是常见的事。"这个回答是十分精辟的。最后，刘绶松还强调了艺术形式对于文学作品的重要性，他认为艺术形式对于一篇作品来说，并不是不重要的。粗糙的形式往往带给艺术内容以重大的损害。

刘绶松的《刘勰论文学批评》全面分析了刘勰的现实主义文学观，从文学的起源、文学批评的任务以及文学批评的标准等方面加以详细阐述。张少康在《文心雕龙研究史》中评价说："（刘绶松）比较早地对《文心雕龙》中关于文学的源泉、文学与社会现实的关系、内容与形式的辩证统一等做了详细的分析，认为《文心雕龙》的不朽的价值理论'在于它宣扬了属于现实主义范畴的进步文学思想'反对'风行一时的颓废主义和唯美主义的文学倾向'。对刘勰所提出的想象、语言、结构、夸张等许多独到见解也予以充分肯定。但这篇论文除了用'现实主义'来套论之外，还有过分拔高《文心雕龙》的毛病。"孙党伯也指出，虽然刘先生的文章力图用新的文学理论观点来分析《文心雕龙》，有时不免使人感到存在将古人现代化的毛病，但对人们认识这部巨著的理论内涵与价值是非常有效的。

刘绶松龙学著述目录：

《刘勰论文学批评》，载《刘绶松文学论集》，上海文艺出版社1982年版。

《〈文心雕龙〉初探》，载《刘绶松文学论集》，上海文艺出版社1982年版。

《飞腾吧，想象的翅膀——读〈文心雕龙·神思〉》，载《刘绶松文学论集》，上海文艺出版社1982年版。

（胡东波）

"体大思精" 的理论体系

牟世金

或有评拙著《文心雕龙译注》而谓:"作者早在二十年前就卓有见识地提出要重视《文心》理论体系的研究,而且从未懈怠过这种探求。"①或有作《文心》理论体系研究的专题述评而云:"最执着于探索《文心》体系的学者当推牟世金。"②有的则称以:"《引论》的最大可贵在于,坚持尊重原著的原则,把功夫下在挖掘刘勰的原意上,基于此努力再现其理论体系的原貌。"③对这些鼓励之辞,我是感谢的。但平心而论,对此虽曾长期反复思索,以期于是,却未敢自信其必是。这毕竟是一个相当复杂的问题,无论是谁,一蹴而就是不可能的。

虽然前面提到的某些"批评"意见还未足服我,但也说明我的意见亦未足服人。借刘勰的话说:"识在瓶管,何能矩矱?"我绝无使人人皆服的奢望,唯觉探知其理论体系无论对研究《文心》或古代文论,都有极为重要的意义,故明知其难而不避其难,在上述对《文心》的性质、篇次、枢纽、总论等认识的基础上,进讨其"体大思精"的理论体系。这种探讨,仍是作为一己之见提出继续研究而已。

一

对《文心雕龙》全书严密的组织结构,历来称道甚多。如元代钱惟善,曾谓"其立论井井有条不紊"④;明人叶联芳称此书"若锦绮错揉,而毫缕有条;若星斗杂丽,而象纬自定"⑤;清代章学诚,则称其"体大而虑周"⑥。有的论者,也在一定程度上触及《文心雕龙》的体系问题。如清人刘开，曾以近于《史》、《汉》的《叙传》方式，列论了全书各主要篇章的安排⑦。明代曹学佺则讲到：

> 《雕龙》上二十五篇，铨次文体；下二十五篇，驻引笔术。而古今短长，时错综焉。其《原道》以心，即运思于神也；其《征圣》以情，即《体性》于习也。《宗经》诎纬，存乎风雅；《诠赋》及余，穷乎《通变》良工心苦，可得而言。⑧

这是企图从上下各篇之间的对应关系来探索刘勰的良工苦心，并想用一个"风"字来统摄全书的论点。这种尝试，显然是想要找出刘勰是怎样安排其理论体系的。这种探讨没有继续进行下去。直到范文澜注《文心雕龙》，在《原道》和《神思》两篇的注中，为上下二十五篇各立一表⑨，显示了全书的基本结构，这就给我们探讨《文心雕龙》的理论体系以重要的启示。

结构和体系当然不能等同，但对于理论著作来说，二者不可能互不相关；其理论体系往往是通过其论述的结构体现出来的。正如刘勰所说的"沿波讨源"，从《文心雕龙》的组织结构窥其内在的体系，至少是可行的方法之一。从他把什么问题摆在什么位置，先讲什么，后讲什么等，是可以看出一些问题的。

近人研究《文心雕龙》的理论体系，往往从其结构出发，这是必要的。台湾的论著，多有《文论体系》的专章或专节论述，也主要是从理论结构着眼。如龚菱的《文心雕龙研究》、沈谦的《文心雕龙之文学理论与批评》，都有《〈文心雕龙〉文论体系》一章，但都是依次分论几个组成部分的大意：一曰"总论"或"总序"（即《序志》篇），二曰"文原论"或"枢纽论"（即首五篇），三曰"文体论"，四曰"创作论"，五曰"批评论"。这种论述方式是常见的，也应该说是必要的。需要研究的是，这五个或四个部分是否即其"文论体系"或者说划分其全书内容为若干组成部分并分别予以论述，是否已完成研究其"文论体系"的任务。

台湾学者研究《文心雕心》的理论体系，也有一些值得重视的意见⑩，如王更生所说："《文心雕龙》全文有特定的体系，不啻如常山之蛇，击首则尾应，击尾则首应。"⑪这个比喻颇能说明其"特定的体系"，各个组成部分之间是有密切联系的。任何理论著作，如果由几个互不相关的部分组成，是不可能构成一个体系的，必如常山之蛇，首尾相应，环环相关，才具备构成体系的基本条件。而互有联系的若干组成部分，其所以能结成一个严密的整体，还必须有某种思想、观点或基本原则以统摄全局，它不仅贯穿各个组成部分，而且支配各个部分的一切基本论点。只有如此，才能形成"击首则尾应，击尾则首应"的"常山之蛇"。"体系"云云，如果不是泛泛而谈，就不能对其具体涵义置之不顾。这就是说，必须在某种思想观点的指导之下，有统摄全局的中心论点，由若干互有内在联系的组成部分和一系列相应的具体论证，才能构成一个理论体系。反之，杂乱无章或统绪失宗之论，互不相关或可有可无之理，南辕北辙或互有抵牾之说，是构不成一个理论体系的。

正因如此，一个理论体系的各种成分是互有制约作用的。如刘勰的"原道"，就不同于韩愈的"原道"，也有别于章学诚的"原道"；刘勰的"征圣"、"宗经"，又异于荀子、扬雄的"征圣"、"宗经"。《文心雕龙》的《原道》、《征圣》、《宗经》，不仅构成一个独特的"道—圣—文"的整体，且和全书融合成一个不可分割的整体。《文心雕龙》的总论，只能是《文心雕龙》的总论。也就是说，《文心雕龙》的理论体系，只能是它自身具有的"特定的体系"。必须明确这样一个简单的道理，意在避免一种误会：虽然上面强调了"体系"的必要条件，但研究《文心雕龙》的理论体系，绝不是从定义出发，而是要从它自身的实际内容出发。研究《文心》的理论体系，其重要意义之一，就是为了避免把古人现代化，或者凭研究者的主观意图而走失原貌，以利更准确地认识其本来面目和理论成就。王更生的"特定体系"说，我以为是可取的，但他在另一处谈到这问题时却说："《文心雕龙》论文学与现实，论内容与形式，论风格、论题材、论文藻、论辞气、论通变、论衡文，构成了他全部的理论体系。"⑫且不说所举内容是不是其"全部的理论体系"，这样的"体系"，是不是《文心雕龙》的"特定的体系"，至少是很不明确的。有的研究者提出，"可从两方面着手"来探讨《文心》的理论体系：一是刘勰自己的理论体系，一是读者所理解的理论体系⑬。作为一种"着手"研究的途径，这也未尝不可，但若我们想要研究、认识的是《文心雕龙》的理论体系，则它本身只能有一个体系。

照我看来，论"体系"，就不能徒具其名；论《文心》的体系，就不能离开《文心》的实际。这两个方面不仅毫无矛盾，且应该在研究中相辅相成，才有可能探得《文心雕龙》的确切的理论体系。

二

从《文心雕龙》自身的实际出发来探讨其理论体系，最重要的依据就是《序志》篇的这段论述：

> 盖《文心》之作也，本乎道，师乎圣，体乎经，酌乎纬，变乎骚，文之枢纽，亦云极矣。若乃论文叙笔，则囿别区分：原始以表末，释名以章义，选文以定篇，敷理以举统。上篇以上，纲领明矣。至于割情析采，笼圈条贯，摛神性，图风势，苞会通，阅声字；崇替于《时序》，褒贬于《才略》，怊怅于《知音》，耿介于《程器》；长怀《序志》，以驭群篇。下篇以下，毛目显矣。

这段话是否可以视为刘勰对其全书体系安排的说明呢？应该说是可以的。不但这是作者自己的话，文字上还有隋唐间人所编的《梁书》为证。⑭问题在于如何理解这段话。通常按照这段话划分《文心雕龙》的内容为四大部分：一、《原道》至《辨骚》的五篇为"文之枢纽"；二、《明诗》至《书记》的二十篇为"论文叙笔"，其中前十篇为"论文"，后十篇为"叙笔"，一般总称为文体论；三、《神思》至《总术》的十九篇为创作论；四、《时序》至《程器》的五篇有文学评论、批评论（或称鉴赏论）、作家论等，一般泛称为批评论。最后一篇《序志》是全书的序言。这只是一个粗略的划分。文学现象本身是复杂的，论文体不能不涉及创作，论创作不免要联系批评，何况刘勰于此，亦难处理得完全妥当。他的分类编次，使后来的研究者有种种歧议是自然的。从刘勰自己对全书安排的说明来看，他称为"上篇"的二十五篇问题较小。上述枢纽论的前三篇为总论，《辨骚》篇兼有枢纽论和文体论的性质，和原书的次第是一致的。后二十五篇的问题就较为复杂了。虽研究者一致认为这二十五（实为二十四）篇包括创作论和批评论两大部分，但哪几篇是创作论，哪几篇是批评论，却有种种不同见解；也有少数研究者把这二十四篇细分三至四个部分。如罗根泽即说："下篇二十五篇，则除了《时序》、《知音》、《程器》、《序志》四篇，都可以算是创作论。"又说："《文心雕龙》全书五十篇……止有《指瑕》、《才略》、《程器》、《知音》四篇是文学批评。⑮刘大杰则认为二十四篇中，《知音》、《才略》、《物色》、《时序》、《体性》、《程器》、《指瑕》七篇是批评论，除《隐秀》未计外，其余十六篇为创作论。"⑯但由他主编的《中国文学批评史》却说："下半部自《神思》至《总术》十九篇加上《物色》共二十篇是创作论……《时序》、《才略》两篇是文学史和作家论……《知音》、《程器》两篇，讨论了文学批评方面的重要问题。"⑰有的认为："从《神思》到《隐秀》十五篇是发挥作者对创作过程的见解和对创作的要求。……从《指瑕》到《程器》九篇则着重论述文学批评的方法与标准。"⑱有的又以《通变》、《时序》、《才略》、《知音》四篇，"属于文学史和批评论"，《神思》、《情采》等八篇为创作论，以《体性》、《风骨》等四篇属风格学，以《声律》、《章句》等八篇为修辞学。⑲此外，个别不同的说法还多，这里难以尽举。

异说虽多，但从上述产生分歧的原因来看，既不足为奇，也是容易解决的。由于文学现象本身的复杂性和刘勰自己在认识处理上的局限性，我们就不能要求著者做科学的分类，更不应用今人的观念要求刘勰，只能就他已作的处理而论其得失。刘勰自己的区分已很明显："摛神性，图风势，苞会通，阅声字"四句为一组；崇替于《时序》，褒贬于《才略》，怊怅于《知音》，耿介于《程器》，四句为另一组，不同的叙述方式把两种不同的内容划分得清清楚楚。甚至最后一篇，刘勰也不言"长怀于《序志》"，而要特意用"长怀《序志》，以驭群篇"，以示此篇有别于前两组。因此，我们不应违反刘勰的用意，改作适应自己见解的分类。照《序志》篇的说法，则是《时序》以上诸篇为一类，《时序》以下诸篇为一类。前一类主要是论文学创作，故通称为创作论；后一类以文学评论为主，故通称批评论。这样区分，个别篇章似有问题，如创作论中的《指瑕》篇，是否应属批评论。"指瑕"是指摘作品的毛病，从评论者的角度来说，自然是文学批评；从作者应如何避免种种瑕疵来说，又是创作上的问题了。因此，《指瑕》篇的性质取决于刘勰自己，他自己是从创作的要求提出的，谁也无权改属批评论。即使有的篇章分类不当或先后失序，对于其理论体系的研究者来说，也只有指出其失误之责，而无改正或调整之权。

至于《文心雕龙》现行本的篇次，似与"摛神性，图风势"等说不完全一致。如果我们无法否定《序志》篇的这段话和现行本的篇次，就只存在一个如何理解的问题。据目前所知，只能认为《文心》的篇次是刘勰自定的原貌，《序志》篇亦为刘勰自己所撰定，二者不可能自相矛盾。研究者的任务，唯有在这一既定事实的基础上，如何正确的认识它，理解它。

明人王文禄有云："古文之妙者……三国六朝得八人焉：曹植、祢衡、张协、陆机、刘峻、江淹、庾信、刘勰是也。"⑳清代刘开则称："至于宏文雅裁，精理密意，美包众有，华耀九光，则刘彦和之《文心雕龙》殆观止矣。"㉑这类评价古来甚多，《文心》是当之无愧的。刘永济也说："盖论文之作，究与论政、叙事之文有异，必措词典丽，始能相称。然则《文心》一书，即彦和之文学作品矣。"㉒显然，《文心雕龙》不仅是古代文论的奇构，亦为六朝艺坛的佳品，这也是不能不承认的客观事实。研究《文心雕龙》的组织结构，不能不注意到这种特点。《序志》所叙，也是在做文章，它作为全书五十篇之一，也必须和全书统一，而不可能用死板的记账方式，开列从"原道第一"到"序志第五十"的清单。要把文章写得错落有致而"繁略殊形，隐显异术"，就自然有省略、有倒叙等变化。加以《文心雕龙》既是文学理论，它的《序志》主要是说明理论上的处理，不是讲篇次的排列。只因理论的结构体系和篇次安排有密切联系，所以二者又是基本一致的。注意到这些情况，问题就容易认清了。

其实，只要稍加寻究，不难发现《序志》中对后二十五篇内容的说明，只省略了可以省略的两篇：一是《总术》。按刘勰的意思，《总术》虽单成一篇，但并未提出新的论旨，不过将前面所论各种问题，"列在一篇，备总情变"，因而不必在《序志》中和其他论题相提并论；再就是《总术》列《时序》之前，是创作论的总结；篇中已有交代，《序志》中就没有重复提出的必要。再一篇是《物色》。《时序》以下的几篇，按内容来说，《时序》、《才略》、《程器》的性质相近，都是分别从时、才、德三个方面纵论历代作家作品，似应连在一起的，但其中却插进《物色》、《知音》两篇，即以横的论述为主，性质也和评论历代作家的三篇不同。因《物色》省去未提，所以引起怀疑较多，如果《序志》中未逐篇讲到《时序》以下几篇，那会更要引人怀疑其篇次。但刘勰这样处理却有他自己的用意。他不是着眼于论述的形式来归类，而主要是从理论上的内在关系来处理的。以《程器》篇殿后，显然和他重视作家品德，特别是"擒文必在纬军国，负重必在任栋梁"的用世思想有关。而《知音》篇作为文学批评理论的总结，自然应在《才略》篇之后。至于《物色》在《时序》之后，则是虽省犹明的。其他诸篇都各有专题，《时序》、《物色》则是一个问题的两个方面，这正是《序志》篇未提到《物色》的主要原因。诸家对此篇怀疑最多，但从《时序》、《物色》位于创作论和批评论之交，又是分别就"时序"、"物色"两个方面来论述客观事物对文学创作的影响来看，又何疑之有？如果认为刘勰的认识水平还不可能有意把这两个方面联系起来论述，那就首先应该怀疑《原道》篇的内容。《原道》篇就明明是从"天文"、"人文"两个方面来论述"自然之道"的规律了。其实，《时序》、《物色》两篇，正是以《原道》思想为指导，对"天文"、"人文"两个方面所作的论述。

刘勰对其他诸篇的论述是明确的，"摛神性，图风势"二句，留下一篇《通篇》，就从《附会》以上，用"苞会、通"以包举之；再从《声律》到《练字》，用"阅声、字"以细说之。这就把后二十五篇全部概括了。刘勰这样一倒一顺，一包一举，不过是为了做文章，竟使人以为是对篇次安排的机械说明，恐怕是他始料所不及的。

如果要严格地按照《序志》的文字来改正全书篇次，则其中对"论文叙笔"部分的具体说明，是以"原始以表末"为第一句，"释名以章义"为第二句，而这部分各篇的具体论述，又多是先"释名以章义"，后"原始以表末"，岂不要对很多篇的内容也要加以调整？

根据以上所述，《文心雕龙》的组织结构，基本上可作如下表示：

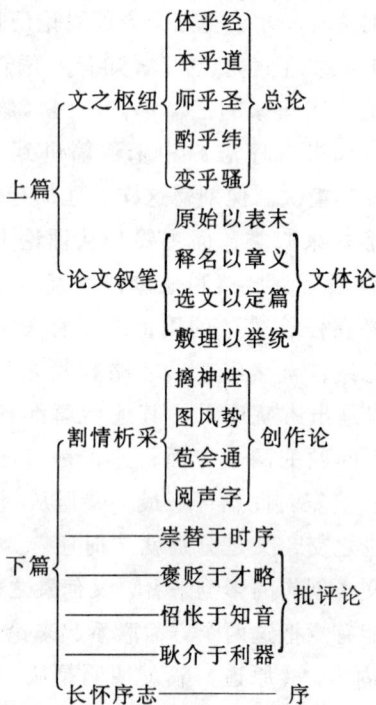

```
                    ┌ 体乎经
                    │ 本乎道
          文之枢纽 ┤ 师乎圣 ┐总论
                    │ 酌乎纬 ┘
                    └ 变乎骚
    上篇 ┤
                    ┌ 原始以表末
          论文叙笔 ┤ 释名以章义 ┐
                    │ 选文以定篇 ├文体论
                    └ 敷理以举统 ┘

                    ┌ 摛神性
          割情析采 ┤ 图风势 ┐创作论
                    │ 苞会通 ┘
                    └ 阅声字
    下篇 ┤───── 崇替于时序
          ├───── 褒贬于才略 ┐
          ├───── 怊怅于知音 ├批评论
          └───── 耿介于利器 ┘
          长怀序志────── 序
```

这就是《文心雕龙》全书体系的骨架。首先，在"文之枢纽"中总论全书的基本观点；其次，以总论中提出的基本观点为指导来"论文叙笔"，总结前人创作经验；第三，以前人的实际经验为基础来"割情析采"，提炼出文学创作和批评的一些理论问题；最后的序跋，说明著者的意图、目的和全书内容的安排。根据这样的体系安排，是有助于我们从《文心雕龙》的实际出发，来研究其理论上的成就的。

三

研究《文心雕龙》的理论体系，不能脱离其自身的组织结构，但还须由此进探其内在联系，了解各个部分是怎样构成一个整体的，才能真正认识其理论体系。

这个体系的主导思想为儒家思想，前已多有论及。必须重申的是，所谓"儒家思想"，绝非狭义的仁义之道，用这种思想是无法作为其整个理论体系的主导思想的。刘勰用以统领全书的儒家思想，首先是六朝时期的儒家思想（详见第二章第三节），它已兼融释、道、玄诸家的某些因素，而无狭隘的门户之见。其次是用于《文心》的儒家思想，主要不是儒家的具体教义，而是被高度抽象出来的，比较广泛的为封建治道服务的思想。第三，从对《征圣》、《宗经》等篇具体内容的分析可知，《文心》中的儒家思想，又侧重于儒家的文学思想（下章《刘勰的"征圣"、"宗经"思想》一节，还要再予详究）。不注意这些具体问题而泛称"儒家思想"，就无法解释其何以能作为评论诸子百家之文而又能公允对待的主导思想。

由是可知，《文心》中的儒家思想，不仅表现为"依经以树则"、"附圣以居宗"（《史传》），"熔式经诰，方轨儒门"（《体性》）之类直接主张，更大量体现在如何使作品充分发挥"兴治齐身"作用的种种具体论述中。如论诗而强调："诗者，持也，持人情性。三百之蔽，义归无邪，持之为训，有符焉尔。"（《明诗》）其对文体名称的解释，是从儒家思想出发的，特自称与孔子论《诗》的观点一致。又如论赋则反对"无贵风轨，莫益劝戒"（《诠赋》）之作，这种崇实重用的思想在全书各种论述中触目皆是。至于论诸子百家之作，虽然分别肯定各家的不同成就和特色，如"庄周述道以翱翔"，"列御寇之书，气伟而采奇"等，却认为"述道言治，枝条五经，其纯粹者入矩，踳驳者出规"，仍是以儒家的规范来衡量和要求诸子之作。刘勰论创作的基本观点是文质并重，其重质，固然是为了有益于时用；其重文，实际上仍是出于用。《情采》篇说："联辞结采，将欲明经。"

· 115 ·

"言以文远，诚哉斯验。"这里讲的"经"，是"情者文之经"的"经"，一作"理"，都指作品的内容，而非儒经。但运用辞采既是为了表达内容，言辞又需有文采才能流传久远，仍是为了充分发挥作品的作用。所以，虽然创作论部分论为文之术较多，但总的来说，仍是在儒家实用观思想的支配下所作论述。

用六朝时期的儒家思想是可以统领《文心》全书的。这里存在的问题是，既以这种思想为全书的主导思想，何以能肯定佛教的"般若"之理，甚至大力赞扬道家的玄论在六朝时期的儒家思想，虽然在总体上兼融释、道、玄的某些成分，同一作者的不同著作虽可或释或玄，但在同一人的同一著作中，儒、道、释明显地并存之作，在当时亦为少见。今天读《文心雕龙》并不觉其思想的混乱，这就是个奇迹。刘勰是怎样创造出这个奇迹的呢？鄙见以为，除了时代思潮的作用，主要是他巧为安排了全书的总论。

《文心雕龙》虽以儒家思想为主导思想，却首标"自然之道"以为宗，并自称是"本乎道"以论文。而他所本之"道"并非儒道。道家、佛家和儒家都讲"自然之道"（详见下章第一节），但刘勰所讲的"自然之道"，既非道家之道，亦非儒道或佛道。如前所述，《原道》篇提出的"自然之道"，实为自然美的原则，此说即使曾受当时的玄学或佛学思想的影响，然其主旨却是刘勰的独创。无论儒家、道家、佛家或玄学家，都不曾以自然美的原则为立论之本，更不会以这样的"道"为自家之道。儒生、佛徒、道徒，岂能以追求自然美为立教持论之本？文论家的刘勰则不然，其所论对象是文，而又"勒为成书之初祖"[23]，他就有必要首创一个文论家的"道"，以冠于《征圣》、《宗经》之前。既然以"自然之道"为本，便可超越狭义的儒家思想而放手评论诸子百家之文了。这样看来，《文心》中对玄佛之作时有肯定，是不足为奇的。

"原道"观和"征圣"、"宗经"的主张，不仅并不矛盾，而且是一个有机的统一体。这也是刘勰从文论家的立场而妥为处理的结果。一方面，他认为一切圣人"莫不原道心以敷章"，因此儒家经书是合乎"自然之道"的典范；另一方面，其所征之"圣"，止于"贵文"能文之圣。"征圣"的目的唯在为文有师，所谓"征之周孔，则文有师矣"是也。其所宗之"经",止于经书的"雅丽"与"衔华佩实","宗经"的目的唯在"文能宗经"。既非为了从政治或传道立德而征圣宗经,只是为了论文或为文而征圣宗经,就和他的"原道"一致而互为补充了。

"道—圣—文"是刘勰构筑的一个整体。这个整体提出的基本观点就是"衔华佩实"。从儒家经典中提炼出来的"衔华佩实"既是《文心》全书文论的基本原则,又是贯穿于整个理论体系的中心论点。刘勰既以此来"论文叙笔",也用之于"割情析采"。综观全书,强调"舒文载实"(《明诗》)、"华实相胜"(《章表》)、"华实相扶"(《才略》),要求"玩华而不坠其实"(《辨骚》);反对"华不足而实有余"(《封禅》)、"华实过乎淫侈"(《情采》)、"有实无华"(《书记》)或"务华弃实"(《程器》)的意见,比比皆是。主张"文虽新而有质,色虽糅而有本"(《诠赋》)、"文不灭质,博不溺心"(《情采》)、"文质相称"(《才略》),而批判"为文造情"、"繁采寡情"(《情采》),不满于"义华而声悴"、"理拙而文泽"(《总术》)的作品,也举不胜举。

从《文心》几个组成部分来看,总论提出"衔华佩实"的基本观点,"论文叙笔"部分则以之作为衡量历代作家作品的准则;刘勰自称其创作论部分为"割情析采",更是从华与实两个方面来进行种种理论研究,以求创造出"衔华佩实"、文质并茂、"情采芬芳"的理想作品。从上举《才略》、《程器》诸例可知,其批评论亦以"衔华佩实"为标准。而刘勰虽把"衔华佩实"奉为"圣文"所具有的典范,但这一要求,主要是从"论文叙笔"中汇总各种文体的共同要求而提出的;"论文叙笔"部分又有分别总结各种文体的实际写作经验的意义,创作论部分正是以此为基础而进行各种专题研究的。可以说:没有"论文叙笔",就没有创作论;有文体论、创作论而无批评论,《文心雕龙》就不成其为"体大虑周"的古代文论的典型。至于枢纽论或总论,更是维系全书各个部分的灵魂。以上种种说明,《文心》各论是围绕一个中心而互有内在联系的整体,它确已构成一个完整而严密的理论体系。

四

《文心雕龙》的理论成就集中在创作论部分，这部分的理论体系也更为精密。

创作论的第一篇，是刘勰称为"驭文之首术"的《神思》篇。王元化首先提出："《神思篇》是《文心雕龙》创作论的总纲，几乎统摄了创作论以下诸篇的各重要论点。"㉔此论问世不久，我曾断言："这是很有见地的，《神思》的确是刘勰整个创作论的总纲。"并在这一启示下从理论体系的角度做了一些初步探讨。㉕《神思》篇本身是论艺术构思，但以艺术构思为中心，从作者的平素修养、生活、学习等，一直讲到怎样把构思所得，用语言文辞表达出来。这样，本篇就可以说概括了文学创作的全过程，因此有可能构成刘勰创作论的总纲。这个总纲，主要体现在：

> 故思理为妙，神与物游。神居胸臆，而志气统其关键；物沿耳目，而辞令管其枢机。枢机方通，则物无隐貌；关键将塞，则神有遁心。……是以意授于思，言授于意，密则无际，疏则千里。

刘勰论艺术构思的核心论点是"神与物游"，也就是讲"物以貌求，心以理应"的心物交融活动。在这个构思活动中，由客观的物象和主观的情志相结合而形成某种"意象"。有了这种"意象"，当然还远不是创作活动的完成，在刘勰看来，也还不是构思活动的结束。要把"意象"变成作品，就应"窥意象而运斤"。这就存在两个方面的问题：一是"物沿耳目，而辞令管其枢机"。作者的情志，是通过艺术形象，也就是借助于物象来表达的，要把出现于作家耳目之前的物象描绘出来，主要就靠优美的文辞了。二是"意授于思，言授于意"。艺术创作中对物象的描绘，目的终在表情达意，序志述时，因此，更要求语言文字能准确地表达作者的思想感情，做到"密则无际"，而不要"疏则千里"。在实际创作中，构思是心物相融，作品也往往是情景不分的。但抒情状物既各有不同的侧重点，从理论上析而论之就更有其必要。

上述《神思》中这段话，集中论述到文学艺术创作的三个基本问题：一是情和物的结合问题，二是以言写物问题，三是以言达情问题。而文学创作在理论上所要研究的全部问题．就是情和物、情和言、物和言三种关系。

物、情、言是文学艺术的三个基本要素，三者缺一，就不能成其为文学艺术。《神思》篇能集中谈到三者及其基本关系，这绝不是偶然的。这和刘勰的"深得文理"固然有关，但更主要的，仍是如上所述，是广泛总结前人创作经验，从丰富的实际经验中提炼出来的。

文学创作本身既然主要是处理这样三种关系，全面研究了古代大量作品的刘勰，正所谓"观千剑而后识器"，认识到这种基本关系就完全是可能的了。这可用大量事实来证明，如论情与物的关系：

《辨骚》：山川无极，情理实劳（辽）。

《明诗》：人禀七情，应物斯感，感物吟志，莫非自然。

《诠赋》：至于草区禽族，庶品杂类，则触兴致情，因变取会……原夫登高之旨，盖睹物兴情。情以物兴，故义必明雅；物以情观，故词必巧丽。

如论情与言的关系：

《辨骚》：叙情怨，则郁伊而易感；述离居，则怆怏而难怀。

《明诗》：《古诗》佳丽……婉转附物，怊怅切情，实五言之冠冕也。

《哀悼》：隐心而结文则事惬，观文而属心则体奢。奢体为辞，则虽丽不哀。必使情往会悲，文来引泣，乃其贵耳。

如论物与言的关系：

《辨骚》：论山水，则循声而得貌；言节候，则披文而见时。

《乐府》：师旷觇风于盛衰，季札鉴微于兴废，精之至也。

《诠赋》：拟诸形容，则言务纤密；象其物宜，则理贵侧附。

这样的例子甚多。《神思》篇集中讲到这三种关系，就是在以上种种论述的基础上汇集起来的。这反映了刘勰论创作所取得的巨大成就。更值得注意的是，刘勰对这三种关系的论述，并不到此为止。这三种基本关系中，还存在很多复杂问题有待深入细致地进行研究，而刘勰的创作论，正以大量篇幅，分别从不同角度作了具体的探讨。所谓"创作论的总纲"，正是从这个意义上说的。

在刘勰的创作论中，这个"总纲"的具体体现是很清楚的。如《体性》篇从"情动而言形，理发而文见，盖沿隐以至显，因内而符外"的基本原理，来论述作者的个性与他的艺术风格的关系。这显然是情言关系所要研究的一个重要侧面；刘勰对艺术风格有较为正确的认识，正和他能从情言关系着眼有关。《风骨》篇说："结言端直，则文骨成焉；意气骏爽，则文风清焉。若丰藻克赡，风骨不飞，则振采失鲜，负声无力。"言辞要有骨，情意要有风，但又不能"风骨乏采"，或"采乏风骨"，这就涉及情和言（文、采）的复杂关系。《定势》篇又从"因情立体，即体成势"的基本道理来论文章体势。文之体、势，也属于言，但体势决定于情，所以，《定势》中探讨的是又一种情和言的关系。《情采》篇就可说是情言关系的专论了。此篇主要讲内容形式的关系，从"情者文之经，辞者理之纬；经正而后纬成，理定而后辞畅"等基本论点可见，刘勰也主要是从情言关系着眼的。《熔裁》篇所论"规范本体"，属情；"剪截浮词"，属言；要求"善删者字去而意留，善敷者辞殊而意显"，也是如何处理情与言的关系问题。《熔裁》以后，从《声律》到《附会》的十一篇，主要讲修辞技巧，也就是说，以论述"言"的方法技巧为重点。但一切表现形式是为内容服务的，论形式技巧，不是探讨如何抒情写志，就是研究怎样状物图貌。所以，这些论述，也大都不出言与情、言与物两种关系。如《章句》篇说："夫设情有宅，置言有位；宅情曰章，位言曰句。"全篇就根据这个观点来论章句的安排。《比兴》篇提出："起情，故兴体以立；附理，故比例以生。比则畜愤以斥言，兴则环譬以记（托）讽。"反对"刻鹄类鹜"，而主张"以切至为贵"。《夸饰》篇最后指出："饰穷其要，则心声锋起，夸过其理，则名实两乖。"《练字》篇说："心既托声于言，言亦寄形于字。"语言文字本来就是表达思想的符号，因此，用字要"依义弃奇"，避免"诡异"、"联边"等毛病。最后，《附会》篇更明确提出"夫才量学文，宜正体制，必以情志为神明，事义为骨髓，辞采为肌肤，宫商为声气"，以此为"附辞会义"的基本原则。在作品中，把"情志"、"事义"、"辞采"、"宫商"各放在什么位置，让它在作品中起到什么作用，这又是情和言所必须研究的另一重要关系。

《时序》、《物色》两篇，则集中探讨了物和情、物和言的关系。"物"不外两个方面：一是社会现象，一是自然现象。刘勰把《时序》、《物色》两篇连在一起，正符合其理论体系，分别论述了物言和物情两个方面的关系。这两个方面和作家、作品都有着密切而复杂的关系。如："姬文之德盛，《周南》勤而不怨；大王之化淳，《邠风》乐而不淫"；"文变染乎世情。兴废系乎时序"，从王化或世情对作品的影响来看，这是物与言的关系。"物色之动，心亦摇焉"；"情以物迁，辞以情发"，讲客观的物色对作者的影响，这主要是讲物与情的关系。但王化和世情首先是影响到作者的感情，感情的变化又必须通过文辞来表达，这就有其错综复杂的关系。因此，《物色》篇讲的"情以物迁，辞以情发"二句，就比较概括地说明了物、情、言三者基本关系。在实际创作中，虽然物、情、言三者关系十分复杂，如刘勰所讲到的："'皎日'、'嘒星'，一言穷理；'参差'、'沃若'，两字穷形。并以少总多，情貌无遗矣。……'观其时文，雅好慷慨，良由世积乱离，风衰俗怨，并志深而笔长，故梗概而多气也。"这都有着物、情、言三者相交织的关系。但是，最基本的关系，就是"情以物迁，辞以情发"；一切文学创作，都是由外物制约或引起作者某种思想感情，再运用一定的文辞来表达其思想感情。由此可见，"情以物迁，辞以情发"八字，不仅进一步说明刘勰对物、情、言三者的关系有明确的认识，也说明他对这三者关系的理解，基本上是正确的。

总上所述可以看出，刘勰的创作论，主要是由对物与情、物与言、情与言三种关系的论述构成的，这三种关系又以情和言的关系为主体。这就是刘勰创作论的理论体系及其基本特点。根据上述对刘勰创作论理论体系的理解，列表于下：

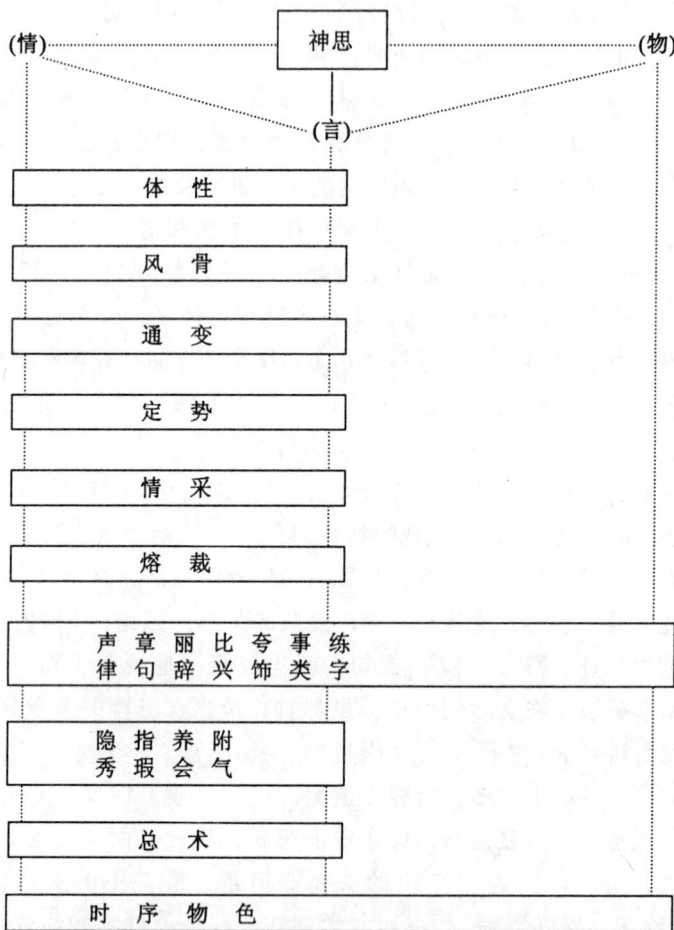

```
(情)                    神 思                    (物)
                          |
                        (言)

          ┌──────────────────────────┐
          │          体    性          │
          └──────────────────────────┘
          ┌──────────────────────────┐
          │          风    骨          │
          └──────────────────────────┘
          ┌──────────────────────────┐
          │          通    变          │
          └──────────────────────────┘
          ┌──────────────────────────┐
          │          定    势          │
          └──────────────────────────┘
          ┌──────────────────────────┐
          │          情    采          │
          └──────────────────────────┘
          ┌──────────────────────────┐
          │          熔    裁          │
          └──────────────────────────┘
          ┌──────────────────────────────────────┐
          │  声 章 丽 比 夸 事 练                  │
          │  律 句 辞 兴 饰 类 字                  │
          └──────────────────────────────────────┘
          ┌──────────────────────────┐
          │  隐 指 养 附              │
          │  秀 瑕 会 气              │
          └──────────────────────────┘
          ┌──────────────────────────┐
          │          总    术          │
          └──────────────────────────┘
          ┌──────────────────────────────────────┐
          │      时  序  物  色                    │
          └──────────────────────────────────────┘
```

这个表充分显示出，"割情析采"正是刘勰创作论体系的基本组成部分。它虽全面论到物与情、情与言、物与言的关系，但对物与情的关系，只有《神思》、《物色》、《时序》等篇讲到；物与言的关系，除《时序》、《物色》两篇作了较为集中的论析外，"阅声、字"

各篇中还有部分论述。至于情和言的关系，不仅"阅声、字"中论述较多，也不仅刘勰所讨论的一些重要理论问题多属情言关系，甚至从《神思》到《物色》，全部创作论都和情言关系有关。因此，刘勰用"割情析采"来概括其理论体系，是完全适宜的。

"割情析采"部分的理论和体系，当然都不是游离于整个《文心雕龙》的理论和体系之外的。这部分既是在全书总论中提出的基本观点指导之下写成的，也是在"论文叙笔"中总结了前人丰富经验的基础之上，进而所作理论上的提炼和概括。因此，"割情析采"的理论体系，应该是《文心雕龙》全书的缩影。虽然，有的以研究文学理论为主，有的以总结历史经验或评论作家作品为主，因而各有其不同的表述方式，但各个部分都围绕一个中心而论述，都为了使一切作品达于一个总的目标。这个中心或目标就是"衔华而佩实"。所谓"割情析采"，就是为了使作品能"衔华佩实"而进行的种种具体研究。

总上所述，可以作这样的概括：《文心雕龙》由"文之枢纽"、"论文叙笔"、"割情析采"和批评鉴赏论（包括作家论）四个互有联系的组成部分，构成一个严密而完整的文学理论体系；这个体系以儒家思想为主导，以"衔华佩实"为轴心，以论述物与情、情与言、言与物三种关系为纲领，把全书五十篇结成一个有机的整体。这样的文学理论体系，不仅在中国古代文论中是稀有的，在世界古代文论中也是罕见的。《文心雕龙》之可贵，这是一个重要方面。

《文心》诸论，出自著者"师心独见"的固然不少，但此文被公认是一部集大成之作，其论物、情、言三者相互关系，也不是纯粹的创新。在我国古代最初出现有关文论的点滴意见中，如"诗言志"[26]；"言以足志，文以足言"[27]；"质胜文则野，文胜质则史"[28]；"文犹质也，质犹文也"[29]；"人心之动，物使然也"[30]；等等，就开始对物、情、言三者的关系有所论述了。其后数千年的文论诗话，则抒情言志、咏物写景、情景交融之类，就成为论者的家常便饭；物、情、言三事，几乎是无书不写，无人不谈。要写要谈的，就不外是如何以言抒情、以辞状物，或如何使情与景会、物与心合。因此，对物、情、言三者关系的研究，在我国古代文论中，是具有较大的普遍性的。刘勰的作用，主要是把先秦以来有关点滴意见集中起来，不仅明确论述"情以物迁，辞以情发"的基本关系，且以这三种关系为全书理论的纲领，从各种角度做了相当深入而细致的探讨。这一巨大的成就和贡献，是值得大书特书的。

古人称《文心》"体大虑周"，范文澜改谓"体大思精"，近人则多云"全面系统"。从上述体系，可知其书确是当之无愧的。

注释：

①石家宜:《〈文心雕龙〉研究的勃兴》,《读书》1984 年第 5 期。

②滕福海:《〈文心雕龙〉理论体系研究述评》,《语文导报》1985 年第 7 期。

③王树村：《评〈文心雕龙译注〉》,《文学评论》1984 年第 3 期。

④王利器：《文心雕龙新书》1951 年版，第 139 页。

⑤王利器：《文心雕龙新书》1951 年版，第 142 页。

⑥《文史通义·诗话》。

⑦《文心雕龙书后》,《孟涂骈体文》卷二。

⑧凌云本《文心雕龙序》。

⑨《文心雕龙注》，第 4～5、496 页。

⑩见拙著《台湾文心雕龙研究鸟瞰》第四章第一节《理论体系》。

⑪《文心雕龙研究》1984 年增订本，第 47 页。

⑫《文心雕龙研究》1984 年增修本，第 59～60 页。

⑬贾树新：《〈文心雕龙〉的理论体系》,《四平师范学报》1983 年第 2 期。

⑭由姚察、姚思廉父子相继编撰的《梁书·刘勰传》录有《序志》篇全文。

⑮《中国文学批评史》第一册，第 235、236 页。

⑯《中国文学发展史》上卷，第 303 页。

⑰《中国文学批评史》第一册，第 148 页。

⑱文学研究所：《中国文学史》第一册，第 306 页。

⑲詹锳:《刘勰与〈文心雕龙〉》,第22页。

⑳《文脉》卷二,《杂论》。

㉑《孟涂骈体文》卷二,《与王子卿太守论骈体书》。

㉒《文心雕龙校释·前言》。

㉓章学诚:《文史通义》卷五,《诗话》。

㉔《文心雕龙创作论》1979年版,第191页。

㉕《文心雕龙译注·引论》。

㉖《尚书·尧典》。

㉗《左传·襄公二十五年》。

㉘《论语·雍也》。

㉙《论语·颜渊》。

㉚《礼记·乐记》。

评　　介

牟世金(1928—1989),出生于四川忠县,《文心雕龙》和古代文学理论研究专家。1956年入山东大学中文系。1960年毕业留校任教。曾任山东大学中文系主任,兼任中国《文心雕龙》学会常务理事及秘书长、中国古代文论学会常务理事、山东大学文科学术委员会主任、山东大学中文系学术委员会主任、山东大学中文系《文心雕龙》研究室主任等职。在《中国社会科学》、《文学评论》、《文学遗产》、《光明日报》、《文史哲》等报刊发表学术论文百余篇,出版著作十几种,代表作有《文心雕龙译注》(与陆侃如合著)、《雕龙集》、《雕龙后集》、《文心雕龙研究》、《中国古代文论家评传》(主编)等。

早在20世纪60年代初毕业留校任教时,牟世金就在我国著名古典文学专家陆侃如指导下从事《文心雕龙》和魏晋六朝文论的研究工作。1962年,《文学评论》发表他的长篇论文《钟嵘的诗歌评论》,开始在学术界崭露头角。他与陆侃如合作,先后撰写和出版了《文心雕龙选译》(上下册)、《刘勰论创作》、《刘勰和〈文心雕龙〉》等著作,对《文心雕龙》研究起了推动作用。1979年,当他第一次看到台湾王更生先生的《文心雕龙研究》时,就为大陆未能有一部完整、系统的《文心雕龙研究》而深感遗憾。他当时就下定决心，一定要写出一部真正超越前人的《文心雕龙研究》来。1988 年，牟世金完成 40 万字的《文心雕龙研究》，实现了自己的夙愿。

牟世金《文心雕龙研究》一书共分八章，其中第三章专门论述《文心雕龙》的理论体系，分为《〈文心雕龙〉的性质和篇次问题》、《〈文心雕龙〉的总论》、《〈辨骚〉篇的归属问题》、《"体大思精"的理论体系》四个部分。关于《文心雕龙》"总论"问题，牟世金将之与前五篇"文之枢纽"区别开来，因为"作为一本理论著作的总论，只能是全书立论的基本观点，而不是笼统的某几篇"。牟世金说："在'文之枢纽'的五篇中，可以视为《文心》全书总论的，只有前三篇提出的原道论、征圣论和宗经论。此三论和'正纬'、'辨骚'的根本区别，就在它是贯穿于全书的基本观点，也是全书立论的基本原则。"《文心雕龙》的理论体系不是别的理论体系而是文学理论体系，三篇总论也说明了这一点，虽然三篇论说的侧重点不同，但共同构成了"总论"，其"最基本的原则就是：'衔华而佩实'"。牟世金认为《辨骚》篇虽为'文之枢纽'的前五篇之一，但不是《文心雕龙》的总论"，《辨骚》篇兼有枢纽论和文体论的性质。所以，《辨骚》以下二十一篇属于文体论，《文心雕龙》下编"割情析采"部分属于创作论，《序志》所说的"崇替于《时序》，褒贬于《才略》，怊怅于《知音》，耿介于《程器》"，属于批评论，而《序志》篇是全书的总序。牟世金最后总结说："《文心雕龙》由'文之枢纽'、'论文叙笔'、'割情析采'和批评鉴赏论（包括作家论）四个互有联系的组成部分，构成一个严密而完整的文学理论体系；这个体系以儒家思想为主导，以'衔华佩实'为轴心，以论述物与情、情与言、言与物三种关系为纲领，把五十篇结成一个有机的整体。这样的文学理论体系，不仅在中国古代文论中是稀有的，在世界文论中也是罕见的。"

在《"体大思精"的理论体系》这一部分，牟世金对《文心雕龙》理论体系的研究具有创新性。牟世金指出，"近人研究《文心雕龙》的理论体系，往往从其结构出发"，这种研究方法值得肯定，但是也有问题："这几个部分是否即其'文论体系'或者说划分其全书内容为若干组成部分并分别予以论述,是否已完成研究其'文论体系'的任务?"牟世金说,任何理论著作,如果由几个互不相关的部分组成,是不可能构成一个体系的,必如常山之蛇,首尾相应,环环相关,才具备构成体系的基本条件。而互有联系的若干组成部分,其所以能结成一个严密的整体,还必须有某种思想、观点或基本原则以统摄全局,它不仅贯穿各个组成部分,而且支配各个部分的一切基本论点。只有如此,才能首尾相应。因此在研究《文心雕龙》的体系上,牟先生开辟了一条新的研究道路,那就是把《文心雕龙》的体系和《文心雕龙》的实际联系起来。《文心雕龙》的"实际"就是刘勰对《文心雕龙》本身的体系安排:首先,在"文之枢纽"中总论全书的基本观点;其次,以总论中提出的基本观点为指导来"论文叙笔",总结前人创作经验;再次,以前人的实际经验为基础来"割情析采",提炼出文学创作和批评的一些理论问题;最后的《序志》说明著者的意图、目的和全书内容的安排。这就是《文心雕龙》的体系骨架。

牟世金进一步指出,《文心雕龙》把儒、道、释三家的思想融合在一起,成为《文心雕龙》的思想基础;在此基础上,刘勰的创作论,主要是由对物与情、物与言、情与言三种关系的论述构成的,这三种关系又以情和言的关系为主体。因此,刘勰用"割情析采"来概括其理论体系,是完全适宜的。由此可见,刘勰"原道"和"宗经"相结合的基本观点是贯穿于《文心雕龙》全书的;同时也说明,"衔华佩实"是刘勰全部理论体系的主干。《文心雕龙》全书,就是以"衔华佩实"为总论,又以此观点用于"论文叙笔",更以"割情析采"为纲来建立其创作论和批评论。这就是《文心雕龙》理论体系的概貌,也是其理论体系的基本特点。

牟世金研究《文心雕龙》近三十年,其成果得到海内外学者的肯定和赞扬,其《文学雕龙研究》在百年龙学研究史上具有重要地位。王元化在该书的"序"中指出,这总书"力图揭示原著的本来意蕴,而决不望文生解,穿凿附会。书中那些看起来平淡无奇的文字,都蕴涵着作者的反复思考、慎重衡量,其立论之严谨,断案之精审,我想细心的读者是可以体察到作者用心的"。张少康《文心雕龙研究史》也指出，"作者生前是山东大学中文系教授，长期从事中国古代文学理论批评史和《文心雕龙》选修课的教学与研究工作，自1983年中国《文心雕龙》学会成立以来，又一直担任学会的秘书长，负责学会日常工作，组织筹备年会、编辑学会刊物等，各种事务十分繁忙。'春蚕到死丝方尽，蜡炬成灰泪始干'，用这两句古诗来形容作者对《文心雕龙》研究的献身精神，实在并不为过"。季羡林说，"回首百年《文心雕龙》研究，其杰出成果，有目共睹。……前50年的代表人物是黄侃、范文澜、刘永济，后50年的代表人物是詹锳、牟世金"，而"在研究上，尽量从大处着眼，从小处着手，应该说牟氏是新一代学者中的佼佼者"。

牟世金龙学著述目录：

《文心雕龙选译》(与陆侃如合著)，山东人民出版社1962年版。

《刘勰论创作》(与陆侃如合著)，安徽人民出版社1982年版。

《雕龙集》，中国社会科学出版社1983年版。

《台湾文心雕龙研究鸟瞰》，山东大学出版社1985年版。

《文心雕龙研究》，人民文学出版社1995年版。

《文心雕龙译注》，齐鲁书社2009年版。

（阮亚奇）

文心雕龙诸家校注商兑

吴林伯

一、注释问题

注书之难，人所共知。号称博闻的薛综、应劭注《西京赋》和《周礼》都有谬讹；以强识见称的李善注《文选》，曾有初注、再注以至五注，仍须后人补正。何况《文心》，体大思精，注释自非易事。《宋史·艺文志》著录辛氏《文心注》早已失传。明代梅子庚对《文心》的疏证，的确"什仅四三"，清代黄叔琳注，可也"略而不详"，唯独近人范文澜注，近似李善《文选注》，虽然间及义理，毕竟以考证典实为主，能博采众家，自出心裁，为全面、深入地研究《文心》的著作。解放后，先后出版陆侃如《文心选注》等。总之，上述诸注，各有短长，真是：虑动难圆，鲜无瑕病。姑据平时探索，略抒管见如下。

顾炎武说："古人为赋，多假设之辞，序述往事，以为点缀，不必——符同也。子虚，亡是公，乌有先生之文，已肇始于相如矣。后之作者，实祖此意。谢庄《月赋》：'陈王初丧应刘，端居多忧。'又曰'抽毫进牍，以命仲宣。'按王粲以建安二十一年从征吴，二十二年春，道病卒，徐陈应刘，一时俱逝，亦是岁也。至明帝太和六年，植封陈王，岂可史传，以讥此赋之不合哉？"事实上，文辞的假设，并不只辞赋。特别是六朝人好作骈语，喜讲声律，用事不拘真实，乃是常有的事。李善深知这一点。《文选》的沈约《钟山诗应西阳王教》："南瞻储胥观，西望昆明池。"李善注："储胥观、昆明池皆在西京，此皆假言之。"又赵景真《与嵇茂齐书》："昔李叟入秦，及关而叹；梁生适越，登岳长谣。"李善注："老子之叹，不为入秦，梁鸿长谣，不由适越。且复以至郊为及关，升邙为登岳，取意而略文也。"显然，李善的这两条注，正指出文辞的假设。刘勰作《文心》，修辞因循时尚，讲究对仗和声律，用事有所假设，为注者误解。《夸饰》："至东都之比目，西京之海若。"按班固《西都赋》："逾文竿，出比目。"张衡《西京赋》："海若游于玄渚。"可见，比目鱼和海若神都出于《西都赋》，而彦和为了东西之对，易西为东，范注不知假设，它写道："此云东都，盖误记也。"殊不知这在汉代，已有如此作法。司马相如《上林赋》："日出东沼，月生西陂。"马融《广成赋》："大明出东，月生西陂。"日月均出于东，为东西之对，曰月生于西。我们知道，彦和还在《神思》里说："张衡研《京》以十年，左思练《都》以一纪。"一纪，十二年。《后汉书·张衡传》称衡作《两京赋》"精思傅会，十年乃成"。《晋书·左思传》称思作《三都赋》也"构思十年"。无疑，彦和又为对仗，改十年为一纪。自是假设，也不得以为"误记"。不可否认，古人用事的假设，另有不拘先后的，如禹在汤前，而《离骚》曰"汤禹"。冬在夏后，而《庄子·人间世》曰"冬夏"。日者在寒先，而《列子·汤问》曰"寒"日者，这在《文心》中很突出。比如夏在商前，而《史传》却说"商夏"，并非误倒，而注者竟有误会者。《诏策》："安和政弛。"《时序》："自安和已下。"东汉和帝，本在安帝之先，刘勰公然置于安帝之后。杨明照注："按安和二字当乙，始合时序。《诏策》篇'安和政弛'，误与此同。"①当然，这是不知假设的曲解。综观《文心》全书，不乏类似的词例。像扬雄生在司马相如之后，而《练字》却说："故陈思称扬马之作。"置扬雄于司马相如之前；周幽王生在厉王之后，而《时序》却说："幽厉兴而《板》《荡》怒。"置幽王于厉王之前；庄周生在老子之后，而《明诗》却说："庄老告退。"置庄周于老子之前。诸如此类，岂可如扬注而斥其"误"吗？

注典，当引原始材料。《檄移》："故兵出须名。"扬注："按《汉书·高帝记》'兵出无名，事故不成。'"按当引《礼记·檀弓》："师必有名。"《征圣》："五例微辞以婉晦。"范注："杜预《春秋左氏传序》为例之情有五，一曰微而显；二曰志而晦；三曰婉而成章；

四曰尽而不污；五曰惩恶而劝善。”按杜序本左氏成公十四年传，《左传》当据为注。

《文心》虽为骈文，造语或颇浅近，看似无本，而实有来历，或为注者所疏略。《辨骚》：“岂去圣之未远。”《诸子》：“去圣未远。”就无旧注，其实本于《孟子·尽心下》：“去圣人之世，若此其未远也。”二句。《程器》：“文武之术，左右惟宜。”也无旧注，其实本于《司马法》“文与武，左右也”二句。《风骨》：“翔集子史之术。”“翔集”也无旧注，其实本于《论语·乡党》“翔而后集”一句。《事类》“表里相资”。《体性》“表里必符”，也都无旧注，其实本于《淮南子·精神训》“外为表而内为里”、《意林·魏子》“君子表不隐里，明暗同度”三句。《定势》：“圆者规体，其势也自转”也无旧注，其实本于《墨子·法仪》“百工为圆以规”。《淮南子·原道训》：“员（同圆）者常转，自然之势也”三句。《养气》：“故宜从容率情”也无旧注，其实本于《庄子·山木》：“情莫若率，率则不劳。”《通变》：“夫青生于蓝，绛生于蒨，虽逾本色，不能复化”也无旧注，其实本于《荀子·劝学》“青出于蓝”，《说文》：“蓝，染青草也”，“茜（通蒨），茅搜也”，“茅搜可以染绛”，《淮南子·椒真训》：“以蓝染青，则青于蓝，青非蓝也，兹虽逾其母，而无能复化已”（高诱注：“母，本也。”），诸句。《体性》“用此道也”，也无旧注，其实本于《庄子·达生》“由此道也”，《经传释词》“用，词之由也”，《情采》“何以明其然”，也无旧注，其实本于《庄子·胠箧》“何以知其然邪”。谁都晓得，《文心》的典实较多，范注考证，比黄注详细，扬注再作补充，拙稿《义疏》又搜出二百余条。但限于水平，遗漏尚多。倘将典实一一查明，则对文义领会，当有好处。

至于《文心》其他注值得商榷之处，亦有可得而言者。具体说，有些注不确切、深透。郭绍虞主编《中国历代文论选·情采注》：“辞人，泛指汉代的辞赋家。”此注不确切，应这样注：“按《情采》：‘昔诗人什篇，为情而造文，辞人赋颂，为文而造情，何以明其然？盖《风》《雅》之兴，志思蓄愤，而吟咏情性，以讽其上，此为情而造文也；诸子之徒，心非郁陶，苟驰夸饰，鬻声钓世，此为文而造情也。’很清楚，诸子就是辞人。以辞人指代汉代赋家未尝不可，但曰

'泛指'，便与事实不合。因为汉代赋家，约有两派，一如贾谊赵壹等，是'为情造文'的现实主义赋家，一如王褒枚皋等是'为文造情'的形式主义赋家。彼此高下迥别，而刘勰所贬斥的，不是所有赋家。以汉代而论，只是王褒、枚皋那般'苟驰夸饰，鬻声钓世'的赋家而已。"又《体性》："习有雅郑。"郭注："雅郑，犹言雅俗。"此注不深透，应这样注："按《毛诗序》'雅者，正也。'郑与雅相反。郑本国名，《论语·卫灵公》记孔子评郑国音乐：'郑声淫'，《阳货》又载孔子论音乐'恶郑声之乱雅乐也。'因此，后世言音乐，则雅郑并提，两者相对为文，《体性》以喻学习的邪正。"《体性》："各师成心，其异如面。"郭注："各师成心"二句，语本《左传》襄公三十一年；人心之不同，如其面焉。成心，犹言本心。《庄子·齐物论》："夫随其成心而师之。"郭象注："夫心之足以制一身之用者，谓之成心。"成玄英疏："夫域情滞著，执一家之偏见者，谓之成心。"这里是兼综上文的才、气和学习而说的。此注也不确切，应这样注："按郭、成注、疏未谛，不必征引。心，即下文'情性'、'成心'，为作者已经形成的情性。'师'，名词变为意动词。'各师成心'，是说作者各以自己已经形成的情性创作，从而产生像人们面貌似的差异的风格——'八体'。那么，"各师"二句，正讲情性与风格的关系，并不是兼综上文的才气和学习而说的。《体性》："岂非自然之恒资。"郭注："自然之恒资，禀赋于天然的资质。"此注也不深透，应这样注："按'恒资'，犹《养气》斯实中人之常资的'常资'。'资'即《体性》'才有天资'的'天资'，谓人的先天禀赋。"在刘勰看来，这种禀赋，人各有定，不能相互交换，恰如魏文帝《典论·论文》所谓："虽在父兄，不能以移子弟。"故曰："恒资"或"常资"。同时，彦和从其唯心的天才论出发，认为天才是创作的决定因素，而《事类》竟肯定创作"才为盟主，学为辅佐"。因此，他论文往往着重提到天才。《体性》分指诸家风格之后，归结风格体现作者的"自然之恒资"。《体性》"习亦凝真，功沿渐靡。"郭注："范文澜注上文云'习染所凝'，此云'习亦凝真'。真者，才气之谓，言陶染学习之功，亦可凝积而补成才气也。"此注也不确切，应这样注："按庄周每言天人，而天与人对，则天为自然。自然的特点是'真',真与伪相反。《庄子·渔文》解释真'真者,精诚之至也……所以受于天也。'因此,或以'真,指代自然。'凝,如《尚书·皋陶谟》'庶绩其凝',《礼记·中庸》:'至道不凝'的'凝'。郑玄皆训为'成'。《体性》'凝'字两见,也都当训'成'。'习亦'句说少年习染,将成自然,难得改变,与上文'学慎始习……器成采定,难可翻移'相应。《汉书·贾谊传》:'少成若天性,习惯成自然。'《颜氏家训·教子》云孔子云'少成若天性,习惯成自然'是也。俗谚曰'……教儿婴孩,诚哉斯语。"上引两文,可作"习亦"句注脚。《风骨》:"《周书》云'辞尚体要,弗惟好异"。郭注:"意谓措词得体,不可但求新奇。"此注也不确切,应这样注:"按《序志》说'盖《周书》论辞,贵乎体要,尼父陈训,恶乎异端。辞训之异,宜体于要'。准此,彦和以'体要'为'体于要'。'体'后省略介词'于'。《博雅》'要,约也。'《论说》《情采》均'要约'连文。体,本也。'异',反常,如《序志》:'辞人爱奇,言贵浮诡'的'浮诡',《定势》'自近代辞人,率尚诡巧'的'诡巧'。辞尚二句,谓行文贵以要约为本,不得一味追求'诡巧'或'浮诡。'"《情采》:"虎豹无文,则鞟同犬羊。"郭注:"这二句意谓虎豹之皮,所以不同于犬羊,在于有斑斓的文采。"此注也不深透,应这样注:"按:皮去毛也。虎、豹、犬、羊的皮,正靠毛的文采显示差别。如今皮已成鞟,无从显示差别,因曰相同。"《体性》:"才性异区,文辞繁诡。"郭注:"意谓不同才性的作者,写出各种体貌的文章。"按:此注宜注意才性与文辞关系的阐述。郭注也不深透,应这样注:"异区,不同来源。才,如《孟子·告子上》'富岁子弟多赖,凶岁子弟多暴,非天之降才尔殊也'的'才',亦即孟子说的'性',系人的天赋。《荀子·修身》曰'才性',赵岐《孟子·告子注》如之,《抱朴子·易学》曰:'才性有优劣。'《体性》乃言'才有庸德'故曰:'异区'。且前面指出刘勰误以才性为创作的决定因素。而作者不同的才性,自将产生不同的文辞风格。"《通变》:"宋初讹而新。"郭注:"讹滥而新奇。"此注也不深透,应这样注:"按彦和指斥刘宋初年文坛的流弊在'讹新',如《明诗》所谓'俪采百字之偶,争价一字之奇',乃是'仄黩旧式,穿凿取新'(《定势》)

的'讹势'(《定势》),与'日新其业'(《通变》)的'翻产□谓新颖',不可同日而语。"由此可见,以上各注,倘改如拙注,似乎比较确切、深透。

《附会》:"是以附辞会义,务总纲领,驱万涂于同归,贞百虑于一致。使众理虽繁,而无倒置之乖;群言虽多,而无棼丝之乱。扶阳而出条,顺阴而藏迹,首尾周密,表里一体,此附会之术也。"杨明照同志《文心校注》:"按《庄子·渔父篇》'人有畏影恶迹而去之走者,举足愈数,而迹愈多,走愈疾而影不离身,自以为尚迟,疾走不休,绝力而死,不知处阴以休影,处静以息迹。'"郭普稀同志《文心译注十八篇》注:"扶阳而出条,顺阴而藏迹,是以比喻说文章中应该显豁的使它更显豁,应该含蓄的使它更含蓄。"此二注也都不确切,应这样注:"按'是以附会辞义'一段,连用比喻。纲领,譬文章主题。棼,乱也。雀《达旨》:'扶阳以出,顺阴而人,春发其华,秋收其实。'人,犹藏也。阴阳,二气名。《本草》'春夏为阳,秋冬为阴。'扶,缘也。扶阳二句,实本《达旨》,而辞义略异。是说作者傅会辞义,扣紧主题,好比树木缘着春夏的阳气生出枝条,顺着秋冬的阴气收藏形迹,就这样地遵循自然的秩序,使辞义'首尾周密',表里一体,而不颠倒、错乱。"《时序》:"至明帝纂戎。"黄范均无注。1962年中华书局出版郭绍虞主编《中国历代文论选注》:"纂戎——伪古文《尚书·武成》'一戎衣,天下大定'。《传》曰'衣,服也'。一着戎服而灭封。"1963年郭绍虞同志《文心译注十八篇因之》:"纂戎,好比说'一戎衣而有天下。'就是说'在战争中继承了皇位'。此二注也都不确切。应这样注:'按《诗经·大雅·丞民》"缵戎祖考。"毛传"戎,大也。"缵,与"纂"义同,继也。后世学者沿用"缵戎"一词,或易"缵"为"纂"。潘岳《杨荆州诔》"纂戎洪绪。"李善注《毛诗》曰"纂戎祖考"。《时序》"纂戎"为歇后语,是说魏明帝继承伟大祖先的业绩而为天子。倘如二郭注,则以"著"解"一",从无此训,并违"纂戎"来历,也不合史实,因为明帝即位时,魏政权早已建立,不像周武王以武力诛纣,然后为天子。"

二、校 勘 问 题

古书难读的原因很多，"或处异语变，或方言不同，终荒历乱，埋藏积久，简编枋绝，亡失者多；或杂续残缺，或脱去章句……"②自春秋以后，社会长期动乱，加上秦始皇为明法令而燔《诗》《书》。③以至汉代，诚然书简残脱，于是刘向校书，始著《别录》，其子歆种别群书，再著《七略》；父子世业，《录》《略》并传，从此校刊学兴，给读古书者以便利。但前修和时贤的成果并非全对，尚待择善而从。《文心》字句相沿既久，别风淮雨，往往有之。杨慎、梅子庚等有校正之功，但中间讹脱，故自不乏，犹未得为完善之本。范文澜、刘永济、杨明照等校刊，亦未尽善。《辨骚》："酌奇而不失其贞。"范曰："孙云'唐写本作贞。'"按：《文选·古诗十九首》："识曲听其真。"李善注："真，犹正也。"《定势》："奇正虽反，必兼解以俱通。"刘勰说作者当"执正以御奇"，奇正相反相成，不可孤立。"酌奇"句沿此而发。写本不知"真"亦训"正"，因易"真"为"贞"，"贞"之言"正"，乃以符"奇正"对立统一之义。《辨骚》："固知楚辞者，体慢于三代，而《风》《雅》于战国，乃《雅》《颂》之博徒，而辞赋之英杰也。"范校"慢"曰："元作宪，朱据宋本《楚辞》改。孙云'唐写本作宪'。"又校《风》《雅》之《雅》曰："孙云'唐写本作杂'。"按《风》《雅》于战国的《风》《雅》，指《楚辞》所兼有的《风》《雅》。《风》《雅》包括正、变，而此《风》《雅》为《正风》《变风》《变雅》，是《楚辞》所长，故称《楚辞》为辞赋之英杰"。"乃《雅》《颂》之博徒"的《雅》《颂》，指《楚辞》所无的《正雅》和《颂》④，又《楚辞》所短，故斥为"博徒"，而"体慢于三代"。如此申解，怡然理顺，不烦改字。《通变》："是以九代泳歌，志合文则。"范校"文则"之"则"曰："元作财，许无念改。"按：作"则"是也。郭璞《尔雅图赞·珪》："永观厥祭，时维文则。"《通变》"文则"本此，而含义不同，犹陆机《文赋》云"文律"。《通变》下文曰："文律运周。"曰"文则"，曰"文律"，词异义同《史传》："荀况称'录远略近'。"按《荀子·非相》："传者。久则论略，近则论详。"彦和曰"录远略近"，本与荀文无忤。《史通·烦省》因以为言："昔荀卿有云：'录远略近。'"浦起龙以彦和误引荀文，作《史通通释》，改曰"远略近详。"殊不知《文心》略：字后省介词"于"，有比之意，谓作史记录远代之事，宜比近代的简略。下文言俗人"爱奇"，作史竟"录远而欲详其迹"，恰与此相反，故非之。《情采》："是以联辞结采，将欲明经。"范校"经"字曰："经本作理。黄云'案冯本作理'。"杨校曰："以上下文验之，理字是。"按："经"即上文"故情者文之经"之"经"。彦和以经、纬喻情辞。"明经"，犹云"明情"，文从字顺，不烦改字。《才略》："孙楚缀思，每直置以疏通。"范校曰："'直置'不可解，置或指之误欤？"按：《书品·宗炳》："放逸屈摄，颇效康许，量其直置、孤梗，是灵运之流。"江淹诗云："直置忌新宰。"⑤"直置"本为成词，不烦改字。《广雅》："直，正也！"，《知音》"置辞"《广韵》："置，设也。"直置，谓正直设辞。《晋书·孙楚传》称楚"爽迈不群，多所陵傲"，常意不自得。观其《征西官属送于陟阳候作诗》，沿庄周齐物之论，泯离合、死生、吉凶、大小之知，以此消遣人间烦恼。沈约《宋书·谢灵运传论》曰"子荆零雨之章"能"直举胸臆"。其《井赋》表示"绝彼淫俗，安此朴真，俗尚其华，我笃其信"。《为石苞与孙皓书》劝皓降晋，指陈利害，深切著明。这些都是"直置疏通"之证。《原道》："玉版金镂之实，丹文绿牒之华。"刘校曰："《御览》实作宝。"按：作"实"为是。玉版二句，互文见义，实谓玉版、金镂、丹文、绿牒的华、实。《文心》常用华、实比喻辞采的文和质，二者相反相成，所以每每并举。《征圣》："然则，圣文之雅丽，固衔华而佩实者也。"《情采》："华实过乎淫侈。"《镕裁》："然后舒华布实。"《才略》："华实相扶。"《明诗》："故商赐二子，可与言诗。"杨校曰："与，《御览》五八六引作'以'，按舍人此文本于《论语》，而《论语》并作'与'，则《御览》所引非是。"按《广雅》："以，与也。"《诗经召南·江有汜》："之子归，不我以。"郑玄笺："以，犹与也。""以""与"义同。古人对古书文字，或以同义者互易，因而产生文字的差别。《乡射礼》："各以其耦进。"今文"以"为"与"。作者引书，或以版本不同而异。《文心》别本，"与"或作"以"。《御览》所引，未必非是。他如"泰"，犹"太"，《原道》："肇自太极。""太"，《御览》引作"泰"。"乎"，犹"于"，《宗经》："辞亦匠于文理。""于"，《御览》引作"乎"。"起"，犹"启"，《原道》："木铎起而千里应。""起"，《御览》引作"启"。"鉴"，犹监，《明诗》："子夏监绚素之章。""监"，《御览》引作"鉴"。"叙"，犹"序"，《明诗》："叙酣宴。""叙"，《御览》引作"序"。"婉"，犹宛，《明诗》："婉转附物。""婉"，《御览》引作"宛"。"辞"，犹词，《明诗》："属辞无方。""辞"，《御览》引作词。"貌"，犹皃，《明诗》："驱辞逐貌。""貌"，《御览》引作"皃"。"采"，犹彩，《文赋》："铺采擒文"。"采"，《御览》引作"彩"。"观"，犹睹，《诠赋》："物以情观。""观"，《御览》引作"睹"，"愈"犹"逾"，《诠赋》："愈惑体要。""愈"，《御览》引作"逾"。"美"，犹善，《史传》："溃亲攘美之罪。""美"，《御览》引作"善"。"製"犹"制"，《史传》"袁张所製"，"製"《御览》引作"制"……也都不得谓《御览》误引。《知音》："扬雄自称心好沈博绝丽之文，其事浮浅，亦可知矣。"范校曰："'其事浮浅'，疑当作'不事浮浅'。"刘校曰："按'其'疑'匪'误，此言雄好深奥之文，非从事于浮浅可知。故下曰'深识鉴奥，欢然内怿'也。"杨校曰："按'其'下疑夺'不'字，今本上下文意，实不相应。"按：二家校均未当，"其事浮浅"，乃就上文引雄语论断，"其"下省略"不"字，实为"其不事浮浅"，正与下文"深识鉴奥"一贯。《论说》："曹植《论道》，体同书钞，言不持正，论如其已。""如其已"，犹《春秋左传》昭三十一年"不知其已"。古人为行文之便，自有省"不"之例。《尚书·尧典》："试可乃已。"可，《史记·五帝本纪》作"不可"。《春秋公羊传》隐元年"如勿与而已矣"。注："如，即不如，齐人语也。"实不只齐语如此。《春秋左传》僖公二十一年："天欲杀之，则如易生。""如勿生"，"不如勿生"也。又二十二年："若爱重伤，则如勿伤。""如勿伤"，"不如勿伤"也。又昭十三年传："若求安定，则如与之。""如与之"，"不如与之"也。又二十一年："君若爱司马，则如亡。""如亡"，"不如亡"也。又十三年："二三子若能死亡，则如违之。"

"如违之"，"不如违之"也。又成二年："若知不能，则如无出。"
"如无出"，"不如无出"也。余不备举。

《夸饰》："虽《诗》《书》雅言，风格训世。"按《文心》中所谓
"风格"，非今文艺学中的"风格"。《文选·奏弹王源》李善注：
"贾达《国语》注'风，采也'。"故《文心·征圣》"风采"连文。
《礼记·缁衣》："言有物而行有格也。"郑玄注："格，旧法也。"《庄
子·人间世》："故法言曰。"王先谦《集解》："引古格言。"易法言
为格言，正以法、格义同。"风格"是说辞采的法规，犹《文心·章
表》曰"风矩"，《奏启》曰"风轨"，刘氏从其论文"宗经"的观
点出发，指出经典中的《诗》《书》都是雅正的语言，它以辞采的法
规训示世间作者，而"夸饰"即是其中之一。因此，下文在论述
《诗》的"夸饰"以后接言这些"夸饰"的诗篇是"大圣所录，以
垂宪章"，与上文"风格训世"一贯。宪章，法规也，亦指辞采。
《文心·议对》分论汉晋诸家之"议"，归结"亦各有美，风格存
焉"，这里"风格"也称辞采法规。刘氏肯定诸家的议篇，虽然互有
短长，可也各自存在辞采的法规。倘如顾校，《夸饰》的"风格"作
"风格"，文义不顺。今人杨明照同志从顾校，未谛。

《情采》："正采耀乎朱兰，间色屏乎红紫。"范文澜注："红紫，
疑当作青紫，上文云'正采耀乎朱兰'。"郭晋稀注："'正色'就是
指的青、黄、朱、白、黑五种颜色。'间色'就是指的'两种正色相
合而成的色'，如'绿、橙、紫等色'。五种正色，有用'蓝'代
'青'者，所以本文以朱蓝为正色。'红'就是'朱'为'正色'，
所以本文'红紫'应改为'绿紫'。"按范郭二注，均未谛。正采二
句，辞有颠倒，顺说为"耀朱蓝乎正采，屏红紫乎间色"。《论语·
乡党》："红紫不以为亵服。"朱熹注："红紫，间色不正。"又《阳
货》："子曰'恶紫之夺朱也'。"朱熹注："朱，正色；紫，间色。"
扬雄《法言·吾子》："或问苍蝇红紫。"赵岐《孟子题辞》："红紫
乱朱。"由此可见，"红紫"本为旧词，不烦改字。而古人以其不正，
直与苍蝇并提，因和正色对立。杨慎云："《礼记注》：'红，南方之奸
色；紫，北方之奸色。'"既为"奸色"，故应摒弃，而所当炫耀者，
惟独正色。

注释：

① 《抱朴子·钧世》。

② 《韩非子·和氏》。

③ 《九章·橘颂》系屈原自颂，与《诗经》的《颂》不同。

④ 江淹：《殷东阳仲文兴瞩》，武大中文系研究生陈书良同志告我。

⑤ 杨明照：《〈文心雕龙〉研究中值得商榷的几个问题》，《文史》1979 年第 5 辑。

评　介

吴林伯（1919—1998），湖北宜都人。从小笃志好学，自称少年时"尤究心于五十之篇"（指《文心雕龙》），"齿在志学，便朝讽诵"。1939 年入国立师范学院（湖南蓝田）国文系学习，师从著名学者马宗霍、钟泰、骆鸿凯等。大学毕业后任重庆南开中学教员兼文科主任。后从新儒学及唯识论大师熊十力先生习佛学及玄学。1945 年夏赴乐山书院，从国学大师马一浮先生习儒学及汉魏文献，并选定以《文心雕龙》为中心的研究方向。新中国成立后，先后在华东师范大学中文系、曲阜师范学院中文系、宜昌师范专科学校中文系和武汉大学中文系任教。在武汉大学为本科生和研究生讲授先秦两汉文学典籍和《文心雕龙》，先后任副教授、教授，至 1986 年退休。嗣后，又任山东曲阜师范大学客座教授数年。

吴林伯一生著述甚丰，著作范围包括经学、诸子，以及《文心雕龙》研究，而以《文心雕龙》研究为重点。已成书手稿包括《周易正义》等 27 种，其中《论语发微》、《文心雕龙字义疏证》、《庄子新解》、《老子新解》、《文心雕龙义疏》在吴林伯生前和去世后先后出版，《文心雕龙校注拾遗补正》部分原载《社会科学战线》1982 年第 3 期。此外，吴林伯尚发表有数十篇学术论文。

吴林伯恪守马一浮先生的治学路径，强调从经学入手，而守专门之学，并受马一浮先生启发，选定《文心雕龙》为自己终身专攻。

吴林伯说："西京经生，特重于专，其治《毛诗》，则或为《雅》，或为《颂》，相合而成，专之至也。陋儒记诵漫漶，博而不专，妄求遍物，而不知尧舜之所不能也。"故选定《文心雕龙》作为研究对象。从此，吴林伯紧紧围绕着《文心雕龙》，遍考先秦汉魏六朝载籍，无所不读，并深入研究，因而能透彻而准确地理解《文心雕龙》这部有关先秦汉魏六朝文学理论著作的精粹，而取得重大成绩。

《文心雕龙字义疏证》是吴林伯龙学研究的代表作，全书约40万字，讨论了《文心雕龙》中的近80个重要理论概念。《文心雕龙字义疏证·自序》曰："撰述《义疏》，历四十二年而定。且思舍人书中术语，若文质、奇正、风骨、刚柔之属，莫不括囊大理，包蕴宏富，共晓维艰，特修纂《疏证》；综观全文，兼采群籍，颇事校研，假以考镜其因缘及流变与异同。每题一论，并联系作者、什篇、批评史等，体例、资材、诠释，咸皆求新，俾自树立，而不因循，知音君子，其垂意焉。"其《跋》云："1978 年秋，余自夷陵来汉，讲授多暇，专精述作。迨《文心义疏》甫定，行复撰写右书，越三载始成。昔戴氏制《孟子字义疏证》，民到于今称之。然余非乘其体，特名同而实异者，盖旁通发挥，博文、该情欲与《义疏》相得而益彰耳。是以属词比事，能研诸虑，观澜以索源，援古以证今，树骨于典训，选言于宏富，术极数弹，终焉守故，而理物日新，必超前辙。"

吴林伯龙学研究的另一著述《文心雕龙校注拾遗补正》，是对杨明照《文心雕龙校注拾遗》的补正，其《序》曰："东莞刘勰，深识文理，发言抗论，体大而虑周，探赜钩湛，每举事以类义，殆无字无来历。昔黄氏疏证之，范君嫌其略而加详，今杨公复补缺拾遗，嘉惠艺林，厥功甚伟。比年已还，余与武大二三子讲《文心》，以为参考要籍，故尝讽籀再四，或有怀陈，爰书简端，并师萧《选》李《注》补正之例，裒而成册，都千余事，大抵以补为主，而正次焉。"吴林伯高度赞扬黄叔琳、范文澜、杨明照等学者对《文心雕龙》研究的贡献，同时，对他们存在的不足亦给予纠正。杨明照出版自己所著《文心雕龙校注拾遗补正》，即取吴林伯所定书名。杨明照修订之《文心雕龙校注》与新著《文心雕龙校注拾遗补正》，均吸取了吴林伯的部分补正成果。如《正纬》之言"朱紫乱矣"，《通变》之言

"夫青生于蓝，绛生于蒨，虽逾本色，不能复化"，《镕裁》之言"心非权衡，势必轻重"等，吴林伯皆已补出，而杨明照新补，虽未提及吴林伯的补正工作，但与吴林伯的补正成果有大同小异之处。

吴林伯长期在武汉大学讲授《文心雕龙》，其讲课实录后来扩充整理为《文心雕龙义疏》（以下简称《义疏》），2002 年由武汉大学出版社印行，共一百余万字，真可谓皇皇巨著。《义疏》体例，是将《文心雕龙》原文分段排列，而每段后面的义疏依次包括：文字的解释，文意的概括，文句的串讲，文论思想的分析和评议。《义疏》一书的撰写，从大学在校学生以及广大读者的实际水平出发，通俗易读，明白晓畅。在对原文的讲疏和对理论的阐发中，注重理论联系实际，而所谓"实际"包括三个方面：一是刘勰那个时代的社会政治和文化思想的实际，二是文学史的实际，三是作家创作经验的实际。作为一部龙学专著，《义疏》还有下面几个特点：其一，辨正原文及其旧说的讹误；其二，从理论系统和整体出发；其三，考镜理论源流；其四，严辨词语的界限；其五，重视语言的特点。吴林伯的《义疏》不仅是高校教师讲授《文心雕龙》的必备参考书，也是广大读者研习《文心雕龙》和中国古代文论的重要学术专著。

吴林伯龙学著述目录：

《文心雕龙字义疏证》，武汉大学出版社 1994 年版。

《文心雕龙义疏》，武汉大学出版社 2002 年版。

（徐海涛）

刘勰的杂文学观念和泛文论思想

蔡锺翔

刘勰的文学观念颇遭到后人的非议，尤其是他在《文心雕龙·书记》中附列二十四种杂文，把"谱籍簿录"之类都纳入"文"的范畴，几乎囊括了一切用文字写成的东西，"文"的外延也就模糊不清了。纪昀曾加讥评，说："此种皆系杂文，缘第十四先列杂文，不能更标此目，故附之《书记》之末，以备其目。然与书记颇不伦，未免失之牵合；况所列或不尽文章，人之论文之书，亦为不类。"因此，不少研究者认为，刘勰的这种杂文学观念是落后于时代的，因为与他同时的萧绎已将"吟咏风谣，流连哀思"，"绮縠纷披，宫徵靡曼，唇吻遒会，情灵摇荡"作为"文"的特征（见《金楼子·立言》），萧统论文也标举"事出于沈思，义归乎翰藻"（《文选序》），对文学本质的把握似乎比刘勰深刻得多。其实，刘勰之阑入二十四种杂体，"不伦"、"不类"，固然失当，但于《文心雕龙》全书无关宏旨。而他的杂文学观念与当时其他文论家实无多大区别。六朝有文笔之辨，辨析了"文"与"笔"的差异，然而广义的"文"并不排斥"笔"，萧统《文选》也选入了大量属于笔体的作品。中国古代始终不变地沿袭了这种杂文学观念。如明代吴讷的《文章辨体》中，各种应用文体都和诗赋并列；徐师曾《文体明辨》甚至列入"玉牒文"、"贴子词"、"上梁文"、"青词"等等，可谓杂而又杂；清代李兆洛编《骈体文钞》，姚鼐编《古文辞类纂》，应用文体都占据了大半篇幅。直至近代西方的文学观念引入，才有所谓纯文学观念，以小说、诗歌、戏剧、散文四大类为正宗。但如果真以纯文学观念为标准剪裁中国文学史，那末删削之余恐大伤元气了。因此，认为杂文学观念是落后的，纯文学观念才是先进的，这种看法大可商榷。事实上，西方人的文学观念也不是那么明晰确定的。当代英国的文学理论家特里·伊格尔顿的《当代西方文学理论》一书的导论即讨论什么是文学的问题。他批驳了文学是"想象的"写作、文学是一种特殊的语言、文学是"非实用"的叙述等等对文学的界说，以为都不完满，可见要给文学的本质下一个科学的定义洵非易事。他在论证中举出："十七世纪的英国文学包括莎士比亚、韦伯斯特、马韦尔和密尔顿；但它也延伸到弗朗西斯·培根的论文，约翰·多恩的布道文章，班扬的宗教自传，以及托马斯·布朗爵士所写的一切。必要时甚至可以认为它包括霍布斯的《绝对权力》或克拉瑞的《反抗的历史》。"他又指出："在十八世纪的英国，文学的概念并不像今天那样有时只限于'创造的'或'想象的'写作。它指的是全部受社会重视的写作：不仅诗，而且还有哲学、历史、论文和书信。"① 从这些叙述看，18 世纪英国的文学观念和伊格尔顿本人的文学观念，都与中国传统的杂文学观念十分接近。文学不能仅仅以体裁来范围，而把一切具有审美价值的哲学、历史著作以及论文、书信等等排除在外。试想如果把庄子的哲理文、司马迁的史传文、韩愈的论辩文以及章表、碑铭、尺牍中的名篇精品统统逐出文学，一部中国文学史会成什么样子。前苏联的汉学家费德林就非常赞同中国的杂文学观念，他说："'中国古代文学'一词的涵义，不仅仅指狭义的，或者换言之，不单是指文学作品本身，而且还指那些超出严格的规定宗旨，或者与此同时整部著作或其部分具有艺术质量和审美价值的这样一些作品的总称。"② 因此他把《左传》、《书经》等书都列为文学作品。如此看来，杂文学观念不应加以否定或贬抑，刘勰的文学观念也不能说是保守、落后的。

中国古代之所以形成了稳固的杂文学观念，与古老的泛文论思想是有联系的。刘师培说过："三代之时，凡可观可象，秩然有章者，咸谓之文。就事物言，则典籍为文，礼法为文，文字亦为文；就物象言，则光融者为文，华丽者亦为文"（《广阮氏文言说》）凡是和谐有序或光耀华彩的事物都谓之文，姑名之曰"泛文论"。考之典籍，泛文论的阐述始见于《易传》。《系辞》首先提出"三才"说，"三才"即天、地、人，由"三才之道"派出生三才之文，天文、地文都是自然之文，可合称为天文。古人把宇宙看成有机的整体，三才之道是统一的，三才之文也是统一的。《说卦》中说："立天之道，曰阴与阳；立地之道，曰柔与刚；立人之道，曰仁与义。"天道、地道、人道的构成是相互对应的，都"分阴分阳，迭用柔刚"，具有统一性。三才之文也是这样。《易·贲卦·象辞》："（刚柔交错），③天文也；文明以止，人文也。"贲卦离下艮上，离属柔，艮属刚，所以是"刚柔交错"之象。"文明以止"，王弼解释为："止物不以威武，而以文明，人之文也。"其实从卦象来分析，离之象为火，其义为文明，艮之象为山，其义为止。所以"文明以止"也是刚柔交错之象。韩康伯注《系辞》"物相杂，故曰文"句即为："刚柔交错，玄黄错杂。""刚柔交错"是天文、人文的共同特征。"贲"是文饰之义，其《象辞》说明了天文和人文具有统一性。在人类出现以前，天地之文早已存在，人文是取法于天地之文的。《系辞》中这样描述了伏羲创立八卦的过程："古者包牺氏之王天下也，仰则观象于天，俯则观法于地，观鸟兽之文与地之宜，近取诸身，远取诸物，于是始作八卦。"可见，八卦法象的蓝本是宇宙万物，包括日月星辰、山岳河流、飞潜动植，乃至人类自身（人也是自然界的一部分），而八卦，古人以为就是人文之始。正因为人文法象天地，人文和天文是同形同构的，其最高的抽象便是"刚柔交错"。我们再推究《周易》中"文"的含义，实与"美"相通。《坤卦·爻辞》："六五，黄裳元吉。"《象辞》曰："'黄裳元吉'，文在中也。"《文言》曰："君子黄中通理，正位居体，美在其中，而畅于四支，发于事业，美之至也。""黄"是美丽的颜色，所以说，"文在中也"，也就是"美在其中"。宇宙间美是普遍存在的，文也是普遍存在的。这就是"泛文论"的思想基础。所谓"人文"也是外延极广的概念，包括典章制度、礼法、典籍、文字等等，文学艺术是"人文"中的一个组成部分，因此泛文论也支配着文学艺术。

泛文论中的一个重要观点是人文之法象天地，而最早论及艺术之法象天地的是古代的乐论。荀子论乐便称"其清明象天，其广大象地，其俯仰周旋有似于四时"（《荀子·乐论》）。其后《吕氏春秋》作了更详细的表述。《仲夏纪·大乐》云：

音乐之所由来者远矣，生于度量，本于太一（即"道"）。太一出两仪，两仪出阴阳，阴阳变化，一上一下，合而成章。浑浑沌沌，离则复合，合则复离，是谓天常。天地车轮，终则复始，极则复反，莫不成当。日月星辰，或疾或徐，日月不同，以尽其行。四时代兴，或暑或寒，或短或长，或柔或刚。万物所出，造于太一，化于阴阳。

在更深的层次上阐明了音乐的和谐正是本于天地四时运行的节律，而其基本法则即为阴阳柔刚有序的交替变化，所以说："凡乐，天地之和阴阳之调也。"这一论断也为汉代写成的《乐记》所承袭，有"大乐与天地同和"之说。作为"人文"的音乐既是法象天地之和，那末天地之文就和音乐存在着统一性，统一于刚柔交错而成文的规律。而东汉的王充则从法象天地论证了人之需要有文采："上天多文而后土多理，二气协和，圣贤禀受，法象本类，故多文彩。"（《论衡·书解》）圣贤禀受天地之气（即阴阳二气）而生，必然法象天地，所以富有文采。刘勰正是基于同样的逻辑论证了文学产生的必然性。开宗明义《原道》篇的第一句话便是"文之为德也大矣"，"文"是广义的文，包括了天文、地文和人文。文是与天地并生的，在未有人类之先，即已有天地之文。"日月叠璧，以垂丽天之象"就是"上天多文"；"山川焕绮，以铺理地之形"，就是"后土多理"。人作为"五行之秀，实天地之心"，孰能无文？而况"傍及万品，动植皆文"，"无识之物"，尚且有文，人作为"有心之器"，孰能无文？他把文看成是"道之文"，即道的外化，和《吕氏春秋》是一致的。《吕氏春秋·大乐》中所说的"太一"不同于《易传》中所说的"太极"，"太一"是"道"的别名："道也者，视之不见，听之不闻，不可为状，有知不见之见、不闻之闻、无状之状者，则几于知之矣。道也者，至精也，不可为形，不可为名，强为之谓之'太一'。"可见"太一"就是道家之"道"。"本于太一"与刘勰所谓"本乎道"是同样的意思。文既是道的外化，那末文必然是普遍存在的，人文和天地之文也必然具有统一性。《情采》篇中，刘勰把"文"区分为三类：一是形文，"五色杂而成黼黻"，是指美术，而自然界的"龙凤藻绘"、"虎豹炳蔚"、"云霞雕色"、"草木贲华"亦属形文;二是声文,"五音比而成韶夏",是指音乐,而自然界的"林籁结响"、"泉石激韵"亦属声文;三是情文,"五性发而为辞章",是指文学。当然这样划分不大精确,美术、音乐也有情感的成分,文学以语言文字为媒介,也有形貌和声音。但此论同样说明了"文"的普泛性。"五色"、"五音"、"五性"在汉儒的经学理论中是与五行相对应的,而五行是阴阳的衍生物,因此,"五色"、"五音"、"五性"相比、相杂而成文,其实质也是刚柔交错而成文,与《易传》的观点相吻合。由此可见,刘勰论文学的本原是立足于泛文论的。在泛文论基础上形成的文学观念就不能不是杂文学观念,因为"文"是无处不在的,不可能限制在诗、赋等少数体裁,任何文体只要其表现形式是"美"的、具有审美价值,就应该承认它是"文"。那末,刘勰把极其庞杂的各种文体网罗殆尽也就不足为怪了。以我们今天的文学观念来看,《文心雕龙》是文章学概论,不是文学概论,但在刘勰看来,文章和文学本来没有截然分割的界限。

我们注意到,刘勰之后,泛文论思想历代绵延不绝。初唐史家多秉承《易传》,用"天文"、"人文"并举来阐明文学的本原和价值。如令狐德棻《周书·王褒庾信传论》说:"两仪定位,日月扬辉,天文彰矣;八卦以陈,书契有作,人文详矣。"李百药《北齐书·文苑传序》说:"夫玄象著明,以察时变,天文也;圣达立言,化成天下,人文也。"唐李舟《独孤常州集序》则以与刘勰相同的思路论证了"文之时用":

> 传曰:"物生而后有象,象而后有滋,滋而后有数,数成而文见矣。"始自天地,终于草木,不能无文也,而况于人乎?且夫日月星辰,天之文也;丘陵川渎,地之文也;羽毛彪炳,鸟兽之文也;华叶采错,草木之文也。天无文,四时不行矣;地无文,九州不别矣;鸟兽草木之无文,则混然而无名,而入不能用之矣。人无文,则礼无以辨其数,乐无以成其章,有国者无以行其刑政,立言者无以存其劝诫,文之时用大矣哉!(《全唐文》卷四四三)

他所谓的"人文"是一个极宽泛的概念，包括礼乐刑政以至立言劝诫。书论家张怀瓘的《文字论》则用三文并列来抬高书法的地位：

> 文也者，其道焕焉。日月星辰，天之文也；五岳四渎，地之文也；城阙朝仪，人之文也。字之与书，理亦归一。

宋代王禹偁，为了说明文学的正统，也是三文并提："天之文，日月五星；地之文，百谷草木；人之文，六籍五常。舍是而称文者，吾未知其可也。"(《送孙何序》) 石介批判杨亿西昆派，泛文论便成为他的理论武器，他在《上蔡副枢密书》中说："……夫有天地故有文。天尊地卑，乾坤定矣；卑高以陈，贵贱位矣；动静有常，刚柔断矣；方以类聚，物以群分，吉凶生矣；在天成象，在地成形，变化见矣；文之所由生也。天垂象，见吉凶，圣人象之；河出图，洛出书，圣人则之：文之所；由见也。观乎天文以察时变，观乎人文以化成天下：文之所由成也……"说明"文"之起源因由，完全本于《易传》。又说：

> 故两仪，文之体也；三纲，文之象也；五常，文之质也；九畴，文之数也；道德，文之本也；礼乐，文之饰也；孝悌，文之美也；功业，文之容也；教化，文之明也；刑政，文之纲也；号令，文之声也。圣人职文者也，君子章之，庶人由之。

这里所说的"文"也是一个极其宽泛的概念。几乎包容了封建社会的全部上层建筑、意识形态，所以实际上指的是"人文"，而不是文学。石介的意图是强调文的实用政治功能，以此反对"以风云为之体，花木为之象，辞华为之质，韵句为之数，声律为之本，雕镂为之饰，组绣为之美，浮浅为之容，华丹为之明，对偶为之纲，郑、卫为之声"的形式主义浮靡之风，但这样又趋于另一极端，全然忽略了"文"的审美本质。石介在北宋诗文革新运动中代表了保守的一翼，他的文学见解有很大的片面性，但由此却可以看出泛文论思想影响之深远。降及明代，宋濂论述文之功用，仍依据三才之文的原理：

　　呜呼！文岂易言哉！日月照耀，风霆流行，云霞卷舒，变化不常者，天之文也。山岳列峙，江河流布，草木发越，神妙莫测者，地之文也。群圣人与天地参，以天地之文发为人文，施之《卦》《爻》而阴阳之理显，形之《典》《谟》而政事之道行，咏之《雅》《颂》而性情之用著，笔之《春秋》而赏罚之义彰，序之以《礼》、和之以《乐》而扶导防范之法具，虽其为教有所不同，凡所以正民极、经国制、树彝伦、建大义、财成天地之化者，何莫非一文之所为也。(《华川书舍记》)

他认为，人文是效法天地之文的，故标榜"天地自然定文"、"经天纬地之文"：

　　人文之显，始于何时？实肇于庖牺之世。庖牺仰观俯察，画奇偶以象阳阴，变而通之，生生不穷，遂成天地自然之文。……呜呼！吾之所谓文者，天生之，地载之，圣人宣之，本建则其末治，体著则其用章，斯所谓乘阴阳之大化，正三纲而齐六纪者也，亘宇宙之始终，类万物而周八极者也。呜呼！非知经天纬地之文者，恶足以语此！(《文原》)

宋濂的文学观与石介如出一辙，注重文的明道立教经世致用，而轻视文的审美特性。与刘勰一脉相承的宗经观念，也使他必然要无限扩大"文"的范围，否则"六经"就无法容纳进去以为文的典范。他认为，"凡有关民用及一切弥纶范围之具，悉囿于文，非文之外别有其他也"，"文"简直无所不包了。与宋濂同属明初人物的朱右则提出三才的统一性的外在表现就是"文"，由此证明文学的重要性：

　　文与三才并贯，三才而一之者文也。目月星汉，天文也；川岳草木，地文也；民彝典章，人文也。显三才之道，文莫大焉。(《文统》)

泛文论中人文法象天地之文的观点，也常常为文论家所利用，借以证明某种文学观点的天然合理、无可争议。如明后七子之一宗臣《总约·谈艺》说：

> 今夫人性之有文也，不犹天之云霞、地之草木哉！云霞之丽于天也，是日日生焉者也，非以昔日之断云残霞而布之今日也；草木之丽于地也，是岁岁生焉者也，非以今岁之萎叶枯株而布之来岁也。人性之有文也，是时时生焉者也，非以他人之陈言庸语而借之于我也。是故古之言文者，得之心而发之文也。

这是以云霞、草木之日日年年的变化更替来说明文学之必须创新。而末五子之一的屠隆则以天地之文的奇正相间来说明文学风格之应多样化：

> 今夫天有扬沙走石，则有和风惠日；今夫地有危峰峭壁，则有平康旷野……斯物之固然也。假使天一于扬沙走石，地一于危峰峭壁……好奇不太过乎？将习见者厌矣。文章大观，奇正离合，瑰丽尔雅，险壮温夷，何所不有？（《与王元美先生书》）

清代诗论家叶燮论述如何对待"法"的问题，也是以天地之文为立论的根据：

> 曰理、曰事、曰情三语，大而乾坤以之定位，日月以之运行，以至一草一木一飞一走，三者缺一，则不成物。文章者，所以表天地万物之情状也。然具是三者，又有总而持之、条而贯之者，曰气。事、理、情之所为用，气为之用也。譬之一木一草，其能发生者，理也；其既发生，则事也；既发生之后，夭矫滋植，情状万千，成有自得之趣，则情也。苟无气以行之，能若是乎？又如合抱之木，百尺干霄，纤叶微柯以万计，同时而发，无有丝毫异同，是气之为也。苟断其根，则气尽而立萎。此时理、事、情俱无从施矣。吾故曰：三者藉气而行者也。得是三者，而气鼓行于其间，絪缊磅礴，随其自然，所至即为法，此天地万象

之至文也。岂先有法以驭是气者哉？不然，天土之生万物，舍其
自然流行之气，一切以法绳之，夭矫飞走，纷纷于形体之万殊，
不敢过于法，不敢不及于法，将不胜其劳，乾坤亦几乎息矣。
（《原诗·内篇·下》）

这里所举的一木一草，似乎仅仅是随手拈来的譬喻，其实不然，叶燮
的理论是植根于其泛文论的美学思想的。他说过："凡物之生而美
者，美本乎天者也，本乎天自有之美也。"（《滋园记》）"凡物之美者，
盈天地问皆是也。然必诗人之神明才慧而见。"（《集唐诗序》）美普遍
地存在于天地之间，这就是天地之文，不过要有审美眼光的人才能发
现。天地之文的运行变化，是凭借自然流行的气，才具有生命的活
力，如果处处以"法"来羁勒绳律，天地的运转也将止息了。因此，
文学家也不应拘泥于死法，构成文学的理、事、情三要素，都要由气
来统率、贯通，成为有机的生命体。他并不否定法，但认为应是
"随其自然所至即为法"，是"自然之法"，或者可以说是"无法之
法"。总之，"盖天地有自然之文章，随我之所触而发宣之，必有克
肖其自然者，为至文以立极"（《原诗·内篇·下》），文章是表现天地
万物之情状的，也应以"天地之至文"为最高典范。这种取法天地
的泛文论思想在清代仍盛行不衰。如廖燕说：

　　某尝论文莫大于天地，凡日月、星辰、云霞之常变，雷电、
风雨与夫造化鬼神之不测，昭召森列，皆为自然之文章，况山
川、人物与鸟兽、鳞介、昆虫、草木之巨细刻画，在人见之以为
当然，不知此皆造物细心雕镂而出之者，虽以圣人之六经，视此
犹为蓝本，况诸子乎？故善文者，岂惟取法于圣人、诸子，并将
取法于天地。（《与某翰林书》）

姚鼐也说："夫天地之间，莫非文也，故文之至者，通于造化之
自然。"（《答鲁宾之书》）这样强调取法天地，无形中贬低了六经的地
位，淡化了宗经观念，这也是泛文论必然导致的结论。
　　从以上罗列的资料看，泛文论在中国古代是源远流长的，在文学

理论史上，自刘勰为先导，后继者纷纷将泛文论引为理论基石。由于泛文论的广泛的适应性，故或用以论证守旧的文学观点，或用以论证革新的文学观点，或用以加强宗经观念，或用以削弱宗经观念，或用以突出文学的政教功能，或用以高扬文学的审美价值，因而仅仅依据一家一说来判定泛文论的是非功过是不恰当的。泛文论的哲学渊源是古代中国人的有机主义宇宙观。现代科学证明整个宇宙从宏观到微观，从构成到运动，都存在着有规律的均衡和对称，纷乱中实有序，复杂中见单纯，宇宙是和谐的，是符合美的原则的。科学家在宇宙中发现了美，确实看到了潜在和显在的天地之文。西方科学家对这种有机主义的宇宙观给予了很高的评价，那末应该承认泛文论也是我们祖先的卓越思想。由于泛文论的根深蒂固，古代的杂文学观念也牢不可破。时至今日，杂文学观念是否还有合理因素呢？是否必须加以废弃呢？这是需要深长思之的。

最后，再摘录美国新批评派文论家韦勒克、沃伦合著《文学理论》中的一段话，也许从中可以得到一点启发。其《文学的本质》一章中说：

> ……我们还必须认识到艺术与非艺术、文学与非文学的语言用法之间的区别是流动性的，没有绝对的界限。美学作用可以推展到种类变化多样的应用文字和日常言辞上。如果将所有的宣传艺术或教喻诗和讽刺诗都排斥于文学之外，那是一种狭隘的文学观念。我们还必须承认有些文字，诸如杂文、传记等类过渡的形式和某些更多运用修辞手段的文字也是文学。……看来最好只把那些美感作用占主导地位的作品视为文学，同时承认那些不以审美为目标的作品，如科学论文、哲学论文、政治性小册子、布道文等也可以具有诸如风格和章法等美学因素。但是，文学的本质最清楚地显现于文学所涉猎的范畴中。文学艺术的中心显然是在抒情诗、史诗和戏剧等传统的文学类型上。它们处理的都是一个虚构的世界、想象的世界。④

韦勒克把文学的本质归结为虚构、想象，是采取纯文学观念的，但是他也为难以划清文学与非文学的界限所困惑，以至不得不承认某些应用文字和日常言辞也可以具有"美学因素"，认为不能"将所有的宣传艺术或教喻诗和讽刺诗都排斥于文学之外"。看来一种合理的文学观念，其核心内涵应是明确的，而其外延则不妨模糊一些，把一切给人美感的文字都包容进去，而不拘限于诗歌、小说、戏剧等几种文学类型，这样庶几可以避免失之狭隘。我们回过头来审视《文心雕龙》，尽管刘勰在文体论部分论列了众多的文体，但其论创作规律则分明将诗赋等"美感作用占主导地位"的文体作为主要对象，亦即视之为文学的中心。那末他的这种杂文学观念，难道不是在一定意义上具备着合理性吗？

1994 年 7 月

选自《文心雕龙研究》第一辑

注释：

①《当代西方文学理论》（中译本）王逢振译，中国社会科学出版社，第 14、35 页。

②见中国社会科学院文学所编：《文学研究动态》1980 年第 24 期。

③按：今本《周易》无此四字，疑脱漏。王弼《周易注》在"天文也"下注："刚柔交错而成文焉，天之文也。"当是依据原文。

④《文学理论》（中译本）刘象愚等译，三联书店出版，第 13 页。

评 介

蔡锺翔（1931—2009），江苏吴县人。1952 年毕业于上海复旦大学中文系，同年分配到中国人民大学任教，历任汉语教研室、新闻系、中文系助教、讲师、副教授、教授。享受国务院颁发的政府特殊津贴。主要从事中国古代文论、古代美学的教学和研究。曾任中国古代文论学会理事、副秘书长，中国《文心雕龙》学会理事、副会长。

承担国家教委"七五"规划科研项目《中国哲学与中国文论》,国家
社会科学基金"七五"规划科研项目《中国传统文学观念与范畴之
考证和研究》,国家社会科学基金"九五"规划科研项目《中国古代
文艺学》。其学术著作《中国文学理论史》(五卷本)获北京市第二届
哲学社会科学优秀成果二等奖、全国高等学校首届人文社会科学研究
优秀成果一等奖。主要学术著作还有《中国古典剧论概要》、《美在
自然》、《生生不息的中国文论——蔡锺翔自选集》、《中国美学范畴
丛书》(主编)等。

　　蔡锺翔毕生的学术成就主要是中国文论,在龙学领域亦有很高的
成就,撰写了多篇具有相当高质量的龙学研究论文,如《刘勰的杂
文学观念和泛文论思想》(《文心雕龙研究》第 1 辑,并被收入《20
世纪中国学术文存:文心雕龙研究》,湖北教育出版社 2002 年版)、
《刘勰的艺术思维理论》(《中国人民大学学报》1996 年第 4 期),等
等。这些论文,或者是从前人没有涉足的角度另辟蹊径深入探讨,或
者是对学界业已讨论过的课题进行高屋建瓴的总结并提出新的见解,
显示出作者深厚的中国文论的知识积累、宽阔的学术视野和独具一格
的治学风格。

　　蔡锺翔《刘勰的杂文学观念和泛文论思想》(以下简称《杂文学
观念》),提出一个重要的命题:刘勰的文学观是一种杂文学观。文
章首先批评了那种"认为杂文学观念是落后的,纯文学观念才是先
进的"观点,指出"中国古代之所以形成了稳固的杂文学观念,与
古老的泛文论思想是有联系的"。《杂文学观念》还把刘勰杂文学观
与英国特里·伊格尔顿《当代西方文学理论》一书的观点进行比较,
发现二者十分接近。蔡锺翔的这一学术观点在其《中国文学理论史》
中已经有所论述,他说:"《文心雕龙》作为齐代以前杂文学理论的系
统总结,对后世产生了宏观深远的影响。"蔡锺翔的这种观点的提
出,丰富了对《文心雕龙》一书性质的探讨,在传统观点上提出新
的见解,而且有理有据。

　　首先,关于《文心雕龙》一书的性质,以及与此相关的全书之
研究对象、研究视角、研究目的究竟是什么,自近代以来学者们一直
有不同意见。而问题的关键在于用什么样的标准来衡量这部书:直至

今日，学界对这个问题的看法并不一致。有的研究者从作者的写作宗旨来看这部书的性质，着眼点落实到了它所解决的具体问题；有的研究者从该书的文论内容来看这部书的性质，着眼点落实到了它所蕴含的理论形态上面；有的研究者从全书论文的范围来看这部书的性质，着眼点就落实到了它包含的各体文章的文学观念上面。持前一种看法的人，认为《文心雕龙》属于总结文章作法的文章学性质的著作。持后两种见解的人，则运用西方的文学理论来分析《文心雕龙》，认为它是一部文学理论批评巨著，系统地阐述了文学原理的诸方面的问题。蔡锺翔提出了新的观点：刘勰的文学观是一种杂文学观，但杂文学观并不等于落后的文学观，它与古老的泛文论思想有直接联系。《文心雕龙》作为一部杂文学理论著作，它是"齐代以前杂文学理论的系统总结，对后世产生了宏大深远的影响"。蔡锺翔认为刘勰所论对象，是和现代意义上的"文学"即纯文学不同的古代文学，可称之为"杂文学"，与此相应，《文心雕龙》所建构的是一个"泛文论"体系。可以说"杂文学"观是糅合了两种不同的视角，从文章学性质和文学原理两个方面考察得出的较为全面的结论。这开启了《文心雕龙》一书性质及衡量标准的全新的视角，启迪后来学者采用多角度去分析问题，得出的结论方能更加通脱而全面。

其次，蔡锺翔着重解释了杂文学观念源于古老的泛文论思想。根据《杂文学观念》的追溯，泛文论思想的阐述始于《易传》，《易传》中古老的宇宙论反映在"文"的方面正是泛文论思想。刘勰在《原道》篇中所说的"道"，兼有规律性的含义，并指明了天文、地文、人文的统一性："夫玄黄色杂，方圆体分；日月叠璧，以垂丽天之象；山川焕绮，以铺理地之形；此盖道之文也。""辞之所以能鼓天下者，乃道之文也"，三者都统一于道。由于古代宇宙论把世界看做是统一的，所以刘勰需要揭示"文"的普泛性：涵盖一切美的事物。蔡锺翔认为刘勰的文学本体论恰恰突出了文学的审美特征，这种泛文论的思想必然引出杂文学观念。既然世界上普遍存在着"文"，那么"文"也应包容在各种题材的文章之中。泛文论中的一个重要观点是人文之法象天地，而最早论及艺术之法象天地的是古代的乐论。乐论在更深的层次上阐明了音乐的和谐正是本于天地四时运行的节律，而其基本法则即为阴阳柔刚有序的交替变化。刘勰《原道》篇的第一句话便是"文之为德也大矣"，"文"是广义的文，包括了天文、地文和人文。文是与天地并生的，在未有人类之先，即已有天地之文，正是基于同样的逻辑论证了文学产生的必然性。通过系统的论证，得出结论："刘勰论文学的本原是立足于泛文论的。在泛文论基础上形成的文学观念就不能不是杂文学观念，因为'文'是无处不在的，不可能限制在诗、赋等少数体裁，任何文体只要其表现形式是'美'的，具有审美价值，就应该承认它是'文'。那末，刘勰把极其庞杂的各种文体网罗殆尽也就不足为怪了。以我们今天的文学观念来看，《文心雕龙》是文章学概论，不是文学概论，但在刘勰看来，文章和文学本来没有截然分割的界限。"至此，《杂文学观念》追根溯源，考证出中国古老的泛文论思想，并经过论证得出刘勰的杂文学观念来自于中国古代的泛文论思想。《杂文学观念》还细致梳理了刘勰之后的泛文论思想的广泛适用性："由于泛文论的根深蒂固，古代的杂文学观念也牢不可破。"《杂文学观念》论证严密，论据充分可信，给后来研究《文心雕龙》的学者提供了新的思路和思考空间。

再次，蔡锺翔通过对刘勰文学观念和文学思想的讨论，结合西方观点，深入到对文学本质的探讨。在《杂文学观念》一文的结尾，蔡锺翔引用美国新批评派文论家韦勒克、沃伦合著的《文学理论》中关于文学的本质的探讨，由此认为"韦勒克把文学的本质归结为虚构、想象，是采取纯文学观念的，但是他也为难以划清文学与非文学的界限所困惑，以至不得不承认某些应用文字和日常言辞也可以具有'美学因素'，认为不能'将所有的宣传艺术或教喻诗和讽刺诗都排斥于文学之外'。看来一种合理的文学观念，其核心内涵应是明确的，而其外延则不妨模糊一些，把一切给人美感的文字都包容进去，而不拘限于诗歌、小说、戏剧等几种文学类型，这样庶几可以避免失之狭隘"。随着时代的发展，我们对文学本质的界定有着不同的看法。蔡锺翔这篇文章可以说是借西方文论的他山之石来攻中国文论的本土之玉。蔡锺翔认为，中国文论与西方文论相比，前者表面上看起来没有严密的体系，但有些文论家的理论体系是隐藏在其论著中的，具有潜在的体系。因此，对中国文论体系的研究就带有重构的性质。

而中国文论与美学的理论范畴，互相交错，纵横相连，构成一个有机的范畴体系。研究这些范畴体系，有助于我们由表及里地把握中国文论的体系特征。

蔡锺翔《杂文学观念》，为《文心雕龙》研究提供了一个新的视角。蔡锺翔说"刘勰的文学观念颇遭到后人的非议"；而蔡锺翔写作此文的初衷在于为刘勰的文学观念正名，提出"杂文学"观念进而论证这种文学观念产生于中国古代泛文论思想，而通过对泛文论思想的梳理来证明刘勰"杂文学"观念的合理性。在中国文学理论批评史上，以刘勰为先导的泛文论思想源远流长，后来研究者多引用其为理论基石。当然，关于蔡锺翔提出的《文心雕龙》的"杂文学"观念和"泛文论"思想，学界仍有争议；尽管如此，蔡锺翔龙学研究的新思路、新方法和新观念，对于我们的龙学研究是有着启迪和借鉴意义的。

蔡锺翔龙学著述目录：

《刘勰的艺术思维理论》，《中国人民大学学报》1996年第4期。

《〈文心雕龙〉与魏晋玄学》（与袁济喜合写），《文心雕龙学刊》第3辑（1986年1月）。

《刘勰的杂文学观念和泛文论思想》，《20世纪中国学术文存：文心雕龙研究》，湖北教育出版社2002年版。

《刘勰的艺术思维理论》，《中国人民大学学报》1996年第4期。

《释"通变"》，《文心雕龙研究》第4辑（2000年3月），又见《文心雕龙国际学术研讨会论文集》，台湾文史哲出版社2000年版。

《刘勰与缘情说——兼论魏晋南北朝时期情感的解放》，《镇江师专学报》2000年第1期，又见《刘勰及其文心雕龙》（论文集），学苑出版社2000年版。

（魏琦）

《文心雕龙》的文体论（存目）

徐复观

评　　介

　　徐复观（1903—1982），原名秉常，字佛观，后更名为复观，新儒家代表人物，著名思想家和文学理论家，湖北黄梅县人。毕业于武昌第一师范，后赴日留学，涉猎政治、经济、哲学，视野大开。留学期间，因反对日本发动九一八事变，被拘留，后退学回国。抗战时期入蒋中正侍从室，当过蒋介石的随从秘书。在重庆勉仁书院拜见熊十力先生，深刻领悟熊先生"亡国族者常先自亡其文化"之言，遂回归中国文化之研究。抗战胜利后，以陆军少将退役，致力于写作、教学与学术研究工作等。1947 年在南京创办学术刊物《学原》，1949年在香港创办政治学术理论刊物《民主评论》，后者成为 20 世纪五六十年代港台地区现代新儒家的主要舆论阵地。主要著作有：《中国人性论史》、《两汉思想史》、《中国思想史论集》、《公孙龙子讲疏》、《儒家政治思想与民主自由人权》、《周官成立之时代及其思想性格》、《中国经学史基础》、《中国艺术精神》、《石涛研究》、《中国文学论集》等。

　　徐复观的龙学研究，其代表作是发表于 1959 年的《〈文心雕龙〉的文体论》（以下简称《文体论》），是文贯通中西古今，发前人之所未发，对《文心雕龙》的文体研究提出了新的见解，将龙学研究朝前推进了一大步。徐复观还有题为《〈文心雕龙〉浅论》的系列论文，依次是：《自然与文学的根源问题》、《〈原道〉篇通释》、《能否解开〈文心雕龙〉的死结》、《文体的构成与实现》、《〈知音〉篇释略》、

《文之枢纽》、《文之纲领》。

《文体论》开门见山，提出"《文心雕龙》即我国的文体论"这一重要命题。《文体论》对前人关于"文体"这一观念的不当理解作出澄清，对文体论的基本问题提出了迥异前人的理解。首先，《文体论》认为中国古代"文体"一词的本义与西方文学理论中的 style 和 genre 是相通的，都是指文学中最能代表其艺术性和审美性的"艺术的形相性"。依徐复观所言，中国文学的传统是偏重于文学，但作为文学艺术是离不开"美的心灵活动"，即所谓的"艺术的形相性"。徐复观十分重视文学中的艺术表现，主张把文学"从作为道德、政治之手段的附属地位解放出来"。尽管"文体"这一观念直至曹丕的《典论·论文》才正式提出，但在此之前则"因事实之存在而已有长期之酝酿"，而《文心雕龙》就是一部众多批评鉴赏著作的集大成之作，标志着中国"文学的自觉"。徐复观认为《文心雕龙》全书即是这一意义上的文体论。

在此基础上，《文体论》区分了"文体"与"文类"的异同，使这个问题从历史的遮蔽中得以厘清和还原。"文体"之"体"是体貌，是文章的仪态、风神，是刘勰的"若总其归涂，则数穷八体"；而"文类"则是以体裁和题材作为标准划分的，是刘勰的"论文叙笔"，如"明诗"、"诠赋"、"辨骚"，等等。西方文论中有相似的两个概念，即 style 和 genre。《文体论》通过中、西、日三方学者对 style 与文类的把握，阐明了其内在的差异：style 的本意既可以指风格也可以指样式，其指涉风格时候的内涵，包容了作者的个人性以至其永恒的独特性，是西方古典文学中的重要价值归依。而刘勰的"体"一样是指向个人所禀赋的"自然之恒资，才气之大略"。因而日本的西方文学研究者自然而然地运用了从中国传过去的"文体"来翻译 style。但日本的中国研究者却囿于明人的影响，将文类误作文体而走进误区。而中国学者翻译 style，用的是《文心雕龙》中所指的"风格"这个范畴，与"体"这个范畴相去甚远。《文体论》清楚地区分了"文体"与"文类"这两个不同的范畴，体现了作者对中西文论内在源流的把握。《文体论》还区分了文体与风格：尽管文章体貌在含义上与风格相近，但是翻译自西方的"风格"（style）一语与"文体"还是有根本的区别的。"因为第一，风格一词过于抽象，不易表示'文体'一词中所含的艺术的形相性。而'形相性'才是此一观念的基点。第二，风格一词，是作为文体价值判断的结果，常指的是文体中某种特殊的文体而言，因此文体一词可以包含风格，而风格不能包括文体。更重要的是，对风格的这种广义的使用，乃是近几十年来的事，并不能推到刘彦和的时代。"

《文体论》和第二个重要理论贡献，是建立了《文心雕龙》的结构模式，并着重论述了刘勰文体论的三个方面，尤其强调了"体貌"这一概念。《文体论》认为，《文心雕龙》的上篇是论"历史性的文体"，而下篇是论"普遍性的文体"。徐复观的结构二分法，体现了他对《文心雕龙》上下篇基本内容和刘勰写作本意的认识。《文体论》认为刘勰《文心雕龙》全书的重心应在下篇的《体性》篇，并批评明代以下至今凡视《文心雕龙》上篇为"文体论"者，都是将"文类"与"文体"相混淆。《文体论》还认为《文心雕龙》中的"文体"，包含"体制"、"体要"和"体貌"三个"次元"，其中"体貌"为最高"次元"，而表示"由语言文字之多少所排列的形相"的"体制"和"以事义为主"的"体要"，则必须向"体貌"升华。值得说明的是，徐文对"体貌"一词的理解在学界流传广泛。不少著名学者沿用此概念，如罗宗强《魏晋南北朝文学思想史》一再用"体貌"解释《文心雕龙》作家之"文体"、时代之"文体"以及"体性"之"体"；詹福瑞《中古文学理论范畴》也赞同把"体性"之"体"以及六朝文论中很多作家"文体"、时代"文体"等释为"体貌"；吴承学等人所撰《中国古代文体学学科论纲》一文认为"'体性'和'体貌'相近于我们今天所说的'风格'"，等等。

《文体论》还强调了文体与文章情性的关系。"文体由人的情性所出，文体是人的情性的表现"。在徐复观看来，西方要到18世纪70年代，才由法国的彪封说了出来的"文体即是人"的著名话语其实在中国早就提出了。《文心雕龙》中的《神思》篇"不仅包含想象"，还包括"如何培养此艺术性，以造成理想之文体"。徐文说明了文与人的密不可分的关系，文体是文学创作的主体性，文体也就是

《文心雕龙》的心。这是对《文心雕龙》最好的题解。文体论中最中心的问题，也是最后的问题，便是文体与人的关系；在达到完成阶段的文体论，都是环绕此一问题而展开的。徐文将《体性》篇看做《文心雕龙》的文体论的核心。在它的前一篇《神思》篇，是说文学心灵的修养，为《体性》篇立基。以下各篇，分析构成文体的各重要因素，可以说都是《体性》篇的发挥。《体性》篇进一步说明了文体是"出于人之情性，即所谓'吐纳英华，莫非情性'"，徐复观认为，这两句是"总结文体与情性的关系"，即"一个人的创造全过程，实是一内一外的往复"。

徐复观的《文体论》，对中西文学观念运用自如，并提出诸多新颖的理论观点，无疑是 20 世纪龙学研究史上的重要文献。尽管学界有人认为徐文关于刘勰"文体论"三次元的划分以及中西"文体论"之关系和特征的表述存在学理缺陷，但无可否认的是，《文体论》一文开启了龙学研究中西对话的道路，为后来的研究者提供了宝贵的经验。

徐复观龙学著述目录：

《中国文学中的气的问题——〈文心雕龙·风骨〉篇疏补》，载《中国文学精神》，上海书店出版社 2006 年版。

《〈文心雕龙〉的文体论》，载《中国文学精神》，上海书店出版社 2006 年版。

《〈文心雕龙〉浅论之一——自然与文学的根源问题》，载《中国文学精神》，上海书店出版社 2006 年版。

《〈文心雕龙〉浅论之二——〈原道〉篇通释》，载《中国文学精神》，上海书店出版社 2006 年版。

《〈文心雕龙〉浅论之三——能否解开〈文心雕龙〉的死结》，载《中国文学精神》，上海书店出版社 2006 年版。

《〈文心雕龙〉浅论之四——文体的构成与实现》，载《中国文学精神》，上海书店出版社 2006 年版。

《〈文心雕龙〉浅论之五——〈知音〉篇释略》，载《中国文学精神》，上海书店出版社 2006 年版。

《〈文心雕龙〉浅论之六——文之枢纽》，载《中国文学精神》，上海书店出版社 2006 年版。

《〈文心雕龙〉浅论之七——文之纲领》，载《中国文学精神》，上海书店出版社 2006 年版。

（黄卉）

刘勰文艺思想以佛学为根柢辨

潘重规

刘勰撰《文心雕龙》，其著书意旨备述于《序志》篇。观其感宣尼之垂梦，慕君子之建言，乃谓"敷赞圣旨，莫若注经"。徒以"马郑诸儒，弘之已精，就有深解，未足立家"；"而文章之用，实经典枝条"，"详其本源，莫非经典"。"于是搦笔和墨，乃始论文"。其宗经师圣，根极儒道之旨，固不持发箧陈书，披示篇目，固已轩豁呈露，粲然明白矣。至其评骘众作。亦以儒道为不可叛违之标准，《杂文》篇云："唯七万叙贤，归以儒道，虽文非拔群，意实卓尔。"《指瑕》篇云："左思七讽，说孝而不从，反道若斯，余不足观矣。"通观全书，辞旨一揆，是刘勰文艺思想以儒学为根柢甚明。自来言《文心》者未尝发为异议，良以事实具在，不容曲解也。

惟以刘氏依沙门僧祐居处，积十余年；晚岁出家，改名慧地。又著《灭惑论》，弘扬佛道。其人与佛教实有甚深之关系。故晚近饶宗颐先生著《刘勰文艺思想与佛教》一文[①]，其结论遂谓：

> 总之，佛学者乃刘勰思想之骨干，故其文艺思想亦以此为根柢。必于刘氏与佛家关系有所了解，而后文心之旨，斯能豁然贯通也。

此说既出，颇有衍为新解者。然探究事实，则有违真相。诚恐学者不察，使刘氏著书宗旨郁而不彰，故不得不辨。

案《文心·序志》篇云："齿在逾立，乃始论文。"是刘氏草创《文心》，当在30岁以后。而成书之时，据刘毓崧考定[②]，则在齐和帝中兴元年（501年）十二月至次年三月数月间。假定以数年之功，成此伟著，则《文心》写定，刘氏年当二十七八。故范文澜上推刘氏生于宋明帝泰始初（465 年），其说近是。至于刘氏依僧祐居定林寺之时，史传未有明说。范氏以为在永明五六年。其《文心雕龙注》云：

> 彦和之生，当在宋明帝泰始元年前后，父尚早没，奉母家居读书，母没当在二十岁左右，丁婚娶之年，其不娶者，固由家贫，亦以居丧故也。三年丧毕，正齐武帝永明五六年。《高僧传·释僧祐传》云："永明中，敕入吴。试简五众，并宣讲十诵，更伸受戒之法。凡获信施，悉以治定林建初及修缮诸寺，并建无遮大集舍身斋等。及造立经藏，抽校卷轴，使夫寺庙广开，法言无坠，咸其功也。"彦和终丧，值僧枯宏法之时，依之而居，必在此数年中。今假设永明五六年，彦和年二十三四岁，始来居定林寺，佐僧祐搜罗典籍，校定经藏。《僧祐传》又云："初，祐集经藏既成，使人抄撰要事，为《三藏记》、《法苑记》、《世界记》、《释迦谱》及《弘明集》等，皆行于世。"僧祐宣扬大教，未必能潜心著述，凡此造作大抵皆出于彦和手也。

杨明照略同范说，其《梁书刘勰传笺注》云：

> 按舍人孤及始依僧祐之年，皆莫能详。慧皎《高僧传·释僧祐传》："释僧祐本姓俞氏。……永明中，敕入吴，试简五众，并宣讲十诵。……"据此，舍人依居僧祐，博通经论，别序部类，疑在齐永明中僧祐入吴试简五众，宣讲十诵，造立经藏，搜校卷轴之时。僧祐使人抄撰诸书，由今存文笔验之，恐多为舍人捉刀也。

重规案：范杨二氏考定彦和依僧祐之时，在入吴试简五众，造立经藏之后，其说颇谛。惟定为永明五六年，则恐未确，考《高僧传》③之《释僧祐传》叙"齐竟陵文宣王每请讲律，听众常七八百人"，在"敕入吴试简五众"之前；是入吴简众之时，当在每请讲律之后。今案《出三藏记集》卷十一④《略成实论记》云：

> 齐永明七年十月，文宣王招集京师硕学名僧五百余人，请定林僧柔法师、谢寺慧次法师于普弘寺迭讲。欲使研核幽微，学通疑执。即座仍请祐及安乐智称法师，更集尼众二部名德七百余人，续讲十诵律，志今四众净业还白。公每以大乘经渊深……故即于律座，令柔次等诸论师抄此成实，简繁存要，略为九卷。……八年正月二十三日解座。

又《出三藏记集》卷五"新集妙经录第一"著录抄《成实论》九卷，子注云：

> 齐武帝永明七年十二月，竟陵文宣王请定林上寺释僧柔、小庄严寺释慧次等于普弘寺共抄出。

用知竟陵文宣王招集京师硕学名僧，于永明七年十月开讲，至八年正月二十三日解座，抄出《成实论》，则在七年十二月也。又案《续高僧传》⑤卷六《释明彻传》云：

> 吴郡钱唐人。……齐永明十年，竟陵王请沙门僧祐三吴讲律，中途相遇，虽则年齿悬殊，情同莫逆。彻因从祐受学十诵，随出杨都，住建初寺。

据此，则僧祐入吴试简五众，宣讲十诵，当在永明十年。而彦和亦于是年为定林上寺释超辩撰制碑文，见于《高僧传》卷十二。盖彦和依僧祐居定林寺，即在永明十年也。史文阔略，彦和依僧祐年龄不能确知。然据刘毓崧《通义堂集书文心雕龙后》，考知《文心》成书当在齐和帝中兴二年三月以前，彦和约三十七八岁；上推至永明十年（492年），则彦和年约二十七八。自来考彦和身世者，见《梁书》本传"早孤，家贫，依沙门僧祐"之言，一若彦和为一不能自立之人，就养沙门，乃得读书成学。此观念极悖事实，且与彦和撰述之完成，思想转变之经过，皆发生极大之误解。实则所谓依者，特如《三国击》所记王粲"依刘表"之依。仲宣弱龄时，蔡邕倒屣相迎，即已名动公卿。《三国志》卷廿一《王粲传》云："年十七，司徒辟，诏除黄门侍郎。以西京俶扰，皆不就。乃之荆州，依刘表。"是粲为避乱而依刘表，彦和则以淡于名利，而依僧祐治定经藏也。盖彦和依僧祐之时，文学已成，文名已著；而僧祐则搜集经藏，欲加整理，故汲汲求学通内外，文综古今之士以佐其撰述之功。彦和文高学广，蛰居家园，不务仕进。苟求其人，实为首选。意者永明七八年文宣招集名僧选讲之时，与僧祐同讲诸法师，颇多与彦和同居京口，而又为僧佑有深交之法侣。讲席之次，必有乐道彦和文行，而为僧祐所默识深契者。《高僧传》卷八《释慧次传》云：

> 释慧次，姓尹，冀州人……南至京口，止竹林寺。……文惠文宣悉敬以师礼，四事供给。

又《僧柔传》云：

> 释僧柔，姓陶，丹阳人。……文宣诸王再三招请，乃出京师，止于定林寺。

又卷十一释智称传云：

> 释智称，姓裴，本河东闻熹人，魏冀州刺史徽之后也。祖世避难，寓居京口。……文宣请于普弘讲律，僧众数百，皆执卷承旨。……朱方沙门请称还乡讲说。亲里知旧皆来问讯。悉殷勤训勖，以示孝慈。临别涕泣，固留不止。还京，憩慈安乐寺（规案：朱方，春秋吴邑，今江苏镇江县地。左襄十七年："齐庆封奔吴，吴句践与之朱方。"朱方沙门，即指京口沙门。是智称永明八年普弘寺共僧祐讲律解座之后，曾暂还京口）。

由上引观之，慧次、僧柔、智称皆彦和乡里之名僧，又系与僧祐同讲席有深交之法侣，必有为彦和游扬推介者。故在永明八年讲席解座之后，僧祐永明十年入吴讲律之时，是年彦和即为定林上寺释超辩制碑文，此永明十年彦和入京依僧祐之明证也。且撰制碑文不独为彦和初依僧祐之证，且可为彦和文学早成，文名早著之证，请详言之。

　　案六朝建碑，极为当世所重；而撰制碑文．必择能文硕学之士。《宋书·裴松之传》曰："碑铭之作，以明示后昆，自非殊功异德，无以允应兹典。大者道动光远，世所宗推；其次节行高妙，遗烈可纪。若乃亮采登庸，绩用显著，敷化所莅，惠训融远，述咏所寄，有赖镌勒。非斯族也，则几乎僭黩矣。……以为诸欲立碑者，宜悉令言上，为朝议所许，然后听之。庶可以防遏无征，显彰茂实。使百世之下，知其不虚，则义信于仰止，道孚于来叶。"昔人谓赏生以爵禄，荣死以诔谥，乃人主大权，碑铭之作，即由门生故吏，合集财货，刊石纪功，称述勋德，其事与诔谥无异。故制作碑文，必择高才鸿文之士。《晋书·孙绰传》云："绰字兴公，少以文才垂称，于时文士，绰为其冠，温王郗庾诸公之薨，必须绰为碑文，然后刊石焉。"而撷文之士，亦至慎重其事，不敢轻易操笔。观《南齐书》卷二十二《豫章文献王嶷传》，文献殁后，其故吏南阳乐蔼与竟陵王子良，陈欲为文献立碑之意，其言曰："辄欲率荆、江、湘三州僚吏，建碑垄首，庶徽猷有述，茂则方存。"又与沈约请撰碑文曰："若其望碑尽礼，我州之旧俗，倾壖罢市，我土之遗风，庶几弘烈，或不泯坠，荆、江、湘三州策名不少，并欲各率毫厘，少申景慕。斯文之托，历选惟疑。必待文蔚辞宗，德金茂履，非高明而谁？"约答书云："承当刊石纪功，传华千载，宜须盛述，实允来谈。……况文献王冠冕彝伦，仪形寓内，自非一世辞宗，难或与此。约间闾鄙人，名不入第，欸酬今旨，便是以礼许人，闻命惭颜，已不觉汗之沾背也。"是当时人重视碑文作者为何如耶？制碑之举，不独名教所重，而释氏亦同其风。故梁元帝搜聚释氏碑铭，凡三十卷，名曰《内典碑铭集林》。其《序》⑥有云："连塔纪功，招提立寺，或兴造有由，或誓愿所记，故镌之玄石，传诸不朽。亦有息心应供，是曰桑门，或谓智囊，或称印手，高座擅名，预伊帅之席，道林见重，陪飞龙之座。峨眉庐阜之实，邺中宛邓之哲，昭哉史册，可得而详。故碑文之兴，斯焉尚

矣。"又曰："铭颂所称，兴公而已。"是内典碑铭最推重之作者，亦
为晋世温王郗庾诸公所重之孙绰。故知释门之风，与世教无殊。准此
论之，《梁书》称"勰为文长于佛理，京师寺塔及名僧碑志，必请勰
制文"，足明勰之文名必已早著，乃能邀殷勤之请。今考彦和碑志之
文，存者仅《梁建安王造剡山石城寺石像碑》一篇，文成于梁天监
十五年，载孔延之《会稽掇英总集》，为杨明照所举出。其余《钟山
定林上寺碑铭》一卷、《建初寺初创碑铭》一卷、《僧柔法师碑铭》
一卷，见于僧祐《出三藏记集》卷十二《法集杂记铭目录》。其超辩
法师及僧铭、僧柔碑铭，慧校《高僧传》并详言彦和撰制年月。超
辩碑铭，撰于永明十年（492 年），僧柔碑铭，撰于延兴元年（494
年，即齐明帝建武元年）。又《高僧传》卷十三《释法献传》云：
"献以建武末年卒，献弟子僧祐为造碑墓侧，丹阳尹吴兴沈约制文。"
由此观之，僧祐推重彦和之文，盖与沈约等量齐观，其请彦和为超
辩、僧柔二法师制文，而请沈约为法献律师制文者，良由超辩、僧柔
为其挚友，法献为其尊师；以挚友属之彦和，而以尊师属之沈约，正
因为约年位勋望高于当世，所以尊其师也。然即其时重视碑铭制文者
之风尚衡之，彦和以布衣与沈约显宦并列，则彦和文名，在永明十年
操笔之时，必早为当世所重。亦以斯故，僧祐乃物色及之，既委以编
纂佛藏之任，又托以碑志之文也。或疑彦和未入定林寺之前，岂能谙
练佛典。不知六朝文士，受佛教流风所扇，谈说文辞，已成风尚。帝
王大开讲席，佛典经论，更成为文士修辞隶事之所渔猎取资。自谢灵
运、颜延之、刘孝标、刘之遴、周颙、何胤、孔稚圭、沈约、萧子
显、王僧孺、王筠、魏收、邢子才、徐陵、庾信，以至帝王如齐文惠
太子、竟陵王子良、梁武帝、简文帝、元帝、昭明太子、湘东王等，
莫不深谙佛典，若王简《栖头陀寺碑》，且如昭明之选，其文用内典
故实，自然浑成。益齐梁隶事之学，盛极一时，编纂类书，始抄儒
书，爰及佛藏，《续高僧传》卷一《宝唱传》云：

> 释宝唱……天监七年，帝以法海浩汗，浅识准寻，敕庄严僧
> 旻于定林上寺，缵《众经要抄》八十八卷。又敕开善智藏缵
> 《众经理义》，号曰《义林》，八十卷。……及简文之在春坊，尤

耽内教。撰《法宝联壁》二百余卷。令宝唱缀此区别，其（规案："其"疑当作"甚"。或"类"下脱"苑"字）类《遍略》之流。

规案：《遍略》即《华林遍略》，刘孝标纂《类苑》，梁武即抄《华林遍略》以相抗衡，留心六朝隶事之学者类能道之。《众经要抄》、《义林》、《法宝联壁》，皆供文士得捃扯佛典之用。且卷帙浩繁，常集众力而成，如《法宝联壁》，乃"简文帝萧纲在储宫日，躬览内经，指为科域，令诸学士编写结连，成此部卷，以类相从，有同《华林遍略》。"⑦又《大唐内典录》⑧载《内典博要》三十卷云："湘东王记室虞孝敬撰。该罗经论所有要事，备皆收录，颇同《皇览》、《类苑》之流。"由此可知，六朝文士留心佛典，助其翰墨，乃一时风气。彦和亦不独异也。又或疑彦和撰超辩碑文时，年仅二十七八，似不应得名若此之早。不知六朝文人，多在英年成名，即如王融卒年二十七，陆厥卒年二十八，其他英年擅文名者，不胜枚举，何独于彦和而疑之。

今更检诸僧传，立碑撰文之人，并皆一时文伯。兹列举如次，以为彦和文学早成之证。

其见于《高僧传》者：

释道慧……陈郡谢超宗为造碑文。（卷八）

释玄畅……春秋六十有九，是岁齐永明二年十一月十六日，即窆于钟阜独龙山前，临川献王立碑，汝南周颙制文。（卷八）

释僧远……以齐永明二年正月卒于定林上寺。春秋七十有一。……竟陵文宣王即为营坟于山甫，立碑颂德，太尉琅琊王俭制文。（卷八）

释僧柔……西向虔礼，奄然而卒，是岁延兴元年，春秋六十有四。即葬于山南，沙门释僧祐，与柔少长山栖，同止岁久，丞挹道心，预闻法味，为立碑墓所，东莞刘勰制文。（卷八）

释慧基……司徒文宣王钦风慕德，致书殷勤。……基既德被三吴，声驰海内，乃敕为僧主，掌任十械，盖东土僧正之始

也。……以齐建武三年冬十一月卒于城旁寺，春秋八十有五。……特进庐江何胤为造碑文于宝林寺，铭其遗德。（卷八）

释智顺……以天监六年，卒于山寺，春秋六十有一。弟子等立碑颂德，陈郡袁昂制文。法华寺释慧举又为之墓志。（卷八）

释宝亮……以天监八年十月四日卒于灵味寺，春秋六十有六，葬钟山之南，立碑墓所。陈郡周兴嗣、广陵高爽并为制文。（卷八）

释法通……天监十一年六月二十一日卒，春秋七十，仍葬于寺南。弟子静深等立碑墓侧。陈郡谢举、兰陵萧子云并为制文，刻于两面。（卷八）

释保志……葬于钟山独龙之阜……敕陆倕制铭辞于土冢内，王筠勒碑文于寺门。（卷十）

释僧祐，以天监十七年五月二十六日卒于建初寺，春秋七十有四。……弟子正度立碑颂德，东莞刘勰撰文。（卷十一）

释超辩，姓张，敦煌人。……后还都止定林上寺。……以齐永明十年终于山寺，春秋七十有三，葬于寺南。沙门僧祐为造碑墓所，东莞刘勰制文。（卷十二）

释法献……献以建武末年辛。献弟子僧祐为造碑墓侧，丹阳尹吴兴沈约制文。（卷十三）

释僧翼……以宋元嘉二十七年卒，春秋七十，立碑山寺，旌其遗德。会稽孔逭制文。（卷十三）

其见于《续高僧传》者：

释僧旻……以大通八年二月一日清旦，卒于寺房，春秋六十一……隐士陈留阮孝绪为著墓志。弟子智学、慧庆等建立三碑：其二碑，皇太子、湘东王并为制文，树于墓侧；征士何胤著文，立于本寺。（卷五）

释法云……以大通三年三月二十七日初夜卒于住房，春秋六十有三。……太子中庶琅琊王筠为作铭志。弟子周长胤等，有犹子之慕，创造二碑，立于墓所，湘东王萧绎各为制文。（卷五）

释智藏……以普通三年九月十日，卒于寺房，春秋六十有五，敕葬独龙之山，赴送盈道，同为建碑，坟所寺内各一。新安太守萧机制文，湘东王绎制铭；太子中庶子陈郡殷钧为立墓志。（卷五）

释慧超……以普通七年五月十六日，迁神于寺房。……门人追思德泽，乃为立碑。湘东王绎、陈郡谢几卿各为制文，俱镌墓所。（卷六）。

释慧约……乃以大同元年八月十六日，至五更二唱，乃曰："天生有死，自然恒数，勤修念慧，勿起乱想。"言毕合掌，便入涅槃。春秋八十有四，六十三夏。……下敕竖碑墓左，诏王筠为文。（卷六）

释慧勇……以至德元年五月二十八日遘疾，少时平旦神逝春秋六十有九。弟子等追深北面之礼，镌石碑之。其文，侍中尚书令洛阳江总制。（卷七）

释昙延……隋文学吕叔挺美其哀荣，碑其景行，文如别集。（卷八）

释慧远，姓李氏，敦煌人也。……远便弃世，即开皇十二年六月二十四日矣。俗年七十，僧腊五十……勒碑，薛道衡制文，虞世基书，丁氏镌之，时号为三绝。（卷八）

释罗云……以随大业十二年四月二十三日，端坐迁于寺房，春秋七十五，中书令岑文本制碑。（卷九）

释慧暅……以开皇九年七月十日迁于中寺，春秋七十有五。……弟子智瑜等，以音仪永谢，余论将空，非彼丰碑，无陈声实。乃勒铭于寺中。菩萨戒弟子著作郎琅琊王胄制文。（卷九）

释智脱……又以其年二月二十五日，式建方坟于雒阳县金谷里之北邙山，树碑其侧。其文，隋秘书郎会稽虞世南撰。（卷九）

释智聚……以大业五年十一月二十四终于本住。……春秋七十有二。……敢树高碑，用旌景行，秘书虞世南为文。（卷十）

释慧海……仍建碑旌德于寺之门，秘书学士琅琊王睿为文。

（卷十二）

　　释慧觉……大业二年，至三月二十二日，迁化于泗州之宿预县，春秋五十三。……门人智果，禀承遗训，情深追远。乃与同学纪诸景行，碑于寺门，秘书诏告舍人虞世南为文，金紫光禄大夫内史侍郎虞世基为铭，见于别集。（卷十二）

　　释智琚……树此高碑于寺之门前，陈西阳王记室谯国曹宪为文。（卷十二）

　　释僧副……将为勒碑旌德，而永兴公主素有归信，进启东宫，请著其文。有令请湘东王绎为之，树碑寺所。（卷十六）

　　释慧胜……普通五年辛，春秋六十八。葬钟山之阴。弟子智颙树碑墓侧，御史中丞吴郡陆倕制文。（卷十六）

　　释僧实……以保定三年七月十八日，卒于大造远寺，春秋八十有八。……并建碑于寺野二所。大中兴寺释道安，及义城公庾信制文，今在苑内。（卷十六）

　　释僧纬……以建德二年九月十日，终于所住，春秋六十有一。……新野庾信载奉芳尘，勒碑现集。（卷十六）

　　释信行……树塔立碑在于山足，有居士逸民河东裴玄证制文。（卷十六）

　　释智顗……隋炀末岁，行幸江都，梦感智者，言及遗寄，帝自制碑，文极宏丽，未及镌勒，值乱遗失。（卷十七）

　　释僧邑……以贞现五年十一月十六日，终于化度寺院，春秋八十有九。……敢树玄石，用陈令范。左庶子李百药制文，率更令欧阳询书。文笔新华，多增传本，故累诵野外矣。（卷十九）

　　释慧云，范阳人。……至陈大建元年夏中，奄就升遐。陈仆射徐陵为碑铭，见类文。（卷廿五）

　　释明诞……庭前树碑，庾信文，萧云书，世称冠绝。（卷廿六）

其见于《比丘尼传》⑨者：

　　僧敬……永明四年二月三日卒，葬于钟山之阳，弟子造碑，

中书侍郎吴兴沈约制其文焉。(卷三)

其见于《出三藏记集》传者:

> 慧远法师……既而弟子收葬,谢灵运造碑墓侧,铭其遗德焉。

综上所举,制文之人,无一非著名文士,若谢灵运、沈约、王俭、周颙、萧子云、陆倕、王筠、江总、徐陵、庾信、皆一代文宗,即帝王如昭明太子、湘东王绎等,亦皆文才卓荦,照映当时。其间彦和同时文士,撰文最多者,为湘东王绎,凡五篇;次为王筠、刘勰,凡三篇,沈约、陆倕、何胤,凡二篇。由是观之,永明十年以前,彦和文学已成,文名已著,断可知矣。或者又疑彦和文名既已早著,且沈约、彦和皆僧祐礼请制作碑文之人,则彦和藉僧祐之介绍,自可通谒修敬,何至如《梁书》所纪,谓"勰自重其文,欲取定于沈约,约时贵盛,无由自达,乃负其书候约出,干之于车前,状若货鬻者"。余谓勰之为此,盖以《文心》体大思精,其自序称"品列成文,有同乎旧谈者,非雷同也,势自不可异也;有异乎前论者,非苟异也,理自不可同也。同之与异,不屑古今,擘肌分理,唯务折衷"。故其书矫讹翻浅,针砭当世,常惧知音之难遇,著作之难传,故负书道左,货鬻车前,不假吹嘘,唯期真赏。彦和岂谓不能趋走朱门,邀休文之顾眄;特以意不在时彦之面谀,而欲得由衷之评价耳。吾人既明彦和在未依僧祐之前,文学已成;知其著作《文心》之资料,早已蕴蓄于胸中,故《文心》全书之宗旨,皆以儒家为骨干。其全部文学思想,乃涵濡儒书所孕育之成果,而非编撰佛典所滋生之观念。此与彦和依僧祐之时期,及其学术之转变,有极重大之关系,故不得不加以辨明也。

如上文推测不误,则彦和依僧祐时,文学已成,文名已著。其入定林寺,乃应僧祐之请,为校定经藏,完成著述。非若贫士寄食山寺,下帷苦读也。观《高僧僧祐传》叙其事云:"佑集经藏既成,使人抄撰要事,为《三藏记》、《法苑记》、《世界记》、《释迦谱》及

《弘明集》等，皆行于世。"而《梁书》彦和传则云："依沙门僧祐，与之居处积十余年，遂博通经论，因区别部类，录而序之。今定林寺经藏，韶所定也。"是祐传所谓使人"抄撰要事"，即使刘彦和也。《梁书》所云："因区别部类，录而序之，今定林寺经藏，勰所定也。"即祐传所谓"抄撰要事"，为"《三藏记》、《法苑记》、《世界记》、《释迦谱》及《弘明集》"也。彦和因编纂佛典，遂博通经论，驯至归心慈氏。故今《弘明集》载彦和所著《灭惑论》⑩，驳斥异教，专崇佛义。如云："夫佛家之孝，所苞盖远。理由乎心，无系于发。若爱发弃心，何取于孝？昔泰伯虞仲，断发文身，夫子两称至德中权。以俗内之贤，宜修世礼，断发让国，圣哲美谈。况般若之教，业胜中权；菩提之果，理妙克让者哉！"又云："夫孝理至极，道俗同贯；虽内外迹殊，而神用一揆。若命缀俗因，本修教于儒礼；运禀道果，因弘孝于梵业。是以谘亲出家，法华明其义；听而后学，维摩标其例。岂忘本哉，有由然也。彼皆照悟神理，而鉴烛人世，过驷马于格言，伤逝川于上哲，故知瞬息尽让，无济幽灵；学道拔亲，则冥苦永灭。审妙感之无差，辨胜果之可必。所以轻重相权，去彼取此。"彦和撰《灭惑论》时之思想，显与撰《文心》时大异其趣。盖《文心》先成于齐世，而《灭惑论》则晚作于梁时，不可混为一谈也。《文心》书成之后，彦和沉浸佛典，导致其思想作激烈之转变。卒至启求出家，改名慧地，则彦和竟以僧终其身。若不明彦和由儒入佛之历程，则或误以其晚年之思想，淆乱其早成之著述矣，此余所以详辨《文心》成书之经过，明定彦和依僧祐之时期，确陈彦和文学早成之坚证。使彦和著书宗旨不为众议所淆，而彦和之志行亦得大白矣！

注释：

①见《文心雕龙研究专号》，香港大学中文学会编，1962 年版。

②刘毓崧：《通义堂集书文心雕龙后》。

③慧皎：《高僧传》，见《大藏经》第五十册，新文丰影印大正原版，1975 年台北出版。

④僧祐撰：《出三藏记集》，见《大藏经》第五十五册。

⑤《大藏经》第五十册，释道宣撰：《续高僧传》。

⑥见《大藏经》第五十二册，释道宣撰：《广弘明集》卷二十。

⑦见释道宣撰：《大唐内典录》卷四。

⑧《大唐内典录》，释道宣撰：《大藏经》第五十五册。

⑨《比丘尼传》，释宝唱撰：《大藏经》第五十册。

⑩僧祐撰：《弘明集》卷第八，《大藏经》第五十二册。

评　介

　　潘重规（1908—2003），本名潘崇奎，字石禅，小名梦祥。章太炎先生期许其如唐朝史学家李重规，故为之改名重规，后黄季刚先生为之取字：袭善，晚年则自号石禅。安徽省婺源县（现属江西省）人，18岁毕业于赣州第四中学，后考入南京中央大学中文系，师从王伯沆、黄季刚。黄氏精仓雅训诂，王氏兼及《石头记》，于是道途荡荡，广心博骛。1930年潘重规以优异成绩毕业后，初任教于武汉湖北高中，继而奉师命返母校南京中央大学中文系任助教。抗战时期，流离入蜀，改任东北大学副教授，四川大学教授、系主任，抗战以后历任暨南大学、安徽大学中文系教授。1949年赴台湾，先后任台湾师范大学国文系教授、系主任兼国文研究所所长，新加坡南洋大学中文系教授，香港中文大学新亚书院中文系教授、系主任、文学院院长。1973自香港中文大学退休，应聘为法国巴黎第三大学访问教授。翌年返台，任台北"中国文化大学"中文系教授兼中文研究所所长、文学院院长，东吴大学中文研究所教授。曾获法国法兰西学院汉学茹莲奖（Julian Price）、韩国岭南大学荣誉文学博士。在香港创办《敦煌学》杂志；著有《唐写〈文心雕龙〉残本合校》、《敦煌诗经卷子研究论文集》、《敦煌变文集新书》、《瀛涯敦煌韵辑新编》、《瀛涯敦煌韵辑别录》、《列宁格勒十日记》等；主编《国立中央图书馆藏敦煌卷子》、《敦煌俗字谱》、《敦煌变文论集》等。

　　潘重规的毕生学术成就主要集中在红学和敦煌学，在龙学研究领域亦有所斩获。早年随黄侃习《文心雕龙》，1970年由新亚研究所出版《唐写〈文心雕龙〉残本合校》，唐本残卷藏于伦敦大英博物馆，是现存最早而较有权威性的本子，对其的合校工作极富价值。该书对《文心雕龙》唐写本进行了发掘和校正，指出了赵万里、杨明照、铃木虎雄、王利器、饶宗颐等人的种种误解，并综合诸家之说，就原卷进行核校。此合校本已成为后人研究《文心雕龙》唐写本的主要依据。

本书所选《刘勰文艺思想以佛学为根柢辨》（以下简称《根柢辨》）于 1979 年 6 月刊载于《幼狮学志》第 15 卷第 3 期。写作契机是对晚近饶宗颐著《刘勰文艺思想与佛教》一文《刘勰文艺思想以佛学为根柢说》的回应，作者以为此说"有违真相"，恐"刘氏著书宗旨郁而不彰"，不得不辨，遂作此文。作为百年龙学的经典之作，《根柢辨》在研究方法的独到性、研究论证的准确性、研究问题的深入性上均较前人有较大的突破和发展。

第一，《根柢辨》在探索刘勰文艺思想时采用了新的研究思路和方法，将考据和义理相结合，努力还原刘勰创作《文心雕龙》时的成书之经过，并在当时的历史语境中对其文艺思想进行阐释和揭示，从而很好地弥补了过往方法的不足，为此后龙学研究注入了新的活力。过往的龙学研究多采用"文本直接阐释法"，即通过对《文心雕龙》本文的直接分析，从中发掘出文论思想。这种方法无疑最为行之有效并极具说服力，但是它仍存在一定的缺憾。由于语言的能指和所指的关系所固有的随意性，作家在进行创作时常会发生意不称物、言不逮意的状况，因此，后代尤其是近现代学者在对原初文本进行阐释时，要达到作者的本义是存在很大难度的。而吾国文学研究又素有断章取义、以意逆志与微言大义的传统，这也在一定程度上加大了过度阐释和曲意附会的可能。《根柢辨》将考证引入阐释，使考据和义理相融合，极大地减小了发生上述情况的概率。作者通过对刘勰往依僧祐的具体时间进行考证，将其由永明年间确定为永明十年，而刘勰为僧祐挚友超辩法师撰写碑志恰在永明十年；后又依刘勰其时的时代风貌、撰碑情况论证了撰制碑文者必择高才鸿文、能文硕学之士，所以刘勰在往依僧祐之时必已为当世所重。接着，又就刘勰往依僧祐前后在学术思想上的转变做了考证，综上得出结论云"彦和在未依僧祐之前，文学已成，知其著作《文心》之资料，早已蕴蓄于胸中"，故"《文心》全书之宗旨皆以儒家为骨干"不辨自明。通篇文章思路明晰，论证有据，逻辑缜密，将对刘勰生平、成书时间的考据，与《文心雕龙》思想内容的阐释与研究相配合，两者相互补充、吸收和完善，使得义理有据，考据有归。这既弥补了过去研究中的瑕疵，又为将来的研究提供了新的方法和途径。

第二，《根柢辨》作为一篇以考辨为主的文章，不但资料丰富、论据充分、论证详细，而且思维缜密、学风扎实。这首先体现在其缜密严谨的治学态度上。本文广泛参照吸纳前人的研究成果，并非全盘接受，而是有所驳正，在此基础上作进一步的辨析和思索，寻找更确切的依据。例如，对刘勰往依僧祐居定林寺的具体时间进行考证时，援引了范文澜与杨明照两家的观点，范氏以为刘勰依僧祐为"永明五六年"，杨氏也认为在"疑在齐永明中僧祐入吴试简五众，宣讲十诵"之时。潘氏一方面赞同"范杨二氏考定彦和依僧祐之时，在入吴试简五众，造立经藏之后"的看法，认为此说颇谛，另一方面也提出了怀疑："唯定为永明五六年，则恐未确"，随后引证《高僧传》之《释僧祐传》、《出三藏记集》之《略成实论记》与《成实论》子注、《续高僧传》卷六《释明彻传》等多部史集，旁征博引，明确论证出僧祐入吴试简五众，当在永明十年。其次，本文在论证过程中，思路明确，条理明晰，充分运用考据学中的本证、旁证、理证、存疑等多种方法进行考辨，纠正讹误。如在对"彦和在未依僧祐之时，文学已成"进行论证时，先证六朝重建碑而撰制碑文必择能文硕学之士，是为旁证；后援引《梁书》中"勰为文长于佛理，京师寺塔及名僧碑志，必请勰制文"之言，是为本证；而后又将刘勰为僧祐挚友超辩、僧柔二法师制文，与沈约为僧祐尊师法献制文相较，将刘勰与其余制文者之文名相较，将刘勰制文数量与其时撰文最多者相较，是为理证，充分证明了刘勰文采卓越、映照当时。

第三，《根柢辨》虽是以刘勰文艺思想之"根柢"为讨论的中心，但也为龙学研究中其他一些悬而未决的问题提供了新解。其一，对《梁书》中"早孤，家贫，依沙门僧祐"之言，有独到的见解。潘氏根据刘勰往依僧祐时为永明十年，文学已成、文名已著的新研究成果，以为此处所谓依者，"特如《三国志》所记王粲'依刘表'之依"。此时僧祐则搜集经藏，欲加整理，而刘勰文高学广，又蛰居家中、不务仕进，遂愿往定林寺搜集整理经藏。此说解决了《梁书》的记载与事实的矛盾。其二，对刘勰负书于沈约车前，状若货鬻者的原因进行了合乎情理的分析。认为刘勰自重其文，"常惧知音之难遇，著作之难传"，在文名已著的情况下负书道左，是为了"不假吹嘘，唯期真赏"。这种看法解释了沈约与刘勰皆为僧祐礼请制作碑文之人，却要"状若货鬻"的原因。其三，对刘勰由儒人佛的历程进行了明辨，阐明其学术思想转变与往依僧祐有极大的关系，使往后的研究免于误以其晚年之思想混淆其早年之著作。此外，本文还有一大特点：语言表达的流畅精炼与章辞的华美流丽。"言而无文，行之不远"，《文心雕龙》的一个基本思想就是倡导为文之美。本文虽是说理文章，但一点也没有忽视对文字表达、章句安排的重视。而是熔意裁辞，字斟句酌，将复杂的道理讲得明白如话，令人有美的享受。

《根柢辨》发表之后，引起学界的普遍重视。刘绍瑾称潘重规、饶宗颐等人"对《文心》文艺思想的基础、其所原之'道'的依归的阐释，是香港《文心》研究的第一个重点"，"是香港近50年来古代文论领域受到关注最大、成果最丰的一块园地"。总的来说，此篇文章无论是对刘勰文艺思想的研究，还是对刘勰生平的考证、《文心雕龙》的成书经过都有重要的启示意义。

潘重规龙学著述目录：

《文心雕龙札记》，《制言》第49期，1939年2月。

《唐写〈文心雕龙〉残本合校》，香港新亚研究所1970年版。

《读文心雕龙札记》，载《文心雕龙札记》，台湾文史哲出版社1973年版。

《文心雕龙札记跋》，载《文心雕龙札记》，台湾文史哲出版社 1973 年版。

《彦和撰写文心雕龙问题的新探测》，《创新周刊》第 189 期，1976 年 6 月。

《刘勰文艺思想以佛学为根柢辨》，《幼狮学志》1979 年第 3 期。

（陈琨）

王应麟和辛处信《文心雕龙注》关系之探测

王更生

一、前　言

　　自从刘彦和《文心雕龙》成书于齐梁之后，经隋唐，至两宋，《隋书·经籍志》、《旧唐书·经籍志》、《新唐书·艺文志》、《崇文总目》等史志的著录，唐·刘知幾《史通》、释神清《北山录》、宋·宋祁《景文杂志》、叶廷珪《海录碎事》等书的记载，唐·刘存《事始》、白居易《六帖》、宋·李昉《太平御览》、晏殊《类要》、高承《事物纪原》等书的引用，均不言有注。而南宋郑樵《通志·艺文略·文史类》除著录"梁·刘勰《文心雕龙》十卷"外，又有"辛处信《文心雕龙注》十卷"，元·脱脱《宋史·艺文志·文史类》，于著录"刘勰《文心雕龙》十卷"外，同时也有"辛处信《文心雕龙注》十卷"，则《文心雕龙》之有注，当自辛处信始。但辛处信的《文心雕龙注》，早就史留空目，不见原书。

　　数年前，我撰《文心雕龙研究的回顾与前瞻》一文时，[①]曾提到南宋·王应麟《玉海困学纪闻》曾大量地援引《文心雕龙》，其中并间或附有注释，当时对于"这些注释是否本之于辛氏的原书？"颇表怀疑；不料，去年讲学香江时，得读王元化先生选编，经齐鲁书社出版的《日本研究文心雕龙论文集》，书中第11页有户田浩晓先生的大作《文心雕龙小史》一文，户田先生在文中讲到历代学者对《文心雕龙》注释的时候，曾经对我过去的看法有所论断。他说：

　　　　王更生氏以为《玉海》所引《文心雕龙》中，时见的夹注是辛氏的注文，我却认为这是《玉海》编者的原注。

最近一年来，一直觉得关于户田先生的看法，仍有若干疑点需要澄清，同时自认为这绝对不是《文心雕龙》学上的公案。于是再赓续搜求，深入求证，发现王应麟撰《玉海》及《困学纪闻》，尤其是《困学纪闻》，援引《文心雕龙》时所附列的"原注"，不出于辛处信，更有何人乎？

虽然如此，笔者仍然觉得这是个复杂的问题，在没有获得绝对的肯定前，有几个相关的问题，必须先做某种程度上的解决。这几个问题：一是辛处信《文心雕龙注》除了见于郑樵《通志》、《宋史·艺文志》外，其他宋元时期的公私书目有哪些？它们有无著录？二是郑樵《通志》和《宋史·艺文志》编纂的时间，及其依据数据的信度如何？三是辛处信《文心雕龙注》既见于郑樵《通志》，和《宋史·艺文志》，它究竟成书于何时？四是王应麟撰《玉海》、《困学纪闻》时，有没有亲自目睹辛处信注本的可能？对这些疑问做了合理的解决后，才有进一步对王氏附列的"原注"搜证、分析、研判的立足点。

二、辛处信《文心雕龙注》在宋元时期公私书目的著录情形

宋元之际的公私书目，其现存而可见者，除郑樵《通志》、《宋史·艺文志》外，还有王尧臣的《崇文总目》，晁公武的《郡斋读书志》，尤袤的《遂初堂书目》，陈振孙的《直斋书录解题》，马端临的《文献通考·经籍考》。根据《宋史·郑樵本传》，郑樵上《通志》的时间，是在南宋高宗（赵构）绍兴三十二年（1162年），也就是他59岁，病卒的当年。如果以郑樵上《通志》为定点，来看这些公私书目问世的时间，比郑樵早的书目有王尧臣的《崇文总目》，略晚的有晁公武的《郡斋读书志》，尤袤的《遂初堂书目》，陈振孙的《直斋书录解题》，再晚的就是入元以后马端临的《通考》和脱脱的《宋史·艺文志》了。

郑樵《通志·艺文略·文史类》，录有"文心雕龙辛处信注十卷"，早于此书的王尧臣《崇文总目》不著录，晚于此书的晁"志"、尤"目"、陈"录"与马氏"经籍考"均不见著录，到元·脱脱奉敕纂修《宋史》，其《艺文志·文史类》，又见著录"文心雕龙辛处信注十卷"。由郑樵《通志》的完成，到脱脱《宋史》的纂修，中间相隔190年左右，在此以前，既不知辛注《文心雕龙》之所由来，在此以后，又不知辛注《文心雕龙》之所由终，它仅仅流传了将近两百年；而在此两百年里，除"郑志"、"宋史"以外，其他书目丝毫没有记载，可是王应麟在宋末元初（公元1296年以前）撰写《玉海》和《困学纪闻》时，它却又形同昙花一现般地出现于所谓《文心雕龙》的"原注"之中。正因为如此，郑樵《通志》和《宋史·艺文志》，二书依据资料的信度，便成了我们继续追查的目标。

三、郑樵《通志》、《宋史·艺文志》编纂时间 及其依据数据的考察

郑樵《通志》虽成于私人之手，但根据《宋史》本传上的记载，它却是呈献朝廷的一部重典。传云：

> 樵好著书，不为文章，自负不下刘向、扬雄。初为经旨、礼乐、文字、天文、地理、虫鱼、草木、方书之学，皆有论辨，绍兴十九年（公元1149年）上之，诏藏秘府。给札归抄所著《通志》。……高宗幸建康（案：及绍兴三十二年，公元1162年），命以《通志》进，会病卒，年五十九。

可知作者系先有经旨、礼乐、诸学的辩论，再由朝廷的授意，然后抄进《通志》二百卷的。所以《通志总序》说：

> 臣蒲柳之质，无复余龄，葵藿之心，惟期盛世。

金英宗（硕德八剌）至治二年（元世祖至元二十四年，公元

1287年）五郡守吴绎《通志序》也说："夹漈先生《通志》，包括天地阴阳礼乐制度，古今事实。大无不备，小无或遗。是集绣梓于三山郡庠，既献之天府，藏之秘阁。"可见"郑志"虽出于私人之手，实类同官书，且极受当时及后世学术界的重视。

《通志》乃通纪百代之有无，原属通史。《艺文略》本为单行之书，名曰"群书会记"。②书中资料，大致来源于《汉书·艺文志》、《隋书·经籍志》、《新唐旧志》、《崇文总目》、《北宋馆阁书目》、《道藏目录》及当时民间收藏的如荆州"田氏目录"、彰州"吴氏书目"等。③可说是包罗古今，备录无遗。在一切目录中，郑樵著《通志》，实富有极大的野心，希望能成为旷古绝今的著作。④不过，近人姚名达著《中国目录学史》，说郑樵于《艺文略》仅列书目。就书目言，其中或误或漏或重复的地方就不少，实有重新汇编的必要。⑤尽管姚氏说郑"志"《艺文略》或误或漏或重复，但对于他的博大与通贯，却保持着肯定的态度。

《宋史》四百九十六卷，元·脱脱自任都总裁，铁睦尔达世、贺惟一、张起岩、欧阳玄、吕思诚、揭奚斯、李好文、杨宗瑞、王沂等为总裁官。根据《宋史·艺文志》的书前总序，知编制"艺文志"八卷时，其资料的来源大多本之于当时的"馆阁书目"。序称：

> 当历考之，使太祖、太宗、真宗三朝，三千三百二十七部，三万九千一百四十二卷。次仁、英两朝，一千四百七十二部，八千四百四十六卷。次神、哲、徽、钦四朝，一千九百六部。二万六千二百八十九卷。三朝所录，则两朝不复登载，而录其所未有者。四朝于两朝亦然。最其当时之目，为部六千七百有五，为卷七万三千八百七十有七。迨夫靖康之难，而宣和、馆阁之储，荡然靡遗。高宗移跸临安，乃建秘书省于国史院之右，搜订遗阙，屡优献书之赏，于是四方之藏，稍稍复出，而馆阁编辑，日益以富矣。当时类次书目，得四万四千四百八十六卷。至宁宗时续书目，又得一万四千九百四十三卷，视《崇文总目》又有加焉。宋旧史，自太祖至宁宗为书凡四。志艺文者，前后部帙，有亡增损，互有异同。今删其重复，合为一志，益以宁宗以后史之所未

录者：仿前史分经、史、子、集四类而条列之，大凡为书九千八百十九部，十一万九千九百七十二卷云。

案"三朝国史"为吕夷简等所上，其"艺文志"所据当为咸平三年（咸平宋真宗年号，三年即公元 1000 年）朱昂、杜镐、刘承珪等所撰的"馆阁书目"。"两朝国史"为王珪等所上，其"艺文志"所据当为庆历元年（庆历宋仁宗年号，元年及公元 1041 年），王尧臣、欧阳修等所撰的"崇文总目"。"四朝国史"为李涛等所撰，其"艺文志"所据当为政和七年（政和宋徽宗年号，七年即公元 1117 年），孙觌，倪涛等所撰的"秘书总目"。⑥至于南宋之书，其取材有二：一、为淳熙五年（淳熙宋孝宗年号，五年即公元 1178 年），陈骙等纂修的"中兴馆阁书目"七十卷，二、为嘉定十三年（嘉定宋宁宗，十三年即公元 1220 年），张攀等编的"中兴馆阁续书目"三十卷。⑦然后再加入宁宗以后（即由理宗到度宗之末，公元 1225—1274 年）史书所未曾记录的部分。

《宋史·艺文志》除了依据官书外，郑樵《通志》既然"献之天府，藏之秘阁"，想必也在他参考之列。在此，笔者不得不顺便解决辛处信《文心雕龙注》成书的时间问题。因为《崇文总目》不录辛《注》，《崇文总目》以后，四朝艺文虽续有登录，但经过靖康之难，宣和、馆阁所储，已荡然靡遗。郑樵《通志》成于南宋初年，高宗建秘书省，搜访遗阙之后，而辛处信《文心雕龙注》首见于《通志·艺文略》，元·脱脱修《宋史》，又根据《通志》著录，故二书得以同载辛《注》，他书如晁"志"、尤"目"、陈"录"以及马氏"经籍考"均不载。尤其马端临《经籍考》的编辑，大多根据晁"志"、陈"录"等私人书目，晁"志"、陈"录"既不载辛注，当然马端临《经籍考》也绝无著录之理。由此不但可以知道公私书目间，彼此援引的关系，同时，也可以推知辛处信注《文心雕龙》十卷的时间，必在北宋仁宗庆历元年（公元 1041 年），王尧臣《崇文总目》编纂完成以后，南宋高宗绍兴三十年（公元 1160 年），郑樵《通志》呈献朝廷之前，这个 116 年间。此问题得到解决后，则王应麟撰《玉海》、《困学纪闻》时，才有可能亲自目睹辛处信的《文心雕龙注》，也就是他在书中一再引述的所谓"原注"了。

四、王应麟和辛处信《文心雕龙注》

王应麟字伯厚，庆元府人（今浙江宁政），9 岁通六经，淳祐元年（淳祐南宋理宗年号，元年即公元 1241 年）举进士，从王埜受学（按《宋史》本传，王埜字子文，登嘉定十二年进士第，有文武才，学宗程朱，创建安书院，拜端明殿学士，封吴郡侯）。《宋史》本传上载应麟初登科第时，就对当时的教育学术界表示不满。他说：

> 今日之事举子业者，估名誉，得则一切委弃，省制度典故漫不省，非国家所望于通儒。

因为他鄙视沽名钓誉的举子业，期许自己能达到"省制度典故"的通儒，于是：

> 闭门发愤，誓以博学宏辞科自见，假馆阁书读之。

结果在宝祐四年（宝祐南宋理宗年号，四年即公元 1256 年）中博学宏辞科。他编纂的《玉海》二百卷。内分天文、律历、地理、帝学、圣文、艺文、诏令、礼仪、车服、器用、郊祀、音乐、学校、选举、官制、兵制、朝贡、宫室、食货、兵捷、祥瑞等二十一部，每部又各分子目，共二百四十多类，书后又附《辞学指南》四卷，这些都可以说是他们专门为应博学宏辞考试的举子们编纂的一部《登龙录》。虽然如此，《玉海》绝不像其他类书，只标题目，不录原文，一味堆积数据，以多取胜者可比。所以元代学者胡助称赞它是"天下奇书"，清人熊本也认为它"大有裨经济实学"⑧。

《困学纪闻》二十卷，成于先生晚年，⑨根据元至治二年（至治，元英宗年号，二年即公元 1322 年）秋八月阴山牟应龙的《困学纪闻序》，及翁元圻在清道光五年（公元 1825 年）为《困学纪闻》写的序言，知先生博极群书，入元后，寓居甬上，足迹不下楼者几三十年。益沈潜先儒之说而贯通之，于汉唐则取其赅，于两宋则取其纯。不主一说，不名一家，而实集诸如之大成，非读书万卷者不能为。所以他的儿子昌世持此书给牟应龙的时候，说：

> 吾父生平著书最多，惟《困学纪闻》尤切于为学者。⑩

先生生于南宋宁宗嘉定十六年（公元 1223 年），卒于元成宗元贞二年（公元 1296 年），也就是在入元后病逝于故里。《困学纪闻》书首《自序》云：

> 幼承义方，晚遇艰屯。炳烛之明，用志不分。

可以想见他自少至老，虽遭国事之变，仍然一本庭训，努力不懈的风骨。故以先生的励志苦学，著述等身的情形来看，不仅刘勰《文心雕龙》一书，在他撰述的《玉海》、《小学绀珠》、《辞学指南》、《汉书艺文志考证》、《困学纪闻》中经常引用，就是辛处信《文心雕龙注》也必在他参考之列。因为先生著书既有汉宋诸儒的谨严，又能恪遵言出有据的信条，故常在引书中附上该书的"原注"，以加强他著书立说的信度。

辛处信《文心雕龙注》既成于两宋交替之际，居今已不可见。王应麟活跃于南宋之末，元朝之初的 73 年之间，他本人又从来没有说过自己有"文心雕龙注"的作品，而王氏又往往在引书引说，或叙事说理的时候，缠夹些所谓"原注"的文字。那么，我们现在在比对了他的几种常见的著作后，发现各书均援引《文心雕龙》，但在引文之下附加"原注"的，又以《困学纪闻》表现得最为突出，也最具有代表性。以下笔者就运用这一部分的材料作基础，来研究王应麟和辛处信《文心雕龙注》的关系。

五、《困学纪闻》中援用《文心雕龙》及所附"原注"的真相

在《困学纪闻》二十卷里，引用《文心雕龙》的地方有十六处。

这十六处如果按原书卷次去看，计卷二有二条、卷五有一条、卷十有二条、卷十三有一条、卷十七有四条、卷十八有五条、卷二十有一条。现在把各条内容抄录如下：

《文心雕龙》云："《书》标七观。"孔子曰："六誓可以观义、五诰可以观仁，《甫刑》可以观诫，《洪范》可以观度，《禹贡》可以观事，《皋陶谟》可以观治，《尧典》可以观美。"见《大传》。原注："《孔丛子》云：帝典观美，《大禹谟》《禹贡》观事，《皋陶谟》《益稷》观政，《泰誓》观义，此其略异者。"（卷二书一八三页）

按此引为"《宗经》篇文"。自"孔子曰"以下，至"见《大传》"为王氏自语。"原注"以下引《孔丛子》云，疑为王氏引辛处信"《文心雕龙·宗经》篇注"的佚文。

《文心雕龙》云："夏商二箴，余句颇存。"《夏箴》见《周书文传》，《商箴》见《吕氏春秋名类》篇。（卷二第201页）

按此引为"《铭箴》篇文"，"夏箴"以下至"名类篇"为王氏自语。本条未录辛处信的"原注"。

夏侯太初《辩乐论》，伏羲有《网罟》之歌，神农有《丰年》之咏，黄帝有《龙衮》之颂，元次山《补乐歌》，有《网罟》《丰年》二篇。《文心雕龙》云："二言肇于黄世，《竹弹》之谣是也。"原注："《竹弹歌》，见《吴越春秋》。"（卷五第500页）

按此引为"《章句》篇文"。自"夏侯太初《辩乐论》"至"有《网罟》《丰年》二篇"为王氏自语，"原注"以下疑为王氏引辛处信"《文心雕龙·章句篇》注"的佚文。

《尸子》曰："舜兼爱百姓，务利天下，其田也，荷彼耒耜，耕彼南亩，与四海俱有其利。其渔雷泽也，旱则为耕者凿渎，狩则为猎者表虎。故有光若日月，天下归之若父母。"《文心雕龙》舜之祠田云："荷此耒耜，耕彼南亩，四海俱有。"谓之祠田，岂他有所据乎？（卷十《诸子》第 895 页）

按此引为"《祝盟》篇文"，自"《尸子》曰"以下，至"若父母"系王氏引《尸子·君治》篇文，本条未录辛处信的"原注"。

尹知章序《鬼谷子》曰："苏秦张仪往事之，受《捭阖》之术十有二章，复受《转丸》《肱箧》三章，然秦仪用之，裁得温言、酒食、货财之赐。秦也，仪也知道未足行，复往见，具言所受于师，用之，少有口吻之验耳。未有倾河、填海、移山之力，岂可更闻至要，使弟子深见其闳奥乎？先生曰：为子陈言至道，斋戒择日而往见，先生乃正席而坐，严颜而言，告二子以全身之道。"《文心雕龙》云："转丸骋其巧辞，飞钳伏其精术。"原注："程子曰：秦仪学于鬼谷，其术先揣摩，然后捭阖，捭阖既动，然后用钩钳。"（卷十《诸子》第 909 页）

按此引为"《论说》篇文"。自"尹知章"以下，至"全身之道"系王氏引尹知章序《鬼谷子》语。"原注"以下疑即王氏引辛处信"《文心雕龙·论说》篇注"的佚文。

《文心雕龙》谓："江左篇制，溺乎玄风。"《续晋阳秋》曰："正始中，王何庄老，至过江，佛理尤盛。郭璞五言，始会合道家之言而韵之。许询、孙绰转相祖尚，而《诗》《骚》之体尽矣。"愚谓东晋玄虚之习，诗体一变，观《兰亭》所赋可知矣。（卷十三《考史》第 1096 页）

按此引为"《明诗》篇文"。自"《续晋阳秋》"以下，至"而《诗》《骚》之体尽矣"，系王氏引《续晋阳秋》语。至于"愚谓"以下二十字，根据清人阎百诗的注，应属正文下的"原注"，如阎说确实，则此二十字也当是辛处信"《文心雕龙·明诗》篇注"的佚文。

> 刘勰《辨骚》："班固以为羿浇二姚，与左氏不合。"洪庆善曰："《离骚》用羿浇事，正与左氏和，孟坚所云，谓刘安说耳。"（卷十七《评文》第 1294 页）

按此引为"《辨骚》篇文"。洪庆善即洪兴祖，著有《楚辞补注》。自"洪庆善曰"以下系王氏引《补注》语。本条未录辛处信的"原注"。

> 《文心雕龙》谓英华出于性情："贾生俊发，则文洁而体清；子政简易，则趣昭而事博；子云沉寂，则志隐而味深；平子淹通，则虑周而藻密。"（卷十七《评文》第 1296 页）

按此引为"《体性》篇文"。首句谓"英华出于性情"，系王氏化用《文心》"吐纳英华，莫非性情"而成。本条未录辛处信的"原注"。

> 《文心雕龙》云："《论语》已前，经无论字。"晁子止云："不知《书》有论道经邦。"（卷十七《评文》第 1323 页）

按此引为"《论说》篇文"，"晁子止云"以下，系王氏引晁公武《郡斋读书志》别集类、《文心雕龙》提要语。本条不录辛处信的"原注"。

> 山谷《与王观复书》曰："刘勰尝论文章之难云：'意翻空而易奇，言征实而难巧。'此语亦是沈谢辈为儒林宗主时，好作奇语，故后生立论如此。"好作奇语，自是文章病；但当以理为主，理得而辞顺，文章自然出群拔萃，张文潜《答李推官书》，可以参看。原注："《文鉴》取此二书。"（卷十七《评

文》第 1325 页）

按山谷《与王观复书》中所引为"《神思》篇文","好作奇语"以下，至"可以参看"系王氏自语。"原注"疑即王氏引辛处信"《文心雕龙·神思》篇注"的佚文。

《文选》注："五言自李陵始。"《文心雕龙》云："《召南行露》，始肇半章，《孺子沧浪》，亦有全曲，《暇豫》优歌，远见春秋，《邪径》童谣，近在成世。阅时取征，则五言久矣。"（卷十八《评诗》第 1349 页）

按此引为"《明诗》篇文"。首句"《文选注》"以下，系王氏引李善说诗语。本条未录辛处信的"原注"。

《古诗十九首》或云枚乘，疑不能明也。驱车上东门，游戏宛与洛，辞兼东部，非尽是乘作。《文心雕龙》云："《孤竹》一篇，傅毅之词。"（卷十八《评诗》第 1350 页）

按此引为"《明诗》篇文"，其他皆王氏评《古诗十九首》语。本条未录辛处信"原注"。

《文心雕龙》云："张衡《怨篇》，清典可味。"《御览》载衡《怨诗》曰："秋兰，嘉美人也。猗猗秋兰，植彼中阿。有馥其蕑，有黄其葩。虽曰幽深，厥美弥嘉。之子之远，我劳如何！"（卷十八《评诗》第 1352 页）

按此引为"《明诗》篇文"。"《御览》"以下系王氏引《太平御览》九百八十三张衡《怨诗语》，本条未录辛处信的"原注"。

《诗苑类格》谓："回文出于窦滔妻所作。"《文心雕龙》云："回文所兴，则道原为始。"又傅咸有《回文反复诗》，温

峤有《回文诗》，皆在窦妻前。原注："皮日休曰：傅咸反复兴焉，温峤回文兴焉。"（卷十八《评诗》第 1354 页）

按此引为"《明诗》篇文"。"《诗苑类格》谓"以及"又傅咸"以下，皆王氏考订《回文诗》出处语。"原注"疑即王氏引辛处信"《文心雕龙·明诗》篇注"的佚文。

韩文公云："六字常语一字难。"《文心雕龙》谓："善为文者，富于万篇，贫于一字。"（卷十八《评诗》第 1370 页）

按此引为"《练字》篇文"。"韩文公云"系王氏引文公《记梦诗》语。本条未录辛处信的"原注"。

《文心雕龙》云："士衡才优，而缀辞尤烦；士龙思劣，而雅好清省。"今观士龙《与兄书》曰：往日论文，先辞而后情，尚絜而不取乎色泽，兄文章高远绝异，然犹皆欲微多；但清新相接，不以此为病耳。若复令小省，恐其妙欲不见。云今意视文，乃好清省，欲无以尚，意之至此，乃出自然。（卷二十《杂识》第 1499 页）

按此引为"《镕裁》篇文"。"今观"以下系王氏引陆士龙《与兄平原君书》语，本条不录辛处信的"原注"。

六、所谓"原注"即辛处信《文心雕龙注》之探测

在上节十六条援用《文心雕龙》的引文中，粗以别之，没有附列"原注"的计十条，附有"原注"的计六条。这六条依照先后顺序，简述如下：

第一条，是"注"《文心雕龙·宗经》篇的"《书》标七观"句。

第二条，是"注"《文心雕龙·章句》篇的"二言肇于黄世，

《竹弹》之谣是也"句。

第三条，是"注"《文心雕龙·论说》篇的"转丸骋其巧辞，飞钳伏其精术"句。

第四条，是"注"《文心雕龙·明诗》篇的"江左篇制，溺乎玄风"句。

第五条，是"注"《文心雕龙·神思》篇的"意翻空而易奇，言征实而难巧"句。

第六条，是"注"《文心雕龙·明诗》篇的"回文所兴，则道原为始"句。

这六条中的"原注"，除了第四条："愚谓东晋玄虚之习，诗体一变，观《兰亭》所赋可知矣。"阎百诗以为是正文下的小注，而何义门却以为是正文⑪，在学术上尚有争议外，其他五条依照原书皆斑斑可考。笔者从以下四方面证明这些"原注"，就是辛处信《文心雕龙注》的佚文。

首先，从引书惯例上看：依照一般引书的惯例，作者在字里行间称引自己的作品，以加强论证依据的情形，往往有之；但绝对没有自称"原注"的例子。从本文前面的考订，得知除辛处信《文心雕龙注》十卷，见于当时的公私书目外，别无他家。如果"原注"就是王应麟自己的注，此不仅违犯了一般引书的惯例，同时，王氏本人更无所谓"文心雕龙注"之可指。由此观之，各条正文下所附的"原注"，非辛处信《文心雕龙注》莫属。

其次，从词义上看，任何学术上的专门用语，均有特定的意义。绝不容张冠李戴，或不合逻辑的妄加偏解。在这个原则下，我们来界定所谓"原注"的词义，毫无疑问地即指"原书的注"。换言之，就是"《文心雕龙》原来的注释"。而"文心雕龙"之有注，在王应麟撰"困学纪闻"前，只有辛处信的注。似此，则王氏附列的"原注"，从词义上看，衡情度理，必为辛处信《文心雕龙注》。

再其次，从行文上看：元朝牟应龙《困学纪闻序》云："公（指王应麟先生）作为是书，各以类聚，考订评论，皆出以己意，发前人所未发。辞约而明，理融而达。"值得特别注意的是他说的"各以类聚，考订评论"八个字。"纪闻"者，纪读书之所见所闻也。这正如王氏亲笔所书的三十八字"序言"云："开卷有得，述为纪闻。"
可见《困学纪闻》，就是王氏一生的读书札记。究其内容，凡九经诸
子的旨趣，历代史传的事要，制度名物的原委，以及宗工巨儒的诗
文，他都一一甄择，考订诠评。所以本书在行文上除引经据典外，有
时虽议论风发，但无不措词有据。例如第一条在引《文心雕龙》
"《书》标七观"后，再举"孔子曰：六誓可以观义，《甫刑》可以
观诚，《洪范》可以观度，《禹贡》可以观事，《皋陶谟》可以观治，
《尧典》可以观美"。他又惟恐读者不明出处，继而附书"见《大
传》"三字于"可以观美"之后。细玩全条文义，行文到此已气完神
足，不容再增一词，然而在"见《大传》"之下，他却另以小字书
"原注"《孔丛子》云云，显然有意转录"《文心雕龙》原注"，让读
者和正文引"《大传》"上的话作一对勘。至于第二条言乐，在记述
"夏侯太初《辩乐论》：伏羲有《网罟》之歌，神农有《丰年》之
咏，黄帝有《龙衮》之颂。元次山《补乐歌》：有《网罟》《丰年》
二篇"后，引《文心雕龙》云："二言肇于黄世，《竹弹》之谣是
也。"盖王氏以为魏夏侯太初著"辩乐论"，唐元次山作"补乐歌"
中，虽均称上古之乐，但却不言黄帝时代的"竹弹之谣"，于是引
"《文心雕龙·章句》篇"文加以补充。但"竹弹之谣"出处如何？
王氏为免读者翻检之劳，于是再在正文的下面附列"原注"《竹弹
歌》云云。所以从本书行文上看，其所列的"原注"，不管是对照正
文也好，或说明出处也好，总而言之，既非正文的一部分，必是辛处
信的《文心雕龙注》。

最后，从写作体例上看：王应麟撰《困学纪闻》凡于正文之下
所引"原注"，皆非王氏自注，此点笔者根据后世学者的考订可以得
到证明。如卷一《易》："《易》言密云不雨者二：《小畜》终于既雨
者，阳之极为阴也；《小过》终于已亢者，阴之极为阳也。"下引
"原注"："畜极则通，过极则亢。"清人翁元圻《困学纪闻注》（以下
简称翁注）云："案原注乃王弼注语。"（见翁注《困学纪闻》第一册
第11页）又卷一《易》："孔子卜得贲，孔子曰：不吉。子贡曰：夫
贲亦好矣，何谓不吉乎？孔子曰：夫白而白，黑而黑，夫贲又何好
乎？"下引"原注"："《吕氏春秋》：贲，色不纯也。"翁注云："案此

条纪《吕氏春秋·慎行论·壹行》篇之文。原作赍，色不纯也五字，乃高诱注语。"（见翁注《困学纪闻》第一册第 26 页）又卷一《易》："初九，潜龙，辞也。有九则有六，变也；潜龙，象也；勿用，占也。辅汉卿谓：《易》须识辞变象占四字。"下引"原注"："项氏曰：不称干马而称震龙，震，动也，干之动自震始。"翁注："案原注引项说，见项氏安世《周易·玩辞》。"（见翁注《困学纪闻》第一册第 76 页）又卷二《书》："詹元善曰：惟皇上帝，降衷于下民，若有恒性，克绥厥猷惟后。此即天命之谓性，率性之谓道，修道之谓教也。人能知此，则知观《书》之要，而无穿凿之患矣。"下引"原注"："吕成公已有此说。"翁注："案成公之说，见东莱《书说》，真氏《大学衍义》取之。"则此"原注"指"真氏《大学衍义》"。（见翁注《困学纪闻》第二册第 214 页）又卷四《周礼》："外史达书名，郑康成谓古曰名，今曰字。"下引"原注"："字者，滋也。"翁注："原注即贾《疏》文。"（见翁注《困学纪闻》第二册第 378 页）又卷七《论语》："《荀子·劝学》，亦曰其数则始乎诵经，终乎读礼，其义则始乎为士，终乎为圣人。"下引"原注"："经，谓《诗》《书》。"翁注："原注四字，及杨倞注文。"（见翁注《困学纪闻》第三册第 681 页）以上六条皆王氏"困学纪闻"在正文下附列的"原注"，经清人翁元圻考订皆引自他人或他书的注解。以此类推，则王氏于援用《文心雕龙》时，亦连类著录辛处信"文心雕龙注"，这一点，从他写作体例上看，是十分明显的。

读者也许会问，清人翁元圻注《困学纪闻》，既能说明他条"原注"的出处，为何对《文心雕龙》"原注"的出处，不置一词乎？关于此点，笔者可以引翁氏道光五年春三月的《自序》来答复。他说：

> 顾征引浩博，猝难探其本源。虽以阎潜邱、何义门、全谢山三先生之渊雅，尚未尽志其出处，盖由宋人著述不能尽传故也。

宋辛处信《文心雕龙注》亡于元明之交，明代焦弱侯"《国史·经籍志》、集类、诗文评"目中，虽列有"辛处信《文心雕龙注》十卷"，但根据杨明照的考订："辛氏之注，明世已不复存，弱侯盖因仍旧志，非目睹其书也。"⑫因为辛注既久已亡佚，翁元圻在清代中叶注《困学纪闻》时，自然有"未尽详其出处"的感叹了。

由引书惯例、词义、行文，以及写作体例四方面的分析研究，不仅让我们了解王应麟和辛处信《文心雕龙注》的佚文。虽然这只不过是六条，可是，在我看来，这六条就是失而复得的六大重宝。一般人只知道最早的《文心雕龙》注，居今传世可见的，为明代王惟俭的《文心雕龙训故》⑬，但《文心雕龙训故》成书于神宗万历三十七年（1609），而辛处信的《文心雕龙注》成于北宋和南宋之交，也就是公元 1100 年前后。由于辛注佚文的出现，我们便可以把《文心雕龙注》现存而可见的时间，越过王惟俭的《训故》，再上推五百年，到南宋初年了。

七、结　论

本文写作至此，既解决了笔者多年前未了的心愿，又可藉此答复日本学者户田浩晓先生的关注。最后，笔者尚有两点附带的声明：一、按照笔者原来的构想，是想将《玉海》、《辞学指南》、《小学绀珠》、《汉书艺文志考证》、《困学纪闻》外，他书皆纯粹采摭，即令引文之下有附注，但不标"原注"之名，是王氏自注？或王氏引他人的注？很容易滋生混淆和争议。所以最后只取《困学纪闻》做考证的依据。⑭不过《困学纪闻》二十篇，通检全书，引用《文心雕龙》者计二十条，这二十条中，如卷二《书》（第二册，第 201 页）引《文心雕龙》，是王氏注解"周书谥法"语。卷三《诗》（第二册，第 223 页）引《文心雕龙》，是见于王氏所附"原注"中的皮日休语。又卷十九《评文》（第六册，第 145 页）引《文心雕龙》，是王氏说明夏文庄表用语出处。由于体式不纯，以上四条全部删除，这就是本文第五节中所以只保留十六条的原因。至于十六条，真正附有"原注"的，仅有六条，这就是本文第六节中，所以只以这六条作为考订的依据者，原因就在乎此。二、笔者在考订"原注"的过程中，很想和同代同类或性质相近的关系书，如李昉的《太平御览》、晏殊的《类要》、高承的《事物纪原》、高似孙的《史略》、祝穆的《事文类聚》、潘自牧的《记纂渊海》、潘昂霄的《金石例》、陈应行的《吟窗杂录》、洪迈的《容斋随笔》、陶宗仪的《辍耕录》来比对研究，希望在他们各家的著述中，也能找到相同或类似的数据，以厚植笔者论证的基础。结果却令我完全失望，因为他们大多是堆积资料，少有考订，更没有在正文之下，另附"原注"的体例。所以在一切无可参证的情况下，不得已，只好一空依傍，从王氏《困学纪闻》本身的引书惯例、词义、行文、写作体例等方面去揣摩、分析，虽然在客观的左证上比较弱一点儿，但在主观的条件上，却收到了理想的效果。三、翻开《文心雕龙》研究的小史，我们发现知道辛处信《文心雕龙注》的学者很多，但真正想搜辑其佚文，或追索辛注真相的人却很少，在这个人迹罕至，寂寞无赖的旅途上，本文的写作，对有心深入研究辛注的同好们，也许可以提供一点儿值得参考的讯息。

最后，本人不得不向读者致歉，因为本人在学术研究上的修养不够，而辛处信《文心雕龙注》又属陈年旧事，缺乏参考左证的数据，再加上王应麟《困学纪闻》又是一部体大思精的巨著，所以在一切条件都不能令人满意的情况下，我不敢说这是对辛处信《文心雕龙注》佚文的空前发现，所以只好用《王应麟与辛处信〈文心雕龙注〉关系之探测》为题，恳切就教于学术界的先进们了。

本文完成后，学友东吴大学教授王国良博士面告："本文有两大缺点：一、依照《四库阙书目》、辛处信所注的《文心雕龙》十卷，于南宋已阙，王应麟《困学纪闻》成于入元之后，王氏根本无从见辛氏的注。二、依照古本《困学纪闻》，'原注'字样为清人后加，今以《原注》为考订依据，似与《困学纪闻》古本不合。"这两点虽然铁证如山，惟本人于此亦有可得而言者：一、《秘书总目》为政和七年孙觌、汪藻编，"秘书省续编四库阙书"乃绍兴初年改定，淳熙四年十月少监陈骙乞请重编书目，五年六月九日上"中兴馆阁书目"七十卷、"序例"一卷，凡五十二门，计见在书四万四千四百八十六卷，较北宋《崇文总目》三万零六百六十九卷之数，多出一万三千八百一十七卷；较"三朝史志"多出八千二百九十卷；较"两朝史志"多出三万五千九百九十二卷。而"四库阙书目"、"中兴馆阁书目"早经散亡，无由对证。清徐松于清道光年间从"永乐大典"中辑得

《四库阙书》一卷，近人赵孟彤先生又有《中兴馆阁书目辑考》问世，但二书均不见《辛处信文心雕龙注》与《刘勰文心雕龙》，可是王应麟编《玉海》和著《困学纪闻》时，均引《文心雕龙》。"秘书总目"与"四库阙书"成于"中兴馆阁书目"之前，早期书有阙脱，后来或有补充，否则《玉海》《困学纪闻》中的《文心雕龙》引文，又何由而来乎？再则，"四库阙书"专指公藏，民间当不计在内，以此推测，王应麟著《困学纪闻》时，亦绝不能因"四库阙书"之不载，即断其无由得见"辛处信文心雕龙注十卷"。

其次，关于《困学纪闻》古本无"原注"字样事，清人翁元圻注《困学纪闻》时，曾对王应麟"注"加以考订，以为皆有出处。此说见于本文（六）、"所谓'原注'即辛处信《文心雕龙注》之探测"中之"最后"一段文字，举证甚详。所以即令古本无"原注"字样，亦可根据翁元圻之说作合理推考。

国良博士赐与诤言，使我对本文写作时依据之数据，持论之态度，以及与本文关涉的作品，做了重新检讨与省思。自知有些观点不能让读者满意，但因时代绵邈，书阙有间，质证既诸多困难，唯有竭尽我才，无愧于心而已。

注释：

①此文已收入笔者作的重修增订本《文心雕龙研究》一书，并列为该书第一章《绪论》。

②见郑樵《通志校雠略》，所谓《编次必记亡书论》文中。

③见姚名达《中国目录学史·史志篇》，《通志》与《文献通考》一节。

④参看郑樵《通志·总序》，第1~26页。

⑤见姚名达《中国目录学史》，第219页。

⑥见姚名达《中国目录学史·史志篇》，《宋国史艺文志》及《宋史艺文志》一节。

⑦见元·脱脱《宋史艺文志》三，"目录类"。

⑧见刘协秋《类书简说》第四章第八节"宋王应麟玉海"引。

⑨见清人翁元圻《翁注困学纪文·自序》。

⑩见元人牟应龙《困学纪闻·原序》中引王应麟儿子昌世语。

⑪见王应麟《困学纪闻》卷十三《考史》第 109 页正文下的附注。

⑫见杨明照《文心雕龙校注拾遗·附录一·著录第一》。

⑬王惟俭《文心雕龙训故》现藏北京图书馆及日本京都大学汉文部，笔者于民国 67 年曾著《日藏明刊本王惟俭〈文心雕龙训故〉之评价》一文，刊于《幼狮月刊》第 47 卷第 3 期。

⑭本文所用《困学纪闻》的版本，是台湾"商务印书馆"《万有文库荟要翁注困学纪闻本》，文中所寄册次、页次、卷次，均系依照该本。

评　　介

王更生（1928—2010），父母赐名福星，学名应畋，1948 年到达台湾后，改用今名。河南汝南人，寄籍台北市。曾先后在宜兰、树林等地任中小学教师，半工半读，相继通过教育行政人员普通考试、高等考试。又坚持不懈，在"国立"台湾师范大学完成学士学位、硕士学位，于 1966 年受聘为私立德明行政管理专校副教授兼训导主任，1972 年通过博士论文口试，获得国家文学博士学位。旋接任私立德明行政管理专校校长，次年辞校长职，在"国立"台湾师范大学国文系任职，并先后在东吴大学、淡江大学、"中央"大学与世新大学等校中文系兼职，皆专门讲授《文心雕龙》。

山东大学中文系牟世金教授曾推崇先生曰："此人是台湾龙学界的重要人物。"又说："台湾的《文心雕龙》研究者中，王更生是著述最多的一人，他在承上启下，推动台湾《文心雕龙》研究的发展上，是起了较大作用的。"诚哉斯言，先生攸关《文心雕龙》专著凡九部，期刊论文自不待言，而难能可贵的是诸多专著在大学院校还是《文心雕龙》研究最热门的参考书及教本，其中可取《重修增订文心雕龙研究》、《文心雕龙读本》稍作言之。《重修增订文心雕龙研究》是其《文心雕龙研究》（台湾文史哲出版社 1976 年版）梓行三年后的重修增订本，凡 11 章：第一章为绪论，叙《文心雕龙》研究的回顾与前瞻；第二章叙刘彦和年谱；第三章为《文心雕龙》版本考；第四、五、六章分别为《文心雕龙》之美学史学与子学；第七、八、九、十章分别是《文心雕龙》的"文原论"、"文体论"、"文术论"、"文评论"；第十一章为结论，叙述《文心雕龙》在中国文学史上之地位。凡刘勰论述之精华，以及《文心雕龙》亟待探讨之重要课题，几乎囊括无遗，无论在深度、广度或系统性上，皆能独具只眼。而其最大特色在于掌握《文心雕龙》"为文用心"之精神，将"文原论"、"文体论"、"文术论"、"文评论"放在全书的主体部位，构成研究的中坚。本书乃先生用力于《文心雕龙》研究成果之展现，也可视为台湾 20 世纪 80 年代《文心雕龙》研究之最高成就，自言"以十年精进不懈之努力，成此一部体系完备之著作"，书前置"《文心雕龙》重要板本书影" 12 幅，亦弥足珍贵，亦可见作者之用心。

《文心雕龙读本》则是先生 1971 年于"国立"台湾师范大学国文系讲授《文心雕龙》之时，有感于现行的古注今译，或病于粗略，或失之繁琐，对教学颇为不便乃决定更张旧注，别铸新疏，于是筹思十载，遂完成其适合初学入门的"读本"。在内容方面，先生力求深入浅出，行文通畅易晓，在结构方面，依照《文心雕龙·序志》的说法，分全书为上、下两篇，上篇由卷一《原道》至卷五《书记》，下篇由卷六《神思》至卷十《序志》，以符合《文心雕龙》之原貌。在布局方面，书首列有自序、例言及原校姓氏，书末附录刘勰著作二种、刘勰传略、《文心雕龙》重要版本、刘勰《文心雕龙》考评；又基于实际教学经验，在《文心雕龙》各篇正文之前有"解题"，文后有"注释"、"语译"、"集评"、"问题讨论与练习"；正文的眉端上方有"分段大意"，举凡足以协助初学者理解《文心雕龙》的必要步骤，皆备齐之。

王更生先生在台湾之《文心雕龙》著述最多，研究成果最丰硕。经其点化之硕士、博士亦不下半百之数，扩大《文心雕龙》研究与教学规模，亦先生薪火相传之功劳。先生更勤于笔耕，孜孜不倦，八十高龄尚于高雄"中山大学""2007《文心雕龙》国际学术研讨会"发表《由文心雕龙·序志篇文，看刘勰的智慧》一文，观览其文，不啻揭示刘勰"了生脱死"、"赞圣注经"、"破他立己"、"论文得

中"四方面之智慧，并殷切期盼"有一大作手而胸怀万卷，并俱有
中国传统思想者，继刘勰《文心》之后，再振臂一书，为中国文学
理论别开新局"，其叹盛年不再，寄希望于未来之情怀，着实令人
动容；是年，《文心雕龙管窥》也由台湾文史哲出版社出版。在推
动台湾《文心雕龙》研究的发展过程中，王更生先生足具承上启下
之关键地位，成为台湾学界龙学研究的重要人物。

《王应麟和辛处信〈文心雕龙注〉关系之探测》一文发表于
1987 年 12 月 12 日、13 日，被收录于《文心雕龙综论》一书，该书
由台北学生书局 1988 年出版，后又收录于先生《文心雕龙新论》专
著之中，该专著由台湾文史哲出版社 1991 年出版。全文分七节：一、
前言，二、辛处信《文心雕龙注》在宋元时期公私书目的著录情
形，三、郑樵《通志》、《宋史·艺文志》编纂时间及其依据数据
的考察，四、王应麟和辛处信《文心雕龙注》，五、《困学纪闻》
中援用《文心雕龙》及所附"原注"的真相，六、所谓"原注"
即辛处信《文心雕龙注》之探测，七、结论。作者分别从引书惯
例、词义、行文及写作体例四个方面，证明"原注"就是辛处信
《文心雕龙注》的佚文。该文最初发表于由国家文艺基金会策划，
中国古典文学研究会及"国立"台湾师范大学共同举办的"以文
心雕龙为中心的中国文学批评研讨会"，在会议中多位学者先后表
达个人的意见，最精彩的对话，即是王国良教授援两点"铁证"质
问先生，先生亦就文献存佚之情形从容辩白，其实面对时代绵邈的
陈年旧事，书阙有间，质证本非容易之事，但能勇于挑战辛注真相
作合理之推考，其坚毅挺拔的精神在学界亦是值得喝彩的。先生自
谓："虽然在客观的左证上比较弱一点儿，但在主观的条件上，却
收到了理想的效果。"先生此篇用力颇深，虽然不是其代表之作，
但先生之个性、精神隐然可见。

王更生龙学著述目录：

《文心雕龙研究》，台湾文史哲出版社 1976 年版。

《文心雕龙导读》，华正书局 1977 年版。

《重修增订文心雕龙研究》，台湾文史哲出版社 1979 年版。

《文心雕龙范注驳正》，华正书局 1979 年版。
《文心雕龙研究论文选粹》，育民出版社 1980 年版。
《文心雕龙读本》，台湾文史哲出版社 1985 年版。
《重修增订文心雕龙导读》，华正书局 1988 年版。
《文心雕龙新论》，台湾文史哲出版社 1991 年版。
《文心雕龙管窥》，台湾文史哲出版社 2007 年版。

（廖宏昌）

文章载道说理论的创立与实践

——刘勰与白乐天

［日］户田浩晓

一

撰者尚有问题，但据说是成于王通及其子福郊、福畤之手的《文中子·天地篇》中有这样的话：

> 学者博诵云乎哉，必也贯乎道；文者苟作云乎哉，必也济乎义。

这作为从概念上区分"学"与"文"、"道"与"义"的古代文献之一，应该是引人注目的吧！

这四句话的背景，一般认为是《论语·里仁》篇的"参乎，吾道一以贯之"和《学而》篇的"泛爱众而亲仁，行有余力，则以学文"等语。但宋天圣年间的进士阮逸注这四句道："学文本为道义。"这是宋儒的解释。遗憾的是这个解释使得好不容易被区分开的学与文、道与义的概念关系重又模糊了。为什么这么说呢？因为在中国文学思想史上，很早就确立了道与文之间的极为有机的关系。

二

"文者贯道之器也"一语，最初见于唐代韩愈的弟子李汉在老师去世后编纂的《昌黎先生集》的序文；"文所以载道也"一语，最初见于宋周濂溪的《通书·文辞》篇。这些话的意思是，文章（文学）是在这个世界上维持和传播圣人之道的手段，但如果作为表现手段的文学不适合或有背于这个目的的话，那末也不能称为真正的文学。我把这一连串的主张叫做文章贯道说或文章载道说。

但是，南朝齐末著《文心雕龙》的刘勰，虽然没有使用"文章贯道"或"文章载道"之类的词语，却已经完整地创立了这个理论了。他在《文心雕龙》的《原道》、《征圣》、《宗经》、《序志》诸篇里，明确地阐明了他立论的根据及证明的方法。这对于今天的《文心雕龙》研究者来说已经成了常识，我在 1943 年发表的题为《〈文心雕龙〉中所见的文章载道说的构造》一文中，也已经详细地论述了这一点，因此，在此就不想重复了。

三

后来，有一个颇有名的人物，他虽然基本上继承了刘勰文章载道说的主旨，但却立足于别的观点，开创了新的局面，示天下以一家之见，那个人就是中唐诗人白乐天。

他的《与元九书》，虽然是一封给密友元稹（字微之）的私信，却极为真切地吐露了他对文学的信念，由此而为世人所稔知。因此，我想以这篇文章为材料，考察一下他的文章载道说。他说：

> 夫文尚矣！三才各有文：天之文，三光首之；地之文，五材首之；人之文，六经首之。就六经言，《诗》又首之。

这种认为天地人三才各有其文，人文——人类文化的总称——中最有代表性的东西是文章，亦即是文学，六经是文章的典型的说法，我们断定它乃是继承《文心雕龙》的《原道》、《宗经》两篇而来的，这大概不会有什么扞格吧。但是，就六经而言，刘勰置《易》于首位；与彼不同，白乐天置《诗》于首位。他说明自己的理由道：

何者？圣人感人心而天下和平。感人心者，莫先乎情，莫始乎言，莫切乎声，莫深乎义。诗者，根情，苗言，华声，实义。上自贤圣，下至愚骏，微及豚鱼，幽及鬼神。群分而气同，形异而情一。未有声入而不应、情交而不感者。

这是取汲于《诗大序》以来的诗说之流的话。但他接下去又说：

圣人知其然，因其言，经之以六义；缘其声，纬之以五音。音有韵，义有类。韵协则言顺，言顺则声易入；类举则情见，情见则感易交。于是乎孕大含深，贯微洞密，上下通而一气泰，忧乐合而百志熙。五帝三皇所以直道而行，垂拱而理者，揭此以为大柄，决此以为大宝也。

文中所说的"此"，不用说是指诗。五帝三皇之所以能垂拱无为而治天下，是由于以诗为政化之大柄大宝。这种观点，正是以诗为载道之器的说法。

所谓"载"，《说文》解作"乘也"，即"乘坐"的意思。但后来转为"使乘坐"的意思，又生出"运载"的意思。《集韵》解释道："载，舟车运物也。"即运载、搬运之意。因此，说"文章所以载道也"，意思是文章乃是让圣人之道载于文章的舟车上，使之在空间上更为广大，在时间上更为长久，从而得以向天地四方永远无穷地传播的手段。换言之，文章是向天下后世宣扬传播圣人之道的最高手段。可以说，"文者贯道之器也"比起"文章是维持圣人之道的手段"这个说法，更为明确地强调了诗在政化方面的效用以及文学的作用。

《文心雕龙·原道》篇有"道沿圣以垂文，圣因文而明道"之语，说的是，文学不单是文字游戏，而且也是借圣人之手，以文字为媒介的宇宙根本性理法的美的表现。因此道能够获得人文的地位，圣人凭借文章之力能够向人类阐明宇宙间的真理。可以说，白乐天的主张更进一步地发挥了《原道》篇的这两句话。

中国传统的文学思想认为，诗有所谓六义，《诗·国风》所以受

重视，据说是因为其中有讽喻之义。后代的赋，也就是所谓"古诗
之流"、"受命于诗人，拓宇于楚辞"（《文心雕龙·诠赋》篇）之物，
也拥有讽喻之义，因此人们承认它有文学价值。后人对汉赋的评价即
以此为出发点。

刘勰在《文心雕龙·明诗》篇里说：

> 诗者持也，持人性情。三百之蔽，义归无邪。迟之有训，有
> 符焉尔。

的确是高度评价了诗在政治教化方面的力量。

如上所述，白乐天高度评价了《诗》。他又说，周衰而采诗之官
废，因此：

> 上不以诗补察时政，下不以歌泄导人情。用至于讹成之风
> 动，救失之道缺。于时六义始刓矣。

至于骚人之作，又有了变化：

> 虽义类不具，犹得风人之什二三焉。于时六义始缺矣。

降至晋宋以后，陈梁之间，诗率为嘲风雪、弄花草之物，丽则丽矣，
却无所讽喻。故他断言道：

> 于时六义尽去矣。

至唐，有陈子昂的感遇诗及鲍防的感兴诗，像李白、杜甫这样的诗豪
出现了，他们的诗也处于"索其风雅比兴，十无一焉"的状态。于
是他说：

> 仆常痛诗道崩坏，忽忽愤发，或废食辍寝，不量才力，欲扶
> 起之。

公元 799 年，即唐德宗贞元十五年，白乐天 28 岁，在宣州乡试及第，踏上了仕途，通过他的职务，他注意到：

> 文章合为时而著，歌诗合为事而作。

不久，宪宗即位，他进位翰林学士、左拾遗，为了皇帝，时弊之应该直言者便直言之，难于直言的便托之歌咏以讽谏之。他的讽喻诗的代表作《新乐府》五十首、《秦中吟》十首，即作于这个时候。所以他的《新乐府》序云：

> 凡九千二百五十二言，断为五十篇。篇无定句，句无定字，系于意，不系于文。首句标其目，卒章显其志，《诗》三百之义也。其辞质而径，欲见之者易谕也。其言直而切，欲闻之者深诫也。其事核而实，使采之者传信也。其体顺而肆，可以播于乐章歌曲也。总而言之，为君、为臣、为民、为物、为事而作，不为文而作也。

这与《文心雕龙·情采》篇下述一段话是相通的：

> 昔诗人什篇，为情而造文，辞人赋颂，为文而造情。何以明其然？盖风雅之兴，志思蓄愤，而吟咏情性，以讽其上，此为情而造文也。诸子之徒，心非郁陶，苟驰夸饰，鬻声钓世，此为文而造情也。故为情者要约而写真，为文者淫丽而烦滥。而后之作者，采滥忽真，远弃风雅，近师辞赋，故体情之制日疏，逐文之篇愈盛。

白乐天的作品中，有无论是在中国还是在日本都受到广泛欢迎的《长恨歌》，它作于《新乐府》产生之前三年，即元和元年（806），立即闻名天下，白乐天作为诗人的地位遂变得不可动摇了。据他自己说，他在自长安到江西的三四千里旅途上，看见学校、寺庙、旅社、行舟中到处都写着《长恨歌》，士庶、僧徒、孀妇、处女也纷纷吟咏这首诗歌。能够朗诵《长恨歌》的妓女，她的收费也较其他妓女为高。尽管他是那样一个流行作家，但他却认为他那些被世人赞不绝口的作品都不过是"雕虫之戏，不足为多"之物。

又，下面一段话披露了白乐天自己的信念：

> 古人云："穷则独善其身，达则兼济天下。"仆虽不肖，常师此语。大丈夫所守者道，所待者时。时之来也，为云龙，为风鹏，勃然突然，陈力以出；时之不来也，为雾豹，为冥鸿，寂兮寥兮，奉身而退。进退出处，何往而不自得哉！故仆志在兼济，行在独善，奉而始终之则为道，言而发明之则为诗。谓之讽谕诗，兼济之志也；谓之闲适诗，独善之义也。故览仆诗者，知仆之道焉。

这一百三十七个字，将有左拾遗经历的白乐天的人生观与诗名极高的白乐天的文学观浑然融为一体，丝毫不漏地说尽了"道"与"诗"（文学）之间的关系。

因为这个缘故，所以他在亲自编订自己诗集的时候，把那些"凡所适所感，关于美刺兴比者"，亦即是能表现诗人白乐天真面目的作品，以讽喻为题，置于卷首；而其他的作品则称作闲适、感伤，置于其后。其密友元微之的《白氏长庆集序》云：

> 夫以讽喻之诗长于激，闲适之诗长于遣，感伤之诗长于切。

真是切中肯綮之论。

四

由此看来，刘勰与白乐天，前者从《易》的道中寻求文章的根源，后者从《诗》的讽喻精神中看出了文学的本质，在这方面两人是不同的。但他们又一致认为，由语言所表达、为文字所缀成的作为人文精华的文章诗歌之类，必须是能够有效地维持宣传古圣人制定的人类生活规范（即道）的东西，必须是有益于政教风化的东西。尽管我们在白乐天的诗文中没有直接见到刘勰之名与《文心雕龙》的文字，但在成于他之手的《白氏六帖事类集》卷二十九《豹》门"炳蔚"一语的注解中，却有"文心：虎豹以炳蔚凝姿"之语，这正是《文心雕龙·原道》篇中的文字。这大概可以说是能够推察白乐天与《文心雕龙》关系的有力证据吧！

刘勰的文学论，以美为文学得以成立的重要条件，以载道为文学的理想。梁昭明太子能够深刻理解这种理论，他在刘勰死后不久编纂了一部《文选》，刘勰的文学论，在《昭明文选》中开了花；又两百数十年之后，在白乐天的《白氏长庆集》里结了果。《文心雕龙》所给予后代的巨大影响，从这件事中也可以得一有力的证明。

最后，如果对二者在中国文学思想史上的功绩试作比较的话，那末，刘勰从《易》哲学出发，演绎创立了文章载道说理论，把五十篇伟大的文学论留给了后世；白乐天则从《文心雕龙》中学习了文章载道说理论，推崇《诗》为文学理想，将许多作品留给人类，由此，实践了文章载道说理论。中国的文章贯道说或文章载道说，由于出现了精密的理论家刘勰与卓越的实践家白乐天，不俟李汉与周濂溪，事实上就已经形成了。

1984 年 10 月 19 日稿成

邵毅平　译

评　介

户田浩晓，日本著名汉学家，《文心雕龙》研究专家。1910 年 7 月生于茨城县郡新乡村凤桐寺内，名信夫。1920 年剃度为僧。1927

年改名浩晓。1933 年入立正大学文学部文学科。1936 年毕业于立正
大学文学部中国文学科，为立正大学文学研究室副手。1943 年接受
加藤虎之亮博士的指导讲读《文心雕龙》。1940 年为大仓精神文化研
究所研究员。1944 年以降先后执教于立正大学、早稻田大学、大东
文化大学等。1951 年为东京大乘院主持。1957 年所著《日本汉文学
通史》出版。1986 年日莲宗授予"劝学"学阶。户田浩晓研究领域
广泛，涉及中国六朝文学、中国古代文论、佛教文化，撰有《中国
哲学史》、《日本汉文学通史》、《法华经文法论》、《天地晴明》、《中
国文学论考》、《日本汉文学通史》等。

　　户田浩晓从 1942 年开始发表《文心雕龙》研究论文，到 1992 年
《文心雕龙研究》中译本结集出版，50 余载的龙学领域成果卓著，其
成就主要包括：《文心雕龙》的现代日语翻译与注释、《文心雕龙》
几个重要版本的研究和校勘、日本《文心雕龙》古代研究史、《文心
雕龙》重要篇目的理论阐释等，尤以版本校勘最负盛名。户田浩晓
长于考证，在版本研究和义理阐释上旁征博引，以其扎实的朴学作
风、精深的研究成果而在日本龙学研究领域享有很高的声誉。冈村繁
在《日本研究中国古代文论的概况》这篇文章中指出，"他（户田
浩晓）的研究工作在战后最先得到斯波六郎的重视"，兴膳宏在
《日本对〈文心雕龙〉的接受和研究》一文中肯定了户田浩晓在
《文心雕龙》版本、校勘方面的贡献。杨明照亦称户田浩晓为"学
林宗师"。

　　《文章载道说理论的创立与实践——刘勰与白乐天》（以下简称
《刘勰与白乐天》）一文，1985 年发表于由上海古籍出版社出版的
《中华文史论丛》总第 34 辑，后收录户田浩晓龙学研究论文集《文
心雕龙研究》（曹旭译）。首先，《刘勰与白乐天》从《文中子·天
地》篇中的"学者博诵云乎哉，必也贯乎道；文者苟作云乎哉，必
也济乎义"谈起，认为宋儒对这四句的注释"学文本为道义"模糊
了学与文、道与义的关系，从而提出：道与文存在着有机的联系。早
在中国文学的发端期，道与文之关系就不断为人们所谈论。各家各派
对"道"的理解虽有所不同，对文道关系也有"宏道"、"宗道"、
"明道"、"贯道"和"载道"等各种表述，但将"文"看做"道"

的工具或手段却大体上一以贯之：将"文"比作车，"道"视为物，车的用处是载物，"文"的功用就成了"载道"。"文以明道"和"文以载道"是其最有影响和最具代表性的说法。

《刘勰与白乐天》追溯文与道的关系，提出文章贯道说或是文章载道说，认为刘勰完整地创立了这个理论。文以载道是中国文学"文"与"道"关系的一个基本命题。唐代的韩愈和柳宗元就主张"文以明道"，明确提出"修其辞以明其道"，"文者以明道"。宋代理学家周敦颐在《通书·文辞》篇里提出了"文以载道"说，明代的宋濂、方孝孺，清代的章学诚、叶燮和桐城派等都持有"文以载道"观念。户田浩晓则是从《昌黎先生集》序文"文者贯道之器也"和周濂溪《通书·文辞》篇"文所以载道也"这两句话，提出文章贯道说或文章载道说。在这个观念下观照刘勰《文心雕龙》，认为刘勰虽然没有使用"文章载道"之类的词语，但是《原道》、《征圣》、《宗经》等篇阐明了立论根据及证明方法。在《〈文心雕龙〉中所见的文章载道说的构造》一文中，户田浩晓从文学与五经的文章、作为经世之器的文学、作为文学批评尺度的六义、文人道德论这四个方面考证并阐述了对《文心雕龙》文章载道说的由来。

其次，《刘勰与白乐天》比较白居易与刘勰观念之异，认为白居易虽然继承了刘勰的文章载道说的主旨，却开创了一个新的局面。刘勰在六经中置《易》为首，而白居易以《诗》为先。论及原因，从白居易角度看，"诗者，根情，苗言，华声，实义"，这个观点实际上是承接着《毛诗序》"发乎情，止乎礼义"而来，认为诗歌的根本目的在于"实义"；站在刘勰的角度上看，作为"言文"根据的"人文"，原本发端于太极，而《易》是推穷太极之理的，故《易》为大本。刘勰与白乐天，"前者从《易》的道中寻求文章的根源，后者从《诗》的讽喻精神中看出了文学的本质"，这便是二人的根本差异之所在。户田浩晓提出，刘勰和白居易最大的区别在于，刘勰从《易》哲学出发，作为文章载道说理论的创立者而存在；白居易从《文心雕龙》中汲取营养，推崇《诗》，用自己的作品让自己因作为文章载道说理论的实践者而卓越。《刘勰与白乐天》还比较了刘、白二人关于诗歌功能之认识的差异性。

再次，户田浩晓总结了刘勰、白居易二人文章载道观的异中之同：白居易《与元九书》的"三才"、"六经"之说，均是继承《文心雕龙》的《原道》、《宗经》两篇而来；刘勰与白居易分别作为文章载道理论的创立者和实践者，在中国文学思想史上有着深远的影响。刘勰、白居易二人都认为文章必须有益于政教风化，但而后，户田浩晓以其独特的视角看到"尽管我们在白乐天的诗文中没有直接见到刘勰之名与《文心雕龙》的文字，但在成于他之手的《白氏六帖事类集》卷二十九《豹》门'炳蔚'一语的注解中，却有'文心：虎豹以炳蔚凝姿'之语，这正是《文心雕龙·原道》篇中的文字。"这就体现了白居易受到刘勰思想的影响，在二者之间架起了一座桥梁。

就方法论而言，户田浩晓喜欢"罗列事项之同类者，为比较的研究，而求得其公则"，同时又更进一步，或从接受史的角度古今比较，或从世界文学的角度对照。研究方法和研究角度的新奇独特，拓宽了《文心雕龙》的研究视野，取得了令人叹服的成就。户田浩晓还长于考辨，曾指出杨明照《文心雕龙校注》中的不足，如"日本宝历本"就是冈白驹校正句读本，梅庆生音注本的不同版本存在很多不同等。后来杨明照在修订时吸取了户田浩晓的意见并表示感谢。户田浩晓的考据研究，为我们校订《文心雕龙》提供了翔实的资料，在版本研究领域占有重要地位。牟世金、曾晓明整理1907—1985年《文心雕龙研究论著索引》，附录日本研究论著目录"论文"类共检索到包括铃木虎雄在内的33人的64篇龙学研究文章，其中户田先生占13篇。1983年王元化先生编选《日本研究文心雕龙论文集》，收录日本8位学者的龙学研究论文共12篇，亦以户田先生4篇为最。杨明照为户田先生的《文心雕龙研究》作序时，以"志惟深远沿波讨源事必胜任，才实鸿懿叙理成论文果载心"冠为序端，这集合了《文心雕龙》语词的对联，是对户田浩晓龙学研究成就的极大赞赏与褒奖。

户田浩晓龙学著述目录：

《文心雕龙》（18篇选译本），明德出版社1972年印行。

《文心雕龙》(日文全译本,上下册),明治书院 1974、1978 年版。

《文心雕龙研究》,曹旭译,上海古籍出版社 1992 年版。

(刘颖)

百年龙学论著提要

1. 《文心雕龙讲疏》

范文澜讲疏。初版于 1925 年 10 月，由天津新懋印书局出版。24 开大开本，4 号字体排印。全书上下两册 500 多页，近 30 万字。后北平文化学社以《文心雕龙注》之名分三册出版。此后《文心雕龙注》替代《文心雕龙讲疏》印行。河北教育出版社于 2002 年出版《范文澜全集》，第三卷即此书。原书前有 1923 年 11 月梁启超序。自序云：“予任南开学校教职，殆将两载。见其生徒好学若饥渴，孜孜无怠意，心焉乐之，亟谋所以餍其欲望者。会诸生持《文心雕龙》来问难，为之讲释征引，惟恐惑迷，口说不休，则笔之于书。一年以还，竟成巨帙。因而名之曰《文心雕龙讲疏》。”末署“中华民国十二年，绍兴范文澜”。本书作为《文心雕龙注》的前身，体例与《文心雕龙注》相同，只是注文的位置有变化，《文心雕龙讲疏》的注文分插在各篇分段下面，《文心雕龙注》则注文与原文分列。作为范文澜的第一部学术著作，此书一问世便受到学界名流的一致好评。该书是早期研究《文心雕龙》著作中收集资料最全者，在注文中录入了大量原文，为后来研究者查找资料与核对资料提供了方便。

（张清河）

2. 《文心雕龙补注》

李详补注。其书原名为《文心雕龙黄注补正》，也即对清代黄叔琳注本的补正。成于 1909 年，曾陆续在《国粹学报》上发表。1916 年收入潮阳人郑氏所刊龙溪精舍丛书本，易名为《文心雕龙补注》。其后由上海中原书局 1926 年 10 月出版。此后被《民国国学丛书》等收入，多次再版。该书除对《乐府》、《章表》、《通变》、《定势》、《隐秀》、《附会》、《物色》七篇未作补注外，有《文心雕龙》其他 43 篇的补注共 134 条。《文心雕龙补注》首先对黄注的错误及不完备处予以纠正，以“补其罅漏”；并针对黄注引文之疏误，准确找到引文出处，使读者对原文理解周备准确。《文心雕龙补注》成就最大之处还在于对黄注未及之处加以注释。这些注释，对现代《文心雕龙》的注释有启发之功，较早地加入了对于作品的引录。《文心雕龙补注》一书态度严谨，对于模糊的条目亦不妄下断语，以存疑方式提出。当然由于成书较早，其中疏漏也是在所难免的。

（张清河）

3. 《文心雕龙札记》

黄侃著。《文心雕龙札记》版本甚多，先后主要有 1927 年及 1936 年北平文化学社版、1962 年上海古籍出版社蓬莱阁丛书本及 2000 年周勋初导读本、1962 年中华书局整理重排本、华东师范大学出版社 1996 年版、中国人民大学出版社 2009 年版等。1927 年，北平文化学社将黄侃在北京大学讲授辞章学和文学史的散见讲义集结成书，名之为《文心雕龙札记》，收录《神思》以下 20 篇。其书封面为暗橘色，左上至下有大字"文心雕龙札记"，下有小字"丁卯六月柳庶堪"，断作两行，并有一小章"沧日"，封里署名"黄侃著"。内芯为每页 11 行，每行 25 字。共 250 页，并附录 24 页。其首页为"题辞及略例"，接下来是《序志》篇札记，而并非按照原书顺序为《神思》篇。该书对《文心雕龙》这部文学理论专著作了细致入微的剖析。周勋初"导读"指出，此书"乃是清末民初三大文学流派纷争中涌现出来的一部名著"，"可以预见，它将永远得到爱好文学者的珍视"。《文心雕龙札记》采取"依傍旧文"和"献可替否"相结合的原则，旁征博引，阐幽释微，集考证、校注、简评于一身，打破了前代《文心雕龙》研究只重校注评点、忽略义理阐释的格局，标志着现代意义上龙学的诞生。

（张清河）

4. 《文心雕龙注》

范文澜注，人民文学出版社 1958 年版。其前身为《文心雕龙讲疏》，天津新懋印书馆 1925 年出版。后经作者多次修订，改名为《文心雕龙注》，北平文化学社 1929 年出版，1936 年改由上海开明书店刊行线装七册本，1958 年人民文学出版社重新校订整理出版排印本，共十卷，分上下两册，此后多次重印。书前附有《梁书·刘勰传》、《黄校本原序》、《元校姓氏》、《例言》以及《铃木虎雄黄叔琳本文心雕龙校勘记》，目录后详列《文心雕龙注征引篇目》，书后还录有原开明书店编辑章锡琛所撰写之《校记》一文及范注主要篇目的校勘成果。本书校勘严谨、征引详细、释义精到、材料丰富，注释准确全面且以注为论，集前人评注校勘之大成，标志着《文心雕龙》注释从传统向现代的转变，成为百年龙学最具影响力的注本。

（刘颖）

5. 《文心雕龙》

黄叔琳注。原刻为乾隆六年养素堂本。卷首有黄氏自序、南史刘勰传、例言、元校姓氏及目录；卷末有姚培谦跋。注附当篇后，眉端有黄氏评语。现代版本有 1924 年上海启新书局、1931 年 4 月上海商务印书馆出版；1933 年 12 月年收入王云五总编纂之《万有文库》第一集；新中国成立后有中华书局 1957 年版、上海古典文学出版社 1958 年版等版本。台湾有黄叔琳注纪昀评《文心雕龙注》版本，即台湾"中华书局" 1966 年据上海中华书局 1936 年《四部备要》本刊行。另有台北明伦出版社 1974 年版。针对清初《文心雕龙》的版本错误以及宋代出版的评论在当时已丢失，黄叔琳以明朝王惟俭的训诂、梅庆生的评论为基础，出版了《文心雕龙辑注》。该书以元校三十四家本为参校，在文内重要处又分别用〇、△标出，供读者知其要；在勘误正讹、征事数典等方面，明显优于明代王、梅二人，成为一个更完整的注本。尽管该书有不少错误，然而成为清中叶以来最通行之本。乾隆三十六年（1771）八月，纪昀对黄叔琳辑注本加了评语。道光十三年（1833），两广总督卢坤将黄注纪评本以朱墨套印刊行。近代李详，今人范文澜、杨明照校注《文心雕龙》，皆以黄叔琳辑注本为底本。

（张清河）

6. 《文心雕龙杂记》

叶长青著。原为福州著者刊（自印本），上署福州铺顶程厝衕叶宅发行，1933 年 7 月初版，共 120 页，冠像，32 开。福州职业中学同期刊印，封页上书"闽侯叶长青著"，由刘孝祚题字。有陈石遗、黄翼云序各一篇。杂记主要以"案语"的方式，根据敦煌古本（唐写本）《文心雕龙》订正今本中之错误。对极少部分时人难以理解的句子进行简明扼要的注解，如首篇《原道第一》，仅解释"文之为德也大矣"、"人文之元肇自太极"二句，故而此书的版本价值要远甚于其注释价值。该书对于《文心雕龙》的普及产生了一定影响。其不足之处是注释过于简略。

（张清河）

7. 《文心雕龙补注》（26 篇）

庄适补注。上海商务印书馆 1933 年初版，共 154 页。1933 年收入王云五总编纂之《万有文库》第一集初版发行；封首黄皮印纹，题字由左至右，共 168 页。1948 年收入《学生国学丛书》再版发行。商务印书馆 1959 年再版印行。绪言阐述《文心雕龙》一书在"中国文学批评史"上的地位，介绍了作者刘勰及成书时间、刘勰的主张、作者立论的态度及全书大致的内容章节。此书仅选《原道》、《宗经》及下篇的 24 篇。部分补注简明扼要，较有价值。但是也存在讹脱甚多的缺陷。在"范注"问世之前，此注本是较为通行的普及注本。

（张清河）

8. 《文心雕龙》

冰心主人标点。1932 年杭州南京大中书局初版，1934 年 2 月第 3 版前有"新式标点"四字，共 330 页。书前录黄叔琳序，序下按长山聂松岩注。目录下引《南史本传》刘勰传，以及明清自杨慎以降原校姓氏 34 人。所引原文，皆 4 号字粗体排下，标点在右侧行间，既有古书风貌，又可作新式阅读。采用新式笺注，不引古人原注所自，且完全以新式标点作注。如"夫元（玄）黄色杂"注："元黄：《易》夫元黄者，天地之杂也，天元而地黄。"本书在标点方面用功甚勤，笺注随文生发，十分便于阅读，对龙学在民国的普及作出了一定贡献。

（张清河）

9. 《广注文心雕龙》

杜天縻注。上海启智书局 1933 年版，共 178 页。上海世界书局

1935 年 10 月印行有与钟嵘《诗品》合版的"国学整理社"版，一作《仿古字版广注文心雕龙》，盖杜氏在引言中所称"魏晋已降评论文学之文，接踵而起；南朝齐梁之间有二杰作出焉……（钟刘）二氏生当并世，亦如荀孟同时，不谋而合也"，所以合刊。在引言中列表比照《文心雕龙》与《昭明文选》所录文体，证明"当时已有文笔之分"，与"今之文学广狭义界说"相类。盛赞刘勰《谋篇》、《定章》、《作句》诸篇，炼字之法甚备，"作文之要先主养气"，刘勰论文"天才与学力并重"。书前录黄叔琳序，序下按长山聂松岩注。下引明清自杨慎以降原校姓氏 34 人。例言六则说明，对上述注家"择其义长者用之"，并据何义门本补足《隐秀》篇。此书民国间其版本众多，对于推广《文心雕龙》居功甚伟。

（张清河）

10. 《文心雕龙》

黄叔琳注，纪昀评，收入四部丛刊初编集部。上海中华书局 1936 年 8 月出版。"纪评"本书末自叙"乾隆辛卯八月初六日阅毕"（1771 年）。该书是清代学术精品之一，注重从文学发展实际来批评《文心雕龙》，研究其重要的理论思想，这为提升龙学以接近现代学术品位，迈出了重要一步。第一，对《文心雕龙》的成书时间和《隐秀》篇补文的真伪提出了重要见解；第二，在历史文化背景下来观照《文心雕龙》的文学理论批评；第三，对《文心雕龙》一些重要术语范畴作了比较精彩的诠释；第四，对《文心雕龙》的体例及文论体系有了更深入的认识；第五，对《文心雕龙》一书的性质作了价值论述。在肯定《文心雕龙》真知灼见的前提下，充满了批判存疑的精神。"纪评"校勘不甚严谨，据张少康等人的比对发现，所校 48 处有一半校错。但在对"黄注"的修正方面虽仅有前 7 篇，已然展示了其深厚的学养，大有助于提升《文心雕龙》的注释水准。在龙学研究史上，具有"津梁古今"的重要意义，对后世注评著作及有关刘勰文学理论批评思想的探讨，有着十分深远的影响。

（张清河）

11. 《支那文学论的发生——文心雕龙与诗品》

（日本）近藤春雄著，东亚研究会 1940 年 12 月。

（张清河）

12. 《文心雕龙校释》

刘永济校释。1948 年由中正书局出版。本书原为刘永济先生在武汉大学教授汉魏六朝文学的讲义。《文心雕龙校释》初版时为适应教学需要，对《文心雕龙》篇次有所调整。原稿体制是：首先校释《序志》，因刘勰自序其著书之缘起与体例，这是读者首先应当了解的；然后校释上编前五篇，彦和自序说这是"文之枢纽"。所谓"枢纽"，即其全书之纲领，当然也是学者所应首先了解的。再次为下编，再次则上编，这是因为下编统论文理，上编分论文体，学者先明其理论，然后以其理论与上编所举各体文印证，就全部了然了。1962 年中华书局新版，则恢复原书篇次顺序，校字释义也有较大的增补。《校释》由"校"与"释"两部分组成，但在文字校勘方面甚为简略，亦非著者重点所在。该书主要价值在释义方面，作者已不满足于对本文的字句校勘和典故引证，而是在黄侃《文心雕龙札记》的基础上，沿着释义的路子向前拓进。诸如论"总术"之旨、创作中"虚静"之心、"隐秀"之义、"心物交融"等问题，阐发了相当深入透辟的见解，力求简明扼要地阐明刘勰论文之大旨，发挥本文幽深之意蕴，从而使该书成为继黄侃《文心雕龙札记》之后又一部影响广泛的龙学理论研究的力作，使《文心雕龙》义理阐释向前迈进了一大步。

（张清河）

13. 《文心雕龙索引》

冈村繁著。广岛大学汉文研究室 1950 年初版，1982 年改定后出版。冈村繁在《日本研究中国古代文论的概况》中说："日本对于中国古代文论的研究，是在第二次世界大战后，克服了大战中不幸的荒芜局面，获得了显著的发展……不约而同地在若干大学里都从《文心雕龙》的精读和研究开始起来。"而《文心雕龙索引》正是为了方便日本学者研究《文心雕龙》的津梁。该书以黄叔琳辑注及纪昀评本为底本，按字索引。检索方法分为两种，即笔画检索和罗马字检索。这本索引对促进《文心雕龙》的研究有很大的贡献。

（张清河）

14. 《文心雕龙新书》

王利器著。1951年7月由巴黎大学北京汉学研究所出版。1968年收入《中法汉学研究所通检丛刊》，共429页。《文心雕龙新书》为作者在北京大学讲授《文心雕龙》时写成，所谓"新书"，取法刘向，谓如先秦古籍一经刘向校勘，遂称之为"新书"。该书为巴黎大学北京汉学研究所出版，国内很少流传，后经作者加工，改名为《文心雕龙校证》由上海古籍出版社于1980年出版（共370页），方在"龙学"界广为流传。王氏之于《文心雕龙校证》，校雠诸本，博采群书，上下求索，理证兼赅，每定一字，下一义，力求有合于刘勰原书，而无害于天下后世。《人民日报》评介为："《校证》出版，《文心雕龙》才有可读之本。"(1980年12月26日第八版《文艺新书》) 台湾、香港出版界闻风相悦，至有四家出版社（台湾：成文书局、宏业书局、明文书局，香港龙门书局）争相翻印，以满足海外读者之需要。该书是《文心雕龙》校注、释义方面的重要著作之一。

（张清河）

15. 《文心雕龙新书通检》

未注明著者，巴黎大学北京汉学研究所1952年版。后来吴晓玲在其编撰"自白"中，承认《文心雕龙新书通检》的编纂是其《通检丛刊》之第五种通检。底本根据王利器的《文心雕龙新书》稿本。在编纂这部通检的时候，考虑到魏晋南北朝间的文字风格具有承前启后的特点，此书以《文心雕龙》作为标准样品，旨在引起风格学研究者的兴趣，于是不厌其烦地单纯采用了"堪靠灯"式的编纂法，俾使用者便于统计字和词的出现频率，据以分析综合（如《文心雕龙》之"文"字独用，共337处），这部通检之所以篇帙浩繁的原因在于此。遗憾的是原书难以查找，此书国内只存五部，又其中一部残失，学者多难得见。

（张清河）

16. 《文心雕龙校注》

杨明照著。古典文学出版社 1958 年版。原是作者 20 世纪 30 年代就读燕京大学研究院时完成的毕业论文。《文心雕龙校注》是在清人黄叔琳注和李详补注的基础上进行"校注拾遗"；全书排列为：先印《文心雕龙》原文，次印黄、李二注，末以作者的校注拾遗殿后。该书贡献有四：一是校注虽以黄叔琳养素堂本为底本，然在文字校勘上时补黄本之不足或疑而未决的问题；二是首次完全地征录了李详补注全文，使广大读者在补注很难见到的情况下得以窥其全貌；三是补"范注"之罅漏，并吸收"新书"之成果，校字征典更精更细且多发前人所未发；四是附录"历代著录与品评"、"前人征引"、"群书袭用"、"序跋"、"版本"五个部分，不仅为龙学研究提供了较为丰富的资料，而且也有助于开拓龙学的新思路，以见《文心雕龙》在历史上的流传与影响，并给研究者提供相当多的便利。

（张清河）

17. 《文心雕龙选译》

陆侃如、牟世金合译的《文心雕龙选译》（上、下）于 1962 年由山东人民出版社出版，成为我国最早的《文心雕龙》译本。陆侃如先生逝世后，1986 年山东大学出版社出版了《文心雕龙精选》，由牟世金选译。1982 年、1995 年山东济南齐鲁书社又两次出版了牟世金全本《文心雕龙译注》，收入《中国古典名著普及丛书》。《文心雕龙选译》共分上、下两册，选译了《文心雕龙》中比较重要的 25 篇，其中上册译注 10 篇，下册译注 15 篇。卷首有译注者的引言，介绍了刘勰的生平、思想和文艺观点等。其中"文艺观点"又分为：文体论、文学与现实的关系、内容与形式的关系、创作论、有关现实主义的一些论点、有关浪漫主义的一些论点、批评论、作家论等。译注部分，先有"解题"说明全篇主旨，然后分段列出原文和翻译，译文尽可能采取直译。篇后加以必要的注释、难字并加注音。本书可供中等文化水平的读者进行自学。这部普及性的译本，译文深入浅出，对当时读者学习《文心雕龙》有较大帮助。

（张清河）

18. 《刘勰论创作》

陆侃如、牟世金著。1963 年由安徽人民出版社出版，1982 年 4 月修订再版发行。此书是龙学在新中国成立初期的唯一一部理论研究的专著，而且其中译注还占了一半。本书把《文心雕龙》中有关创作理论的八节加以译注，并在卷首写了一篇"引言"，对刘勰的文学观和创作论作了简单的介绍。书后又附录了几篇有关的论文。本书所译注的《文心雕龙》8 篇，篇目如下：一《物色》，二《通变》，三《情采》，四《风骨》，五《体性》，六《神思》，七《夸饰》，八《熔裁》。其后附录：一、《文心雕龙》中有关现实主义的论点；二、《文心雕龙》中有关浪漫主义的论点；三、刘勰论诗的幻想和夸饰；四、《文心雕龙》术语初探。该书认为对刘勰的创作论体系，是以《神思》篇为纲、以"情言"关系为主线、对"物情言"三者相互关系的全面论述构成的；作者用示意图来表示这个体系的基本结构，这些论述颇有可取处。只是该书成书甚早，带有当时时代的局限，且以《辨骚》为文体之首，割裂"文之枢纽"五篇，似有不伦不类之感。

（张清河）

19. 《文心雕龙译注十八篇》

郭晋稀著，甘肃人民出版社 1963 年版，是新中国成立后最早的《文心雕龙》选注本之一，介绍《文心雕龙》理论精华的著作之一。1964 年即被香港建文书局翻印，后香港中流出版社有限公司等又加印，风靡港台和国际汉学界。该书每篇译注前有简短说明，述其在原书中的次第，中间省略的篇目，并指出本篇的要义和有益的论点及其所受时代和阶级的局限性，供阅者思索之参考。对原文疑难之处，多采各家之说，亦有译注者本人校改之处，在注释中略加论证注译选篇，主要以论点较为正确，对今天有现实意义可资借鉴者为主；同时也适当照顾原书的理论体系。译注者认为"剖情析采"后 25 篇，已非刘勰原书次第，译注本依据自己的考证，编排了译注本的篇次。《文心雕龙》中许多专用术语的含义，颇难推考；译文中尽量使用今天通行的词汇，但在注释中作了必要的说明。该书的"前言"，是译注者当时研究的心得，探讨了刘勰的宇宙观（客观唯心主义）和《文心雕龙》的理论体系。

（吴妮妮）

20. 《文心雕龙研究专号》

饶宗颐主编，香港大学中文学会 1965 年版。在饶宗颐的指导下，香港大学中文学会于 20 世纪 60 年代出版了《文心雕龙研究专号》，所刊登的论文可视为 60 年代中前期以前香港学者在《文心雕龙》方面研究的总结。其中所刊《刘勰文艺思想与佛教》等文，首次提出了刘勰文艺思想之根底为佛教之说，具有一定的学术参考价值。饶宗颐认为"佛学者乃刘勰思想之骨干，故其文艺思想亦以此为根底。必于刘氏与佛教关系有所了解，而后文心之旨，斯能豁然贯通也"。此外，书中《近五十年文心雕龙书录》及王更生著《文心雕龙研究》中《打开国际学术市场的几位开拓者》对于截至 60 年代中前期的日、中两国有关的研究论文和译注书作了某种程度的介绍。

（吴妮妮）

21. 《文心雕龙注订》

张立斋著，台湾正中书局 1967 年版。本书是《文心雕龙》研究的重要著作之一，是台湾最早的一部龙学专著。内容完全按照刘勰《文心雕龙》全书的架构，分为 10 卷 50 篇，每篇正文分段，再逐段挑选若干重要的生难词语，加以注释。该书是对《文心雕龙》文义的研究：一是解题，揭示每篇主旨；二是注释文字，补充旧注，阐发己见。作者认为黄叔琳注本和范文澜、杨明照诸注本，俱未尽善，也少发明，所以他力图去纠其错误、补其不足。他在自序中评范注"著其勤劳，乏其精采；虽便翻检，而拙于发明；少所折衷，而务求博览。体要似疏，附会嫌巧"，评杨注为"掇拾者少，而失检者多，谬误处甚于别本"。20 世纪 60 年代该书在台湾初版，多次再版重印，颇受好评。《文心雕龙注订》一书以独到的认知，精辟之诠释，全面把握其奥义，力求还原该书思想真实，以期传承文派，启迪后学，在诸多相关著述中，堪称上乘之作。

（吴妮妮）

22. 《文心雕龙评解》

李景荣撰，由台湾台南翰林出版社 1967 年版。其体例依《文心雕龙》原书排列，作者鉴于现行注本各有所长，纪评、黄札、刘校虽多可取，然囿于时代及主观见解，亦多讹谬，故援彦和"有助文章"之义，从写作技巧和文学鉴赏的观念入手，参酌各家之说，斟酌现代文情，发挥彦和为文用心之旨。

（廖宏昌）

23. 《文心雕龙新解》

李景荣著，台湾台南翰林出版社 1968 年版。本书共分 10 卷，书后附录《刘勰传》。本书作者将《文心雕龙》加以批注，译成白话。书中对于古籍中所提到的时间、空间、物体的形状，也都用现在通用的时间、地名及图画清楚地表现出来。作者不仅有新解和增注，在每篇之后更附以题解，以期读者研读之余能有所领悟。至于注疏，则选其最妥帖者，于应注而前人未注之词句，亦增入篇后。

（廖宏昌）

24. 《文心雕龙研究》

易苏民主编，台湾昌言出版社 1968 年版。该书包括论文 6 篇，注释 1 篇，附录 1 篇。计有熊公哲的《刘勰评传》，华仲庆的《文心雕龙要义申说》，罗根泽的《文心雕龙之研究》，张严的《文心雕龙考评》，廖蔚卿的《刘勰论时代与文风》，曹昇的《文心雕龙书后》，钟露昇的《刘勰神思译注》，书末附录王素存的《孔子寿数考》一文。

（吴妮妮）

25. 《文心雕龙》(日文全译本)

（日本）兴膳宏译注，筑摩书房 1968 年版。作者为日本著名汉学家，京都大学名誉教授。其著作有《中国的文学理论》、《异域之眼》、《生于乱世的诗人们——六朝诗人论》、《从古典中国眺望》等，翻译注释有《文心雕龙》。

（吴妮妮）

26. 《文心雕龙通识》

张严撰，台湾"商务印书馆"1969 年初版，至 1982 年已五次印刷，乃台湾早期《文心雕龙》研究之重要著作。本书是作者在成功大学讲授《文心雕龙》之所见所感，共有 10 篇论文，依次为《刘勰文学观探源》、《文心雕龙五十篇编次及隐秀篇真伪平议》、《文心雕龙五十篇指归考察》、《文心雕龙版本考》、《明清文心雕龙序跋迻录》、《历代文心雕龙品评概举》、《文心雕龙著录归类得失考略》、《文心雕龙唐宋群籍袭用汇考》、《刘勰身世考索》、《文心雕龙校勘新补序》，先后载录于《大陆杂志》，对后人研究风气之开启及推动具有重要意义。

（廖宏昌）

27. 《文心雕龙研究论文集》

台湾淡江文理学院中文研究室编著，台北惊声文物供应公司 1975 年版。本论文集共收录 8 篇论文，有施淑女《玄学与神思》、韩耀隆《文心雕龙五十篇赞语用韵考》、黄锦鋐《空海的文镜秘府论与文心雕龙的关系》、王仁钧《文心雕龙用易考》、胡传安《文心雕龙诗论》、傅锡壬《刘勰对辞赋作家及其作品的观点》、王苏《文心雕龙的文学审美》和唐亦璋《从文心雕龙看传统与文学创作的关系》。是淡江文理学院因学校在量急剧发展之余，极力谋求质之提高的重要编著，也是其创办人张建邦希望借由文史丛书的印行，使研究、教学和服务得到密切配合与发展而在人文学科方面的代表作。

（廖宏昌）

28. 《唐写文心雕龙残本合校》

潘重规著，香港九龙新亚研究所 1960 年版。唐人草书《文心雕龙》残卷，今藏伦敦大英博物馆。潘师以赵万里《唐写本文心雕龙残卷校记》、杨明照《文心雕龙校注》附录《六唐人草书残卷本题记》、铃木虎雄《黄叔琳本文心雕龙校勘记》、饶宗颐《唐写文心雕龙景本序》，诸家各执一词，或相非难，皆云同据唐本，而文字互异，读者未见原卷，自难判断是非，故综合诸家之说，亲就原卷核校，附以己见，条列成文。又以往岁访书英伦时所摄原卷影片，复印附于文后，俾读者得自检核，而知有所别择也。

(廖宏昌)

29. 《文心雕龙释义》

彭庆环撰，台北华星出版社 1970 年印行，分上下两册。书前附蔡亚萍序、黄纯仁序及作者自序，据其自序，知作者释义在为初学者之一助。内文按《文心雕龙》原书编次，正文在前，白话注解在后，注解多以黄叔琳辑注和范文澜为据，或旁及他家，择优取胜加以诠释；白话注解之后为"篇旨研究"，叙以该篇要旨。

(廖宏昌)

30. 《文心雕龙选注》

周康燮著，香港龙门书店 1970 年版。

31. 《文心雕龙原道与佛道义疏证》

石垒著，香港云在书屋 1971 年版。作者在书中认为：神理即佛道的"般若之绝境"，《原道》之道即是佛道，中国古代的圣人帝王具有佛应感之化身，"虽然他们在实际上所住的是佛心，而在随世情上却不能不由衷地说他们为道心"。他认为《文心雕龙》中的"征圣"、"宗经"，虽然明指儒家的圣人和经典，实则都是佛应感之际。该书从三个方面论证上述观点：一、刘勰站在佛教徒的立场去观察天、地、人及宇宙万物，认为佛道是本体；二、神思虚静理论来自佛教；三、才行论"以佛教的心性学说与元气阴阳四大陶化学说相配合"。作者的这些见解虽开拓了"龙学"研究的新视野，但就基本理论而言是难以令人信服的。

（吴妮妮）

32. 《文心雕龙析论》

李中成著，台湾大圣书局 1972 年版。该书除卷首有戴行悌序，杜为序，作者自序，书末附列《文心雕龙》原著及英文提纲外，内容分 13 章 92 节。

（吴妮妮）

33. 《文心雕龙》（选译本）

（日本）户田浩晓著，为百卷本的《中国古典新书》中之一部，明德出版社 1972 年版。该书选择了《文心雕龙》中较能反映刘勰思想且富有文章学价值的 18 篇，分别为：《原道》、《征圣》、《宗经》、《正纬》、《辨骚》、《明诗》、《诠赋》、《神思》、《体性》、《通变》、《定势》、《情采》、《熔裁》、《声律》、《夸饰》、《练字》、《附会》、《序志》。每篇包括原文、训读、通译、注释、解说等，另附有刘勰传记、《文心雕龙》概说、研究小史有关参考书目等。所据底本为素养堂版黄叔琳注本，另参照他本校订。

（吴妮妮）

34. 《文心雕龙文术论诠》

张严撰，台湾"商务印书馆"1973 年初版、1980 年第 4 版。作者以为《文心雕龙》50 篇乃艺苑之秘宝，而最切实用者厥惟"下篇以下"之文术论；盖文术论阐创作与批评之义，彦和论创作又包括文法与修辞，论批评则统举才性与文学作品之关系。纵窥流变，横察奇正，是千古之极则，亦不刊之妙论也，故反复涵泳参论其间，就"下篇以下"25 篇循文按义逐一诠论。

（廖宏昌）

35. 《译注文心雕龙选》

本书由任教于台湾师范大学国文学系之陈弘治、陈满铭、刘本栋选译，台北文津出版社 1974 年印行。凡 18 篇依次是：《原道》、《辨骚》、《明诗》、《论说》、《神思》、《体性》、《风骨》、《通变》、《定势》、《情采》、《熔裁》、《夸饰》、《养气》、《附会》、《时序》、《物色》、《知音》、《序志》。每篇就原文，酌分段落，先正文，次注释，次译文，后评解，阐明设篇大旨。书前有前言一篇，就《文心雕龙》理论体系，论文学与现实、论内容与形式、论风格、论题材、论文藻、论辞气、论通变、论衡文等。

（廖宏昌）

36. 《文心雕龙》(日文全译本)

（日本）目加田诚译注，平凡社 1974 年版。《中国古典文学大系》第 54 卷《文学艺术论集》之一部。作者为当代日本研究中国文学的著名学者之一，其研究领域广泛，其中《文心雕龙》和六朝文论是其主要研究对象。自 1945 年 3 月始，在学报上陆续发表《文心雕龙》译注。该书为《文心雕龙》的全卷日译，所据为范文澜《文心雕龙注》。每章附有题解及译者的阐论。译者自 1945 年即开始翻译，并陆续刊发于当时杂志。本书是在此基础上为使一般读者也明白易晓的改译本。

（吴妮妮）

37. 《文心雕龙考异》

张立斋撰，台北正中书局 1974 年版。考异始于编纂《文心雕龙注订》时，作者二次赴美访书，得览哈佛大学图书馆藏明万历杨慎批点梅庆生音注本《文心雕龙》、凌云五色套印本《文心雕龙》，以及哥伦比亚大学图书馆道光十三年初刊之黄注纪评《文心雕龙》；其后据英国伦敦大英博物馆藏唐写本残卷复印件、涵芬楼影嘉靖本《文心雕龙》，并旁及御览和民国以来范注、杨校、王新书等，逐篇校勘，历经八年始成此《文心雕龙考异》，其用力如此。

（廖宏昌）

38. 《文心雕龙》(日文全译本)

户田浩晓译注。明治书院于1974年12月出上册,1978年6月出下册,载《新译汉文大系》第69、70卷。上册包括译者序、例言、解题及《文心雕龙》本文自《原道》开始的前25篇译注。下册包括《神思》以下的其余25篇译注,另有译者的相关文章如《文心雕龙小史》、索引、跋文等附于书后。译注除包括对题、文、典故等的解释外,还附有译者的见解——余说。1951年,著者发表《黄叔琳文心雕龙校勘补记》。1960年开始,连续在《城南汉学》上刊发《文心雕龙》译注,这些译注以日本素养堂版黄叔琳注本为底本。此书为日文全译本,是著者多年研究的集大成作品。

(林国兵)

39. 《文心雕龙枢纽论与区分论》

蓝若天撰,台湾"商务印书馆"1975年版。其书名与要旨是按《文心雕龙·序志》所言,颇具特色。卷之一是枢纽论,论《文心雕龙》的思想中心,凡五章:一原原道、二审征圣、三究宗经、四正正纬、五辨辨骚;卷之二是区分论,论《文心雕龙》的文体分类,凡四章:一道文区分、二文类区分、三文类根源、四文模拟较。

(廖宏昌)

40. 《文心雕龙》(韩文本)

(韩国)崔信浩著,汉城玄岩社1975年版。因主要参照兴膳宏的日译本,价值不高,但对于《文心雕龙》传播、使更多人能了解《文心雕龙》有重大意义。

(林国兵)

41. 《文心雕龙缀补》

王叔岷著,台北艺文印书馆1975年版。王氏认为作品本身的写作及传抄诸问题,使《文心雕龙》往往失其原貌,在1962年冬,撰《勘记》一文,该文发表于《新加坡大学中文学会学报》第5期,文章列举 160 条，详加疏通考。著者又在后来多年研治《文心雕龙》的基础上，补充前说，并据黄叔琳注本，整理成书，名为《文心雕龙缀补》。在校勘上，明出处，辨真伪。在论及的《文心雕龙》42 篇中，每篇少则 2 条，多至十九条，共计 273 条。

（林国兵）

42. 《刘勰年谱》（硕士论文）

王金凌著，台北嘉新水泥文化基金会 1976 年版。除了将刘勰生年延到宋明帝泰始元年（465 年）以外，其他大体上与王更生的《梁刘彦和年谱稿》没有什么出入。

（林国兵）

43. 《语译详注文心雕龙》

王久烈等译注，台湾弘道文化事业有限公司 1976 年版。该书前有译注例言、黄锦铉序。译注时先列原文，后注释。注释则按正音、释义、训典顺序，间或以按语作结。译文力求深入浅出，译注者姓名均附于文末。

（林国兵）

44. 《文心雕龙研究》

王更生著，台湾文史哲出版社 1979 年 5 月增订版。本书凡十一章：第一章为绪论，叙《文心雕龙》研究的回顾与前瞻；第二章叙刘彦和年谱；第三章为《文心雕龙》版本考；第四、五、六章分别为《文心雕龙》之美学、史学与子学；第七、八、九、十章分别是《文心雕龙》的"文原论"、"文体论"、"文术论"、"文评论"；第十一章为结论，叙述《文心雕龙》在中国文学史上之地位。其最大特色在于掌握《文心雕龙》"为文用心"之精神，将"文原论"、"文体论"、"文术论"、"文评论"放在全书的主体部位，构成研究的中坚。本书乃王更生用力于《文心雕龙》研究成果之展现，也可视为 20 世纪 80 年代《文心雕龙》研究之最高成就。书前置"文心雕龙重要版本书影" 12 幅，弥足珍贵，亦可见作者之用心。

（廖宏昌）

45. 《文心雕龙导读》

王更生撰，台北华正书局 1977 年版，凡 10 章及附录。问世 10 年，梓行 6 版，作者乃重修增订，内容扩充为 13 章，1988 年 3 月仍由台北华正书局出版。其内容首先介绍刘勰生平，后分叙《文心雕龙》之性质、写作背景、成书年代、内容组织、重要版本、行文之美、研读方法、预修科目商榷、发展趋向，以及参考用书简介，附录则包括近 60 年《文心雕龙》研究总结和 1974—1987 年国内外研究《文心雕龙》概况的两篇论文。

（廖宏昌）

46. 《文心雕龙批评论发微》

沈谦著。台北联经出版事业公司 1977 年版。此书乃作者就读台湾师范大学国文研究所的硕士论文，共分五章十一节。刘勰传略、写作背景、文论体系三节为第一章（绪论）。文原于道、质文并重、通古变今三节为第二章（批评原理）。批评的态度、标准、方法三节为第三章（批评方法）。《程器》、《才略》二节为第四章（批评实例）。第五章为结论。该书前有周（何）序、王（更生）序及作者自序，重要参考书目附于书后。作者于自序中以为研读《文心雕龙》有三个步骤：洞明章句、寻味意蕴、印证作品；上探师法、下究影响、贯穿源流；通变古今、斟酌中西、熔铸新说。著者在结论中还检讨了《文心雕龙》的成就与不足。

（林国兵）

47. 《文心雕龙研究论文集》

一山书屋 1977 年版。

（林国兵）

48. 《文心雕龙与儒佛二教义理论集》

石垒著，香港云在书屋 1977 年版。该书包括 3 篇文章：《文心雕龙原道与佛道义疏证》、《刘勰论文学创作的心理活动过程》、《刘勰论作家的性情与才能》。第一篇的单行本曾于 1971 年在香港云在书屋出版。后两篇据其序中所说写于 1974 年以前。石垒先生强调佛教思想是《文心雕龙》的根本，他说："像我在本书首篇论文中所指出的，《文心雕龙·原道》所原的道是佛道，即神理、神或'般若之绝境'（《论说》篇）状态中的般若。这是我研讨《原道》的道这个难题时所得到的结论，也是本书各文立论的基础。"石垒先生的文章，注释比正文多三四倍，共 504 条，多为对佛教典籍的引用。石先生的观点显偏执，虽开拓了龙学研究的新视野，但就基本理论而言难以令人信服。

（林国兵）

49.《文心雕龙与诗品研究》

庄岩编辑部，庄岩出版社 1978 年版。

（林国兵）

50.《文心雕龙之创作论》

黄春贵撰，台湾文史哲出版社 1978 年印行。全书从《文心雕龙》文术论出发详加剖析，间引唐宋以迄晚近中西各家论述以成其说。绪论申述刘勰著述《文心雕龙》的动机和流传千古的原因，结论强调《文心雕龙》历久弥新，不因西潮东进而冲淡其色彩。其第一章论文章之组织，下分谋篇、裁章、造句、用字；第二章论文章之修辞，下分比兴、夸饰、用典、隐秀；第三章论文章内质，下分思想、情感、想象、气力；第四章论文章之外象，下分声律、辞采、对偶、风格。书前附李曰刚和王更生教授序。

（廖宏昌）

51.《刘勰和文心雕龙》

陆侃如、牟世金著，上海古籍出版社 1978 年版。全书共分五节，分别为：刘勰以前的文学理论，刘勰的生平和基本观点，刘勰的文体论和批评论，刘勰的创作论，刘勰的地位和影响。作者既肯定了《文心雕龙》的成就，也指出了其不足。该书是作者对自己 1966 年以前研究《文心雕龙》的一部总结性著作。

（林国兵）

52. 《文心雕龙与佛教驳论》

周荣华于 1978 年 6 月自印。作者以学术思想名世，见时人有以刘勰思想源于佛学之论，愤而著述以驳斥其论。全书除前言、尾语外，内容分为四部分：一是《文心》中并无佛教思想，二是《文心》作于齐永明间，三为彦和身世与佛教，四为《文心》与灭惑论。

（廖宏昌）

53. 《文心雕龙论文集》

本论文集是陈新雄、于大成博士主编"国学论文荟编"的第 1 辑第 4 册，由台北西南书局于 1979 年 2 月出版。共收录 12 篇大作：依次为赵万里《唐写本文心雕龙卷校记》、潘重规《唐写本文心雕龙残本合校》、王叔岷《文心雕龙斠记》、李详《文心雕龙黄注补正》、陈延杰《读文心雕龙》、刘节《刘勰评传》、饶宗颐《文心雕龙与佛教》、傅振伦《刘彦和之史学》、阚珊《读中大藏明本文心雕龙》、李笠《读文心雕龙讲疏》、陈准《顾黄合校文心雕龙跋序》11 篇，外加附录黄侃《补文心雕龙隐秀篇并序》1 篇。皆海内外单篇论文一时之选，对寻检参阅殊难的当下，真能使好学深思之士击节称赏。

（廖宏昌）

54. 《重修增订文心雕龙研究》

王更生著，台湾文史哲出版社 1979 年版。该书初版于 1976 年，名为《文心雕龙研究》，共十四章，修订后成为此书，变为十一章。第一章绪论，是对《文心雕龙》研究的回顾与展望；第二、三章分别为《梁刘彦和先生年谱》、《文心雕龙版本考》。第四至六章为《文心雕龙》的"美学"、"史学"、"子学"。第七至十章的"文原论"、"文体论"、"文术论"、"文评论"为全书主体，凸显了《文心雕龙》"为文用心"的精神。最后一章为结论，谈《文心雕龙》在中国文学史上的地位。

（林国兵）

55. 《文心雕龙创作论》

王元化著，上海古籍出版社 1979 年版，作者在《后记》中说此书是在近二十年间断续完成的，此次出版，一如旧貌。1984 年再版，仅部分文字略作修改。1992 年发行改订版，著者在《序》中说，"在这新的一版里，我作了较大的删削，增加了一组近年来的新作，并更换了原来的书名，改为《文心雕龙讲疏》。……取既有讲话，也有疏记的意思。"2004 年广西师范大学出版社整理再版，著者说"这要算是这本书的定本了"。2005 年日本汲古书院出版日文版，2007 年湖北教育出版社出版《王元化集》卷四即为《文心雕龙讲疏》。作为定本的《文心雕龙讲疏》，前有新版前言、作者自序。中间分别为：刘勰身世与世庶区别问题；《灭惑论》与刘勰的前后期思想变化；刘勰的文学起源论与文学创作论；《文心雕龙》创作论八说释义小引；释《物色篇》心物交融说（三篇附释）；释《神思篇》杼轴献功说（三篇附释）；释《体性篇》才性说（两篇附释）；释《比兴篇》拟容取心说（四篇附释）；释《情采》情志说（两篇附释）；释《熔裁篇》三准说（两篇附释）；释《附会篇》杂而不越说（两篇附释）；释《养气篇》率志委和说（两篇附释）。书末附有作者关于《文心雕龙》的演讲词及他人对作者研究成果的品评等。

（林国兵）

56. 《文心雕龙范注驳正》

王更生著，台湾华正书局 1979 年版。全书共四章，即：一、范注成书经过；二、范注内容浅析；三、范注文心驳正；四、结论。第二章中，著者将范注内容归结为六个方面，即："逐条列举，检阅称便"、"引书相证，必详卷次"、"选取善言，究明作意"、"蒐亡辑佚，俾便省览"、"旧文难解，附加考订"、"传疑之文，删要采录"。第三章中，著者则列举了范注"采辑未备"、"体例不当"、"立论乖谬"、"校勘欠佳"、"注释错讹"、"出处不明"六个方面的不足，每个方面又分出几小节，每小节既详细说明，又引实例予以证明。

（林国兵）

57.《文心雕龙论文集》

黄锦鋐编译，台湾学海出版社 1979 年出版。包括黄氏本人的《空海的〈文镜秘府论〉与〈文心雕龙〉的关系》、杨明照的《文心雕龙范注举正》和日本人斯波六郎著、由黄氏翻译的《文心雕龙范注补正》三篇文章。杨文驳范注者共计三十八条，斯波六郎文较为晚出，为避免重复，凡看法与杨氏相同者，一律不记述，所以两篇文章可以合看。

（林国兵）

58.《刘勰与文心雕龙》

詹锳著，中华书局 1980 年 1 月出版。本书共分八节，前三节依次讲述刘勰的生平与思想以及《文心雕龙》的写作背景，《文心雕龙》的组织结构、文论总纲和文体论；第四至七节论述《文心雕龙》下编所论及的写作理论和规律，以创作论、风格学、文学史和批评论、修辞学四个部分概括出《文心雕龙》庞大的文论体系；第八节总结了《文心雕龙》的主要成就和局限。该书作为了解刘勰思想及《文心雕龙》的普及性读物，既延揽甚广，又简明扼要，大至《文心雕龙》的理论体系，小至《文心雕龙》的局部话语，体现了著者数十年进行龙学研究的理论功底。其中，对总纲之《宗经》的评述和对《风骨》、《定势》、《隐秀》等风格学的评述，体现了著者对《文心雕龙》的诸多精解新见。

（赵坤）

59.《文心雕龙校证》

王利器校笺，上海古籍出版社 1980 年 8 月出版。该书是校笺者在 1952 年印行的《文心雕龙新书》基础上加以修订而成。卷首有《序录》，在前人的研究基础之上对刘勰的生平和思想加以辨正，并着重介绍了校笺《文心雕龙》一书的态度和方法。卷末有《附录》，包括著录、序跋、杂纂、原校者姓氏四节。正如《序录》所言："本书的主要贡献，是搜罗《文心雕龙》的各种版本，比类其文字异同，终而定其是非。"该书参照 27 种版本校勘而成，取材宏富、比对严谨、征引详细、注释全面，在校、注、译、释方面都取得了重大成果，学界往往将该书与杨明照的《文心雕龙校注拾遗》并称为《文心雕龙》校勘史上的两部最有分量的集大成之作。

（赵坤）

60.《文心雕龙简论》

张文勋、杜东枝著，人民文学出版社 1980 年 8 月出版。

（赵坤）

61.《文心雕龙研究论文选粹》

王更生著，台湾中北育民出版社 1980 年 9 月出版。著者作为台湾龙学研究专家，较早意识到两岸龙学研究相互沟通、交流的必要性，在精勤不懈地从事龙学研究的同时，亦十分关注大陆学者的龙学著述。《文心雕龙研究论文选粹》一书作为首次兼收海峡两岸龙学研究成果的资料文集，是由著者从数十年研究《文心雕龙》所积累的大量资料中，所精选出"志虑精纯，辞藻粹美"的 38 篇论文汇辑而成，入选论文的作者广布于中国大陆、台湾、香港和美国、韩国等地，论文发表时间所跨越的年度达 70 余年，可谓是海峡两岸及国际龙学研究交流的开创之举。

（赵坤）

62.《文心雕龙选译》

周振甫著，中华书局 1980 年 10 月出版。著者于 1961 年至 1963年间，应《人民日报》之约，选译了《文心雕龙》的部分篇章。在此基础上，应中华书局之约，撰写成《文心雕龙选译》一书，另应人民文学出版社之约撰写成《文心雕龙注释》一书，均在"文革"前交稿，分别延至 1980 年、1981 年出版。《文心雕龙选译》一书撷取了《文心雕龙》中的 35 篇逐篇注译，编排上仍按照刘勰在《序志》篇中所说的五个部分，分别为"序传"、"总论"、"文体论"、"文学评论"、"创作论"。《文心雕龙选译》原文用黄叔琳辑注本，删去文字校点，在注释上，主要参照范文澜注本、兼采杨明照补注本而成；在译文上，《文心雕龙选译》将译文逐句直译附于每段原文之下，便于对照，语言通畅简练；另对每篇加以内容浅释，乃是对该篇的评述和阐发，也对前人研究加以校正。

（赵坤）

63. 《文心雕龙之文学理论与批评》

沈谦著，台湾华正书局 1981 年 5 月出版。著者为台湾师范大学国文研究所的文学博士，该书是在其 1977 年发表的硕士论文《文心雕龙批评论发微》的基础上增修而成，将原来的五章十一节扩充为八章十八节，除去首末两章论《文心雕龙之文论体系》和《结论》之外，主体分为两大部分：第二、三、四章为文学理论，分别是《文心雕龙之文学原理》、《文心雕龙之文学类型》、《文心雕龙之创作理论》；第五、六、七章为文学批评，分别是《文心雕龙之批评态度》、《文心雕龙之批评方法》、《文心雕龙之批评实例》。该书的显著特点，一是以批评论为重点，二是以今人的文艺观来衡量《文心雕龙》的成就和理论意义。

（赵坤）

64. 《注音白话文心雕龙选注》

李农著，大夏出版社 1981 年 6 月出版。该书从通俗易懂的层面注解了《文心雕龙》50 篇中的 20 篇，并加以简明的阐发。20 篇分别是《原道》，作者认为该篇乃是论自然、真理和写文章的基本观念与态度；《宗经》，作者认为经典是圣人讲述真理之文，内容纯正、辞藻典雅；《辨骚》，表达强烈的情感；《明诗》，文学之祖，温柔敦厚、典雅大方；《论说》，论理服人之文，立场明确，说理清楚；《神思》，表现文学中丰富的想象；《体性》，论述作家才性对作品的影响；《风骨》，讲作品的风格和精神；《通变》，讨论写作技巧的变化运用；《定势》，说明作品的定型；《情采》，讲抒情和辞藻关系；《熔裁》，即文思的镕铸、形式的剪裁；《夸饰》，讲文章运用的夸张手法；《练字》，分析文中的关键词；《养气》，作家的修养和气度；《附会》，联类事物，以附和文理；《时序》，表现季节气候和时间；《物色》，品评事物的文字技巧；《知音》，从读者出发讨论对作品的欣赏乐趣；《序志》，论创作的动机和理想。该书对普通读者了解"龙学"知识有所裨益。

（赵坤）

65. 《文心雕龙文学理论研究和译释》

杜黎均著，北京出版社 1981 年 10 月出版。该书分为上、下两编，上编为评论文章，对魏晋南北朝时期的社会情况和文学动向、刘勰生平和思想以及《文心雕龙》一书的理论体系加以概述和评介。下编包括《文心雕龙》文学理论译释和赞选两部分。著者认为《文心雕龙》建立了一个严密完整的文学理论体系，包括"论文学和现实"、"论文学的内容和形式"、"论文学的特征"、"论文学的风格"、"论文学的继承和创新"、"论作家的修养"、"论文学的欣赏和批评"、"论写作方法"八个方面，译释这一部分便是从《文心雕龙》中精选出 200 余个条目，分别归入上述八个方面之中并加以注释和今译，其基本原理是利用现代文学理论观点来阐释刘勰的文学理论。赞选部分选录情采并茂的赞文 20 篇，作诗体今译。书末还附有《文心雕龙》文学理论体系表，是在"范注"二表的基础上修订而成的。

（赵坤）

66. 《文心雕龙与诗品之诗论比较》

冯吉权著，台湾文史哲出版社 1981 年出版。内容分三章：第一章导论，包括"作者生平"、"写作背景"、"著作内容"；第二章本论，包括"诗之定义"、"诗之起源"、"诗之功能"、"诗之体类"、"诗之作法"、"诗之流变"、"诗之批评"；第三章结论。著者在将《文心雕龙》和《诗品》两书比较后指出二家在诗的创作和批评原理方面的异同。相同之点有三：一、改革文学风气的动机相同；二、不满意前人的文学批评相同；三、对文学的基本主张相同。相异之点有四：一、著作的宗旨与体例不同；二、改革文风的手段不同；三、对诗体与诗格的欣赏角度不同；四、对作家应具备的条件与修养看法不同。

（赵坤）

67. 《文心雕龙译注》（上、下册）

陆侃如、牟世金著，分为上、下两册，由齐鲁书社于 1981 年 3 月出版上册，1982 年 9 月出版下册，1995 年再版发行。该书是陆侃如去世之后，牟世金根据 1962 年和 1963 年出版的《文心雕龙选译》上、下册加以修订以及补全未选的 25 篇而成，并重写"引论"和"题解"二则。该书原文用黄叔琳本和范文澜本，主要参考和吸收了黄侃《文心雕龙札记》、刘永济《文心雕龙校译》、王利器《文心雕龙校正》、杨明照《文心雕龙校注拾遗》、王元化《文心雕龙创作论》、周振甫《文心雕龙注释》等研究成果，虽无专门的校勘记，但在广泛吸收各家成果的同时，已体现出著者自己的分析见解，并在注释中附有简要说明。张少康在《文心雕龙研究史》中，认为此著作是"一部熔学术性和普及性于一炉的《文心雕龙》全注本和全译本"，并在"正确、精练、深刻、流畅"等各方面明显长于此后其他译注本。

（赵坤）

68. 《文心雕龙文论术语析论》

王金凌著，台湾华正书局 1981 年 6 月出版。全书分为五章。著者在第二章之首提到："前章所论是人的问题，以下四章则为文学本身的问题。"联系"结论"中所说："《文心雕龙》是一本探讨文学理论的书，简括地说，其内容包含人与文学两大端。"可见该书是从人和文学两大部分来探讨《文心雕龙》，前者之论虽只《才质》一章，但篇幅适为全书之半，含作者之气、才、性、情、志、神、心等八节。第二章《事义》析作品内容，第三、四章《辞采》、《声律》析作品形式，末一章《体势》析作品总体风貌。该书既为术语论析，每析一术语时，大多首明其本义，次论其引申义，最后考察该术语在全书多次运用时的不同含义。论析时不拘守古训，而是结合全书通盘考虑，旨在探索其确切命意，论析细致且多有精到之处。该书另一显著特点是多用表解，有刘勰重要事略表、引用《周易》次数表、文体论各家选评作家作品表等 18 种，总计篇幅近全书 1/3，考镜源流，用力甚巨。

（赵坤）

69. 《文心雕龙注释》

周振甫著，人民文学出版社 1981 年 11 月出版。该书分为原文、评、注释和说明四部分。原文以黄叔琳辑注本为底本，参照范文澜《文心雕龙注》之校本，兼采杨明照《文心雕龙校注拾遗》及《文心雕龙拾遗补正》、王利器《文心雕龙新书》和《文心雕龙校正》，并对范、杨、王三家注中所校出的误字、衍字、脱字、倒文加以增补修正；评论方面，主要采录杨慎、曹学佺、黄叔琳和纪昀四家评语，又加以己见。注释方面，主要采用黄、范、杨三家注释，另取各家校注成果，加以辨析。对前人注本未涉及的词语，也稍加白话注释，简明易懂。说明为各篇的释义，包含著者数十年来潜心研究龙学的创获。如《诠赋》篇，阐释关于赋的渊源问题，不仅指出赋的渊源除刘勰所讲的诗和《楚辞》以外，也包括战国诸子，还从语言和形式上对赋的类别作了新的划分，彰显著者在文论批评方面之深厚功底。

（赵坤）

70. 《文心雕龙研究分类索引（1910—1982）》

山东刘勰《文心雕龙》讨论会资料组 1982 年编著。

（赵坤）

71. 《文心雕龙译注》

赵仲邑著，广西漓江出版社 1982 年 4 月出版。《文心雕龙译注》之前言参借范文澜本，对刘勰生平、思想及《文心雕龙》主要理论内容加以概述，并对《文心雕龙译注》的"企图和编辑的体例"加以说明。每篇原文之前加以"题解"，阐明该篇的篇章大义和主要理论内容，多采用现代文论加以诠释和比附，便于今人理解《文心雕龙》的文学理论。原文采用范文澜注本，附直译与意译结合之译文，并对译文中词句不甚浅近、用典艰深之处加以注解，张少康在《文心雕龙研究史》中称其"力求简明扼要，避免繁冗的学究气"。

（赵坤）

72.《文心雕龙散论》

马宏山著，新疆人民出版社 1982 年 5 月出版。该书收录关于《文心雕龙》的理论文章共 13 篇，大多以"辨"为题，如《〈文心雕龙〉之"道"辨》、《"道"再辨——兼答邱世友同志》等。全书之"辨"主要在于两类，一是与以范文澜注本为代表的流行学术观点进行争辩，一是与同行之间的往复辩答。所辩重点是《文心雕龙》乃至刘勰世界观中的哲学基础——佛学思想，认为刘勰的指导思想是以佛统儒、佛儒合一，并在第一篇论《〈文心雕龙〉的纲》中提出了这一见解。

（赵坤）

73.《文心雕龙的风格学》

詹锳著，人民文学出版社 1982 年 5 月出版。著者从 20 世纪 60 年代初期就开始撰写有关《文心雕龙》风格论方面的文章，及至 80 年代始成《文心雕龙的风格学》，该书作为龙学界第一部研究《文心雕龙》之风格学的专著，受到好评。该书除《风格释义》和《后记》外，主要包括 8 篇论文。《风格释义》带有绪论性质，指出研究《文心雕龙》的风格学须从现代文艺美学的"风格"理论和范畴的含义之规定入手，并解释了 8 篇论文间的理论逻辑关系：第一篇《文心雕龙论风格和个性的关系》主要介绍《体性》篇的内容，因为风格的形成首先与作家个性相关；第二篇《文心雕龙论才思和风格的关系》谈到作家才能对风格的影响；第三篇《文心雕龙的"定势"论》讨论风格的倾向性，并进一步生发，以《齐梁美学的"风骨"论》、《再论"风骨"》、《文心雕龙的"隐秀"论》三篇再加论述；最后，以《文心雕龙的时代风格论》与《文心雕龙的文体风格论》两篇讨论刘勰对风格共性的论述。从研究方法上看，该书将理论分析建立在收集丰富材料并加以考镜源流的基础之上，从现代文艺美学、文艺心理学等角度对刘勰的风格论进行专门探讨，中西汇通，视野宏阔，并有相当的理论深度。

（赵坤）

74.《文心雕龙斠诠》(上、下编)

李曰刚著，台湾"国立"编译馆中华图书编审委员会 1982 年 5 月印行。全书分上、下两编。上编包括序言、例略、原校姓氏、斠勘据本及《文心雕龙》卷一至卷五的 25 篇斠诠文字。下编除《文心雕龙》卷六至卷十的斠诠文字外，还附录了刘勰著作二篇、《梁书刘勰传笺注》、刘婉彬书《文心雕龙》后疏证、刘彦和身世考索、刘彦和世系年诺、《文心雕龙》版本考略和引用书目等。全书每篇叙定体例，大致分为"题述"与"文解"两大部分。"题述"训释篇题名义，阐明旨要，指陈体用，辨正得失，提供学者学习的重点，最后检点结构段落，使学者能借此掌握全文的大纲要目。"文解"又包括"直解"、"斠勘"两部分。前者以语体逐句解说原文，后者将原文中讹误、衍夺、错乱者一一摘出，并以对校、本校、他校和理校等法反复推考，详加订正。最后是"注释"。本书折中各家，资料丰富，并常以图表补文字说解之不足。

（赵坤）

75.《文心雕龙研究》

龚菱著，台湾文津出版社 1982 年 6 月出版。该书分上、中、下三编，上编七章分别讨论作者刘勰、写作背景、写作动机、书名含义、成书年代与其他著述、版本著录和文论体系。中编包括枢纽论和文体论两章。下编包括创作论和批评论两章。每章之前有概说，章末有结语，全书之末有"总结论"。从上述概貌可知，该书以全面系统为其主要特色，就台湾龙学界而言，应在王更生的《文心雕龙研究》基础上有所发展，尤其是"创作论的研究"，虽只一章，但篇幅适为全书 1/3，按"谈神思和养气"、"谈体性和风骨"、"谈通变与定势"、"谈情采与声律"、"谈丽辞"、"谈文章的组织"、"谈文章的修辞"、"谈物色"、"谈总术"九节展开，基本是依《文心雕龙》自身体系而逐次析论，做到全面且严谨。

（赵坤）

76.《文心雕龙诠释》

张长青、张会恩著，湖南人民出版社 1982 年 8 月出版。按著者所言，该书"力图用辩证唯物主义与历史唯物主义观点及浅近文字，对《文心雕龙》作单篇选释"。该书在诠释时以一篇为主，旁及他篇相近之处，并适当征引其他古代文论，以做到上下相通、左右兼及，并能联系魏晋南北朝时期社会政治、经济和思想史以及文学环境，知人论世，以意逆志。虽系释义之作，但也涉及各家不同见解，广求博纳，荟萃菁华，在斟酌取舍时参以己见，基本上做到浅近晓畅且准确全面。

（赵坤）

77.《文心雕龙索引》(改订版)

（日本）冈村繁著，采华书林 1982 年 9 月出版。著者冈村繁是日本汉学界知名学者，主要研究领域涉及《诗经》至唐代文学，在大学时期就已开始对《文心雕龙》的研究，并在其 1969 年出版的《中国语学新辞典》中介绍了《文心雕龙》的语法、语汇等语言上的特点，显示出其对《文心雕龙》语言的精细研究。该书是《文心雕龙索引》一书的改订版，以黄叔琳辑注及纪昀评本为底本，按字索引，检索方法分为笔画检索和罗马字检索两种。原书和王利器《文心雕龙通检》均在 20 世纪 50 年代问世，至今仍是研究《文心雕龙》的重要工具性著作。一般认为前者较之后者更为实用，因"顺序"、"逆序"都能兼顾，且编纂详尽，当属国外研究《文心雕龙》的典范之作。

（赵坤）

78.《文心雕龙校注拾遗》

杨明照著，上海古籍出版社 1982 年版。本书是对 1958 年由杨明照撰写，由古典文学出版社出版的《文心雕龙校注》的增补修订本。本书前言部分对刘勰与《文心雕龙》的情况作了简单介绍。正文按校勘底本分为十卷，在"原《校注》本"基础上进一步完善补正，对有争议的字、词、句进行了认真考订，校勘周详，是正精审；对原文的篇次、伪文等问题作了辨析。对原"校注"所附《梁书刘勰传笺注》作了重大修改和增补，附入正文之后，是研究刘勰生平事迹最重要的文章。本书将历代散见于诸多书中的《文心雕龙》著录、品评、考订等分九类附录于正文之后。它们分别是：著录第一，品评第二，采摭第三，因习第四，引证第五，考订第六，序跋第七，版本第八，别著第九。分名别类，清晰罗列，便于查找，尤其对刘勰《灭惑论》、《石像碑》的考订具有较高的学术价值。著作最后罗列"引用书目"七百余条，有助于读者进一步检证。这部以校勘为主兼作释义并汇辑明清以前各种《文心雕龙》研究资料的专著资料丰富，引述完备，校勘精审，论断有据，具有很高的学术价值。

（潘桂林）

79.《古典文学的奥秘——文心雕龙》

王梦鸥著，台湾台北时报文化出版公司1982年12月出版，乃该公司印行的《中国历代经典宝库》60种之一。本书由五部分组成：第一部分包括"文物选粹"图片九帧，著者刘勰和本书作者的简介，还有一份"致读者书"；第二部分乃"前言"，介绍"一部空前绝后的中国文学论"《文心雕龙》和"作者——从刘舍人到沙门慧地"的人生经历；第三、四部分探讨《文心雕龙》上、下编的结构问题：前者包含"主旨的建立与文笔的分论"、"本乎道至变乎骚"、"作品的分类讨论"三节，后者包括"篇次问题"、"摛神性"、"图风势"、"苞会通"、"阅声字"、"雕龙之术"六节；第五部分为余论，探究了"《时序》、《才略》、《知音》、《程器》四篇相互的关系"、"从时序观点叙文章的演进"、"作家的自动化与时代环境的关系"、"对于读者作者的期望"等。最后附录《序志》篇原文。

（潘桂林）

80. 《文心雕龙研究文献目录初稿 (1925—1982)》

（日本）向岛成美编著，刊于《筑波中国文学论丛》第 2 号（1983 年 2 月）。此作代表了日本《文心雕龙》研究工具书建设的成就，是目录学的重要成果，分类著录至 1982 年的日中两国关于《文心雕龙》的研究著作，对于日本学者系统深入了解《文心雕龙》提供了检索的方便。

（潘桂林）

81. 《日本研究文心雕龙论文集》

王元化选编，齐鲁书社 1983 年版。本书由序、人选论文和附录三个部分构成。王先生在序中高度评价了日本学者努力探讨传播中国古代文论精华的精神，也针对斯波六郎《文心雕龙札记》中的一些观点提出了自己的看法。著作主体部分由 11 篇论文构成：户田浩小的《〈文心雕龙〉小史》、《作为校勘资料的〈文心雕龙〉敦煌本》、《〈黄叔琳本文心雕龙校勘记〉补》、《〈文心雕龙〉梅庆生音注本的不同版本》；吉川幸次郎的《评斯波六郎〈文心雕龙原道、征圣篇札记〉》；斯波六郎的《文心雕龙札记》；兴膳宏的《〈文心雕龙〉的自然观——探本溯源》、《〈文心雕龙〉与〈诗品〉在文学观上的对立》；目加田诚的《刘勰的〈风骨〉论》；林田慎之助的《〈文心雕龙〉文学理论的若干问题——关于刘勰的美学思想》；安东谅的《围绕〈文心雕龙·神思篇〉》。最后一部分是日本汉学家冈村繁附录的"日本研究中国古代文论的概况"，附录由鸟瞰日本汉学研究状况的"小引"和"主要学者及其著作"两个部分组成，列举了 22 个作家 80多条学术研究信息（包括专著和论文），为我们了解海外汉学研究状况提供了便捷。

（潘桂林）

82. 《雕龙集》

牟世金著，中国社会科学出版社 1983 年版。本书共收文稿 11篇，分为上、下两编。上编收 5 篇论文，从理清历史发展脉络的角度出发，就中国古代文学艺术中形与神的关系、文与道的关系、艺术构思特色等问题进行综合分析；后 6 篇论文为下编，分析了《文赋》、《文心雕龙》、《诗品》三种有代表性的古典文论的理论成就和历史意义。作者重点探讨了《文心雕龙》的理论体系，并对近年来《文心雕龙》研究中存在的问题做了比较科学的、实事求是的剖析。全书论证清晰，思路颇为开通。

（潘桂林）

83. 《文心雕龙学刊》（第 1 辑）

中国《文心雕龙》学会编，齐鲁书社 1983 年版。本书为《文心雕龙学刊》的创刊号，全国首届《文心雕龙》讨论会的成果汇编。主要选入本次讨论会论文 29 篇，大体可分为四类：第一类是《文心雕龙》的美学思想及其地位，收有马白、王达津等 4 人的论文；第二类是《文心雕龙》的文艺学内容及其理论体系、创作论、作家作品论、鉴赏论等各方面的讨论，收有牟世金、肖洪林等 4 人的论文。第三类是一些重要问题如"自然之道"、"文之枢纽"、"神理"、"八体"等问题的考辨与疏释，收蔡锺翔、张少康等人论文 11 篇；第四类是有关研究史如《日本研究〈文心雕龙〉简史》等方面的文章。还有的作者采用比较文学的方法，把《文心雕龙》与世界文艺理论名著或与之同期的欧美美学思想作一鸟瞰式的比较。本书基本上反映了当时我国《文心雕龙》研究的学术水平。书后附有《开创〈文心雕龙〉研究新局面的一次重要会议》一文，介绍了全国第一次《文心雕龙》讨论会的盛况。

（潘桂林）

84. 《文心与诗心》

罗联络于 1983 年 11 月自印。全书共分三部分：其一是《文心雕龙》选释，二是李太白诗的启示，三是作者文集。在第一部分中，作者选释《文心雕龙》11 篇：计《原道》、《征圣》、《宗经》、《神思》、《体性》、《风骨》、《通变》、《定势》、《情采》、《镕裁》、《养气》。大抵先录正文，次低一格诠释，每页分上下两栏。

（廖宏昌）

85. 《文心雕龙浅释》

向长清著，吉林人民出版社 1984 年版。本书是以范文澜注本为蓝本，兼采现代各家校注而成的一个浅近注本。前言部分和《略谈〈文心雕龙〉的总纲、文体论、创作论与文学批评》一文对《文心雕龙》的基本体例和内容做了简单介绍，力图给初学者一个基本的印象。正文对全书 50 篇作了全面注解，最后附录了《梁书·刘勰传》。浅释每一篇章的体例安排是：篇章简介、原文、注释和释文四个部分。篇章简介大致包括了篇名释义、篇章在全文构成中地位和主要内容等方面的信息。总体看来，本书简洁易懂，是初学者了解《文心雕龙》的一个较好的读本。

（潘桂林）

86. 《文心雕龙绎旨》

姜书阁著，齐鲁书社 1984 年版。书前附有姜先生撰写的《刘勰新传》、跋尾、序和例言五则。《刘勰新传》是他参考《南史》、《梁书》刘勰本传、《刘岱墓志铭》，以及刘毓崧、范文澜、杨明照、王元化等人的研究成果，结合自己的认识撰写的。其后的"跋尾"是对作者写作《刘勰新传》一文的背景介绍，并声言"取材不能超越前贤与时人所涉猎之范围"，但辨析抉择，见仁见智，故"新传""有别于前史之旧传"。全书正文共分 10 卷，每 5 篇为 1 卷。作者认为前 5 篇为全书纲领，第一篇《原道》为其总纲，因此以绎旨述全篇大意，犹觉不足，于是再作绎旨以究其详，而其他各篇则直接点明各篇绎旨，引导读者领悟各篇要义。本书原文为黄叔琳辑注本，竖排繁体版本，校字杂采各家，择善而从，行文措辞精练，符合古文阅读习惯，是 20 世纪 80 年代以来传统治学方法的一个范例。

（潘桂林）

87. 《文心雕龙》

（韩国）李民树译，汉城乙酉文化社 1984 年 5 月出版。作者自称"译本以清代黄叔琳注本为底本。由于原本是与文学相关的著作，为了让读者容易理解，译者有意平易地意译。并且，由于底本本身的注释不够详细，译者为每句都标明了出处。除了黄叔琳的注释外，还参考兴膳宏的注释本"。由于当时缺乏中韩文化交流，他没能参考中国研究《文心雕龙》的著作，此译本本身价值在当今有一定的局限性，但对于向韩国传播《文心雕龙》是有一定意义的。

（潘桂林）

88. 《文心雕龙学刊》(第 2 辑)

中国《文心雕龙》学会编，齐鲁书社 1984 年 6 月出版。本书是《文心雕龙》学会成立大会专辑，收录了张光年、王元化、杨明照同志的讲话，郭绍虞、朱东润先生的贺信，中国古代文学理论协会、全国高等学校文艺理论研究会和《文艺理论研究》编委会的贺电；列出了《文心雕龙》学会章程，学会会长、常务理事、秘书长、顾问、第一届理事、学会情报资料名单和《文心雕龙学刊》编辑组名单。收录了本次会议的 21 篇论文。其中牟世金的《〈文心雕龙〉研究的回顾与展望——祝〈文心雕龙〉协会成立并序〈文心雕龙研究论文选〉》一文对最近 30 年以来龙学研究的成绩与不足作了详细的回顾和评价。本书还包括王元化《文心雕龙创作论》第二版跋、詹锳《文心雕龙义证》序例、吴调公《略论〈文心雕龙〉在我国文学批评史上的地位》等。另外则是具体论述《文心雕龙》的文章，譬如《〈文〉心二题议》、《惟"变"识得〈辨骚〉真》、《刘勰论建安文学》、《刘勰对三曹评价的得失》、《论〈文心雕龙〉的文体论》、《刘勰论艺术想象的特征》、《〈文心雕龙〉的体性论》、《释"三准"》等，还有祖保泉的《〈文心雕龙〉纪评琐议》，刘文忠与詹锳、赵坚与马宏山的商榷性文章，马宏山的《刘勰的儒家思想并非古文一派》，陈汉的质疑性论文《刘勰是"虔诚的佛教信徒"吗?》。本书还关涉到《文心雕龙》的国际交流问题，收录了王丽娜、杜维朱的《国外对〈文心雕龙〉的翻译和研究》一文和《文心雕龙》英译本序言（节译）。

（潘桂林）

89.《兴膳宏文心雕龙论文集》

（日本）兴膳宏编著，彭恩华译，齐鲁书社 1984 年 6 月出版。书前附有"译者序"和"兴膳宏主要著作一览表"，介绍了兴膳宏在汉学界的地位，列举了其专著、专译 8 部和 29 篇论文。本书正文收入论文 4 篇。其中《〈文心雕龙〉与〈出三藏记集〉》是本书中也是作者所有研究成果中最重要的一篇论文。全文分为 13 个部分，提供了大量包括佛教文献在内的资料，分析了《文心雕龙》"原始要终"这一基本文论思想与"复归根源"之佛理的一致性；立足于文本，考证了《出三藏记集》与《文心雕龙》之间诸多用字、成句和理论的共通性，详细论述了刘勰在编纂《出三藏记集》过程中的贡献，以及《文心雕龙》与佛教的关系，并提出了一些有创见的观点。本书另外还收录了《文心雕龙总说》、《〈文心雕龙〉人物列传》和《〈文心雕龙〉大事年表》。《〈文心雕龙〉人物列传》汇集了自战国至六朝东晋文学史上的主要作者 150 人，以传记为中心略加简单解说，并收录其文学作品篇目，呈现出《文心雕龙》的文学史性质。《〈文心雕龙〉大事年表》附录了除中外文学事项之外的中外历史大事记，给研究《文心雕龙》和比较文学的学者提供了很好的视野和资料佐证。

（潘桂林）

90.《刘勰论写作之道》

钟子翱、黄安帧著，长征出版社 1984 年版。该书由《文心雕龙》讲座的讲稿结集而成，全书共 28 讲，可分为三部分。第一部分即第一讲，结合《文心雕龙·序志》，概略介绍作者刘勰的生平、思想，《文心雕龙》一书的内容、宗旨、性质、意义等，比较详细地分析了其结构框架，将之分为五个小部分：全书总纲"文之枢纽"、文体论"论文叙笔"、创作论"剖情析采"、文学发展批评作家论、全书总序《序志篇》。本书第二部分是从第 2 讲至第 27 讲，逐一讲解《文心雕龙》中有关写作理论、写作经验和写作方法的 26 个篇章。第 3 部分即第 28 讲，总论刘勰的创作理论。全书除最后一讲外，每一讲都是先论述讲解，后附相关原文、白话译文和注释，便于读者对照阅读，易学好懂。这是一部比较通俗的写作研究教材，有助于初学写作者借鉴我国古人的写作经验，提高写作水平。

（潘桂林）

91. 《刘勰的文学史论》

张文勋著，北京人民文学出版社 1984 年版。全书包括"引言"和"文学发展史总论"、"先秦文学"、"秦汉文学"、"建安、正始文学"、"两晋及宋齐文学"五章正文，分别论述刘勰文学史论的意义，刘勰对文学发展史的一般观点，及其对梁以前的先秦文学、秦汉文学、建安正始文学、两晋及宋齐文学的具体分析、评价。该书的特点在于把刘勰的文学史论作为其理论体系的一个重要的有机组成部分，打破《文心雕龙》篇章体例的界限，系统分析了刘勰有关文学史的论述，按照历史和逻辑的顺序编排。这一方面反映了刘勰对文学的基本观点及其评价取舍的标准，一方面也勾勒了古代文学发展史的概貌。《刘勰的文学史论》作者还对《文心雕龙》中所涉及的作家作品进行了简要的介绍，结合刘勰的观点加以历史的分析，同时也对刘勰的评价作出了再评价。

（潘桂林）

92. 《文心雕龙读本》

王更生著，台湾文史哲出版社 1985 年版，1999 年再版时内容未作修订。本书是一部深入浅出、化精深研究为通俗教材的著作。王先生既展示了《文心雕龙》之美，又指点龙学研究门径。《文心雕龙读本》在详备龙学众作之目的基础上，还别创新目，开创龙学著作新体例。王氏于《文心雕龙》每篇正文之前，设有"解题"，功能在于训诂篇题，探本索源，阐明篇章意旨；校勘多从唐写本，遵循舍人行文之例，前后互证，兼以他书对，改俗从雅，尤重史著；注解周详细密，富有文采；翻译主张信、达、雅的原则，采取直译方式，措辞文雅、富有变化；设"问题讨论与练习"，以问题勾勒龙学研究脉络，具有启发性。

（潘桂林）

93. 《文心雕龙选析》

祖保泉著，安徽教育出版社 1985 年 4 月出版。该书荣获 1989 年国家教委颁发的"《文心雕龙》教学、教材国家级优秀奖"。本书正文之前附有《梁书·刘勰传》，后有"附记"一篇，实为对龙学研究上关于刘勰的生卒年、出生地、为何未婚等问题做出了比较翔实的材料考证和分析。著作正文由"选文"、"注释"和"简析"三个部分组成。本书共选了《序志》、《原道》、《宗经》、《辨骚》、《明诗》、《诠赋》、《神思》、《体性》、《风骨》、《通变》、《定势》、《情采》、《镕裁》、《声律》、《章句》、《丽辞》、《比兴》、《时序》、《物色》、《知音》共 20 篇章进行"简析"。作为"序言"，《序志》篇被《文心雕龙选析》提到了全书的前端，将原文并未详谈的"文之枢纽"提出来大做文章，进而引申到对《文心雕龙》的主导思想和理论体系等要害问题的论证。每篇分段进行注释、分析，注释详略得当，析文重点难点突出，阐发个人新见解，概括性强。著作体现了学者严谨的治学精神和一以贯之的钻研精神。

（潘桂林）

94. 《神与物游——刘勰文艺创作理论初探》

艾若著，文化艺术出版社 1985 年版。本书认为"神与物游"是我国早期现实主义创作纲领，是刘勰所创立的整个文艺创作理论体系的总称。作者从自然界与人的心理感受和思维活动的特点找出科学根据，肯定刘勰的这一发现和总结的意义，并综合分析刘勰的有关认识，使之系统化。再用专章史论结合《诗大序》、《文赋》、《沧浪诗话》、《人间词话》等资料，进行比较分析和理论概括，最后以作品和创作经验对照，检验它的实践性，完成这一专题的系统论述。

（潘桂林）

95. 《文心雕龙选》

穆克宏著，福建教育出版社 1985 年 7 月出版，注译本。书前附作者撰写的《刘勰与〈文心雕龙〉》一文，简介刘勰生平、思想和著述情况，将《文心雕龙》一书的基本内容和结构体系总结为文之枢纽、文体论、创作理论、文学批评五个部分；将刘勰写作此书的目的总结为反对文学形式主义倾向、对魏晋文论不满和"树德建言"三个方面。正文译注部分体例是先列"原文"，次附"说明"，再作简明"注释"，最后是"译文"。"说明"部分是对该篇理论主旨的简要解析。本书注译确切，采用直译法，文笔明白晓畅。

（潘桂林）

96. 《文心雕龙通诠》

张仁青著，台湾明文书局 1985 年 7 月出版。本书由前言、正文、主要参考书目组成。前言论及刘勰作《文心雕龙》之背景，正文包括刘勰之生平、刘勰著《文心雕龙》之动机、刘勰之文学思想体系、《文心雕龙》之文学理论和《文心雕龙》对后世文学理论之影响五个部分。核心部分是"刘勰之文学思想体系"，作者将《文心雕龙》50篇分为四个部分，概括为文学本原论、文学体裁论、文学创作论和文学批评论。本书以文言写成，行文简洁精练，概括精当，在对作者生平、思想体系等进行介绍时采用树状图表，清晰明了；有引证有论述，客观考证与主观阐发相结合，精练中不乏文采，简洁中蕴含启发性；本书印刷竖排繁体，文中设注，适合古文阅读习惯。

（潘桂林）

97. 《古代文学理论研究论文集》

王达津著，南开大学出版社 1985 年 8 月出版。这是作者自选的论文集，共选录论文 10 余篇，以《文心雕龙》研究为主，占据了 12 篇之多。本书首篇论文《古典文论中有关形象思维的一些概念》对"风骨"、"体性"、"意境"、"体势"等重要概念进行了梳理，将《文心雕龙》放在了这些概念的发展中进行了定位考察，对我们了解这些概念的起源、变化、发展和探索中国文论的特点很有帮助。几篇专论《文心雕龙》的文章是《〈文心雕龙〉概说》、《论〈文心雕龙〉品评作家迄于东晋》、《论〈文心雕龙·正纬〉篇写作意义》、《也谈汉代关于屈原的论争到刘勰的〈辨骚〉》、《论〈文心雕龙〉的文体论》、《刘勰的构思论》、《试谈刘勰论风骨》、《刘勰如何描写自然景物》、《论〈文心雕龙·隐秀〉篇补文真伪》、《〈文心雕龙〉的鉴赏论义证》、《〈文心雕龙〉中的美学观点》和《刘勰的卒年试测》。

（潘桂林）

98. 《古代文艺创作论集》

徐中玉主编，中国社会科学出版社 1985 年 8 月出版。本书收录了徐中玉先生多年来对于古代文论的研究成果，共收录研究论文 24 篇，所涉及的有关于文学创作的方法与语言的论文、关于具体作家或作品文学思想的研究文章、专门谈论古代文论代表诗论著作的文章，还有关于古代文论学习与研究方法的文章，等等。如谈论关于古代文论学习与研究方法的文章：《入门须正，立志须高》、《再谈"重新从头学起"》、《为什么要研究古代文论?》、《古代文论研究中的三个问题》、《治古不能只知一点古》、《研究文艺理论要把古代的、现代的、外国的三个方面沟通起来》、《谈谈研究古代文论的作用》；如谈论具体作家或作品文学思想的研究文章：《〈儒林外史〉的语言艺术》、《〈水浒〉不是"官书"》、《论顾炎武的文学思想》、《论杜牧的文学思想》、《不能够这样评论杜甫》、《严羽诗论的进步性》、《论陆机的〈文赋〉》等；如关于文学创作的方法与语言的论文：《文章且须放荡》、《论中国古代的游记创作》、《中国文艺理论中的形象与形象思维问题》、《古代文论中的"出入"说》、《论"辞达"》、《论修改文章》、《语言的陈俗和清新》，等等。

（刘海）

99. 《文心雕龙论丛》

蒋祖怡著，上海古籍出版社 1985 年 8 月出版。20 余万字，该书系 20 多篇《文心雕龙》研究论文的合集。全书分三大部分，第一部分共 7 篇论文，是总论《文心雕龙》的，在这一部分中，先生评述了《文心雕龙》的主要文学思想，探讨了《文心雕龙》产生的时代及其对该书的影响，对魏晋玄学与《文心雕龙》的关系亦加以专篇论述，还对《文心雕龙》中一些重要理论概念诸如"道"、"神"、

"理"、"术"等作了详尽深刻的阐发。第二部分共 10 篇论文,分论
《文心雕龙》中一些重要篇章,在这里,先生对《序志》、《辨骚》、
《神思》、《风骨》、《情采》、《总术》、《体性》等篇从篇章疏证到基
本内容与主要精神作了全面的详尽的探讨。第三部分共 5 篇论文,分
析论述了刘勰对前人如曹丕、陆机等文论的继承和发展,以及刘勰
《文心雕龙》对后人如刘知幾、鲁迅文论主张的影响。该书也是蒋先
生数十年《文心雕龙》研究的结晶,全书"譬三十之辐,共成一
毂",是自成体系的。这些论文所研究的范围,几乎包括龙学的各个
方面,涉及各种专题。它是当时龙学研究论文集出版热的一个折射,
标志着龙学的研究已经由单篇文章的点式研究走向了较为全面的系统
研究。该书于 1987 年荣获浙江省教委高校优秀科研成果奖,英国皇
家图书馆还曾专门来函索取,以作馆藏本。

(刘海)

100. 《文心雕龙论稿》

毕万忱、李淼著,齐鲁书社 1985 年版。本书是作者多年来研究
《文心雕龙》的部分成果。全书 18 万字,由 12 篇论文组成,它们是
《试论刘勰文源于道的思想——读〈文心雕龙·原道〉》、《关于〈文
心雕龙〉的"自然"和"神理"的思想倾向与渊源的探讨——兼与
马宏山同志商榷》、《论〈文心雕龙〉"征圣""宗经"的基本思想》、
《〈文心雕龙·正纬〉探微》、《刘勰对屈原作品浪漫主义特色的评
价》、《〈文心雕龙·明诗〉新探》、《体国经野,义尚光大——刘勰论
汉赋》、《略谈刘勰对建安文学的评价》、《略论〈文心雕龙〉的文学
理论体系》、《略论刘勰的文艺批评标准》、《论刘勰的现实主义文艺
思想及其历史地位》、《〈文心雕龙〉美学思想初探》。此外附录有两篇
文章:《关于〈灭惑论〉撰年与诸家商兑》和《言志缘情说漫议》。
即一部分论文侧重对《文心雕龙》某些篇章的理论观点作了具体论
析,另一部分论文则对《文心雕龙》的一些重要理论问题,如理论
体系、现实主义文艺思想、美学思想等作了综合探讨。作者将微观剖
析和宏观研讨相结合,力图以科学的观点准确解释、阐发《文心雕
龙》一书具有普遍意义的理论问题,为建设具有民族特点的马克思

主义文艺理论服务。作者治学态度谨严，全书资料翔实，理析具有一定深度，一些论文颇有新见，是近年来国内《文心雕龙》研究的新成果之一。

（刘海）

101.《台湾文心雕龙研究鸟瞰》

牟世金著，山东大学出版社 1985 年版。本书作为对台湾龙学研究成果及其研究现状的"鸟瞰"，有一个"瞰"的角度。作为学术评论，它首先着眼于学术。作者就其所能掌握的材料，从"校勘"、"注译"、"理论研究"、"主要论著"等方面，全面、简要、公允地介绍与评论了大陆彼岸《文心雕龙》研究的情况，它的来龙与去脉，历史与现状，成就与问题。在《鸟瞰》中，牟先生就台湾的 30 部《文心雕龙》论著，着重评介了其中 7 部：王更生的《文心雕龙研究》、黄贵春的《文心雕龙之创作论》、沈谦的《文心雕龙批评发微》和《文心雕龙之文学理论批评》、王金陵的《文心雕龙文论术语析论》、龚菱的《文心雕龙研究》、李曰刚的《文心服龙斠诠》。对于这些著作，牟先生本着"知无不言"的先哲遗训，从校勘、注解、理论研究诸方面予以客观的述评，对台湾绝大多数学者的研究性质及其发展方向予以肯定。但是，鉴于评论对象的特殊性，以及海峡两岸同胞的非正常状态，作者"瞰"的角度与视野就更加广阔与深远，更加富有现实感与历史感，更加富有"炎黄子孙"、"龙的传人"的使命感。质言之，作者始终着眼于中华民族海峡两岸的"全龙"学术研究，这就使全书有了比较纯粹的学术讨论价值和更加深厚的文化底蕴。

（刘海）

102.《文心雕龙学刊》(第 3 辑)

中国《文心雕龙》学会编，齐鲁书社 1986 年版。本学刊共收录龙学研究论文 23 篇，外加一篇附录汤炳能编《文心雕龙研究论文索引（1907—1983）》。这些文章大致可以分为三类：第一类侧重于针对《文心雕龙》本书的研究：如陈志明的文章《〈文心雕龙〉理论的构成与篇第间的关系》，滕福海《〈文心雕龙〉的文源说》，韩湖初《略论〈文心雕龙〉理论体系的唯物主义性质——与王元化同志商榷》，吴圣昔《形象理论萌芽时期的新创见》，罗立乾《〈文心雕龙·原道〉札记》，李金泉《文心雕龙“道之文”辨析》，涂光社《变乎〈骚〉——〈辨骚〉篇臆说》，吕美生《文心雕龙·辨骚平议》，邱世友《“文外重旨”、“文外曲致”——刘勰论文学的“隐”》，程天祐《文心雕龙“意象”说探微》，孟祥鲁《说〈文心雕龙·声律〉》，张文勋《文心雕龙小议》，甫之《〈文心雕龙〉“气”字试解》，李庆甲《文心雕龙书名发微》。第二类侧重研究刘勰的文学思想：王运熙《刘勰论文学作品的范围、艺术特征和艺术标准》，于维璋《刘勰论文学的美感教育作用》，李森《刘勰论作家的才能》，毕万忱《略谈刘勰对建安文学的评价》，徐季子《“博观”和“不偏”——刘勰的鉴赏论》，刘淦《刘勰论比兴对唐代诗论的影响》。第三类侧重横向比较与纵向比较的方法，研究《文心雕龙》与其他文论美学论著的差异：蔡锺翔、袁济喜《〈文心雕龙〉与魏晋玄学》，蒋祖怡《〈文心〉与〈史通〉》，杜黎均《〈文心雕龙〉和黑格尔〈美学〉》。这本学刊汇集了当时龙学研究专家及其学者对于《文心雕龙》的研究成果，是当时龙学研究成就和水平的一个展现。

（刘海）

103. 《文心雕龙探索》

王运熙著，上海古籍出版社 1986 年版。又于 2005 年 4 月刊行了王运熙教授《文心雕龙探索》(增补本)。本书收录论文 19 篇，包括《〈文心雕龙〉是怎样一部书》、《〈文心雕龙〉的宗旨、结构和基本思想》、《谈〈文心雕龙神思〉札记》、《刘勰的文学历史发展观》等。作者从《文心雕龙》是一部写作指导或文章作法立论阐释了原著的各部分，这对于修辞学研究很有参考的价值。《文心雕龙探索》是王运熙先生积数十年教学与科研心得汇集而成的专著，对《文心雕龙》的宗旨、结构、基本思想、产生的历史条件，以及刘勰的哲学史观、文学史观、衡文的政治艺术标准诸问题，都作了深刻的阐述，提出了不少独到的见解。

（刘海）

104. 《文心雕龙术语探析》

陈兆秀著，台湾文史哲出版社 1986 年 5 月出版。本书前言叙述《文心雕龙》撰述之时代背景及立论根底。内容共分 10 章，依次叙述《文心雕龙》之术语：《"文"字之析解》、《"道"字之析解》、《"体"字之析解》、《"气"字之析解》、《"风"字之析解》、《"骨"字之析解》、《"情采"字之析解》、《"华实"字之析解》、《"奇"字之析解》和《"正"字之析解》，并论述该术语之基本意义及其引申意义。书后尚有余论，以补其不足之处。

（廖宏昌）

105. 《文心雕龙通解》

王礼卿著，台湾黎明文化出版社 1986 年 10 月出版。本书共 10 卷，分上、下两册。以黄叔琳本为据，而以文义为准，文义已通而字可或彼或此者，不再一一援引异作之字；文义显误而黄注未及者，则校述于诠解之中。本书于卷首著有提要六纲，分别为：立体、体例、名义、通则、体术和系统，此通全书之旨趣。每篇题名并具精义，闲引诸书以参证，并阐列卷次第、项目隶属之旨，为参伍之校论。每篇结体各具要旨，文体诸篇则依文笔之四例和文章例法以标举；枢纽文术等篇，则文理自然之节度和籀微旨以分敷。两体合篇者，先以分段，次再分节；他篇则径以节分，下或更分小节。本书篇后有赞，取赞之训诂"明"、"助"之义，析阐其明助之用，通其微旨，与辞篇同。

（廖宏昌）

106. 《文心雕龙释义》

冯春田著，山东教育出版社 1986 年版。这部著作汇释了《文心雕龙》所用语词近九千条，类似《文心雕龙》语词释义大全，虽然有些笨拙，"亦'龙学'之一翼"（牟世金语）。著者《引言》中说："这本书的内容是对《文心雕龙》中重要的术语（包括句子和语段）在含义上的解释和分析。所收录的，以有重要含义、过去解说欠妥或有分歧以及对理解《文心雕龙》原著比较重要为界限。换句话说，这本书着重在对《文心雕龙》原著中的难点、疑点和要点加以解释或分析。释义时，力求从语言的原义入手，进而分析它们在理论观点上的含义。"这样的体例，在当时国内龙学研究中及其以往所出的《文心雕龙》著作中，是别具一格的。该书以《文心雕龙》中的重要术语、句子、语段为考证、研究的对象。因此，该书兼有注释和论文的性质。本着这样的治学态度和方法，著者在参考了古今中外有关《文心雕龙》的16种著作的基础之上，认真学习并吸取了前人的研究成果。将本书写成"《文心》疑点集释"。同时，他也不苟同盲从，而是大胆地提出其创见，而且其大胆创见，亦非凿空臆说，而是落到实处，联系刘勰的有关论述，去阐发《文心雕龙》的字句本义和理论旨趣。

（刘海）

107. 《文心十论》

涂光社著，春风文艺出版社1986年版。本书收录著者的研究论文10篇:《〈文心雕龙〉的问世的历史条件及其文学思想》、《〈文心雕龙〉的"风骨"论》、《〈文心雕龙〉的"定势"论》、《〈文心雕龙〉的"物色"论》、《〈文心雕龙〉的"体性"论》、《〈文心雕龙〉的"比兴"论》、《〈文心雕龙〉的灵感论》、《〈文心雕龙〉的"辨骚"论》、《〈文心雕龙〉的鉴赏论》、《〈文心雕龙〉的理论体系和艺术辩证法》，另附一篇《"文气"说新探》，共11篇文章。这些文章介绍了《文心雕龙》产生的历史条件、主要的理论贡献和作者的思想方法，皆属龙学中为人注目的重要问题。作者从根本入手，结合当时的政治文学背景，首先致力于阐明《文心雕龙》的那些基本用语的概念和意义，以掌握其思想，然后贯通全书，找出其理论的体系和特点，注重历史语境与文本语境相结合的方法，具体考证这些术语、概念和范畴的文论意义及其价值。

（刘海）

108. 《文心雕龙学刊》(第4辑)

中国《文心雕龙》学会编，齐鲁书社1986年版。本书收录了中

国学者发表的关于龙学研究论文，共收录论文 22 篇，外加研究综述
一篇。本书前面附有日本代表团致王元化先生的感谢信，王元化在中
日学者《文心雕龙》学术讨论会上的总结发言及李庆甲、汪涌豪的
《中日学者〈文心雕龙〉学术讨论会综述》。论文包括：王运熙、邬
国平《刘勰论"奇正"》，寇效信《释"文质"》，张少康《〈文心雕
龙〉的神思论——刘勰文学思想的历史渊源研究之二》，毕万忱、李
淼《"风骨"论是文学的本质论》，陈谦豫《刘勰的"才学"说及其
影响》，牟世金《刘勰"原道"论的实质和意义》，王达津《文心雕
龙》的鉴赏论义证，杜黎均《文心雕龙》的文学革新观，穆克宏
《师心以遣论使气以命诗》，吴林伯《〈文心雕龙〉与〈诗品〉——刘
勰论阮籍、嵇康》，袁震宇《〈文心雕龙〉对明清曲论的影响》，祖保
泉《试论杨、曹、钟对〈文心〉的批点》，蔡锺翔《王弼哲学与
〈文心雕龙〉》，马白《论〈文心雕龙〉的系统观念和系统方法》，刘
凌《〈文心雕龙〉理论体系新探》，等等。本书汇集了当时龙学研究的
专家、学者对于《文心雕龙》的研究成果，是当时龙学研究成就和
水平的一个展现。

（刘海）

109. 《文心雕龙今译》

周振甫著，中华书局 1986 年 12 月出版 (1999 年中国青年出版
社出版《周振甫全集》，第七卷收录《文心雕龙今译》)。这本书是在
《文心雕龙选译》(中华书局出版) 和《文心雕龙注释》(人民文学出
版社出版) 两书的基础上，编写而成的。《文心雕龙选译》本侧重普
及，注释简明；《文心雕龙注释》本注释翔实，吸收了明清以来有关
学者的某些评语和某些研究考订成果，也阐发了不少个人的独到见
解；而《文心雕龙今译》本则集中了前两本的精华，其成就突出地
表现在译文和简释里。该书另外又增添了有关《文心雕龙》中某些
术语的解释，是目前已经出版的若干种有关《文心雕龙》的著作中
独具特色和颇有实用价值的读物。内容除了包括《文心雕龙》原有
的体系与框架结构外，还包括《文学评论（文学史、作家论、鉴赏
论、作家品德论)》、《文心雕龙术语简释》。本书对《文心雕龙》作

了逐篇逐段的简注、讲评和翻译，比较忠实于原作的基本思想，除了可以帮助读者对《文心雕龙》有比较正确的理解以外，还可以帮助读者通过《文心雕龙》对刘勰的文艺观和我国的文艺理论发展状况有具体的了解，书中对某些术语的解释尤为今天学术界的青年学者所欢迎。此外，《文心雕龙今译》于书后附有100多条"词语简释"，专门而有系统地简释文论词语，这在大陆学术界恐还算一项带有开创性的工作。总之，《文心雕龙今译》是一本学习《文心雕龙》较好的教材，它集校、译、注、释于一书，无疑也将在这四个方面同时便利于读者。

（刘海）

110. 《文心雕龙精选》

刘勰著，牟世金选译，山东大学出版社 1986 年版。本书是《中国古典文学今译丛书》中的一本，其编写的目的就是方便一般读者对古典文学经典著作的阅读，故出版这套较为通识的丛书。因此，这本书的定位就是："帮助初学者理解原文，掌握《文心雕龙》的一些重要理论。本书选择了其中最重要的十四篇。"这十四篇分别为：《原道》、《明诗》、《神思》、《体性》、《风骨》、《通变》、《情采》、《熔裁》、《比兴》、《夸饰》、《时序》(节选)、《物色》、《知音》和《序志》。整个选篇是以创作部分为主，但又兼顾总论、文体论和鉴赏论。这样的选篇旨在"让读者对《文心雕龙》有一个较全面的了解"。

（刘海）

111. 《文心雕龙》(中国历代经典宝库之一)

王梦鸥，台湾台北时报文化 1987 年版。

（刘海）

112. 《文心雕龙与佛教关系之考辨》

方元珍著，台湾文史哲出版社 1987 年 6 月出版。本书内容分七章，除序言外，第一、二章先言刘勰之生平著述和时代背景；第三至六章为：原著与佛教关系、文体论与佛教关系、文评论与佛教关系、文述论与佛教关系。本书循《文心雕龙》纲领，以探原竟委，并阐明各论与佛教之关系；末章为结论。至于行文体例，大抵先引各家原文加以剖判，然后再引《文心雕龙》文本为证，以彰显《文心雕龙》与佛教关系之真相。若《文心雕龙》文本所无，而必须加以驳斥时，则采时贤之成说，作为立论之依据，以求词畅意达。

（廖宏昌）

113.《文心雕龙新探》

张少康著，齐鲁书社1987年版。全书约20万字，分三个部分：刘勰的生平与思想，《文心雕龙》的文学理论体系及其思想渊源，《文心雕龙》在中国古代美学和文学理论批评史上的地位。重点是第二部分，其中又分14章，从创作和欣赏两个方面，具体考察了刘勰对文学规律和性质诸方面的论述，完整地勾画了《文心雕龙》这部巨著的理论体系及其思想渊源的脉络。本书是一部着力探讨刘勰文学理论体系的著作，该书的最大特点是从文史哲多层面收集材料，以辨明刘勰文学理论的历史背景和思想渊源。全书尽管也是从现代文学理论观点出发，研究刘勰的文学理论体系，但由于作者立足于材料的发掘与整理，所以观点虽新，却能言之成理，持之有故。

（刘海）

114.《文心雕龙今读》

贺绥世著，文心出版社1987年版。本书是在当时阅读研究《文心雕龙》逐渐繁荣时，为了方便阅读，对《文心雕龙》作出的通识翻译。全书分四个部分：文之枢纽、文体分析、文章原理、"论文"有关问题。在译释的过程中，将一段文章分为九个层次，用现代汉语来加以翻译，对难懂的字词在句子后面加注释，每一段的后面写出段落大意。译注完每一篇以后，写有"今读记要"，这是想为读者提供一些读原著的要点，以便取其精华，古为今用，但希望不要受它的拘束，而要在此基础上读出自己的心得体会。本书对刘勰所著《文心雕龙》中的部分文章做了翻译，并且每篇文章之后都有评析。

（刘海）

115.《文心雕龙美学》

缪俊杰著，文化艺术出版社 1987 年版。本书对《文心雕龙》产生的背景和社会条件、重要思想理论价值、独特美学概念的内涵等方面，进行了新的有益探索，并试图站在时代文艺理论的高度，运用比较的方法，考察《文心雕龙》的美学思想，指出它在世界美学史上应有的地位。缪俊杰先生是著名的文学评论家，他极为全面而详尽地总结了刘勰关于艺术美的思想。缪先生研究的是古老的《文心雕龙》，而其指向显然不在"龙学"本身；其所以青睐《文心雕龙》，正是在当时美学热的学术潮流中，以古今、中外的学术交融及其互释挖掘《文心雕龙》所孕育的美学思想，这也是中国古老的文学批评以其深厚的美学底蕴而为当代文艺评论所直接借鉴和吸收的范例。该书在《文心雕龙》美学思想研究方面进行了有益的探索，但同时也暴露出一些问题，即关于《文心雕龙》美学思想的分析尚停留在现象的罗列上，缺乏对《文心雕龙》深层美学意蕴的揭示和探源。

（刘海）

116.《文心雕龙索引》

朱迎平编，上海古籍出版社 1987 年版。本书的体例安排为：《文心雕龙》文句索引、《文心雕龙》人名索引、《文心雕龙》书名索引、《文心雕龙》篇名索引和《文心雕龙》文论语词索引，并在附录中列有《文心雕龙》篇名次序表和《文心雕龙》原文。本书为以文句、人名、书名、篇名、文论语词为标准编写的辞条汇集，详尽丰富，可见编写者的细致与在辞条整理方面的功力，它是《文心雕龙》研究兴盛发达时期产生的一本重要的龙学工具书。

（刘海）

117.《文心雕龙研究成果索引（1907—1987）》

吴美兰编纂，暨南大学图书馆 1987 年版。本书广泛收集海内外龙学研究成果。它是《文心雕龙》研究兴盛发达时期的一本重要的龙学工具书。

（刘海）

118. 《文心雕龙譬喻研究》

刘荣杰撰，台北前卫出版社 1987 年 11 月印行。作者鉴于《文心雕龙》之集释和校证皆颇有成效，乃从譬喻切入，探讨"文心"。其内容首章绪论，介绍譬喻的定义分类，以及"文心"的比兴观，第二章摘释各篇譬喻，第三章分析"文心"譬喻的特质，第四章由譬喻探讨"文心"的文学理论，第五章结论。

（廖宏昌）

119. 《刘勰〈文心雕龙〉研究论著目录》

王国良著，台湾"中国文学研究会"、台湾师范大学合办"中国文学批评研讨会"的参考资料，1987 年版。

（胡东波）

120. 《刘勰年谱汇考》

牟世金著，巴蜀书社 1988 年版。本书全面考察刘勰生平，是截至当时国内外出版的关于刘勰生平的唯一专著。本书主体为刘勰年谱汇考，前有序例言写作此书之目的、原则，后有附录：诸家年谱、年表总表；陆侃如《刘勰年表》、《梁书刘勰传》。作者对于刘勰生平资料的整理可谓搜罗今昔，囊括中外：大陆方面有翁达藻、霍布仙、陆侃如、杨明照、詹锳等人的考证，台湾方面有张严、王更生等人的考略，日本方面有兴膳宏的研究，以对中外今昔研究成果的全面检视与总结为出发点，准确地考明刘勰一生。本书最为引人注目的是对刘勰生平中几个最重要也最容易引起争论问题的考证：关于刘勰的生平、关于《灭惑论》撰年、关于《文心雕龙》撰年、关于刘勰的卒年等问题。本书还有力而全面地揭示了刘勰思想形成的整个文化背景，这对于理解刘勰是极为重要的。

（胡东波）

121. 《文心雕龙研究论文选 1949—1982》(上、下册)

甫之、涂光社主编，齐鲁书社 1988 年版。本书分为上、下两册，收录从 1949 年到 1982 年这 33 年间龙学研究论文共 65 篇,均从国内各报刊中选辑。这些论文涉及的内容甚多,有世界观、文学观、创作论、批评论、文体论、风格论、风骨论、三准论、艺术构思论、内容与形式、继承与革新、现实主义和浪漫主义等,对《文心雕龙》版本问题、刘勰生平等也有所论及。其中艺术构思论、风骨论是研究的重点,其次是"辨骚"问题、风格问题和刘勰的思想问题。本书论及一些重要问题,采几家之言,以供比较研究。本书大体反映了这一时期《文心雕龙》研究的概貌和主要收获。

(胡东波)

122.《文心雕龙综论》

本书由中国古典文学研究会主编,台湾学生书局 1988 年 5 月版。其内容包括 17 篇与《文心雕龙》有关的论文,是 1987 年 12 月 12、13 日中国古典文学研究会与"国立"台湾师范大学共同举办的"以《文心雕龙》为中心的中国文学批评研讨会"之论文集,会议中黄永武、王梦鸥、张健、陈文华、李丰懋、邱燮友、黄景进、曾昭旭、傅锡壬等学者,皆参与热烈讨论,使该书具有极高的学术水平。依次是:沈谦《从文心雕龙论修辞之〈夸饰〉》、纪秋郎《从比较文学的观点试论文心雕龙的奇正观》、陈耀南《文心风骨群说辨疑》、颜昆阳《论文心雕龙"辩证性的文体观念架构"——兼辨徐复观、龚鹏程〈文心雕龙的文体论〉》、赖丽蓉《文心雕龙"文体"一词的内容意义及"文体"的创造》、李瑞腾《陆机:理新文敏、情繁辞隐——文心雕龙作家论探析之一》、王更生《王应麟和辛处信〈文心雕龙注〉关系之研究》、岑溢成《刘勰的文学史观》、江宝钗《从〈文心〉〈正纬〉论纬谶源始及其神话性质与功能》、侯乃慧《由"气"的意义与流程看文心雕龙的创作理论》、吕正惠《"物色"论与"缘情"说——中国抒情美学在六朝的开展》、龚鹏程《从〈吕氏春秋〉到〈文心雕龙〉——自然气感与抒情自我》、蔡英俊《"风格"的界义及其与中国文学批评理念的关系》、郑毓瑜《由"神与物游"至"巧构形似"——刘勰的"形神"说及其与人物画论"形神"观念之辨析》、周凤五《由文心辨骚、诠赋、谐讔论赋的起源》、杨振良

《论王骥德曲律对文心雕龙审美上的因袭》、郑志明《从文心雕龙谈民间文学研究的困境》。

（廖宏昌）

123. 《文心雕龙与新闻写作》

杨森林著，人民日报出版社 1988 年版。本书作者对现代新闻写作如何向古代优秀文艺理论名著《文心雕龙》吸取营养的问题，作了比较系统的探讨。本书共分为 18 章，皆以《文心雕龙》中的丽句作为标题，每章谈及新闻写作中的一个具体问题，比如《"因情立体，即体成势"——漫谈新闻体裁和文势》，选题精当，针对性强，而且涉及的方面比较全：作者从新闻的体裁说开，谈论新闻的提炼、结构、构思、写作技巧、比兴手法的运用、夸张手法的运用、含蓄和警句、声律、风格、文采和新闻工作者的修养问题。本书既有整体的系统性，也有各自成篇的独立性。文笔清丽，深入浅出。精选例证，说理深透。

（胡东波）

124. 《文心雕龙臆论》

陈思苓著，巴蜀书社 1988 年版。本书作者试图对《文心雕龙》进行全面探索，认为刘勰理论体系整个结构的特点是继承与创新相结合。本书分为内外两篇，每篇 10 章。内篇 10 章，主要论述《文心雕龙》产生的外部条件：如历史因素、思想材料、独特概念以及立论根据等。这些条件，作为深入《文心雕龙》文学理论体系的桥梁，用以论证《文心雕龙》出现的历史必然。内篇 10 章，辨析《文心雕龙》理论体系的发展过程，着重指出刘勰以三个基本观点进行理论体系建设的用心：采用儒家传统文学观作为理论体系的经线；又以美学观作为理论体系的纬线，论述文学的艺术特征；然后以文学史观牵动经纬，有条不紊。

（胡东波）

125. 《文心雕龙学刊》(第 5 辑)

中国《文心雕龙》学会编，齐鲁书社 1988 年版。本书共收录龙学研究论文 23 篇，首篇为张光年先生在《文心雕龙》学会第二届年会上的讲话——《〈刘子集校〉值得一读》，他认为《刘子》与《文心雕龙》这两本书很有可能出自同一个人之手，因为这两本书在政治见解、学术见解、人生哲学以及文体、文风、语言等方面都有相似之处。其余 22 篇文章从《文心雕龙》的理论体系方面、《文心雕龙》创作论等方面展开探讨，有黄广华的《从系统论看〈文心雕龙〉的理论结构体系》、滕福海的《"通辩"理论和〈文心雕龙〉理论体系》，张少康、韦海英的《〈文心雕龙〉与道家美学》，刘禹昌的《〈物色〉篇创作艺术论分析》等。

（胡东波）

126.《文心雕龙美学思想论稿》

易中天著，上海文艺出版社 1988 年版。本书是以作者的硕士论文为基础而补充修改完成的。本书运用现代美学眼光，从《文心雕龙》中有关文学本体、创作精神、审美理想三方面着重申论。本书分为上、中、下三篇：《自然之道——文学本体论》、《神理之数——创作规律论》和《雅丽之文——审美理想论》。本书中这三方面的有关言辞，无不爬梳列举，并以其他典籍之文为佐证。作者用"自然"总括《文心雕龙》全书义脉，认为《文心雕龙》是一部从世界本体出发，全面、系统地研究文学特质和规律的艺术哲学著作。

（胡东波）

127.《文心雕龙美学思想论稿》

赵盛德著，漓江出版社 1988 年版。本书探讨了《文心雕龙》的美学观、美学理论体系、审美理论，指出它发展了中国古典美学理论，说明它在世界美学史上的地位。本书试图运用美学这门学科，把《文心雕龙》中的美学观用现代科学的方法总结出来。书中大量引用《文心雕龙》原文以及中外美学著作作为佐证，本书是借用西方美学方法和中国现代美学方法写成的。本书第二章用了四节的篇幅，分别从"美的本质"、"自然美"、"人文美"、"艺术美"四个方面，论述

《文心雕龙》的美学理论体系。

（胡东波）

128. 《文心雕龙义证》(上、中、下)

詹锳著，上海古籍出版社 1989 年版。本书分为上、中、下三册，共 10 卷，每卷 5 篇。书前附有《序例》、《〈文心雕龙〉版本叙录》、《引用书名简称》，书后详列《主要引用书目》。本书的校勘，原文以王利器《文心雕龙校证》为底本，广泛吸取各家校勘成果，匡正谬误、疏通文本，使其字句校勘具有汇校性质。本书以字义疏证为主，同时对《文心雕龙》的每字每句以及各篇中引用的典故都详加解释。本书还引用刘勰同时代人的见解比较其异同，比附唐宋以后文评诗话作为参证，并且择善引用近现代学者观点，间有驳正。本书取材弘富、征引广博、科学严谨，集前人校注之大成，奠后人校注之基石，将当代《文心雕龙》研究推向一个新的高峰。

（胡东波）

129. 《〈文心雕龙〉与〈诗品〉》

禹克坤著，人民出版社 1989 年版。本书是为中等层次的读者所写，语言较为浅显易懂。全书分为两大部分，分别介绍《文心雕龙》和《诗品》的主要思想和内容。对两书内容介绍时，基本延续了原书的体例，从本书的章节之中即可鲜明地体现出两书的不同特色。在第二部分中，作者还将《文心雕龙》和《诗品》加以对比。作者用深入浅出的语言，将历代学者的研究观点囊括其中，既深刻，又易于理解。该书是适合《文心雕龙》和《诗品》初习者的最佳读物。

（胡东波）

130. 《文心识偶集》

李庆甲著，上海古籍出版社 1989 年版。

（胡东波）

131. 《文心同雕集》

曹顺庆编，成都出版社 1990 年版。本书是为庆贺杨明照先生八十寿辰暨执教五十周年，而向海内外学者征稿汇编而成。本书共收录论文 18 篇，其编排顺序，以杨明照先生的论文冠其首，其余依论文内容及《文心雕龙》篇序编排，总论在前，分论在后，附录中有杨明照先生传略、著作年表及户田浩晓教授 30 年前发表的书评《杨明照氏〈文心雕龙〉读后》。本书汇聚了龙学界影响较大的海内外的学者们的论文，代表了当时《文心雕龙》研究的最高成就。这部集子的问世，对于《文心雕龙》的研究具有重要的推动作用。

（胡东波）

132. 《文心雕龙译注》

赵仲邑注，广西教育出版社 1990 年版。本书是一个白话文译本，原文采用范文澜《文心雕龙》注本为底本，每篇之前附有题解，概述该篇主要内容；译文之后有附注以补翻译之不足，主要根据范注中的材料。书前附有前言，是对《文心雕龙》的内容、作者生平及思想的简要介绍。本书对于《文心雕龙》主要内容的划分，采用的是刘大杰先生《中国文学发展史》上卷第十一章的说法，不同于周振甫先生等人的分类。作者还特别提及了刘勰对于文学与现实、内容与形式、继承与创新等问题的看法，分析精辟。

（胡东波）

133. 《文心雕龙与现代修辞学》

沈谦著，台湾益智书局 1990 年版。本书旨在探究《文心雕龙》之修辞理论与方法，为中国现代修辞学奠定若干理论基础。书中探讨各种修辞方法，分别列举辞例，予以阐释分析，探究其在实际批评之效用，且以文学批评开阔修辞学的研究视野。本书共分五章，首章论《文心雕龙》与修辞学，从整体学术架构中阐明本书之研究目标与旨趣。第二章论比兴，阐明比兴之异同及其运用之原则。第三章论夸饰，从主观感觉与客观真实，辨明夸饰与修辞相辅相成，并不相悖；

从夸过其理与饰而不诬，阐明夸饰运用之准则。第四章隐秀，论隐秀之原则，从自然晦美与晦塞为深，阐明隐秀之用。第五章结论，从专门深入的专题研究，到综合比较的整体研究，乃至于修辞学与文学批评之结合，归结出本书的研究成果及今后之研究方向。

（廖宏昌）

134. 《由文心雕龙知音篇谈刘勰文学批评》

李慕如撰，高雄复文出版社 1990 年版。其内容，先是绪论，次言批评蔽障、知音识照及阅文标尺，再论衡文方法和品鉴实例，后为结论论《知音》篇之得失。

（廖宏昌）

135. 《文心雕龙研究论文集》

中国《文心雕龙》学会选编，人民文学出版社 1990 年版。本书是一部工具书性质的资料汇编，精选 70 年来《文心雕龙》研究的重要论文 47 篇，共计 62 万字。本书选文主要从以下几个方面入手：刘勰生平及思想渊源，《文心雕龙》整体研究，对《文心雕龙》总论、文体论、创作论、批评观的研究。这些文章从不同的角度分析和评价《文心雕龙》的理论特点和价值。书前有牟世金所撰序文，概论龙学 70 年，对于每一时期龙学发展概况有全面的叙述，同时指出每一阶段研究重心以及存在的问题，论述精辟，一针见血；书末附有牟世金及曾晓明整理的《〈文心雕龙〉研究论著索引（1907—1985）》。

（胡东波）

136. 《文心雕龙词语通释》

冯春田著，明天出版社 1990 年版。

（胡东波）

137. 《文心雕龙综合研究》

彭庆环撰，台湾正中书局 1990 年 10 月出版。内容分文体论、文理论、批评论三部分。其中文体论又分为：文体之分类、文笔之区分、六朝各家对文体分类之比较、清代姚曾文体分类举要、文体述评五章；文理论分为：文理发凡、文章组合、文类辞藻、文章外溢、文章内涵、文理述评七章；批评论分为：文学与鉴赏、批评之态度、批评之标准、文学与文德、文学与文才、文学与时代六章。书前附廖英鸣序、潘重规题辞、江学谦序、编例、南史本传、刘氏世系表及前言，书末有结语。

（廖宏昌）

138. 《文心雕龙比喻技巧研究》

黄亦真著，学海出版社 1991 年版。

（阮亚奇）

139. 《文心雕龙的创作论》

朱广成著，中国广播电视出版社 1991 年版。

（阮亚奇）

140. 《文心雕龙新论》

王更生撰，台湾文史哲出版社 1991 年印行，汇集作者论文 13 篇与书序 2 篇以成书。作者将其论文分四组言之：前 6 篇《刘勰文心雕龙结构的完整性》、《刘勰文体分类学的基据》、《刘勰的风格论》、《刘勰的风骨论》、《刘勰的声律论》、《刘勰文学批评的理论与实际》，重在研究《文心雕龙》的系统结构；第 7、8 两篇《文心雕龙成书年代及其相关问题》、《文心雕龙史志著录得失评议》，系《文心雕龙》实证性的研究；下 3 篇《王应麟和辛处信〈文心雕龙〉注关系之探测》、《日藏明刊本王惟俭文心雕龙训故之评价》、《范文澜文心雕龙注驳议》，旨在旧注善本存佚价值得失之探讨；最后《文心雕龙在国文教学上的适应性》、《台湾文心雕龙学的研究与展望》2 篇，则重在教学现实与展望。附录书序 2 篇：《沉着〈文心雕龙批评论发微〉序》、《黄着〈文心雕龙之创作论〉序》，内容与正文亦多相发明。

（廖宏昌）

141. 《文心雕龙研究》

穆克宏著，福建教育出版社 1991 年版。穆克宏先生的《文心雕龙研究》，从表面看，是他近十余年所撰写的部分论文的结集，实际上是一部研究专著。本书分上、下两篇。上编是通论，对刘勰和《文心雕龙》进行了比较全面的论述，详细地介绍了刘勰的生平、思想和刘勰对文学与现实的关系、艺术构思、文学作品的内容和形式、文学的继承和创新、文学批评、文学风格等问题的论述。下编是专论，将《文心雕龙》和六朝文学结合起来进行研究，阐明了刘勰对王粲、曹植、阮籍、嵇康、陆机、潘岳、左思和对南朝宋齐文学的论述。附录两篇，论述沈约和萧统的文学理论批评。这是因为沈约、萧统同刘勰都有关系，对读者了解刘勰和《文心雕龙》有所帮助。

（阮亚奇）

142. 《文心雕龙选译》

周振甫著，巴蜀书社 1991 年版。周振甫先生的《文心雕龙选译》，只选择了《文心雕龙》中的主要篇幅进行注释。本书译《文心雕龙》35 篇。所列各部分都有简要说明，注释求简，译文逐句直译。比如总体论 5 篇中，只选了《原道》、《征圣》、《宗经》和《辨骚》四篇，《正纬》没有选。

（阮亚奇）

143. 《敦煌遗书文心雕龙残卷集校》

林其锬、陈凤金集校，上海书店出版社 1991 年版。本书与其《宋本〈太平御览〉引〈文心雕龙〉辑校》合刊，于 1991 年由上海书店出版社出版。本书《前言》中说：由于唐写本《文心雕龙》残卷早年被劫夺，故国内的研究者一般依靠从国外带回的影片、照片、抄本进行研究。这种研究由于各种原因，所得参数也不同。因此，王元化委托友人从外国获得微缩影片和有关资料，交与两位作者作集校本。王元化说："有了辑校，就填补了《文心雕龙》版本上所缺的环节，使之上承唐卷，下接元本，还有检索之便，而省查找麻烦。"

（阮亚奇）

144. 《文心雕龙学刊》(第6辑)

中国《文心雕龙》学会编，齐鲁书社 1992 年版。本书为由中国《文心雕龙》学会编写的学刊，每一辑收录不同的作者研究《文心雕龙》的成果，很多知名学者在上面发表文章，例如在第 6 辑中穆克宏的《情必极貌以写物，辞必穷力而追新——刘勰论南朝宋齐文学》一文的内容摘要如下：刘勰对于南朝以前的历代文学都有评论，对自己生活的朝代的文学（宋齐文学）的论述十分简略。但其中包含了很多精辟的见解，如玄言诗退出诗坛的问题、山水诗兴起的问题、永明体的声律问题等都有涉及。对建安、正始、太康、东晋等各个时期的文学都作了评述，并且对南朝宋齐文学的不良倾向也进行了严肃的批评。因此，刘勰对宋齐文学的论述虽然简略，但对于研究南朝文学创作和文学理论批评还是很有参考价值的。

（阮亚奇）

145. 《文心雕龙研究》

（日本）户田浩晓著，曹旭译，上海古籍出版社 1992 年版。本书根据作者 1942—1985 年间发表的研究《文心雕龙》的论文汇编而成。分为《文心雕龙的成立及其研究史》、《文心雕龙的文学论》、《文心雕龙诸本》、《文心雕龙校勘》4 编。书后附有田氏《读杨明照氏的文心雕龙校注》，还有著者《后记》及中译者《译后记》。关于这本书的优胜处，杨明照在序言中概括为五点：一是资料丰富，二是持论允当，三是考证缜密，四是见解新颖，五是雠校周详。从龙学的研究价值来看，该书的独特价值至少有三点：一是版本考辨，二是文本校勘，三是独特的思路。

（阮亚奇）

146. 《古典文学的奥秘——文心雕龙》

王梦鸥撰，台北时报文化出版社 1982 年 12 月出版。全书依次分成五个部分：第一部分包括《文物选粹》刘勰简介及《致读者书》，

第二部分《前言》，由刘勰人及书作为引论，第三、四部分探讨《文心雕龙》上下篇的结构，第五部分《余论》，重在说明《时序》、《才略》、《知音》、《程器》4 篇之关系。

（廖宏昌）

147. 《文心雕龙学刊》(第 7 辑)

中国《文心雕龙》学会编，广东人民出版社 1992 年版。这是中国《文心雕龙》学会编写的学刊，每一辑收录不同的作者研究《文心雕龙》的成果，很多知名学者在上面发表文章，在第 7 辑中，例如南京大学中文系教授孙蓉蓉的《对形式美的追求——评〈文心雕龙〉的艺术技巧论》一文，研究了《文心雕龙》在艺术上的成就。

（阮亚奇）

148. 《文心雕龙全译》

龙必锟著，贵州人民出版社 1992 年版。龙必锟先生在繁忙紧张的新闻工作岗位上，耗费了十余年的业余时间，前后四易其稿，完成了《文心雕龙》全书的今译。《文心雕龙》共 50 篇，包括总论、文体论、创作论、批评论四个主要部分，是中国文学理论批评史上第一部有严密体系的文学理论专著。本书原文用黄叔琳辑注本而删去其文字校注，主要依据范文澜《文心雕龙注》、杨明照《文心雕龙校注拾遗》校勘，其余都直接注明据某人校勘。诸家校勘中的"唐写本"指敦煌唐人草书残卷本，其对《文心雕龙》作了逐篇逐段的简注、讲评和翻译，可帮助读者对《文心雕龙》有比较正确的理解。每篇分为"题解"、"原文"、"注释"、"译文"四部分。

（阮亚奇）

149. 《文心雕龙研究荟萃》

饶芃子主编，上海书店出版社 1992 年版。本书选收文章均为 1988 年 11 月召开的《文心雕龙》国际研究会论文。

（阮亚奇）

150. 《文心雕龙解说》

祖保泉著,安徽教育出版社 1993 年版。进入 20 世纪 90 年代,《文心雕龙》研究呈现出萎缩的趋势,其主要表现就是研究专著的数量有所减少、质量有所下降,校注译释方面的力作更是少见。在这种情况下,祖保泉先生的《文心雕龙解说》便显得弥足珍贵。该书是作者五十余年学习、研究《文心雕龙》心得的结晶,全书由注释和解说两部分构成,注释简明而解说详尽。各篇解说均就原文所提出的主要问题展开论证,对历来认为重点、难点问题更是详加剖析,且多有精解新见。

(阮亚奇)

151. 《文心雕龙辞典》

贾锦福主编,济南出版社 1993 年版。《文心雕龙辞典》包含原著 50 篇全文,有详细的注释和译解,除注释解说外还附有不少参考资料。

(阮亚奇)

152. 《文心雕龙整体研究》

石家宜著,南京出版社 1993 年版。该书在作整体研究时,并没有用现代文学理论概念将刘勰著作任意切割、组合,而是客观地从原著自身各部分之间的关系中寻找统一性的根据,这构成了该书的鲜明特色。应该说这是一种贴近古人、切合原著的好方法,只是在具体操作时效果没有作者预想的那么好,可能因为书中大部分内容是由以往论文构成,作者尚未对其进行综合改造所致。

(阮亚奇)

153. 《雕龙后集》

牟世金著,山东大学出版社 1993 年版。本书依《雕龙集》的体例,收录著者公开发表的研究《文心雕龙》和古代文艺理论的 30 篇文章。

(阮亚奇)

154.《文心雕龙释译》

李蓁非著，江西人民出版社 1993 年版。作者在本书中对每篇篇题进行了简明注释，然后分段注释和语译，并有段落大意的解说，最后对全文主旨做分析，但只是对原文内容作简要复述或概括。本书主要参考了杨明照的《文心雕龙校注拾遗》。作者在校勘方面对文字的增、衍、讹、误等提出了一些看法，共勘正 32 条，列于卷末所附《〈文心雕龙〉的理论体系》一文中。卷末还附有《〈文心雕龙〉全书的结构》、《〈文心雕龙〉的理论体系》两篇文章。

（阮亚奇）

155.《文心雕龙美学思想体系初探》

韩湖初著，暨南大学出版社 1993 年版。本书共分上、下两篇，对刘勰的美学思想进行了新的探索，上篇 11 篇论文，主要通过研究"自然之道"、"执正驭奇"等论题着重对《文心雕龙》的美学体系进行了解剖，并认为刘勰在中国美学史上首次建立了符合"审美规律"的完整系统的文学美学理论体系，而与以"教化"为中心的儒家传统文艺观不同。下篇 11 篇论文，则分别从艺术的本质、起源、发展、创作、结构、批评鉴赏、美学方法、体系建构等方面，对刘勰与黑格尔的美学思想进行了比较分析与理论探讨，并得出了刘勰的美学理论体系在总体上接近或达到黑格尔的水平的结论。

（阮亚奇）

156.《文心与禅心》

徐季子著，群言出版社 1993 年版。

（阮亚奇）

157.《文心雕龙字义疏证》

吴林伯著，武汉大学出版社 1994 年版。作者研究《文心雕龙》几十年，广涉旧注，钩深至远，辨是与非，撰成义疏，自成一家之言，为学界进一步研究《文心雕龙》提供了极有价值的著作。该著作注释尽量通俗易懂，结合文学史，理论联系实际，不盲从旧说，不蹈袭前论，资料翔实，颇有新见，是一部极为难得的《文心雕龙》研究佳作。

（徐海涛）

158. 《新译文心雕龙》

罗立乾著，台湾三民书局 1994 年版。本书对《文心雕龙》每一篇的"新译"依次包括四个部分：题解、章旨、注释和语译。本书还有一个较长的《导论》，分为"刘勰的生平与思想"、"《文心雕龙》的宗旨和结构"和"《文心雕龙》理论内容述评"三大部分。

（徐海涛）

159. 《文心雕龙新论》

王明志著，黑龙江教育出版社 1994 年版。该书以"代绪论"开篇，论述了《文心雕龙》"岁久弥光"的演变历程和种种缘由。主体部分共有论文 4 组，分别从文学史、文学理论、文学人才思想、方法论等崭新角度切入，开拓了《文心雕龙》的研究领域。其中关于文学多样之谓美、文学人才的自我调节、模糊特征等方面的论述，颇有新意和实际意义。书后附有《文心雕龙警句选释》，分类编次，稍加诠释，通俗易懂，具有普及作用。作者是一位业余研究者，书中凝聚着他 30 多年的心血。著名中国文学史专家、民族文化史专家张碧波先生为该书作序。

（徐海涛）

160. 《文心雕龙选读》

王更生著，台湾"国立"编译馆主编，巨流图书公司 1994 年印行。刘勰的《文心雕龙》是一部"体大虑周，笼罩群言"的古典文学评论巨著，全书涵括齐代以前各种文章体裁的源起、发展和演变，并总结文学理论，对文学作品和代表作家，作全面而独到的批评，建构一个由总论、文原论、文体论、文述论和文评论组成的文学批评理论体系。王更生教授特别甄录其中的 17 篇精华，每一篇于篇提之后，分列"解题"、"正文"、"注释"、"集评"、"赏析"、"图解"等部分，深入剖析各篇的行文主旨、内容重点、文论旨趣、立说所本、文字校勘和明清学者的评述。至于图标解析部分，则化平面为立体，尤能满足读者掌握要领、深切玩味之需。

（徐海涛）

161.《文心雕龙研究》

孙蓉蓉著，江苏教育出版社 1994 年版。该书共为 10 章，有前言、后记；卷首有包忠文序。"本书主要研究三大问题：一是关于刘勰及《文心雕龙》的产生；二是《文心雕龙》的理论体系，三是刘勰的研究方法和思维方式。关于刘勰的生平经历和家庭出身问题，现在的历史资料相当少，而研究者的看法又颇多分歧。因此，本书在依据历史资料的基础上，又参考了有关研究，对刘勰的生平经历作了考证，对刘勰身世作了考辨。"（《前言》）该书章次分别为：《文心雕龙》的作者考论，《文心雕龙》的产生探源，《文心雕龙》的总纲剖析，《文心雕龙》的文体论，《文心雕龙》的创作论，《文心雕龙》的技巧论，《文心雕龙》的批评论，《文心雕龙》的研究方体，《文心雕龙》的思维方式，《文心雕龙》与古代文论。

（徐海涛）

162.《刘勰文艺思想简论》

于维璋著，山东大学出版社 1994 年版。

（徐海涛）

163.《文心雕龙全译》

邢建堂、傅锦瑞著，山西人民出版社 1994 年版。

（徐海涛）

164.《文心雕龙学纵览》

中国《文心雕龙》学会编，上海书店出版社 1995 年版。杨明照主编，林其谈、萧华荣为副主编，有 7 个国家和地区的 70 多位专家学者参与撰稿，历史 6 年半编辑成书。全书设有"各国（地区）研究纵述"等6个专栏和1个索引，扼要介绍了已出版的125部专著和译作，摘编了450篇重要论文的主要观点，介绍了22位国内外龙学专家的学术成就，收录了有关龙学研究的2300余条目录索引，可谓是龙学研究成果的一次全面总结。

（徐海涛）

165.《古代文学的秘宝——文心雕龙》

王更生著，台湾黎明文化出版社1995年版。

（徐海涛）

166.《文心雕龙研究》(第1辑)

中国《文心雕龙》学会编，北京大学出版社1995年版。本书作为中国《文心雕龙》学会会刊的第1辑，共收录学术论文19篇，内容涉及《文心雕龙》理论体系、文学思想、美学、文艺心理研究、辩证法、方法论研究和龙学史、文心历史疑案研究等。本书论述方法既有综合性、比较性，又有专题性。本辑内容丰富，研究方式多样，学术思维活跃，反映了龙学研究的现状和水平。

（徐海涛）

167.《文心雕龙研究》

牟世金著，人民文学出版社1995年版。牟世金晚年抱病撰写的《文心雕龙研究》堪称《文心雕龙》综合研究中的扛鼎之作，它是牟先生一生《文心雕龙》研究的总结性著作，是对《文心雕龙》的再认识再估价。王元化在该书《序》中说："书中那些看来平淡无奇的文字，都蕴涵着作者的反复思考、慎重衡量，其立论之严谨，断案之精审，我想细心的读者是可以体察到作者用心的。"

（徐海涛）

168.《中国古代文论的双璧——〈文心雕龙〉〈诗品〉论文集》

蒋祖怡著，山东教育出版社1995年版。

（徐海涛）

169.《文心雕龙辨疑》

张灯著,贵州人民出版社 1995 年版。张灯的这部著作是一部颇具参考价值的学术专著。刘勰的《文心雕龙》共 50 篇,作者选择了其中的重要文章 24 篇加以翻译与辨疑,其译文信实贴切而讲究文采,辨疑严谨细密而时有独见。该书最可贵之处,是敢于向名家、权威挑战,敢于明确提出自己与众不同的见解。

（徐海涛）

170.《体大思精的文心雕龙》

左健著,辽宁古籍出版社 1995 年版。

（徐海涛）

171.《文心雕龙辞典》

周振甫主编,中华书局 1996 年版。本书《难字及词句释》不同于释难字,并对词句之用典也加注释。注释的特点,参酌梅庆生、黄叔琳、范文澜、杨明照以下十二家之注释,将十二家之注释,去同存异,汇集于一编之中,省读者翻检之劳。如《总术》:"动角挥扇,何必穷初终之韵。"范注未详。杨明照先生校注加以考证,本于《说苑·善说》篇,可以补前注之缺。又《书记》称:"赵至叙离,乃少年之激切。"据周注,校正"赵至"为"吕安"之误,也改正了《文选》与《文心雕龙》之误,补前注之未备。此实为汇集众家之说的好处。

（徐海涛）

172.《文心雕龙研究》(第 2 辑)

中国《文心雕龙》学会编,北京大学出版社 1996 年版。本书收录 1995 年《文心雕龙》国际学术讨论会论文 30 篇,作者除大陆及台湾、香港学者外,另有日、韩、美、俄等国学者十余人。文章或论述《文心雕龙》的意义、价值,或探索其内容及对后世的影响,或揭示某一篇之内涵,颇多参考价值。适用于文学研究者。

（徐海涛）

173. 《文心雕龙》(白话今译)

熊宪光著, 西南师范大学出版社 1996 年版。

(徐海涛)

174. 《文心雕龙阅读纪要》

骆正深著, 百家出版社 1996 年版。

(徐海涛)

175. 《文心雕龙美学范畴研究》

寇效信著, 陕西人民出版社 1997 年版。

(徐海涛)

176. 《文心雕龙创作论疏鉴》

林杉著, 内蒙古教育出版社 1997 年版。本书立足于写作实践, 采取"居今探古、见树见林"的态度和方法, 综合各家之说, 对《文心雕龙》"写作方法统论"亦即通说之"创作论"部分, 进行集中研究, 表现出了三个突出特点: 一是调整了篇目排列次序, 使之能够分别体现文章写作的基本规律, 并反映文章写作的动态发展过程; 二是辨析了各篇内容的实践意义和主要歧疑, 力图澄清各种不同见解, 使之有了新的研究起点和高度; 三是校正了各版本的文字、注音和标点, 精简了辗转考训的注释, 使之更便于阅读、理解和鉴用。《文心雕龙创作论疏鉴》中的"原文译注"简明扼要, 通俗易懂; "内容提要"言中肯綮, 联系实际; "疑点辨析"取事有据, 力摒偏倚, 可谓近年龙学研究中既有较高学术品位, 又有较强实用价值的一部新著。

(徐海涛)

177. 《白话文心雕龙》

郭晋稀注译, 岳麓书社 1997 年版。《文心雕龙》作为中国古代文论宝库中内容最丰富、成就最伟大的著作, 其学术地位和影响自有公论。《白话文心雕龙》是郭晋稀先生在世出版的最后一部书,郭先生在龙学园地辛勤耕耘了半个世纪。无论是对《文心雕龙》篇次的订正,对该书通行本文句的校勘,对刘彦和世界观、文学观的研究,还是对龙学相关理论问题的探讨,郭先生都付出了大量的劳动,贡献了富有创见的心得。注释精益求精,让读者长见识。译文行如流水,让人觉得其本身就是一件艺术品。《文心雕龙》本来是谈文章艺术的名著,由于名家注释,更加大放异彩。

(魏琦)

178. 《文心雕龙直解》

韩泉欣著,浙江文艺出版社 1997 年版。本书对《文心雕龙》采用直解方式,即贯通诸家说解,益以新知新见,径用今语注出,不事征引;正文大字,注释小字,夹注于正文当句(字、词)之下,便于阅读。浙江文艺出版社把《文心雕龙》列为"中国文化经典"的一种,介绍给年轻的朋友,这本《文心雕龙直解》依据通行本的文字,加以简明扼要的注释,以便为年轻的读者扫除阅读的障碍。作为《文心雕龙》的初级入门书,这本《文心雕龙直解》方便读者对《文心雕龙》有初步的了解,结合多家注释,使得初级读者有更好的了解。正文和注释放在一起,用字号区分,方便阅读。

(魏琦)

179. 《文心雕龙》

刘乐贤编著,中国友谊出版公司 1997 年版。此版《文心雕龙》属于《中国传统文化读本》系列丛书的一部分。《中国传统文化读本》是面向全体国民的普及性读物。它从浩如烟海的文化古籍中精选出 60 部在历史上影响至巨的经典,按儒、道、佛、诸子、杂家、文史、蒙学和家训分为八大类,作为了解中国传统文化的必读书目,这将使读者在这方面的努力有一个明确的目标。同时,本丛书避免了以往古籍整理中注释繁琐、白话生硬的缺陷,代之以一种全新的编纂方式和设计风格,使读者能够在轻松愉快的阅读中一睹古代典籍的原貌。

(魏琦)

180. 《中古文学论著三种·文心雕龙》

刘师培编著，辽宁教育出版社 1997 年版。本书汇辑的三种著述，都是 20 世纪 10 年代后期刘师培在北京大学的讲义。《中古文学史》堪称经典，要了解此时期内文学变迁之大势，它是最精要恰当的一部书了。《汉魏六朝专家文研究》与《文心雕龙讲录》则是当时的学生罗常培笔录的：前书于抗日战争末年刊行于重庆，后书则于战时分载在纸张粗劣的《国文月刊》上。关于《文心雕龙》的主要内容是：《文心雕龙·颂赞》篇上、《文心雕龙·颂赞》篇下和《文心雕龙·诔碑》篇。本书形式新颖，内容丰富，文笔流畅，生动，具有较强的文学性及可读性。读者通过该书，可开阔眼界，增长知识，从中获益匪浅。

（魏琦）

181. 《文心雕龙名篇探赜》

董家平著，青海人民出版社 1997 年版。

（魏琦）

182. 《文心雕龙字义通释》

胡纬著，文德文化事业有限公司 1997 年版。在我国古代的文学理论批评专著中，内容最丰富的要数刘勰的《文心雕龙》了，但是读《文心雕龙》往往遇到两个困难，一是版本时间太久，在转抄过程中有错误，这就得校勘；二是字义混淆不明确，往往令人无所适从。所以众多学者在这两方面上下工夫，本书就是对这两方面的研究，本书共 30 章，具体解释了以上问题。

（魏琦）

183. 《魏晋文论与文心雕龙》

吕武志著，台湾乐学书局 1998 年版。全书共约 30 万字，共分为 16 章，前 4 章是对魏晋文论的论述，第 5 到 15 章，作者分别分析了 11 位魏晋文论家的著作与《文心雕龙》的关系，第 16 章为《文心雕龙》对魏晋文论的继承和发展。本书是一本系统全面的专门论著，填补了研究的空白，它在吸收研究成果的同时，补充了一些过去没有涉及或者论述不充分的问题，对每一部分都论述得相当细致，努力寻找《文心雕龙》与魏晋文论之间的关系。

（魏琦）

184.《文心雕龙析论》

王忠林著，台湾三民书局 1998 年版。这是一部长达 40 多万字的全面研究《文心雕龙》的著作。总体来说，在疏解文意上是比较具体细致的，文笔流畅，论述清楚，对初学者是很有用的，本书共分 11 章，第 1 章绪论，第 2 章写作背景，第 3 章内容结构，第 4 章为思想论，第 5、6、7 章为文体论，第 8、9、10 章为创作论，最后一章为批评论。

（魏琦）

185.《文心雕龙研究》(第 3 辑)

中国《文心雕龙》学会编，北京大学出版社 1998 年版。本辑内容主要选自 1995 年北京《文心雕龙》国际会议国内学者的论文，以及 1996 年山东日照第五届学会年会的论文。如：《刘勰、庄子自然观之比较》、《刘勰论文学的般若绝境》、《刘勰的文学经典论》、《从〈文镜秘府论〉看〈文心雕龙〉对隋代文论的影响》、《〈文心雕龙〉假纬立义初探》、《古代哲学背景中的〈文心雕龙〉》等。还包括美国耶鲁大学孙康宜教授的文章，这是她在 1997 年 4 月美国伊利诺州立大学举办的《文心雕龙》国际会议上的论文。

（魏琦）

186.《文心雕龙要义申说》

华仲麔著，台湾学生书局 1998 年版。本书首篇《序志》以明其本旨，次上篇《原道》至《正纬》索其源流也，三下篇《神思》至《隐秀》铺叙文理也，四上篇《辨骚》至《书记》明取实证也，五下篇《指瑕》至《物色》会其赏鉴也，六下篇《才略》至《程器》

则心有所感赏之难遇也。本书作者绎释篇章，每篇之前，综拾大义，以概全篇，名为题解。分别段落，绎释文意，是为分段。篇章句字，略加训诂。以此七篇为其骨干，首三篇则为刘勰本传、著作时代及其年谱；最末一篇，畅叙著述之动机与经过，并说明其读《文心雕龙》之心得。

（廖宏昌）

187.《文心雕龙译注》

王运熙、周锋著，上海古籍出版社 1998 年版。本书原文以王利器《文心雕龙校正》为底本，并参考范注和杨校还有詹锳《文心雕龙义证》等名家校语，对错讹、夺衍的字和部分有异文的字作了校改。为了让读者有更好的理解和把握，在每一篇之前有一段题解，力求简明扼要，不做阐释和发挥。原文分段注释和翻译，以免读者来回翻检之苦。注释力求简洁，并注明出处，对一些引用原文过长又难以理解和文字较难懂的地方，用串讲的方式加以解释。

（魏琦）

188.《文选与文心》

顾农著，贵州人民出版社 1998 年版。《昭明文选》与《文心雕龙》的关系，历来受到人们的重视，但结论似乎都不免偏颇，有简单化之嫌。事实上这中间情况比较复杂，本书作者顾农提出一种比较折中的意见。此书是作者研究《昭明文选》与《文心雕龙》的论文集，主体部分在于探讨《昭明文选》与《文心雕龙》的关系，作为《昭明文选》与《文心雕龙》的中介。在《文心雕龙》的研究领域，顾农的这本《文选与文心》算是另辟蹊径，寻求《文心雕龙》与《昭明文选》之间的联系，亦有自己的独特见解。

（魏琦）

189.《文心雕龙》

刘勰著，蓝天出版社 1998 年版。《文心雕龙》为古代文学理论著作，成书于南朝齐和帝中兴元年、中兴二年（501—502 年）间。

它是中国文学理论批评史上第一部有严密体系、"体大而虑周"（章学诚《文史通义诗话篇》）的文学理论专著。《文心雕龙》共 10 卷，50 篇，原分上、下两部，各 25 篇。该书作为该出版社《百部传世文学与文艺理论名著》系列丛书当中的一本，收录《文心雕龙》原文。

（魏琦）

190. 《刘勰及其〈文心雕龙〉》

涂光社编著，春风文艺出版社 1999 年版。作为插图本中国文学小丛书中的一本，《刘勰及其〈文心雕龙〉》分五部分，对刘勰的生平经历及其宏大缜密的文学理论以及《文心雕龙》"话语"对现代的启示给予全面而中肯的介绍和评价。本书语言通俗准确，不仅向人们展示了一些至今还能给人教益和启迪的理论建树，而且还能帮助读者了解中国古代的文学观念、审美追求、文学表现方式以及理论思维的特点。

（魏琦）

191. 《台湾近五十年〈文心雕龙〉研究论著摘要》

王更生总编订，台湾文史哲出版社 1999 年版。本书收录 1949 年到 1998 年，共 50 年来研究刘勰及其《文心雕龙》之论著。本书按照专门著作、期刊论文、博硕士论文、论文集和域外学者论著等五大类加以编排。书中对各类论著，皆先列作品名称，次列作者姓名，又次为出版处所或刊物名称卷期，继而为出版或发行年月，有页次可按者，殿于各条之末，摘要则另起。本书内容，计专门著作 43 种，期刊论文 223 种，博硕士论文 25 种，论文集 8 种，域外学者论著 23 种，各类共计得 322 种。本书特将王更生教授之《台湾〈文心雕龙〉学的研究与展望》一文，置于各类论著之前。文中对"台湾《文心雕龙》学的成长过程"和"《文心雕龙》学研究的展望与隐忧"各部分，仍具有见微知著的意义，值得吾人警惕和深思。

（廖宏昌）

192. 《文心雕龙综论》

李平著，中国文联出版社 1999 年版。内容分为三类：一类是关于《文心雕龙》文化思想方面的研究，主要分析其主导思想，探讨其文化意蕴，揭示其与中华元典《周易》的内在联系；一类是关于《文心雕龙》创作论方面的研究，集中论述《文心》创作论中的两个重要的理论问题——"神思"与"养气"；还有一类是对《文心雕龙》研究史的论述，一是从宏观上对 20 世纪中国《文心雕龙》研究所取得的成绩和存在的问题作概括的分析，二是对《文心雕龙》研究史上的里程碑著作"范注"作细致的研究。

（魏琦）

193. 《论刘勰及其〈文心雕龙〉》

中国《文心雕龙》学会编，学苑出版社 2000 年版。本书全面探讨了有关刘勰及其《文心雕龙》的各种学术问题，共收入海内外著名学者的论文 30 余篇，主要论文有：《在镇江历史文化(〈文心雕龙〉专题)座谈会上的讲话》、《研究〈文心雕龙〉应全面了解其作家作品评价》、《〈文心雕龙〉和古典历史主义》、《〈文心雕龙〉理论体系探微——兼析这个体系的古典主义色彩》、《论刘勰的自然美学观》、《再论〈文心雕龙〉的生命美学思想》、《〈文心雕龙〉"树德建言"的伦理思想》、《〈文心雕龙〉与儒、道、佛家的中道思维》等。这些是 21 世纪初《文心雕龙》研究的最新成果。

（魏琦）

194. 《文心雕龙国际学术研讨会论文集》

台湾师范大学国文系主编，台湾文史哲出版社 2000 年版。本书收录《文心雕龙》国际学术研讨会的主要论文，内容广泛，包括 20 世纪龙学研究之回顾，新世纪龙学研究之展望，最新龙学研究成果之交流，如：刘勰生平事迹考辨，《文心雕龙》文学、史学、哲学、美学思想之研究，《文心雕龙》创作论、文体论、批评论之研究，《文心雕龙》渊源、影响、作用之研究，以及《文心雕龙》应用研究、学术史研究、方法论研究等。

（魏琦）

195. 《〈文心雕龙〉散论及其他》

周绍恒著，学苑出版社 2000 年版。本书是《学苑学术论坛》之《〈文心雕龙〉散论及其他》，内容包括:《〈文心雕龙〉成书于齐代说质疑》、《〈文心雕龙〉成书于梁代新证》、《刘勰卒年及北归问题辨》、《刘勰论文学与自然和社会》、《〈明诗〉篇首段发微》、《〈梁书刘勰传笺注〉将两个刘整误为一人》、《〈原道〉篇"傍及万品"之"傍应校作"旁"吗》等，对历史上关于《文心雕龙》的一些争议或者谬误进行论述。

（魏琦）

196. 《文心雕龙释义》

冯春田著，齐鲁书社 2000 年版。这本书的内容是对《文心雕龙》中重要的术语（包括句子和语段）在含义上的解释和分析。所收录的，以有重要含义、过去解说欠妥或有分歧以及对理解《文心雕龙》原著比较重要为界限。换句话说，这本书着重对《文心雕龙》原著中的难点、疑点和要点加以解释或分析。释义时，力求从语言的原意入手，进而分析它们在理论观点上的含义。该书不仅是一本《文心雕龙》的注释本或论文集，而且兼有注释和论文的性质。这样的体例，在大陆以往所出的《文心雕龙》著作之林中，是别开生面的。

（魏琦）

197. 《文心雕龙的枢纽论》

黄端阳著，台湾"国家"出版社 2000 年版。

（黄卉）

198. 《增订文心雕龙校注》

黄叔琳注，李详补注，杨明照校注拾遗，中华书局 2000 年版。

《文心雕龙》是一部系统完备的古代文学评论集，论述各种体裁作品的特征和演变，探讨创作与批评的原则和方法，抨击当时片面追求形式主义的文风，主张文学须有政治内容。本书内容包括五个部分：一、《文心雕龙》原文；二、黄叔琳的辑注；三、李详的补注；四、杨明照的校勘疏证；五、杨明照辑录历代学林有关《文心雕龙》的资料，包括"著录"、"品评"等十类名目附于书后。

（黄卉）

199.《文心雕龙研究史》

张文勋著，云南大学出版社 2000 年版。本书汇集了历代《文心雕龙》的重要史料，作者以编年体的方式对历代研究情况做了翔实的介绍评说，对港台地区的研究也列出了专章述说。主要内容和着眼点大致可分为四点：《文心雕龙》研究的历史回顾、研究史的意义、研究的未来走向和研究史的编写原则。本书阐述了《文心雕龙》一书的产生及其影响，追述了隋唐至宋代、元明时期、清代以及民国和新时期以来对《文心雕龙》的研究，反映了龙学研究的发展历程。

（黄卉）

200.《文心雕龙研究》（第 4 辑）

中国《文心雕龙》学会编，北京大学出版社 2000 年版。本辑的稿件主要选自 1998 年 8 月在湖南怀化召开的中国《文心雕龙》学会第六次年会的论文，其中也有几篇是中国《文心雕龙》学会 1995 年5 月于台湾参加台湾师范大学主办的《文心雕龙》研讨会上学者提交的论文。一共由 20 篇文章组成，主要包括：《刘勰〈文心雕龙〉与理性主义的理论思辨》、《〈文心雕龙〉的文化史价值》、《试论〈文心雕龙〉的思想史价值》、《〈文心雕龙〉对我国远古时代生命美学意识的继承和发展》、《美文的写作原理——也谈〈文心雕龙〉的性质》、《根柢无易其固——从篇次结构说〈文心〉研究》、《〈文心雕龙〉文体论中先民自然崇拜之心理与祖先崇拜之情怀》、《〈文心雕龙〉潜含的小说观》、《论刘勰对文学语言的本体观照》等。

（黄卉）

201.《骈体语译文心雕龙》

张光年著,上海书店 2001 年版。本书是作为名学者、诗人的作者于 20 世纪 50 年代给青年讲课时曾翻译《文心雕龙》的若干篇讲稿,另外还加上近年来他继续翻译的 320 多篇译文。书后附有刘勰的原文以及附录两则,分别包括林其锬、陈凤金校的《新校白文〈文心雕龙〉》;陆侃如、牟世金的《刘勰的生平》;王元化的《〈神思〉等六篇跋文》;以及作者本人的《研究古代文论为现代服务——〈文心雕龙〉学会成立大会上的谈话》,可资参考。作者用诗一般的骈体语体文翻译讲解《文心雕龙》,不仅通畅且朗朗上口,成为 21 世纪献给青年文学爱好者的一部新读本。

(黄卉)

202.《文心雕龙研究史》

张少康等著,北京大学出版社 2001 年版。在 20 世纪后半期,《文心雕龙》研究的论著非常多,不仅在大陆,而且在台湾、香港地区也非常繁荣。日本、韩国、欧美等国外研究也发展得很快。本书在吸取《文心雕龙学综览》等多方面资料的基础上成书。主要内容包括:《文心雕龙》在古代的传播、影响和历代对它的研究、近现代的《文心雕龙》研究、当代的《文心雕龙》研究等内容。张少康等人撰成《文心雕龙研究史》,并编成《二十世纪文心雕龙研究文存》,一则填补了学科史空白,二则保存了该领域部分资料,三则提供了该领域资料索引,因而具有较高的学术价值和文献价值。

(黄卉)

203.《台湾近五十年来〈文心雕龙〉学研究》

刘渼著,万卷楼图书出版公司 2001 年版。

(黄卉)

204.《〈文心雕龙〉系统观》

石家宜著,江苏古籍出版社 2001 年版。本书主要内容包括《文心雕龙》研究如何从传统走向现代、为什么要对《文心雕龙》进行系统研究、《文心雕龙》风格论研究述评等。全书分 16 论，就《文心雕龙》的理论体系、重要范畴、经典名篇以及龙学研究的历史与走向等，做了多方位成系统的探讨，宏观把握与微观阐析水乳交融，既客观求真，又多会心独到的见解，是《文心雕龙》研究中一部颇见功力的著述。老一代文论专家周振甫称其开创了"风骨"研究的新路，吴调公先生更详举其优长，誉之为一部能体现古人"真精神"的著作。

（黄卉）

205.《〈文心雕龙〉的传播和影响》

汪春泓著，学苑出版社 2002 年版。本书首先对于刘勰身世、儒释思想结构的形成等一系列存有疑点的关键问题，作了深入的探讨。作者认为《文心雕龙》之所以不朽，应归功于其"折中"的思维方式。在诸如文与道、文学与经学、新变与继承以及才情与功力等关系的问题上，刘勰以"折中"原则来判断正误，在理论上确立了其"百代师表"的地位。全书写作分为七个部分：刘勰略传与《文心雕龙》的产生、《文心雕龙》问世以来的版本流传情况、折中意识与《文心雕龙》的文章学体系、《文心雕龙》对于历代文学发展进程之影响、刘勰与佛教关系的考辨、对刘知幾《史通》与《文心雕龙》相关性之考辨以及《文心雕龙》对于书画理论领域的渗透。

（黄卉）

206.《在〈文心雕龙〉与〈诗学〉之间：跨越话语的门槛》

王毓红著，学苑出版社 2002 年版。本书是对中国古代诗学理论的经典文本《文心雕龙》与西方诗学理论的经典文本《诗学》这两部跨时间、跨国度、跨语言、跨文化的经典文本的比较研究。比较主要在三大话语之间进行：（1）刘勰《文心雕龙》与整个中国古代诗学理论；（2）亚里士多德《诗学》与整个西方诗学理论；（3）刘勰《文心雕龙》与亚里士多德《诗学》。也就是说本课题分别从两大比较视域对《文心雕龙》与《诗学》进行比较研究：横向比较——对

《文心雕龙》与《诗学》的比较；纵向比较——分别对《文心雕龙》与中国古代诗学理论、《诗学》与西方诗学理论的比较。

（黄卉）

207.《〈文心雕龙〉义疏》

吴林伯著，武汉大学出版社 2002 年版。刘勰的《文心雕龙》系用骈文写成的文学批评专著，在中国文学史上占有极重要的地位。《文心雕龙》典故繁多，语言艰深，常令今天的读者难以通解。作者研究《文心雕龙》几十年，广涉旧注，钩深至远，辨是与非，撰成义疏，自成一家之言，为学界进一步研究《文心雕龙》提供了极有价值的著作。该著作注释尽量通俗易懂，结合文学史，理论联系实际，不盲从旧说，不蹈袭前论，资料翔实，颇有新见。本义疏有以下几个特点：从广大读者现有水平出发、理论结合实际、结合文学史、结合创作经验、从整体出发、考镜理论源流、严辨词语的界限等。

（黄卉）

208.《文心雕龙研究》（第 5 辑）

中国《文心雕龙》学会编，河北大学出版社 2002 年版。本书是研究《文心雕龙》的论文集丛，著名学者张光年为之作序，共收录了 19 篇论文，其作者包括来自中国、韩国、马来西亚等国家的龙学研究者。主要文章有：《〈文心雕龙〉本〈经〉制式的文体论研究》、《〈文心雕龙〉的修辞义》、《〈文心雕龙〉的通变论》、《〈文心雕龙〉研究与当代文论》、《延展视野 深化研究——谈〈文心雕龙〉研究的"打通"问题》、《从西方风格学角度看〈文心雕龙〉的文体论》、《〈文心雕龙·辨骚〉初探》，等等。

（黄卉）

209.《操斧伐柯论文心》

刘庆华著，中华书局 2004 年版。本书内容共可分为四章：第一章探讨敷理以举统的源流及其在《文心雕龙》中的重要性；第二章依据《文心雕龙》的分法，专门探讨文类，对不同的篇章进行证论；第三章则继承前一章的讨论，依据《文心雕龙》的分法，专门探讨笔类，也以不同的篇章进行证论；第四章为结论。鉴于前人译本在一定程度上忽视对上篇的翻译，尤其是关于文体作品的翻译，作者在本书中不仅承认了刘勰的理论植根于他对作品的解悟，而且对其作品也给予了足够关注。

（黄卉）

210. 《文心雕龙》

刘勰著，郭晋稀注释，岳麓书院 2004 年版。本书是部"体大思精""深得文理"的文章写作理论巨著，是中国魏晋南北朝时期最重要的文学理论批评著作。全书全面而系统地论述了写作上的各种问题，尤为难得的是对应用写作也多有评论。全书共 10 卷，50 篇。原分上、下两部，各 25 篇。上部是全书的纲领，对文体源流及作家、作品逐一进行研究和评价。下部主要是创作论以及文学史论和批评鉴赏论。该书版本种类较多，郭晋稀版《文心雕龙》在前人注释基础上对下篇有所调整，无论是对《文心雕龙》篇次的订正，对该书通行本文句的校勘，对刘彦和世界观、文学观的研究，还是对龙学相关理论问题的探讨，都贡献了富有独创的心得。

（黄卉）

211. 《刘勰与〈文心雕龙〉》

戚良德著，山东文艺出版社 2004 年版。本书介绍了刘勰的坎坷一生，以及《文心雕龙》的写作过程，并且分析了《文心雕龙》全书各个章节的成因与其作者刘勰生平之联系。全书包括：坎坷一生（定林俗客、溺笔论文、逢其知音、奉时骋绩、遁入空门），千古文心（体大虑周、笼罩群言），文之枢纽（文的本原、文的正变），论文叙笔（文场笔苑、美的形态），剖情析采（神用象通、情以物迁、各师成心、风清骨峻、负气适变、即体成势、文辞尽情、情采芬芳），文之知音（时运交移、千载心在）六个部分。

（黄卉）

212. 《文学前沿》(第 13 辑)

首都师范大学 2004 年版。本丛刊立足中国文化本位，主要发表有关中国文学、文学艺术及美学理论、中外文艺现象、中外审美文化思潮等方面的思想性、学术性评论文章及专题研究论文、译文；强调研究的前沿性、思想的新颖性、理论的深刻性、内容的广泛性和学风的严谨性，鼓励交叉研究和个案研究，并关注有学术价值的热点话题，及时反映海内外人文学术领域的最新研究成果。第 13 辑重点研究《文心雕龙》文论与文学相关问题，主要内容包括：《文心雕龙》文论资源与当代文艺学研究、《文心雕龙》为当代文艺学提供了什么、文化传统与《文心雕龙》之性质略论、美在文心——刘勰文学观探微等。

（黄卉）

213.《〈文心雕龙〉资料丛书》

中国《文心雕龙》学会编，全国高校古籍整理委员会编辑，学苑出版社 2004 年版。编辑该书是中国《文心雕龙》学会根据学会名誉会长王元化先生的建议而提出的，为使《文学雕龙》的研究在 21 世纪开创更加繁荣的新局面，中国《文心雕龙》学会负责人经过慎重的研究，并征得全国高校古籍委员会的同意，决定先由整理影印《文心雕龙》的重要版本入手，然后再进一步扩展到历代的重要研究著作。该丛书整理影印了《文心雕龙》的重要版本，上册三种：唐写本残卷、元至正本、明王惟俭训故本；下册四种：明杨升庵批点曹学佺评本、杨升庵批点梅庆生音注本、日本九州大学藏明版本和日冈白驹校读本。

（黄卉）

214. 《日本福冈大学〈文心雕龙〉国际学术研讨会论文集》

本书系 2005 年 4 月 26 日在日本福冈大学召开《文心雕龙》国际学术研讨会之成果，由台湾文史哲出版社 2007 年印行，收录日、韩、美、中、港、澳、台等国家和地区的学者共 22 篇论文，依次为钱永波《刘勰故乡镇江的"文心"情结——研究、运用、服务、纪念》，邓国光《〈文心雕龙〉"神理"义探》，张少康、笠征《刘勰〈文心雕龙〉和佛教思想的关系》，林中明《乔依斯的"文源"、"文心"与〈尤利西斯〉的文体、文术——刘彦和、乔依斯文、理相映》，陆晓光《〈文心雕龙〉"物"字章句考释——马克思主义美学反"物化"的视角》，冈村繁《"庄老告退、而山水方滋"——淝水之战的文化史的意义》，汪春泓《论谢灵运及其山水诗——兼论"庄老告退、而山水方滋"》，诸海星《浅谈〈文心雕龙〉文体分类学的价值和影响》，刘文忠《汉代赋学与〈文心雕龙〉的渊源关系》、王运熙《〈文心雕龙〉的艺术标准》，甲斐胜二《试论〈文心雕龙〉文章作法理论中的征圣、宗经主义》，尤雅姿《〈文心雕龙〉中"情"的范畴研究》，吕武志《〈文心雕龙〉论"学习"》，杨明《对〈文心雕龙·原道〉"文之为德"的理解》，石家宜《〈文心雕龙〉与〈诗品〉比较浅探》，温光华《守先待后，镕旧铸新——论黄叔琳〈文心雕龙辑注〉的学术性质与成就》，廖宏昌《〈文心雕龙〉纪评的折中思维与接受》，方元珍《〈文心雕龙〉与〈拙堂文话〉》，林其锬《从王惟俭〈训故〉、梅庆生〈音注〉到黄叔琳〈辑注〉——明清〈文心雕龙〉主要注本关系略考》，海村惟一《当代龙学研究略考——从"索引"到"思辨"再到"创新"》，王更生《民国时期的"〈文心雕龙〉学"》，刘渼《文心雕龙 WebGIS 创意网》。书前有冈村繁、笠征二人作序。

（廖宏昌）

215.《文心雕龙汇评》

黄霖编，上海古籍出版社 2005 年版。该书是《文心雕龙》的批语，收录了关于《文心雕龙》的评论文字，包括《原道》、《征圣》、《宗经》、《正纬》、《辨骚》、《明诗》、《乐府》、《诠赋》等 50 篇。南朝梁刘勰所作《文心雕龙》历来为之注解评点和作专题研究者甚众。明清两代，评点《文心雕龙》之作不少已成孤本秘籍，一般难以见到。本书将散见于明清两代评点《文心雕龙》的批语汇集起来，附于所评原文之后。首先以古文的形式呈现文章原文，然后仍以古文的形式对文章进行不同的评论。书中最后，还附有几篇研究材料，其中，最后三篇是罕见之作。

（黄卉）

216.《文心雕龙十卷》

刘勰著，北京图书馆出版社 2005 年版。该书是一部现存的最早的自成体系的古典文学评论集。全书分 10 卷，前 5 卷论文体流变，而以《原道》、《征圣》、《宗经》、《正纬》4 篇为导论，以下按照有韵之文（从《辨骚》到《谐谑》11 篇）和无韵之笔（从《史传》到《书记》10 篇）分类评述；后 5 卷论文章的作法、作家的修养以及文学的批评等问题，其中《时序》篇指出了作家与时代的关系，《知音》篇阐明了文学批评的任务，本书影印自文渊阁《四库全书·卷一百九十五·集部四十八○诗文评类》之《文心雕龙十卷》（内府藏本）。据《序志》篇上说，刘勰的书是只分上、下两卷的，可是在《隋志》上却有了十卷之多，都是后世的人私下拆分的。本书是程千帆批校的清刻本《文心雕龙十卷》。

（黄卉）

217.《文心雕龙学分类索引》

戚良德著，上海古籍出版社 2005 年版。作者在中国《文心雕龙》学会组织编写《文心雕龙学综览》的"索引"基础上，编成《〈文心雕龙〉研究论著目录索引》（1907—1990），后又作"补遗"至 1992 年共 2504 条。本书又以《文心雕龙学综览》之"索引"为基础，吸收后两个索引的部分数据，并对原有条目予以归并、订正，同时广为搜罗，进行较大幅度的扩充，总条目达到 6517 条。每个条目的信息亦尽量详备，如本索引第 0016 条所收王元化先生的论文《刘勰身世与士庶区别问题》，涉及 9 种出版物；又如黄侃先生的名著《文心雕龙札记》，收录 6 种版本。

（黄卉）

218. 《文论巨典:〈文心雕龙〉与中国文化》

戚良德著,河南大学出版社 2005 年版。本书的主体分为五个部分:先以第一、二章来介绍《文心雕龙》的基本情况和理论体系。继而以第三、四、五章分别探讨《文心雕龙》与儒、道、佛三家思想的关系,与中国文论的关系,与中国美学的关系,从这三大方面着手来探讨《文心雕龙》与中国文化的关系,思路清晰而明朗。在论述过程中,作者以对《文心雕龙》和中国文化两方面的深刻解析为基础,以缜密而清晰的思路,充分论述了《文心雕龙》与中国古代思想、中国文论、中国美学的关系,观点独到,论证充分。本书运用了"将核其论,必征言焉"的研究方法,力图回到《文心雕龙》本身,充分注重时代特征,着力呈现刘勰的思想观念,重建刘勰的话语体系。

（陈琨）

219.《〈文心雕龙〉与二十世纪西方文论》

汪洪章著,复旦大学出版社 2005 年版。本书分为三个部分。导论中涉及研究的性质及任务,中西诗学传统的分野,中西诗学在近代的融会。第一部分就文学史观、文学语言的审美特性、文学形式批评法,对比研究了刘勰和俄国形式主义、英美新批评的有关批评思想,细致入微话"雕龙",探索出刘勰对作品形式的突显;第二部分就作品的意义阐释,比较研究了刘勰的儒、道、释批评观与英加顿、布莱、赫施、海德格尔、加达默尔等人的现象学解释学理论。本书试图在《文心雕龙》与西方 20 世纪主要文论流派间建立一种"互证互释"的比较研究框架,始终坚持追求进行"有效性"的比较诗学研究,在比较研究中更清晰地认识两者并明辨出哪些文学观念是中西文论家所共同面临的,哪些是来自不同文化体系的文学及其理论批评本身所独有的。

（陈琨）

220. 《文心雕龙研究》(第 5 辑)

中国《文心雕龙》学会编,学苑出版社 2005 年版。本书分为五个部分，共计 23 篇论文。开卷由张光年题署"谨以此书献给新世纪的文学青年"。第一部分为作者身世及版本、注本研究，考辨了《文心雕龙》与张光年的关系、作者身世问题、撰成年代及最早注本；第二部分为性质、理论体系等总论，讨论了《文心雕龙》与汉代诗学的关系、扬雄对刘勰的影响、《文心雕龙·辨骚》读解、《文心雕龙》的诗性特性等；第三部分为文体论，对《文心雕龙》的哀辞论进行了辨析，第四部分为创作论，探析了《文心雕龙》创作论体系，对"神思"、"风骨"、"体性"等范畴进行了再阐释。第五部分为接受史研究，探讨了《文心雕龙》对我国后世的影响，尤其是与白居易的关系。

（陈琨）

221. 《文心与书画乐论》

张少康著，北京大学出版社 2006 年版。本书分上、下两篇。上篇是对《文心雕龙》的专题研究，对刘勰的家世和生平作了详细的考辨，纠正了目前研究中的一些错误，提出了自己的新看法。同时，对刘勰的佛学思想、文学观念、《文心雕龙》的理论渊源、文体分类、修辞方法、通变思想等，进行了较为深入的探讨。下篇是关于《文心雕龙》、古代文论和书画乐论相互影响的研究，着重分析了中国古代诗论发展和书画乐论发展之间的密切关系，指出并认真考察这种关系是促进中国文学批评史研究深化的关键，并且从这个角度论述了文艺创作的心手相应和中国古代文艺美学的民族传统。本书附录的14 篇书评和书序，也都对中国文学理论批评史上的一些重要理论问题，提出了自己的独到见解。

（陈琨）

222. 《文心雕龙释名》

陈书良著，日本中国书店 2006 年版。本书诠释《文心雕龙》的文论词语（名）共 175 条，每一条"释名"的内容依次包括：此"名"在《文心雕龙》中出现多少次，此"名"的义项，在每一条义项的解释下面征引原始出处。本书有两个附录：一是"《文心雕龙》

校注辨证"，二是"《文心雕龙》篇次原貌考"。本书由日本福冈大学甲斐胜二先生作责任编辑。

（陈琨）

223.《读文心雕龙手记》

罗宗强著，三联书店 2007 年版。本书是罗宗强先生集二十年之功力的倾心之作，分小引、主体和附录三部分。主体部分对"文之为德也大矣"、"惟人参之"、"辞来切今"、"五言流调"、"养气"、"阮籍使气以命诗"等一系列文本进行了阐释和解说，附录中则探讨了我国古代文学思想的当代价值认同问题等。此书初看似仅涉及了《文心雕龙》研究中几个常见的理论问题，然而这些看似小题目的文章事实上涉及的是有关宏旨的大问题，每一个问题都涉及对刘勰的思想、观念、价值倾向、理想原则、所处时代的基本特点乃至整个中国传统文论的主要风貌等问题的理解，可谓切中肯綮，有庖丁解牛之功。此著作理论之深度、材料涉及之广度，论证之严密，结论之融通，创见之迭出，在魏晋南北朝思想潮流的大脉络下，对刘勰的文学思想和理论创见作了深入而圆通的辨析，是其他《文心雕龙》研究著作所无法比拟的，是当代中国《文心雕龙》研究的另一座高峰。

（陈琨）

224.《文心雕龙探原》

邱世友著，岳麓出版社 2007 年版。本书对刘勰《文心雕龙》进行了全面深入、追源溯流的研究：刘勰于文学追求最高的艺术境界即"般若之绝境"，使有无统一浑化。文学既不可脱离传统，必将现实与历史结合，从而衍生出新境界，构成一代新文学。刘勰既批评齐梁委靡浮艳文风，却又重视文学形成诸因素。本书对《文心雕龙》探究论述，在思想渊源、创作构思、表现手法等多方面进行考辨论析，用力益深。作者由其友人、弟子协助，编成《文心雕龙探原》一书，本书共十一章，每章三节，是一部颇具规模与系统的专著。本书主旨则在于探明《文心雕龙》文学思想的原来面貌。书中许多篇章，一方面是多方论析，引证缤纷。另一方面又注重阐释实事求是，符合

《文心雕龙》原意，不使读者如坠入云里雾中。

（陈琨）

225.《读文心雕龙》

王元化著，新星出版社 2007 年版。这本《读文心雕龙》，最初以《文心雕龙创作论》为书名，于 1979 年初版问世，印行了两版后，1992 年更名为《文心雕龙讲疏》，又印了三版。此次再版是作为王元化先生十卷本文集《清园丛书》的单行本之一，对其平生的龙学研究进行了进一步的整理。本书分为两个部分。第一部分对刘勰的身世、前后期思想变化以及文学起源论与文学创作论作了一些分析；第二部分则重点阐释《文心雕龙》的创作论，共八则，较为全面深入地分析了《文心雕龙》创作论的基本理论骨架。该书材料翔实，观点新颖，溯源释义，考辨出新。不但以《文心雕龙》中有关创作论的篇什为透视点，勾勒出了刘勰创作论的理论体系，而且利用文艺心理学、美学等理论进行分析，开掘出了《文心雕龙》创作论的精华。

（陈琨）

226.《文心雕龙精读》

杨明著，复旦大学出版社 2007 年版。本书选取《文心雕龙》中的《原道》、《辨骚》、《明诗》、《乐府》、《诠赋》、《史传》、《神思》、《体性》、《风骨》、《通变》、《情采》、《丽辞》、《比兴》、《夸饰》、《时序》、《物色》、《知音》17 篇加以精细的讲解，力求实事求是、准确深刻地阐述《文心雕龙》的性质、主旨与历史地位，介绍刘勰文学思想的各个方面，尤其注重对于重要概念范畴的辨析，对《文心雕龙》的性质、结构、基本思想的认识进行阐述。本书兼顾普及与提高，既吸取学术界的研究成果，也不乏作者个人的心得，既是一本优秀的入门型书籍，又富于一定的学术价值。

（陈琨）

227.《文心雕龙校释译评》

周明著，南京大学出版社 2007 年版。本书以范文澜《文心雕龙注》为底本，参考前辈及时贤的著作，根据自定的原则，择善而从，对《文心雕龙》的文本做了精细的校订，原文分段排印，便于读者掌握层次。对原文作出简要注释，生僻的字加注汉语拼音。把原文译成白话文，大体采用直译的方式，力求字字落实，句式整齐，并在原文、注释、译文之后写一段述评。阐述每篇不同的含义，全文的主旨，理论要点，各段的大意和前后承接关系。评论刘勰理论的得失及龙学界关于一些重要问题的研究，提出个人的管见。本书力图从宏观高度统揽《文心雕龙》，把刘勰提出的理论原则与他对作家作品的评论联系起来作微观的考察，把刘勰的理论批评与南朝的文学思潮、文学状况联系起来思考，阐明刘勰文学思想的原来面貌，力求能在解决《文心雕龙》研究中存在某些分歧的问题上，发挥一点积极的作用。

(陈琨)

228. 《2007 文心雕龙国际学术研讨会论文集》

本书是 2007 年 6 月 2 日至 5 日在高雄中山大学召开《文心雕龙》国际学术研讨会之论文集，由台湾文史哲出版社 2008 年印行，有王更生序与廖宏昌后记各一篇。其次第如下：张少康《〈文心雕龙〉与书画乐论》、林其锬《魏晋玄学与刘勰思想——兼论〈文心雕龙〉与〈刘子〉的体用观》、钱永波《刘勰"世居京口"论据确凿可信》、徐信义《刘勰的文学论——兼论刘若愚的理解》、刘文忠《〈文心雕龙〉与儒家的渊源关系》、涂光社《刘勰文学观管窥——美在文心》、林素芬《〈文心雕龙·原道〉篇及其〈周易〉渊源：以原典运用为讨论中心》、邓国光《〈文心雕龙〉"征圣"的思想意义》、孙蓉蓉《"按经验纬"考论》、石家宜《重读〈辨骚〉、〈通变〉与〈定势〉，再议〈文心雕龙〉的宗旨与体系》、吴武雄《〈文心雕龙〉究旨》、龚显宗《由〈文心雕龙〉"隐语"论〈红楼梦〉灯谜的面与底》、韩泉欣《刘勰赋论之管窥蠡测》、詹杭伦《〈文心雕龙〉"文笔"说辨析——附论"集部"之分类沿革》、李景溁《〈辨骚〉〈明诗〉的列录次序》、温光华《义贵圆通，辞共心密——〈文心雕龙〉之"论"体风格初探》、萧凤娴《文体即性体——徐复观〈文心雕龙的文体论〉之接受美学研究》、王英志《〈文心雕龙〉与袁枚性灵说诗论》、蒋凡《刘勰

关于文学语言艺术的理论思考》、蔡宗阳《〈文心雕龙〉的譬喻类型》、
吕武志《〈文心雕龙〉论"繁缛"》、陈文新《从刘勰到袁中道：明代
风格论对〈文心雕龙〉的发展》、张灯《刘勰的风格论与布封的〈论
风格〉》、吴福相《刘勰"神与物游"析论》、陈素英《从刘勰到王
船山的情景说》、林中明《文艺互明：刘勰〈文心〉与石涛〈画
语〉》、曹顺庆《〈文心雕龙〉与比较文学研究》、杨明《〈文心雕龙〉
释读商兑》、蔡宗齐《论"观"的演变及刘勰的文学解释理论》、方
元珍《"桃李不言而成蹊"〈文心雕龙〉作家论探析》、李平《王更生
先生〈文心雕龙〉研究二题》、廖宏昌《刘勰论评三曹视角探析》、
蔡美惠《由文选序看〈文心雕龙〉与〈昭明文选〉之比较》、朱文
民《刘勰家族门第考论》、汪春泓《刘勰与刘穆之》、吕新昌《试以
现代心理学的"需求层次论"看刘勰著述〈文心雕龙〉的动机》、
王更生《从〈文心雕龙·序志〉篇文，看刘勰的智慧》、任罡《中
国文心雕龙资料中心网站规划和建设报告》、彭荷成《两岸一家人，
同胞情谊深——海内外学者共建文心雕龙资料中心记实》、黄端阳
《试论黄侃〈文心雕龙札记〉之刊行——兼论四川大学本〈札
记〉》。是集乃为王更生八十大寿而举办的学术研讨会，异彩纷呈，
美不胜收。

（廖宏昌）

229.《刘勰文心雕龙与经学》

蔡宗阳著，台湾文史哲出版社 2007 年版。

（廖宏昌）

230.《文心雕龙研究》(第 7 辑)

中国《文心雕龙》学会编，河北大学出版社 2007 年版。本书为
《文心雕龙研究》系列的第 7 辑，是中国《文心雕龙》学会年会论文
精选，内容涉及作者身世及版本、注本研究，性质、理论体系等总
论，以及文体论、创作论等，收录了众多龙学研究的优秀学术论文，
包括《刘勰籍贯新考》、《南京钟山上下定林寺遗存初探》、《〈文心雕
龙〉文论资源与当代文艺学研究——兼谈张光年〈骈体语译文心雕

龙〉的启示》、《〈文心雕龙〉对〈诗经〉经典内涵的再解释》、《论
〈文心雕龙〉的陶渊明"缺位现象"》、《〈文心雕龙〉所及声律、属
对、用事三题辨略》，反映了龙学研究的最新理论成果。

（陈琨）

231. 《文心雕龙讲演录》

李建中著，广西师范大学出版社 2008 年版。本书为作者的讲课
实录，共分为八讲，依次讲述《文心雕龙》的思想资源、思维方式、
话语方式、文体理论、创作理论、接受理论、作家理论和文学史观，
前有引言讲刘勰的孤寂人生与诗性智慧，后有结言讲千年文心与世纪
龙学。本书对《文心雕龙》的讲授，既考镜源流、辨析义理，又赏
析俪辞、品藻佳构；既有关于刘勰其人其书的叙事，又有关于《文
心雕龙》新义的妙评。本书知人论世，以意逆志，在介绍刘勰生平
际遇和思想资源的基础上，以现代文艺学及文艺心理学的方法，重新
解读《文心雕龙》的文学思想及批评理论，着力揭示刘勰独特的思
维方式和话语方式对于 21 世纪中国文论的启示和意义。

（刘颖）

232. 《文心雕龙》

刘勰著，黄霖导读整理集评，上海古籍出版社 2008 年版。本书
是黄霖先生研究《文心雕龙》四十年来的总结性著作。全书分三个
部分：第一部分为导言，对《文心雕龙》各主要评本进行了提纲挈
领的介绍；第二部分为主体，全文录入了《文心雕龙》包括《原
道》、《征圣》、《宗经》、《正纬》、《辨骚》、《明诗》、《乐府》、《诠
赋》等 50 篇，并以眉批的方式集合了相关的评论文字，带有集解的
性质；第三部分为附录，收录了《章太炎讲授〈文心雕龙〉记录稿
两种》、《章太炎讲解〈文心雕龙〉辨释》及《文心雕龙私记》等重
要文章。本书博采国内外对《文心雕龙》的最新研究成果，广泛吸
收各家对《文心雕龙》校注、研究的精粹，反映了现阶段龙学的新
水平。

（陈琨）

233. 《文心雕龙》

刘勰著，徐正英、罗家湘注译，中州古籍出版社 2008 年版。本书的撰写，原文以范文澜的《文心雕龙注》为底本，段落划分以周振甫的《文心雕龙今译》为依据，注文和译文广泛参考了王运熙和周锋合著的《文心雕龙译注》，郭晋稀的《文心雕龙注译》，陆侃如和牟世金合著的《文心雕龙译注》，赵仲邑的《文心雕龙译注》，詹锳《文心雕龙义证》等一系列前人研究成果。本书作为《文心雕龙》的注释译文本，注释博采众家之长，简明扼要，并对有学术争论的问题注末加按进行进一步说明。译文以直译为主、意译为辅，简洁明了，信实流畅，为普通读者所激赏。本书不失为一部雅俗共赏、学术性与普及性相结合的《文心雕龙》译注本。

（陈琨）

234. 《文心雕龙》

刘勰著，戚良德注说，河南大学出版社 2008 年版。本书为国学新读本系列丛书之一，是河南大学出版社适应当前国学热的形势需要，以"解读国学典籍奥义、寻绎传统文化脉络，追溯民族精神本源、探索未来文化方向"为宗旨而编辑出版的。书前有《文心雕龙》通说，通论该部典籍的成书、内容、价值以及研究历史与现状，简要介绍了刘勰的生平与著述、《文心雕龙》的理论体系、文艺思想、本体论与创作论等；主体部分为 50 篇，采用《文心雕龙》原书体例，内容包括：原道第一、征圣第二、宗经第三、正纬第四、辨骚第五、明诗第六、乐府第七、诠赋第八、序志五十等；书后附参考文献，为读者的进一步阅读提供参考。本书以简洁通俗的语言对原文中的疑难词语进行诠解，方便读者理解原著，实为一本向广大读者推介《文心雕龙》的较佳的读本。

（陈琨）

235. 《文心雕龙校注通译》

戚良德著，上海古籍出版社 2008 年版。本书为山东大学文史哲研究院专刊系列丛书的一部分。本书整理译注者一反过去《文心雕龙》校注整理研究中以清代黄叔琳《文心雕龙辑注》为底本的传统，而以范文澜注本的原文为基础，参照林其锬、陈凤金两位先生的《文心雕龙集校合编》和《新校白文〈文心雕龙〉》，充分吸收近世诸家的校勘成果，特别是全面吸收唐写本的校勘成果，整理出一个新的《文心雕龙》文本，并在此基础上对《文心雕龙》作了详尽的注释，且加以白话翻译，使之成为一本雅俗共赏的新本《文心雕龙》。

（陈琨）

236. 《杨明照论文心雕龙》

杨明照著，上海科学技术文献出版社 2008 年版。全书分为三个部分：第一部分为正文前，录曹顺庆所撰《杨明照先生评传》；第二部分为书的主体，收录了杨明照先生多年来潜心研究《文心雕龙》的重要成果，包括《〈梁书·刘勰传〉笺注》、《〈文心雕龙〉研究中值得商榷的几个问题》、《范文澜〈文心雕龙注〉举正》等；第三部分为附录。本书为《大家论学》系列丛书第一辑的一部分，诞生在国学热日见升温的大背景下，反映了中国 20 世纪《文心雕龙》学术文化的发展成就，是一本既能面向普通读者又具有学术意义的综合型图书。

（陈琨）

237. 《〈文心雕龙〉解读》

袁济喜、陈建农编著，中国人民大学出版社 2008 年版。本书为国学经典解读系列教材之一，采用选本的方式，对包括《原道》、《名诗》、《史传》、《神思》、《体性》、《风骨》、《声律》、《丽辞》等在内的 25 篇进行了注释与解读，系《文心雕龙》的选本解读。本书汇集前人研究成果，着重从国学层面对《文心雕龙》进行解读，注释准确严谨，行文明快易懂，力图通过对于这部经典的注释与阐发，展现中国文学批评的神韵，把握文学知识，陶冶心灵人格，提升审美品位，雅化汉语情致，是一本适宜的国学课程的教材。

（陈琨）

238.《童庆炳谈文心雕龙》

童庆炳著，河南大学出版社 2008 年版。本书是"小红楼论学文丛"之一，全书共分四个部分，具体内容包括《〈文心雕龙〉"道心神理"说》、《〈文心雕龙〉"奇正华实"说》、《〈文心雕龙〉"神与物游"说》、《〈文心雕龙〉"杂而不越"说》等。本书的特点有二：第一是对刘勰在先秦以来的一切文学创作经验基础上总结出的创作规律，显示了高度的重视，第二，是对龙学研究的"范畴"进行了专攻，并进一步揭示了这些"范畴"的理论意义。该书可供各大专院校作为教材使用，也可供从事相关工作的人员作为参考用书使用。

（陈琨）

239.《刘勰与〈文心雕龙〉考论》

孙蓉蓉著，中华书局出版社 2008 年版。本书为文艺学语境中的文化认同问题研究丛书的一部分。内容上，本书为对刘勰的生平、经历的考证和对《文心雕龙》中有关理论问题的考论，全书分为上、下两编。上编的内容主要是根据《梁书·刘勰传》和《南史·刘勰传》以及相关史料的记载，对刘勰的生平、经历，以及与之相关人物关系的考证。《刘勰与〈文心雕龙〉考论》下编的内容，主要是针对在《文心雕龙》研究中研究者的不同观点和看法，人们较少研究或者已有定论性的理论问题，进行分析和论述。本书的特点在于将史料的研究与理论的分析结合起来，力求在大量史料的基础上，作出理论的分析和阐释。这为中国古代文论研究立足于本民族的文学传统，创立具有中国特色的文学理论体系作出了贡献。

（陈琨）

240.《文心雕龙句解》

褚世昌著，黑龙江人民出版社 2009 年版。本书前身是作者的教学笔记，后参照范文澜、周振甫、詹锳等人的有关著作，将教学笔记整理后印刷出版。《文心雕龙》原文，本书采用通行的清代黄叔琳的辑注本。原文有误字、衍文、脱字和异文的，根据范文澜《文心雕龙注》的校勘及其他各家的校勘，加以增补改正。全书分 50 篇，采用《文心雕龙》原书体例，内容包括：《原道》第一、《征圣》第二、《宗经》第三、《正纬》第四、《辨骚》第五、《明诗》第六、《乐府》第七、《诠赋》第八等，内容丰富，见解卓越，皆"言为文之用心"。每章的体例皆为本章内容概括、原文大意和难词注释。

（刘颖）

241.《文心雕龙译读》

李明高编著，齐鲁书社 2009 年版。本书以明代王惟俭的《文心雕龙训故》本为底本，该版本被许多龙学家称为"《文心雕龙》版本中的珍品"。本书主体部分采用《文心雕龙》原书章节，前有序言与前言，后有参考文献与后记。本书是专门谈《文心雕龙》校勘、译注的，作者对于《文心雕龙》的研究有全面而独到的见解。在校勘方面，作者采用文献学与文字学相结合的方法，有些字甚至从书法学的角度入手，研究思路比较宽。该书考证校、注、译中的诸多疑难问题：前贤悬而未决者百余条，前贤未发现者三十余处，字书解注值得商榷者二十余条。在考证这些问题时，态度务实，治学严谨，广征博引，无证不信。

（刘颖）

242.《文心雕龙新释》

张长青著，湖南大学出版社 2009 年版。本书分为 10 卷，每卷讲解 5 篇，后附有《梁书·刘勰传》译注。本书以《新校白文文心雕龙》为底本，在吸纳龙学最新研究成果的基础上，对《文心雕龙》进行注释、翻译和阐释，特别是从天人合一、儒道互补、三教同源的哲学高度，采用"究天人之际，通古今之变"即历时性和共时性相结合的方法，对《文心雕龙》文艺理论体系的美学价值和民族特色作了新的阐释。本书在传统文化和前人论述的基础上，紧扣原文，并联系刘勰的"全人"、"全书"作释义性的解读，兼论《文心雕龙》的理论体系，力图符合全书的原意。其注释简洁明了，便于一般读者阅读；翻译采用骈体文形式，力求与原文风格一致；阐释部分为全书重点，突出体现了本书的学术价值。

（刘颖）

243.《〈文心雕龙〉与 21 世纪文论研究国际学术研讨会论文集》

中国《文心雕龙》学会编，学苑出版社 2009 年版。本书是一本对《文心雕龙》文学研究的国际学术会议论文集。书中收录了会议中诸多学者的研讨论文。本书选文有两个方面的考虑：一是针对老一辈学者的研究成果，对其研究经验和教训进行总结；二是在认真总结与反思的基础上，更有积极的开拓创新。前者有陆晓光《王元化的〈文心雕龙〉研究——有情志有理想的学术》，罗立乾《论析〈文心雕龙校释〉的独特学术价值》等。后者有戚良德《中国文论话语的原还——以〈文心雕龙〉之"文"为中心》，张长青《"天人合一"的宇宙观和方法论是打开〈文心〉理论体系的钥匙》等。同时选文还有一个突出的特点是，从运用传统文化资源、指导当前文化建设的角度来研究《文心雕龙》，李建中《创生青春版〈文心雕龙〉》等论文体现了这一特点。

（刘颖）

244.《〈文心雕龙〉研究史论》

李平等著，黄山书社 2009 年版。本书是对 20 世纪《文心雕龙》研究状况的回顾，把龙学研究分为三个时期：开创期、发展期和繁盛期，并从这三个时期选取从明清至今的研究大家之作进行评点，全书前有绪论——《文心雕龙》研究的回顾与反思，后附有现当代《文心雕龙》五学人（黄侃、杨明照、刘永济、王利器、潘重规）年表。本书主体部分共分为 12 章，除了第 1 章是对明人杨慎、曹学佺、钟惺三人的共同研究外，其他 11 章皆为单独点评，依次为纪昀、黄侃、范文澜、杨明照、王利器、王元化、詹锳、牟世金、王更生、户田浩晓、祖保泉。本书对每位大家的评点都结合各自的特点，显示出作者独特的理解。

（刘颖）

245. 《刘勰志》

朱文民主编，山东人民出版社 2009 年版。本书是《山东省志·诸子名家志》丛书之一，系统地介绍了刘勰的家世族源，坎坷少年时的"笃志好学"，"独善垂文""奉时骋绩"的人生追求，"建德"不成而"壮志别展"，毕生致力于"立言"，终于成为南朝齐梁时杰出的思想家的人生历程，系统地阐述了刘勰的生平及其哲学思想、政治思想、经济思想、军事思想、文学思想、史学思想、诸子观及佛道思想，澄清了学术界在刘勰研究方面的一些片面认识，完成了由"文刘"到"哲刘"的定位，具有较高的学术研究层次，得到了海内外刘勰研究专家的充分肯定。著作中对于亚洲、欧美的一些国家对刘勰研究成果的介绍，对一些历史遗迹和纪念设施的搜集整理，为后人进一步开展刘勰研究提供了新的平台。

（刘颖）

246. 《文心雕龙研究》(第 8 辑)

中国《文心雕龙》学会编，河北大学出版社 2009 年版。本辑主要选录南京 2007 年《文心雕龙》国际学术研讨会暨中国《文心雕龙》学会第九届年会的会议论文，同时还选录几篇自由来稿，共计 27 篇。首篇刊发何懿教授《〈文心雕龙〉讲疏》对〈文心雕龙创作论〉所作减法之启示》一文纪念王元化先生。其后文章皆根据《文心雕龙》与其他文本的关系、《文心雕龙》思想渊源、《文心雕龙》具体问题研究、《文心雕龙》的当代意义这四个方面来展开，分别有《试论〈荀子〉对〈文心雕龙〉的影响》、《南朝学术思潮与刘勰思想的时代特征》、《玉润双流，如彼珩骊：〈文心雕龙〉对偶句法研究》、《论〈文心雕龙〉的人文精神与当代意义》等。

（刘颖）

百年龙学大事纪要

1914 年

9 月，黄侃在北京大学讲授《文心雕龙》

1914 年 9 月，黄侃受聘于北京大学，开始讲授《文心雕龙》，根据讲稿整理而成的《文心雕龙札记》实乃百年龙学第一经典，故黄侃在北京大学开讲《文心雕龙》乃百年龙学第一件大事，它标志着旧龙学的终结和新龙学的开启。黄侃弟子李曰刚《文心雕龙斠诠》称："民国鼎革以前，清代学士大夫多以读经之法读《文心》，大则不外校勘、评解二途，于彦和之文论思想甚少阐发。黄氏《札记》适完稿于人文荟萃之北大，复于中西文化剧烈交缓之时，因此《札记》初出，从而令学术思想界对《文心雕龙》之实用价值、研究角度，均作革命性之调整，故季刚不仅是彦和之功臣，尤为我国近代文学批评之前驱。"黄侃《文心雕龙札记》从传统的校注、评点中超越出来，把文字校勘、资料笺证和理论阐述三者结合起来，在研究视野、研究方法、研究成效等诸多层面为百年龙学开创了一个新起点。全书重点落在《文心雕龙》之中与创作相关的 31 篇主旨的阐释上，因为黄侃学殖深厚，又颇具创作经验，故其主旨探求多有创获，对《文心雕龙》之文学理论研究启迪尤甚，至今仍是龙学研究领域的必备经典。

1922 年

10 月，杨鸿烈《文心雕龙的研究》于《晨报》发表

1922 年 10 月 24 日至 29 日，杨鸿烈在《晨报》连载《文心雕龙的研究》，这是近代研究《文心雕龙》比较早的一篇论文，1928 年收入作者的《中国文学杂论》。杨鸿烈认为刘勰是一个文学革命家，并分析了刘勰文学理论的产生时代背景，强调了刘勰倡导自然的重要意义，同时也指出了刘勰未把纯文学与其他文体分开，因此文学观念含混等，在 20 世纪 20 年代初，杨鸿烈对《文心雕龙》的这些理论认识是新颖的，有见地的。

1924 年

5 月，吴熙《刘勰研究》于《时事新报》发表

1924 年 5 月，吴熙在上海《时事新报》副刊《学灯》发表《刘勰研究》，全文大约 9000 字，文章对《文心雕龙》"批评论"和"方法论"做了重点分析，强调了《文心雕龙》作为一部文学批评和创作理论专著的重要地位，同时对于刘勰本人及其著作都给予了极高的评价，称赞其为"空前的文学批评家"。

1925 年

10 月，范文澜《文心雕龙讲疏》于新懋印书馆出版

1925 年 10 月，范文澜《文心雕龙讲疏》于新懋印书馆出版发行，这是百年龙学史上具有里程碑意义的事件。此后，作者多次修订，改称《文心雕龙注》，由北平文化学社 1929 年印行，于 1936 年改由开明书店出版线装本七册。1958 年，人民文学出版社又出版了经过重新校订整理的排印本。范文澜的《文心雕龙注》是继黄侃《文心雕龙札记》之后的又一部百年龙学经典，梁启超曾为之序云："其征证详核，考据精审，于训诂义理，皆多所发明，荟萃通人之说而折衷之，使义无不明，句无不达，是非特嘉惠于今世学子，而实有大勋劳于舍人也，爰乐而为之序。"范文澜在校注方面网罗古今，择善而从，上补清人黄叔琳、李详的疏漏，下启今人杨明照、王利器的精审，具有承前启后、继往开来的重要意义。范注至今仍是最为权威最为通行的《文心雕龙》读本之一。

1926 年

日本龙学研究的新发展

20 世纪 20 年代以来，日本在《文心雕龙》研究方面有了很大的发展，其中成就最卓越的当属著名汉学家、京都大学教授铃木虎

雄。他在京都大学讲授《文心雕龙》时，著有《敦煌本文心雕龙校勘记》和《黄叔琳本文心雕龙校勘记》，前者收入 1926 年的《内藤博士还历祝贺支那学论丛》，后者收入 1928 年的《支那学研究》。可以说铃木虎雄是第一个按照唐写本残卷来对通行本《文心雕龙》做校勘的，也基本上把唐写本的要点揭示了出来，引起了人们对唐写本的高度重视。其弟子青木正儿在 1943 年所写的《中国文学思想史》中，在第三种《魏晋南北朝之文学思想》中也专门论述了《文心雕龙》。

10 月，李详《文心雕龙补注》由中原书局出版

李详《文心雕龙补注》原名《文心雕龙黄注补正》。黄叔琳《文心雕龙》辑注本的刊刻，使《文心雕龙》的文本和注释有了初步的端绪和规范，但是恰如李详所言："黄氏注所待勘者，尚不可悉举。"李详的补注，使《文心雕龙》的足本日趋完善。李详一共补有 134 条，三万多字，其中有不少极具价值的注释和史料。

1929 年

5 月，孙凯第《刘子新论校释》发表

孙凯第《刘子新论校释》于《国立北平图书馆月刊》第 3 卷第 5 号发表，后编入作者《沧州后集》（中华书局 1985 年版）。《刘子新论校释》以程荣本为底本，以另外六种本子对校，并参考有关古籍，把《刘子》中不可解不可通者予以订正凿通。

1931 年

12 月，上海商务印书馆印行《文心雕龙》黄叔琳辑注本

《文心雕龙》的黄叔琳辑注本充分吸收前人校勘之成果，补充前人之遗漏，纠正前人之讹误，引经据典，资料翔实，杨明照《文心雕龙校注拾遗》指出："黄叔琳辑注本刊误正伪，征事数典，皆优于王氏训诂、梅氏音注远甚，清中叶以来最通行之本也。"

1934 年

郭绍虞、罗根泽《中国文学批评史》中的龙学研究

郭绍虞的《中国文学批评史》和罗根泽的《中国文学批评史》相继出版，两部批评史均对《文心雕龙》作了专题论及。郭氏《中国文学批评史》多处论及《文心雕龙》，其中不乏精辟的见解。罗著对魏晋南北朝的文学批评理论作了较全面的论述，尤其是文笔之辨、文体分类、音律说、创作论、鉴赏论等，都列专章论述，这对了解《文心雕龙》的时代背景及其理论内涵，很有参考价值。

1935 年

10 月 8 日，黄侃先生逝世

10 月 8 日，黄侃先生殁于南京，年仅 49 岁。黄侃被誉为新龙学之开创者，其《文心雕龙札记》被誉为百年龙学第一经典。除龙学研究之外，黄侃在经学、哲学和文学等方面都有很深的造诣，尤其在传统"小学"的音韵、文字、训诂方面更有卓越成就，人称他与章太炎是"乾嘉以来小学的集大成者"。20 世纪有不少著名学者皆出其门下，如杨伯峻、程千帆、潘重规、陆宗达、殷孟伦、刘赜、黄焯等。

1937 年

3 月，杨明照《范文澜文心雕龙校注举正》和《刘子理惑》刊发

《范文澜文心雕龙校注举正》和《刘子理惑》两篇文章均发表于《文学年报》1937 年第 3 期，作为杨明照先生龙学研究的初期成果，其在龙学研究史上亦有不可忽视的地位，尤其《范文澜文心雕龙校注举正》一文，时任四川大学教授的庞石帚先生看后甚是欣赏，赞曰："校注颇为翔实，亦无近人喜异诡更之弊，足补黄、孙、李、黄诸家之遗。"

1944 年

1 月，朱东润《中国文学批评史大纲》由开明书店出版

朱东润《中国文学批评史大纲》是作者在武汉大学的讲义，1932 年写成，由于抗日战争爆发，武汉大学西迁至乐山，书稿一直到 1944 年才出版发行。朱东润认为，伟大的批评家们不一定属于那一个时代，他们是超越时代的，比如刘勰，实际上是超越了他那个时代的。朱东润《中国文学批评史大纲》为刘勰专门辟了一章，即第十二章，特别提到了刘勰的文学理论与佛教的关系，这在当时是为研究者们所忽略的。

1948 年

10 月，刘永济《文心雕龙校释》由正中书局出版

刘永济《文心雕龙校释》10 月由正中书局出版发行，该书是作者为大学生讲习汉魏六朝文学时的讲稿，分为两大板块：校字与释义，前者简略地校正《文心雕龙》的相关字词，后者提纲挈领地诠释并阐发刘勰论文大旨。此书乃黄侃《文心雕龙札记》之后又一部影响深远的龙学研究力作。刘永济晚年仍致力于龙学研究，计划编纂《文心雕龙辞典》，已拟列部分词目，写了不少释义卡片，痛惜"文革"祸起而未能完成。

1950 年

台湾《文心雕龙》研究的初期开拓

王更生称 20 世纪 50 年代是台湾《文心雕龙》研究"初期开拓的艰辛阶段"。1950 年，台湾大学廖蔚卿最先在中文系讲授《文心雕龙》，台湾师范学院潘重规、高仲华先生也先后开设《文心雕龙》研究课程，台湾《文心雕龙》研究逐步走入正轨。1951 年童寿发表《〈答李翊书〉的养气和〈文心雕龙〉的养气》；1953 年廖蔚卿发表《刘勰的风格论》。自 50 年代后期到 60 年代中期，张严发表了一系

列研究《文心雕龙》的文章，充分肯定了《文心雕龙》的文学理论价值。此外徐复观、李宗懂的龙学研究亦具深度，为台湾日后的龙学发展奠定了扎实的基础。

1951 年

7月，王利器《文心雕龙新书》刊行

1951 年 7 月，王利器校笺《文心雕龙新书》由巴黎大学北京汉学研究所编辑出版，谓如先秦古籍一经刘向校雠，遂称之为"新书"。因国内罕见其书，于是又将《文心雕龙新书》重新改写为《文心雕龙校证》，交由上海古籍出版社刊行。王氏之于《文心雕龙校证》，校雠诸本，博采群书，上下求索，理证兼赅，每定一字，下一义，力求有合于刘勰原书，而无害于天下后世。台湾、香港出版界闻风相悦，至有四家出版社（台湾成文书局、宏业书局、明文书局和香港龙门书店）争相翻印，以满足海外读者之需。

1954 年

3月，饶宗颐《〈文心雕龙〉与佛教》在香港发表

1954 年 3 月，饶宗颐《〈文心雕龙〉与佛教》刊载于香港《民主评论》，这不仅是香港地区第一篇龙学研究论文，也是香港最早的一篇中国古代文论研究论文。从这个意义上说，香港对中国古代文论的研究，是由对《文心雕龙》的研究带动起来的；而香港五六十年代的《文心雕龙》研究，又是以饶宗颐先生为中心展开的。1962年，在饶先生指导下，香港大学中文学会出版《文心雕龙研究专号》，其刊登的论文可视为 20 世纪 60 年代中前期以前香港学者于此方面之总结。之后，龙学研究受到的关注一直未歇，并不断有新的发展。

1956 年

郭绍虞、海风、毛任秋等关于《文心雕龙》之评价的论争

1956 年 5 月 31 日，海风在《光明日报》发表文章，批评郭绍虞

《中国文学批评史》"对刘勰的著作中涉及现实主义最本质和最重要的论述避而不谈"。郭绍虞于9月9日在《光明日报》发表《关于〈文心雕龙〉的评价问题及其他》回应海风的批评,认为《文心雕龙》全书宗旨是"弥纶群言",故不能简单地理解为"提出现实主义问题同时就是对反现实主义文学和理论展开尖锐斗争"。翌年8月18日,《光明日报》同时发表毛任秋《关于刘勰的文学批评理论与实践——评郭绍虞对〈文心雕龙〉的评价》和郭绍虞《答毛任秋〈关于刘勰的文学批评理论与实践〉》。论辩双方均对《文心雕龙》的历史地位以及世界观等做了分析和探讨。随后,郭绍虞在《语文学习》1957年第9期发表《试论〈文心雕龙〉》,不同意简单地把《文心雕龙》贴上现实主义理论的标签,同时也不主张片面地将刘勰的理论主张归结为形式主义。

1957 年

1957 年初,刘绶松在《文学研究》第 2 期发表《文心雕龙初探》

1957年初,武汉大学刘绶松教授在《文学研究》第2期上发表《文心雕龙初探》,系统阐述《文心雕龙》中的现实主义问题。刘绶松在文章中并不是一般性地讨论现实主义,而是从与现实主义范畴相关的若干问题出发,阐述《文心雕龙》的基本理论观点。翌年,《光明日报》发表景卯的《关于〈文心雕龙〉一些问题的商榷》,继续讨论《文心雕龙》与现实主义的关系。陆侃如、牟世金、张文勋等知名学者亦纷纷参与论争。

1958 年

1 月,杨明照《文心雕龙校注》出版

1958年1月,上海古籍出版社出版了杨明照近60万字的《文心雕龙校注》。香港《大公报》专文介绍该书,认为这是作者继《文心雕龙校注》之后积40余年心血而成,具有很高的学术价值。海内外龙学界将此书誉为研究《文心雕龙》的"小百科全书"。此后,杨明

照出版了 40 万字的《学不已斋杂著》（上海古籍出版社 1985 年版）和 20 余万字的《刘子校注》（巴蜀书社 1987 年版）。

1959 年

施友忠《文心雕龙》英文全译本问世

美国华裔汉学家、华盛顿大学施友忠教授的《文心雕龙》英文全译本在美国哥伦比亚大学出版社刊印，这对于《文心雕龙》在西方世界的普及和研究，具有重要的价值和意义，从某种意义上说，《文心雕龙》英文全译本的问世开启了龙学研究世界化的历史进程。

1960 年

20 世纪 60 年代关于"风骨"问题的论争

从 20 世纪 50 年代末到 60 年代，有关"风骨"内涵的讨论是这一时期龙学研究领域争议最大、分歧最多的话题。黄侃《文心雕龙札记》提出"风即文意，骨即文辞"，开"风骨"研究之先河。而 20 世纪 60 年代关于"风骨"问题的论争，其理论出发点是黄侃的"风骨"定义。对黄侃的"风骨"定义，或赞同或反对，或发展或修正，意见分歧，形成了 20 余种不同的观点。

20 世纪 60 年代关于刘勰世界观问题的论争

1960 年 11 月 20 日《文化遗产》发表了吉谷的《〈文心雕龙〉与刘勰的世界观》，指出了刘勰在未官仕前基本是朴素的唯物主义。同期，《文化遗产》刊登了张启成的《论刘勰〈文心雕龙〉的唯心主义本质》一文，认为刘勰的核心思想是唯心的。之后，张文勋、曹道衡等学者也加入探讨之列。其实，思想问题是个复杂的问题，宗教派别与思想属性、世界观与文学观之间都不能简单地画等号。所以，论者一般不绝对地认为刘勰就是彻底的唯物主义或唯心主义，或是完全的儒家或佛家。然而，受时代的影响，论者一般有"唯物"倾向伟大、"唯心"接近渺小的思想意识。

冬季，黄海章与寒山讨论"神思"与"志气"

《羊城晚报》先后于 1960 年 11 月 19 日、11 月 29 日、12 月 11 日刊登黄海章《神思与志气》和寒山《与黄海章先生论文书》，以及黄海章《答寒山先生》，双方就《文心雕龙》中的"神思"、"志气"等问题展开探讨。

1962 年

9 月，陆侃如、牟世金《文心雕龙选译》出版

9 月，陆侃如、牟世金合译的《文心雕龙选译》由山东人民出版社出版。陆、牟二人的选译工作对推动《文心雕龙》的普及和发展具有重要的意义。陆、牟二人的选译采用直译方式，译文深入浅出，对当时读者学习《文心雕龙》有较大帮助。郭晋稀《文心雕龙译注十八篇》亦于是年问世，此外，张光年、周振甫等人的译注亦各具特色，为日后龙学的推广、普及以及发展作出贡献。

1966 年

10 月 2 日，刘永济先生逝世

1966 年"文革"中，刘永济被打成"反动学术权威"、"封建遗老"，10 月 2 日含冤去世，时年 79 岁。1979 年 5 月，武汉大学为刘永济先生平反。

12 月，韩国龙学家车柱环教授发表《文心雕龙疏证》

韩国当代学者对《文心雕龙》的正式研究始于 20 世纪 60 年代中期，其草创之业绩，当归功于韩国著名的中国文学研究专家车柱环教授。1966 年至 1967 年，他先后于《东亚文学》第 6 辑和第 7 辑发表《文心雕龙疏证》，深入细致、有理有据，对推动《文心雕龙》研究在韩国的发展作出了重要贡献。

1967 年

1 月，台湾张立斋教授《文心雕龙注订》出版

台湾政治大学张立斋教授于 1967 年出版《文心雕龙注订》，这是台湾学界较早的一部龙学研究专著。作者认为黄叔琳、范文澜、杨明照等注本，俱未尽善，故以此"注订"纠其错误，补其不足。

1969 年

7 月 29 日，范文澜先生逝世

1969 年 7 月 29 日，范文澜先生逝世，享年 76 岁。范文澜既是著名历史学家，又是著名龙学家，其《文心雕龙注》是 20 世纪最为重要的龙学经典之一。

1970 年

1 月，台湾第一部《文心雕龙研究论文集》问世

1970 年，淡江大学黄锦鋐教授主编的《文心雕龙研究论文集》出版，这是中国台湾地区正式出版的第一部龙学研究的论文集。

1974 年

《文心雕龙》遭遇"革命大批判"

《湘江文艺》1974 年第 5 期刊发董洪全《略论〈文心雕龙〉的尊儒反法倾向》，该文配合当时意识形态领域反儒尊法的需要，把刘勰和其《文心雕龙》作为历史上尊儒反法的典型予以批判。此外，诸如丁捷的《一部为反动阶级专政服务的"文理"——评刘勰的〈文心雕龙〉》、洋浩的《一套维护大地主阶级专政的文艺理论——〈文心雕龙〉辨批之一》等文章，毫无学术价值，只是意识形态下的

批判工具而已。可以说，与之前的学术争鸣相比，整个"文革"时期，内地龙学研究进入了停滞期。

1976 年

3 月，王更生《文心雕龙研究》由台湾文史哲出版社出版

在台湾龙学界，王更生教授是最积极的龙学宣传者，也是著作最多、理论最有成就、影响力最大的龙学家，而 1976 年出版的《文心雕龙研究》则是其龙学研究的代表作，也是台湾地区最为重要的龙学专著之一。王更生对《文心雕龙》的研究是全方位的、系统而富有创新性的，同时他对推动两岸龙学交流以及台湾龙学的推广普及也功不可没。

1979 年

10 月，王元化《文心雕龙创作论》由上海古籍出版社刊印

1979 年 10 月，王元化《文心雕龙创作论》由上海古籍出版社正式出版发行。据作者在"后记"中记载，这本书的撰写始于 1961 年，到 1966 年初完成初稿，但尚未整理，由于"文革"爆发，直到 1979 年才得以出版。《文心雕龙创作论》上篇讨论刘勰身世及前后期思想，下篇探讨了《文心雕龙》创作论中的八个问题。《文心雕龙创作论》的出版具有特别重要的意义：既是对"文革"十年之前（即 20 世纪五六十年代）龙学研究的一次总结，又是对即将到来的龙学研究新纪元的开启。

1980 年

20 世纪 80 年代，龙学研究的繁盛

"文革"结束，"龙学"复兴。20 世纪 80 年代，《文心雕龙》研究进入繁盛期。据不完全统计，本时期出版的龙学专著近 70 种，龙学论文则有一千多篇，远远超过前 30 年（即 50 年代、60 年代和 70

年代）的总和。专著大致可以分为校注译释、理论研究、工具书和论文集四大类。校、注、译、释四大方面均取得重大成果。

1 月，詹锳《刘勰与文心雕龙》出版

1980 年 1 月，詹锳《刘勰与文心雕龙》由中华书局出版了詹锳的《刘勰与文心雕龙》，其立体与内容有了自己的特点。作者除列专节谈"刘勰的生平与思想"、"《文心雕龙》的写作背景"等问题之外，还将《文心雕龙》上编专列一节介绍，另外还列有"风格学"、"修辞学"等专节讨论。这样，使读者对《文心雕龙》的一些基本理论，有了一个初步的认识。

8 月，王利器《文心雕龙校证》出版

1980 年 8 月，王利器《文心雕龙校证》由上海古籍出版社出版。其主要贡献在于校勘，本书校勘及其附录体例，可与杨明照《文心雕龙校注拾遗》相互参照、补充。《序录》中对刘勰的身世以及《文心雕龙》成书的年代都有考证。

8 月，张文勋、杜东枝《文心雕龙简论》出版

1980 年 8 月，人民出版社出版了张文勋、杜东枝的《文心雕龙简论》，这本专著力图按《文心雕龙》本身的理论构架，阐述其理论内涵。全书共分"引言"、"文学发展史总论"、"论先秦文学"、"论秦汉文学"、"论建安、正始文学"、"论两晋及宋齐文学"六部分，分别论述了刘勰文学史论的意义以及刘勰对文学发展史的基本观点、刘勰对梁代以前各个时代文学发展的具体分析评价。该书的特点在于把刘勰的文学史论作为其理论体系的一个重要组成部分，并贯穿于全书各篇之中。故作者打破《文心雕龙》篇章体系的界限，系统梳理了刘勰有关文学史的论述，按照历史和逻辑的顺序，分别做了详细的论述。在阐述了刘勰对文学发展史的基本观点和他对作家作品的评价取舍标准的同时，也勾勒了我国从先秦两汉到齐梁时期文学发展史的概貌。这部专著被论者认为是填补了《文心雕龙》研究一个方面的空白。

1981 年

3 月，陆侃如、牟世金《文心雕龙译注》出版

陆侃如、牟世金《文心雕龙译注》由齐鲁书社出版，1981 年 3 月出版上册，1982 年 9 月出版下册，1995 年再版发行。该书是陆侃如去世之后，牟世金根据 1962 年和 1963 年出版的《文心雕龙选译》上下册加以修订以及补全未选的 25 篇而成，并重写"引论"和"题解"二则。本书重在注与译，注文既充分利用前人的校注成果，又能多出新解；译文力求符合原文原意，近于直译，力求避免望文生义。每篇正文前有扼要的题解，有助于读者了解文本的主旨和段落大意，文字简明精到。可以说这是一部具有普及性的比较完善的《文心雕龙》读本，在广大读者中产生了较大影响。

11 月，周振甫《文心雕龙注释》出版。

1981 年 11 月，周振甫《文心雕龙注释》由人民文学出版社出版，这是一部资料丰富而又阐释较详的读物，不仅可供广大初学者阅读，也可供研究者参考，发行量较大，影响较广。该书分为原文、评、注释和说明四部分。原文以黄叔琳辑注本为底本，参照范文澜《文心雕龙注》之校本。

1982 年

10 月，全国首届《文心雕龙》讨论会在济南举行

1982 年 10 月，全国首届《文心雕龙》讨论会在济南召开。本次会议由山东省文联、省文化局、省出版局、山东大学、山东师范大学等单位联合举办，与会学者 120 多人，提交论文 50 多篇。在百年龙学研究史上，这是第一次全国性的学术研讨会，具有划时代的意义。会议主要成果，一是对《文心雕龙》做了多角度的研究与讨论，其中特别对刘勰的主导思想是儒还是佛、《文心雕龙》的理论体系等问题，提出了不少新观点；二是经过充分酝酿，一致同意

成立《文心雕龙》学会,并组成由王元化任组长,孙昌熙、祖保泉、任孚先、牟世金为成员的 5 人筹备组,以山东大学为学会基地进行筹备工作,由王元化、王运熙等 15 人联合发起向中央有关部门正式申请成立《文心雕龙》学会,并决定由齐鲁书社出版《文心雕龙学刊》。

12 月,杨明照《文心雕龙校注拾遗》出版

1982 年 12 月,杨明照《文心雕龙校注拾遗》由上海古籍出版社出版,是书在 1958 年出版的《文心雕龙校注》的基础上补充修订而成,其考证之确凿,校勘之缜密,资料之丰富,在百年龙学的同类著述中是难以企及的,是百年龙学的重要经典之一。

1983 年

7 月,《文心雕龙学刊》正式创刊

中国《文心雕龙》学会的会刊《文心雕龙学刊》于 1983 年正式创刊。第 1 辑到第 6 辑由齐鲁书社出版,第 7 辑改由广东人民出版社出版。从 1995 年起更名为《文心雕龙研究》,改由北京大学出版社出版。《文心雕龙学刊》第 1 辑共收 29 篇文章和一篇附录,内容涉及 "原道论"、"创作论"、"批评论" 以及《文心雕龙》的美学价值和刘勰与佛教的关系等。

8 月 10 日,中国《文心雕龙》学会在青岛成立,张光年任首届会

1983 年 8 月 10 日,中国《文心雕龙》学会成立大会在青岛召开,周扬参加了成立大会。大会选出第一届理事会以及名誉会长、会长、副会长、秘书长、常务理事,通过了会议章程及学会宗旨。大会一致推选周扬为名誉会长,选出张光年为会长,王元化、杨明照为副会长,牟世金为秘书长。关于这次会议的意义,郭绍虞教授在贺信中指出 "这是我国古典文论研究走向深入的新起点"。中国的龙学研究,从此有了自己的学术团体,其学术影响由海峡两岸扩展到日本、韩国以及欧洲和美洲的许多国家,龙学开始走向世界。

9 月，中国社会科学院《文心雕龙》研究者访问日本

1984 年

11 月，中日学者《文心雕龙》学术研讨会在上海举行

  1984 年 11 月 19 日至 24 日，由复旦大学主办的中日学者《文心雕龙》学术研讨会在上海龙柏饭店举行。日本研究《文心雕龙》的著名学者目加田诚、户田浩晓等 11 人来华参加了讨论会，香港著名学者饶宗颐也参加了会议。中日学者近百人，提供论文 40 余篇，并进行了热烈的讨论。据日本学者考证，《文心雕龙》可能在公元 7 世纪传到日本，到目前日本已出版了三种译本。这次中日学者会聚一堂，充分交流了两国《文心雕龙》的研究成果，不仅深化了《文心雕龙》研究，而且中日学者互相借鉴，取长补短，扩大了研究视野。

1986 年

4 月，中国《文心雕龙》学会第二次年会在安徽屯溪举行

  1986 年 4 月 14 日至 20 日，中国《文心雕龙》学会第二次年会在安徽屯溪举行，会议由学会与安徽省社会科学院、省社联、安徽大学、安徽师范大学联合主办。与会专家学者共 130 余人，其中大部分是中青年学者。会议的中心论题是如何将《文心雕龙》研究引向深入。涉及的领域相当广泛，如《文心雕龙》理论结构的体系问题、魏晋六朝文化背景的影响问题、龙学研究的方法论以及现代化问题等，本次年会还讨论了《文心雕龙》与《刘子》的关系问题。

12 月，周振甫《文心雕龙今译》出版

  1986 年 12 月，周振甫《文心雕龙今译》由中华书局出版。是书对《文心雕龙》的解说，篇前有说明，篇后有词语注释，其译文通俗易读，是一个较为流行的今译本。

1987 年

4 月，张少康《文心雕龙新探》出版

1987 年 4 月，张少康《文心雕龙新探》由齐鲁书社出版，全书分为三部分：第一部分着重讨论了刘勰的生平和思想，第二部分分别从"原道论"、"神思论"等专题深入探讨了《文心雕龙》理论体系及其思想渊源，第三部分总论《文心雕龙》在中国古代美学和文学理论批评史上的地位。同年问世的龙学专著还有易中天《文心雕龙美学思想论稿》、赵盛德《文心雕龙美学思想论稿》等。

1988 年

11 月，《文心雕龙》1988 国际研讨会在广州举行

1988 年 11 月 11 日至 15 日，由中国《文心雕龙》学会和暨南大学联合主办的"《文心雕龙》1988 国际研讨会"在广州召开。来自日本、瑞典、意大利和中国大陆、香港等国家和地区的专家学者 60 余人与会。此次会议的最大收获是交流了世界范围内的《文心雕龙》研究情况，扩大了眼界，扩展了思路，不少学者已将研究视野拓展到文化史、思想史、哲学史去考察刘勰世界观及其文学理论体系形成的历史文化渊源。这标志着龙学研究已进一步向纵深方向发展。此外，把《文心雕龙》放在中国和世界的文化大背景下，进行多学科的比较研究、中西文论比较研究，扩大了龙学研究领域。

1989 年

6 月 19 日，牟世金先生逝世

1989 年 6 月 19 日，牟世金先生在山东济南逝世，享年 61 岁。牟世金先生研究《文心雕龙》和中国古代文论近三十年，其研究成果得到海内外学者的肯定和赞扬。牟世金先生是中国《文心雕龙》学会的发起人之一，为学会的建立、学会会刊《文心雕龙学刊》的编

辑出版以及学会的各项学术活动及日常工作，作出了卓越贡献。

8 月，詹锳《文心雕龙义证》出版

1989 年 8 月，詹锳《文心雕龙义证》三卷本由上海古籍出版社出版。是书乃作者集毕生精力研究之硕果，是百年龙学的重要经典之一。是书集笺证、校勘、集解、汇注等各种方法，以详究《文心雕龙》本义为旨归，举凡涉及难解字句及名词术语、史诗典故，都作详细考证，究其出处，明其本义。其征引之广博、遍及经史子集，汉魏以来的文论，同时代人的诗文论，都汇集参校，以明其源流演变。在汇证比较中，对前人的疏漏或失误，多有纠正。

1990 年

11 月，中国《文心雕龙》学会第三次年会在广东汕头举行

1990 年 11 月 10 日至 13 日，中国《文心雕龙》学会第三次年会在汕头大学举行。来自全国各地的 50 多位专家学者出席了会议。年会的中心议题是《文心雕龙》的理论价值与现实意义，讨论中涉及的理论问题有：第一，《文心雕龙》作为一部中国古代文学理论专著的性质，需要作出新的分析与界定。第二，把握其理论体系的内在实质，需要从总体上审视其理论内涵。第三，在把握其理论体系内在实质的基础上，可拓展到美学、文化学、哲学等多层面去研究。会上，对学会理事会作了调整：原学会秘书长牟世金教授不幸逝世，经与会理事研究，一致推选汕头大学马白教授接任学会秘书长。因工作需要，学会常设机构由山东大学转到汕头大学，学会会刊《文心雕龙学刊》第 7 辑亦改为广东人民出版社出版。

1993 年

5 月，中国《文心雕龙》学会第四次年会在山东枣庄举行，王运熙任第二届会长

1993 年 5 月 9 日至 13 日，中国《文心雕龙》学会第四次年会在

枣庄召开，会议的主要任务是换届选举。会议经认真讨论，推选复旦
大学王运熙教授为会长，北京大学张少康、人民日报缪俊杰、云南大
学张文勋为副会长，人民文学出版社刘文忠为秘书长。学会常设机构
由汕头大学转到北京大学，张少康副会长主持常务工作。新理事会决
定会刊《文心雕龙学刊》改名为《文心雕龙研究》。这次会议还总结
了学会成立十年以来的工作成绩。

5月，祖保全《文心雕龙解说》出版

安徽师范大学祖保全教授《文心雕龙解说》由安徽教育出版社
出版，是书注释详尽，概括清楚，兼具知识性和科学性。

1994 年

4月，吴林伯《文心雕龙字义疏证》出版

吴林伯《文心雕龙字义疏证》由武汉大学出版社出版。是书所
疏证的《文心雕龙》的字词条目共 80 条，其中包括道、文、体、
势、奇、园以及文德、文质、通变、才性、神思、风骨等。这对读者
了解《文心雕龙》辞义以及一些术语的来龙去脉有很大帮助。

1995 年

6月，《文心雕龙学综览》出版

大开工具书《文心雕龙学综览》1995 年 6 月由上海书店出版社
正式出版。本书肇始于 1988 年在广州召开的《文心雕龙》国际学术
研讨会，历时六年，本书由杨明照任主编，林其锬、萧华荣任副主
编，其撰写工作由龙学界各地同仁共同完成。全书分为六个部分：各
国（地区）研究综述、专题研究综述、专著专书简介、论文摘编、
学者简介、索引。

7月，《文心雕龙》国际学术研讨会在北京举行

1995 年 7 月 28 日至 31 日，又一次规模较大的《文心雕龙》国

际学术研讨会在北京皇苑大酒店举行。这次会议由中国《文心雕龙》学会和北京大学、韩国岭南中国语文学会、山东日照市联合举办。会议对《文心雕龙》的思想渊源、理论体系、文学史论、文体论、鉴赏论等各个层面的理论问题进行了深入讨论。会上，海内外学者一致建议成立"发展《文心雕龙》研究基金会"，并成立了筹备小组，有与会学者当即捐资。

1996 年

10 月，中国《文心雕龙》学会第五次年会在山东日照举行

1996 年 10 月 13 日至 15 日，中国《文心雕龙》学会第五次年会在山东日照市召开，会议由中国《文心雕龙》学会和日照市政府联合举办。山东莒县（今属日照市）乃刘勰祖籍，与会专家学者参观了莒县《文心雕龙》博物馆和文心公园。

1997 年

12 月，《文心雕龙》主题公园在江苏镇江落成

1997 年 12 月 1 日，《文心雕龙》主题公园——镇江文苑景区竣工。文苑景区位于镇江竹林寺东，占地 4 公顷，依山傍水，环境幽雅，景物奇秀，既有深厚的文化底蕴，又有迷人的景色。文苑有两处主体建筑：文心阁和学林轩。文心阁左侧陈列数种珍贵的《文心雕龙》版本，还陈列了杨明照、王元化及海内外学者研究《文心雕龙》的著作、手稿。右侧悬挂着 10 位书法家篆刻的《文心雕龙》50 篇篇目印谱，下方展柜中陈列着印章。阁内上、下层墙壁还悬挂着镇江 8 位书画家题写的《文心雕龙》名句和以其内容命题的中国画。为"文心阁"题名的是龙学泰斗杨明照先生。正门两边是原中国佛教协会副会长、焦山定慧寺方丈茗山大师题写的《文心雕龙·指瑕》篇名句："丹青初炳而后渝，文章岁久而弥光。"

1998 年

7 月 24 日，王利器先生逝世

1998 年 7 月 24 日，著名龙学家、人民文学出版社资深编辑王利器先生在北京逝世，享年 86 岁。王利器一生致力于中国传统文化的整理与研究，成果卓著，在学术界享有盛誉，其《文心雕龙新书》和《文心雕龙校证》乃百年龙学重要经典。

8 月 29 日，吴林伯先生逝世

1998 年 8 月 29 日，著名龙学家，武汉大学吴林伯教授在武汉逝世，享年 82 岁。吴林伯先生终其一生从事《文心雕龙》的教授与研究，其《文心雕龙字义疏证》和《文心雕龙义疏》乃百年龙学重要经典。

8 月，中国《文心雕龙》学会第六次年会在湖南怀化举行，张少康任第三届会长

1998 年 8 月 13 日至 16 日，中国《文心雕龙》学会第六次年会在湖南怀化召开，这次年会由中国《文心雕龙》学会与怀化师专联合举办。在这次年会上举行了学会领导换届选举，王运熙先生已到退休年龄，不再担任会长职务；理事会一致推选张少康先生任会长，刘文忠先生继续任秘书长。此外，中国《文心雕龙》学会每两年举办一次年会，至此已成为规律。

2000 年

4 月，《文心雕龙》国际学术研讨会在镇江举行

2000 年 4 月 3 日至 4 月 6 日，《文心雕龙》国际学术研讨会在镇江召开，这次会议由中国《文心雕龙》学会和镇江市人民政府共同举办。来自日本、韩国、新加坡、马来西亚、美国、中国的专家学者

近百人出席了会议。镇江是刘勰的故乡，海内外龙学家在刘勰故里讨论刘勰的文学思想与文学理论，其思湛湛，其乐融融。正如台湾《国文天地》的文章所说：这是继 1988 年广州、1995 年北京《文心雕龙》国际学术研讨会之后最成功的龙学国际盛会。至此，中国《文心雕龙》学会在每两次年会之间举办一次国际学术研讨会，已成为规律。

4 月 3 日，中国《文心雕龙》资料中心在镇江挂牌

2000 年 4 月 3 日，在《文心雕龙》国际学术研讨会期间，中国《文心雕龙》资料中心挂牌仪式在镇江隆重举行，镇江市政府和中国《文心雕龙》学会主要领导出席了挂牌仪式。资料中心建有龙学研究数据库，收录百余年间出版的《文心雕龙》论文和部分专著，为广大专家学者使用和查询《文心雕龙》论文提供了信息平台和媒介。资料中心通过电话、信函、接待来访等形式，积极开展对外学术交流，在海内外龙学界产生了较大影响。台湾著名学者王更生教授曾两次专程来到资料中心，称赞资料中心"满目琳琅，流连其间，可以永日"。

2001 年

9 月，张少康、汪春泓、陈允锋、陶礼天著《文心雕龙研究史》出版

2001 年 9 月，张少康、汪春泓、陈允锋、陶礼天著《文心雕龙研究史》由北京大学出版社出版发行。这部 70 多万字的书，全面梳理了自《文心雕龙》问世后一千五百多年来对《文心雕龙》的研究历史，总结了历代中外学者研究的成就、经验和缺失，具体指出了还没有解决和需要进一步解决的问题。本书资料翔实、评述论析实事求是，是一部结构宏大的龙学学术史专著。本书附有"20 世纪《文心雕龙》研究论著目录索引"，为龙学研究者提供了检索资料的方便。

2002 年

2月，吴林伯《〈文心雕龙〉义疏》出版

2002 年 2 月，吴林伯教授《〈文心雕龙〉义疏》由武汉大学出版社正式出版，该著作是作者在武汉大学讲授《文心雕龙》的讲课实录，是百年龙学的重要著述。

8月，中国《文心雕龙》第七次年会在河北保定举行

2002 年 8 月 16—20 日，中国《文心雕龙》学会第七次年会在河北保定召开，这次年会由中国《文心雕龙》学会与河北大学联合举办。在学会会长张少康教授和常务副会长詹福瑞教授的主持下，学会还发展了新会员，补充了新鲜血液；并顺利地进行了学会改选，组成了新一届《文心雕龙》学会理事会，为龙学在新世纪的发展形成了一个良好的开端。

2003 年

12月6日，杨明照先生逝世

2003 年 12 月 6 日，杨明照先生逝世，享年 95 岁。杨明照先生早年师从郭绍虞先生研究中国古代文献及中国古代文论，1939 年毕业获文学硕士学位，先后任教于燕京大学、四川大学等高校。杨明照先生一生致力于龙学研究，学风严谨，成果卓著，享誉海内外，被誉为"龙学泰斗"，其《文心雕龙校注拾遗》乃百年龙学的重要经典之一。

2004 年

3月，《文心雕龙》国际学术研讨会在深圳举行

2004 年 3 月 27 日至 28 日，《文心雕龙》国际学术研讨会在深圳举行，这次会议由中国《文心雕龙》学会和深圳大学文学院联合主办。本次会议的具体论题主要集中在以下几个方面：一是把《文心

雕龙》放在世界诗学的视野中进行审视考量，二是把《文心雕龙》置于中国诗学发展的脉络中进行观照透视，三是对《文心雕龙》文本语词术语辨析的细部研究。四是对《文心雕龙》的宏观把握和理论专题的阐发。五是对《文心雕龙》研究学术史的梳理与总结。六是对《文心雕龙》研究新途径新方法的开拓创新。与会学者还对仙逝的龙学大家杨明照先生表达了深切的缅怀之情。

2005 年

4 月，日本福冈大学举办《文心雕龙》国际学术研讨会

2005 年 4 月 4 日至 5 日，日本福冈大学举办了《文心雕龙》国际学术研讨会。

5 月，中国《文心雕龙》资料中心建设研讨会在镇江举行

2005 年 5 月 28 日至 29 日，中国《文心雕龙》资料中心建设研讨会在镇江市图书馆召开，此次会议由镇江市文化局主办，镇江市图书馆策划并承办。出席会议的有国家图书馆馆长、党委书记、中国《文心雕龙》学会常务副会长詹福瑞，江苏省文化厅党组成员、南京图书馆党委书记马宁，上海复旦大学教授、原中国《文心雕龙》学会会长王运熙教授，以及来自各地的龙学专家以及海外学者。与会专家学者对资料中心丰富的资料资源、数字化建设规模以及惊人的发展速度给予了极高的评价，同时感谢镇江市图书馆为海内外龙学研究者建了一个《文心雕龙》的"家"，为龙学研究搭建了一个现代化的服务平台。

6 月，杨明照学术思想暨《文心雕龙》国际学术研讨会在四川大足举行

2005 年 6 月 15 日至 17 日，杨明照学术思想暨《文心雕龙》国际学术研讨会在四川大足召开，会议由四川大学、重庆师范大学、大足县政府等单位联合举办。大足是杨明照先生的出生之地，来自北京大学、中国人民大学、四川大学、重庆师范大学、台湾佛光大学和美

国加州大学、日本东京大学、韩国韩南大学等国内外高校的 200 多位专家、学者及四川省作协、成都市文联、成都市政协领导，大足中学师生代表近 700 人参加了此次研讨会。

8 月，中国《文心雕龙》第八次年会在贵阳举行，詹福瑞任第四届会长

2005 年 8 月 22 日至 25 日，中国《文心雕龙》学会第八次年会在贵州贵阳召开，本次会议由中国《文心雕龙》学会与贵州师范大学主办，贵州省教育厅贵州师范大学"文学、教育与文化传播研究中心"、贵州教育学院中文系协办。这次年会还举行了学会领导的换届选举，理事会一致推选詹福瑞教授任会长。詹福瑞于 1953 年 11 月出生，时任国家图书馆馆长，是学会历任会长中任职年龄最年轻的一位。

2006 年

12 月，《文心雕龙》研究与当代文艺学学科建设学术研讨会在北京举行

北京 2006 年 12 月 15—16 日，《文心雕龙》研究与当代文艺学学科建设学术研讨会在首都师范大学国际文化大厦举办。此次会议是由首都师范大学文学院文艺学重点学科、中国《文心雕龙》学会和《文学评论》编辑部联合举办。会议主题是《文心雕龙》与当代文艺学关系的研究以及中国古代文论的现代传承研究，这也是今后龙学研究的重要方向。罗宗强先生作大会总结发言，罗先生强调首先要读懂《文心雕龙》，要以《文心雕龙》的文本为依据。继承文化传统要明白三个前提：第一，传统是回不去的；第二，传统是离不开的；第三，传统是发展的。

2007 年

6 月，台湾中山大学举办"2007'《文心雕龙》国际学术研讨会"

2007 年 6 月 2 日至 5 日，台湾中山大学举办 "2007'《文心雕龙》

国际学术研讨会"，研讨会论文集由台湾文史哲出版社印行，有王更
生序与廖宏昌后记各一篇。是集乃为王更生八十大寿而举办的学术研
讨会，异彩纷呈，美不胜收。

8月，中国《文心雕龙》学会第九次年会在南京举办

2007年8月19日至22日，中国《文心雕龙》学会第九次年会
在南京国际会议大酒店举办。会议由中国《文心雕龙》学会主办，
南京中山陵园管理局、南京大学中文系、镇江历史文化名城研究会承
办。在此次会议上，有关专家首次披露了钟山定林寺遗址的考古发
现，根据出土文物来判断，这里有可能是1500多年前刘勰著述《文
心雕龙》、僧祐撰写《出三藏记集》的所在之地。

8月22日，《光明日报》文章《钟山定林寺遗址找到，刘勰在此写〈文心雕龙〉》

2007年8月22日，《光明日报》发表文章，题为《钟山定林寺
遗址找到，刘勰在此写〈文心雕龙〉》。文章说，1500年前，刘勰撰
著《文心雕龙》的钟山定林寺，自唐代以后就湮没无闻，从此寺庙
的位置成了历史谜团。随着南京"钟山二号寺庙"考古发掘的不断
深入，这个谜团终于被专家揭开。在8月20日南京举行的《文心雕
龙》学术研讨会上，有关专家首次全面披露了钟山定林寺遗址的考
古发现。南京中山陵园管理局文物处处长王前华介绍，1999年考古
学者根据南朝祭坛遗址的线索，在钟山周围开展了大面积的调查活
动，发现了一座寺庙遗址。经过先后四次的抢救性勘探和试掘，专家
们发现了墙体、铺地砖、排水沟等寺庙建筑遗迹。根据钟山二号寺址
的地点和出土瓦当及多项文物的时代，同时与历代史书中的记载相印
证，专家们认定该寺就是南朝钟山定林寺遗址。在众多寺庙中，名叫
定林寺的为数不少，但是南朝时期南京处于南方佛教文化的中心，钟
山定林寺又是佛教活动的中心，其影响与地位非同寻常。南京大学文
化与自然遗产研究所所长贺云翱介绍，南京古定林寺遗址出土的南朝
瓦当，与韩国百济时期定林寺遗址的瓦当，具有造型风格上的一致
性，反映了它们之间可能存在的复杂关系。钟山定林寺与山东莒县定

林寺、江宁方山定林寺的联系，也有待进一步研究。

12 月，"文心雕龙杯"首届全国新课标写作才艺大赛面向全国发出参赛邀请

2007 年 12 月 16 日，"文心雕龙杯"首届全国新课标写作大赛面向全国发出参赛邀请。这次活动由中国教育科学研究所、中国教师写作研究中心、小学生生活杂志社、中学课程辅导杂志社联合举办，大赛宗旨来自新课程标准的崭新理念，以规范的形式和严谨公正的评选原则，构建新课改形势下最具权威性的展示中小学生才艺的赛事。以"文心雕龙"冠名写作大赛，这在全国还是首次；此项活动对于"龙学"的传播和普及无疑具有积极意义和推动作用。

2008 年

5 月，王元化先生逝世

2008 年 5 月 9 日，著名龙学家、文艺理论家、原上海市委宣传部部长王元化先生在上海逝世，享年 88 岁。王元化生前为华东师范大学教授、博士生导师，中国《文心雕龙》学会名誉会长，中国文艺理论学会名誉会长，其《文心雕龙创作论》是百年龙学的重要经典之一。

10 月，北京 2008'《文心雕龙》与 21 世纪文论研究国际学术研讨会举行

2008 年 10 月 18—19 日，"北京 2008'《文心雕龙》与 21 世纪文论研究国际学术研讨会"在北京紫玉饭店召开，此次会议由中国《文心雕龙》学会主办，首都师范大学文学院、《文学评论》编辑部联合承办。来自中国内地和美国的 80 余位学者参加了会议。詹福瑞会长回顾了《文心雕龙》学会成立以来的工作情况，认为学会有三个好传统：学风纯正、学术民主和学会团结。近年来《文心雕龙》的研究却也面临着一些新的困境，主要体现为缺少有分量的创新成

果。罗宗强先生在大会总结中针对目前大量存在的重复研究表达了深切忧虑，认为在杨明照、王元化等老一辈学者研究的基础之上，只有做深、做细，不断积累，才有可能寻求新的拓展。

2009 年

11 月，中国《文心雕龙》学会第十次年会在安徽芜湖举行

11 月 6 日至 10 日，中国《文心雕龙》学会第十次年会在安徽芜湖召开，本次会议由中国《文心雕龙》学会主办，《文学评论》编辑部、首都师范大学文艺学重点学科、安徽师范大学文学院、安徽师范大学诗学中心与安庆师范学院文学院联合举办，会议主题为"现代大学教育视野中的《文心雕龙》"。学会理事会商定，下一届年会将于 2011 年在武汉大学举行，主题暂定为："百年龙学：时序与通变。"

（殷昊翔）